Eva-Isabel Schmid

Paracelsus

Die Fragen der Toten

Dr. med. Eva-Isabel Schmid wurde 1983 in Regensburg geboren. Nach dem Studium der Humanmedizin in München, London und Sydney arbeitete sie als Ärztin in Oberbayern und Zürich. Die Paracelsus-Dilogie ist ihr Debüt als Romanautorin.

Eva-Isabel Schmid

Paracelsus

Die Fragen der Toten

Historischer Roman

PIPER

Mehr über unsere Autoren und Bücher:
www.piper.de

Wenn Ihnen dieser Roman gefallen hat, schreiben Sie uns unter Nennung des Titels »Paracelsus – Die Fragen der Toten« an empfehlungen@piper.de, und wir empfehlen Ihnen gerne vergleichbare Bücher.

ISBN 978-3-492-50421-8

Redaktion: Ulla Mothes
Satz auf Grundlage eines CSS-Layouts
von digital publishing competence (München)
mit abavo vlow (Buchloe)
Covergestaltung: FAVORITBUERO, München
Covermotiv: Bilder unter Lizenzierung von Shutterstock.com genutzt
Printed in Germany

Meinem geliebten Florian
Für seine fürsorgliche Unterstützung
Bei diesem Buch
Und an jedem Tag

Paracelsus

»Dottore! Avanti!«

Das junge Weib hatte mit ihren Fäusten so lange gegen die Tür des Gasthauses gehämmert, bis alle Bewohner hellwach gewesen waren. Sie hatte Paracelsus bei der Hand gepackt und ihn noch im Nachtgewand mit sich gezerrt. Jetzt zog sie ihn in eine schäbige Trattoria in einem der ärmeren Viertel Ferraras, direkt am Wasserlauf des Pos.

»No! Non lo fare! No!«

Paracelsus' Augen weiteten sich, als er den Gastraum betrat. Ein junger Bursche lag da, rücklings auf einem breiten Tisch, und zappelte um sein Leben. Fünf Männer hielten ihn. Er wehrte sich erbittert. »Per favore! No!«

Der Bursche war ganz blass. Schweiß rann über seine Stirn. Eindrücklicher als die Panik in seinen Augen war nur die Blutlache unter ihm. Das Bein war schon mit einem breiten Ledergürtel abgebunden, dennoch tropfte unablässig frisches Blut zu Boden. Der Stadtarzt stand vor dem Burschen und hatte die Knochensäge schon gezückt. Gnadenlos funkelte sie im Kerzenschein.

»No! Per favore! No«, wimmerte der Bursche wieder, bevor man ihm den Beißkeil zwischen die Zähne zwang. Dann waren es nur noch verzweifelte Laute.

»Dottore, helft meinem Liebsten! Wir wollen heiraten. Und der will ihm sein Bein wegschneiden!« Das Weib ließ Paracelsus' Hand noch immer nicht los. Ihre Lippen zitterten.

»Und damit hat er recht, Teuerste«, antwortete ein schwer schnaufender Simon und drängte sich mit Paracelsus' Arzttasche in den Gastraum. Erschrocken starrte er auf das verwundete Bein.

»Nein, bitte.« Die Fingernägel der Frau bohrten sich jetzt in Paracelsus' Arm. »Dann ist er ein Krüppel. Wird nie unsere Familie ernähren.« Sie schluchzte. Paracelsus schluckte.

Betreten sah er an der Frau vorbei, hinüber zu dem ernst dreinblickenden Stadtarzt mit der Knochensäge in der Hand. Und dann zu dem Glüheisen, mit dem er den Stumpf danach ausbrennen wollte. Schon knarzte es in der Feuerstelle.

»Wartet! Lasst ihn mich erst besehen.«

Paracelsus eilte zu dem sich windenden Patienten und versuchte, alle Autorität aufzubringen, die ein Mann ohne Hosen nur haben konnte. Er drängte den Stadtarzt unwirsch zur Seite und betrachtete die blutende Wunde. Die weiße Haut klaffte weit auseinander. Die dicken Muskelbäuche waren zerfetzt. Darunter – sickerte das Blut hellrot. Paracelsus wurde heiß.

»Wie ist das denn zugegangen?«, murmelte er in sich hinein.

»Er hat sich gestritten! Mit einem Fremden, einem Wanderarbeiter aus dem Süden, glaube ich«, antwortete das Weib aufgeregt. »Über irgendetwas. Dann zieht der auf einmal ein Beil! Rammt es ihm in sein Bein vor lauter Wut.« Die Stimme des Weibes bebte. »Wer tut denn so was? Wer bringt ein Beil mit in ein Wirtshaus, sagt es mir?«

»Simon, gib mir eine Kompresse«, sprach Paracelsus tonlos. Der hatte sie schon griffbereit, er war jetzt lange genug mit ihm unterwegs. Paracelsus presste sie auf die Wunde. Sofort war sie durchtränkt.

Paracelsus' Hand wurde weggestoßen:

»Ich bin der Arzt dieser Stadt. Nach mir wurde geschickt, mitten in der Nacht. Und Ihr lasst mich jetzt meine Arbeit tun.«

Der Mediziner baute sich düster dreinblickend vor Paracelsus auf. Der sah ihn nicht einmal an. Seine Augen waren allein auf die Wunde gerichtet. Es war eine nasse Höhle aus zerschnittenem Gewebe, nichts weiter.

»Ihr tretet jetzt sofort von meinem Patienten zurück«, versuchte es der Stadtarzt erneut.

Paracelsus kniff die Augen zusammen. Er tat sich schwer, irgendeine Struktur in all dem Blut zu erkennen. Seine Poren öffneten sich. Sein Atem beschleunigte. »Ich kann nichts sehen, Simon.«

»Verschwindet, sofort.« Der Arzt wurde lauter.

Paracelsus und Simon tupften und pressten jetzt beide, dennoch war das Blut nicht aufzuhalten. »Simon, ich kann überhaupt nichts sehen.« Paracelsus' Schläfen fingen an zu schmerzen. »So kann ich ihm nicht helfen.«

»Geht beiseite, sage ich!«

Paracelsus schielte zu dem Gesicht des Burschen hinauf. Seit er die Knochensäge nicht mehr vor sich sah, kämpfte er nicht mehr gegen die Arme an, die ihn hielten. Jetzt waren seine Augen glasig. Sein Flehen wurde leiser. Fast waren seine Schreie Paracelsus lieber gewesen. Dem Jungen ging die Kraft aus.

»Ihm läuft die Zeit davon«, flüsterte Simon. »Er verblutet.«

»Infatti!«, rief der Arzt aus. Jetzt rempelte er Paracelsus an. »Der da ist mein Patient.« Der Bursche wimmerte durch den Beißkeil. »Und Ihr vergeudet wertvolle Zeit.« Der Arzt hielt die Knochensäge demonstrativ in die Luft. Das Weib schrie auf. »Was ich mit ihm treibe, geht Euch gar nichts an. Also entfernt Euch jetzt, Ihr Stümper.«

Paracelsus duckte sich instinktiv vor der Knochensäge und öffnete den Mund zur Antwort, aber das Weib kam ihm zuvor:

»Ich habe ihn geholt. Paracelsus soll ihn behandeln, und nicht Ihr!«

»Der ist nichts weiter als ein Scharlatan mit großen Worten.« Der Arzt spuckte Paracelsus direkt vor die Füße. Der aber blieb gelassen. Er wusste, wie das hier ausgehen würde. Gut die Hälfte der Männer, die da in der Trattoria versammelt waren, hatte er schon von dem ein oder anderen Leiden befreit. Sofort ballten sich die ersten Fäuste.

»Sofia will ihn heiraten. Sie entscheidet.«

Ein Vieh von einem Mann mit grimmiger Miene und rauem Bart nahm dem Arzt die Knochensäge aus der Hand und schubste ihn, leicht, aber entschieden. Zwei weitere kamen aus einer Ecke auf den Stadtarzt zu.

»Porco cane«, fluchte der und spuckte Paracelsus abermals vor die Füße. »Dann lasst ihn verrecken, wenn Ihr wollt. Nessun problema!« Schimpfend suchte der Stadtarzt das Weite. »Dem Herzog selbst werde ich hiervon berichten, verlasst Euch darauf. Alfonso wird Euch aus der Stadt jagen, Paracelsus. Endlich!«

Der hörte nicht hin. Besorgt sah er zu der jungen Frau. »Ich kann Euch nicht versprechen, dass wir die Säge nicht gebrauchen werden. Eine Wunde dieser Art ...«

Das Weib nickte traurig. Der Bursche aber spuckte den Beißkeil aus: »No! No! Bitte Paracelsus. Lasst mir mein Bein. Ich flehe Euch an!« Tränen sammelten sich in seinen Augen.

»Der Schwamm, Simon.« Sanft strich Paracelsus über die Stirn des Verwundeten, dann legte er seine Handfläche so ruhig wie möglich über dessen Augen, sodass er sie schloss. Den Schlafschwamm hatte Paracelsus in seiner eigenen Mixtur getränkt: Alraunenwurzel, Efeublätter, Maulbeeren, Mohnsamen und die Früchte der Schierlingspflanze. Behutsam drückte er ihn auf Mund und Nase des Verletzten. Der wehrte sich nicht und nahm fast dankbar einige Atemzüge. Seine Glieder zuckten. Er seufzte auf. Dann – erschlafften seine Arme unvermittelt. All seine Muskeln entspannten sich. Er war eingeschlafen.

Paracelsus wischte sich die braunen Locken aus der Stirn und besah nochmals das blutende Loch vor ihm. Doch, ein Bein mit so einer Wunde musste amputiert werden. Das stand außer Frage. Sonst würde der junge Mann sterben. Wobei ... Paracelsus wurde hektisch.

»Simon, gib mir die Klemme.« Er sah hinter sich zu der bangenden Verlobten des Mannes. Ob sie ihn noch heiraten würde, wenn er ein Krüppel wäre?

»Die was?«, fragte Simon.

Paracelsus verdrehte die Augen: »Das metallene Ding, das aussieht wie eine Zange, aber sich verhakt, wenn man sie schließt.«

Simon kramte in der Tasche.

Paracelsus spreizte mit seinen bloßen Fingern die Muskeln auseinander. Das reichte. Das Beil des Angreifers musste die Arterie schon zur Genüge freigelegt haben. Bald glaubte er jetzt, sie weißlich schimmernd zu erkennen, genau über der Stelle, an der unablässig frisches Blut hervorsprudelte. Er kniff die Augen zusammen. Dann setzte er fast auf gut Glück die Klemme an. Sie verhakte sich – um irgendetwas. Der Verwundete stöhnte. Paracelsus atmete auf. Es funktionierte. Sofort ebbte der Blutstrom ab.

»Siehst du?« Paracelsus deutete auf das abgeklemmte Gefäß des Burschen. Er kannte den Anblick schon von den Toten damals, im anatomischen Theater. Simon aber staunte und nickte ehrfurchtsvoll.

»Und jetzt?«, hauchte der.

»Der Schnitt ist nicht groß. Wir könnten ihn einfach zunähen.« Paracelsus befühlte die durchtrennten Wände der Arterie und rätselte. »So wie Haut.«

»Du willst ein Gefäß zusammenflicken?« Fast lachte Simon auf. »Wie soll das denn halten?«

Paracelsus funkelte Simon an. Die Kürze der Nacht war vergessen. Fast gierig leuchteten jetzt seine grünlich-braunen Augen auf. »Wird es nicht, Junge.« Er lächelte schelmisch. »Außer die Nähte sind richtig gut.«

Er ließ sich von dem Weib einen Stuhl und ihren Segen geben und sah in die weit geöffneten Münder um ihn herum. Alsdann machte er sich an die Wunde.

»Simon, gib mir die dünnste Nadel und die feinsten Hanffasern, die wir haben.«

Der verzog zweifelnd sein Gesicht. Paracelsus griff mit einer feinen Pinzette nach der Gefäßwand. Mehrmals rutschte er ab. Seine Hände zitterten. Sein Herz schlug schnell. Wenn der Bursche es nicht schaffte, wäre es allein seine Schuld. Dann aber ließ sich das Gefäß greifen. Viel fester war es als bloße Haut. Er stach mit der Nadel hinein. Führte den Hanffaden hindurch. Atmete ein und wieder aus. Zog versuchsweise daran und nickte zufrieden. Es riss nicht. Vorsichtig führte er die Nadel zum anderen Ende der Arterie. Zog am Hanf. Die Gefäßwand hielt. Es gelang! Behutsam knotete er den ersten Stich.

Alle Kerzen des Gastraums brachte man ihm herbei. Simon beobachtete ihn gebannt. Einer der Männer stimmte ein Vaterunser an. Paracelsus kniff die Augen zusammen, um schärfer zu sehen. Stich um Stich setzte er. Millimeter für Millimeter. Langsam und bedächtig. Simon kaute vor Aufregung auf seiner Zunge herum. Einer der Männer wurde bleich und musste nach draußen. Ein anderer trat unnütz auf die Wand ein. Das Weib hielt liebevoll den Kopf ihres Verlobten. Paracelsus knüpfte feinste Knoten. Simon schnitt die Fasern ab. Mit jedem Stich schmiegten sich die Wundränder fester aneinander.

»Paracelsus, das Bein ist schon ganz weiß.« Simons blaue Augen schimmerten ängstlich. »Darf das weiß sein?«, flüsterte er fast unhörbar.

Paracelsus nickte, schielte aber besorgt zu dem schneeweißen Fuß des Schlafenden hinab. »Ich hab's gleich.«

Er seufzte tief und setzte einen letzten Stich. Dann hielt er den Atem an und richtete sich auf. Sein Kiefer schmerzte. Seine Hände kribbelten. Seine Schläfen pochten. Keiner im Gastraum wagte noch zu atmen. Einer biss sich die Lippen blutig. Aller Augen waren auf die Klemme gerichtet. Ein Staubkorn fiel zu Boden. Man hörte es. Das war der Moment. Paracelsus löste die Klemme. Starrte auf das Gefäß. Zählte die Sekunden, wie zu Stein erstarrt.

»Ja!«, rief Simon aus. »Ja, ja!«, jubelte er.

Ja, das war es! Paracelsus blies heiße Luft durch seine Wangen. Kein Blut lief mehr nach! Der grimmige Mann mit dem Stoppelbart klatschte in die Hände. Das Weib schluchzte und sackte in sich zusammen. Die anderen Männer bekreuzigten sich. Paracelsus wollte seine Nadel in einen durchtrennten Muskel setzen, aber Simon ergriff seinen Arm.

»Das kann ich auch, Meister. Geh du dich waschen und zieh dich um. Oder willst du zu spät kommen zu deiner eigenen Feier?«

Paracelsus sah durch das Fenster nach draußen. Simon hatte recht. Eile war geboten. Der Morgen dämmerte bereits.

Paracelsus

»Also dürft Ihr Euch fortan, Paracelsus aus Einsiedeln, Doktor beider Arzneien nennen.«

Dekan Capolla legte Theo feierlich den roten Talar um. Der zupfte sofort an ihm herum. Er war nicht groß gewachsen und auch nicht von breiter Statur. Überall war der Mantel zu weit. »Ihr seid nunmehr Doktor der Medizin und Doktor der Chirurgie gleichermaßen.«

Der Applaus war schallend. Jahrzehntealter akademischer Staub wurde aufgewirbelt und tanzte fröhlich in der muffigen Luft umher. Wohlwollender Sonnenschein fiel durch die großen Fenster und machte den dunklen Stein der Wände glänzen. Zum Bersten voll war die kleine Aula der Universität zu Ferrara. So etwas vermochte nur Paracelsus: Normalerweise fanden sich zur Verleihung der Doktorwürden nur einige desinteressierte Professoren und Kommilitonen neben den stolzen Müttern und Vätern ein. Verhaltenes Klatschen gesellte sich sonst zu unschlüssigem Gähnen und ungeduldig scharrenden Füßen. Heute aber – drängten sich dankbare Bauern und verliebte Mägde dicht an dicht neben gönnerhaften Adligen und neidischen Medizinern.

Die Menge jubelte Paracelsus zu. Nun ja, ein Teil jedenfalls, musste sich Theo eingestehen. Gut die Hälfte fletschte erbittert die Zähne. Theo sah es wohl. Doch er lachte bloß in sich hinein. Ja, so mochte er das! Fluchen sollten sie, so laut sie wollten. Jetzt konnten ihm seine Widersacher endlich gleich sein. So wie ein jeder. Ab heute würde er sich nur noch vor seinen Patienten zu rechtfertigen haben. Nein, das scheute er nicht. Ein Lächeln umspielte seine Lippen. Endlich war er ein richtiger Arzt. Niemand auf der Welt konnte ihm das wieder nehmen.

Die zwei Semester in Ferrara waren für Paracelsus und Simon wie im Rausch verflogen. Nachts hatten sie gefeiert und getrunken, so gut sie nur konnten, tagsüber hatten sie genauso eifrig die Universität besucht. Begeistert hatte Paracelsus hier die Vorlesungen gehört und nur die besten Noten erhalten. Sein Freund Caspar hätte ihn nicht wiedererkannt.

Hatte er hier seinen Professoren widersprochen, war er nicht des Saals verwiesen worden, wie so oft in Basel. Im Gegenteil, man hatte sich freudig der Diskussion gestellt. Paracelsus hatte sie gewonnen. Immer. Eine Handvoll wissbegieriger Studenten hatte sich so um ihn geschart, wie schon seinerzeit jenseits der Alpen. Diese hatten Paracelsus nur allzu gern zur Hand gehen wollen, bei was auch immer, und waren ihm auf Schritt und Tritt gefolgt. Oft war er vor ihnen davongelaufen. Hatte sich zuweilen vor ihnen versteckt. Weder hatte er sie seine Bücher tragen lassen wollen noch den Patenonkel von irgendjemandem kennenlernen. Auch wollte er keine Dirne aufs Zimmer gebracht bekommen. Simon schon. Er sonnte sich in Theos Ruhm. In Ferrara war er zum Mann geworden.

Anfangs hatte er nur schüchtern gelauscht, wenn Paracelsus eine Bauerntochter oder Hure mit in sein Bett gebracht hatte. Nach einigen Wochen hatte er unter seiner Decke hervorgelugt. Bald unverhohlen gestarrt. Dann hatten sie angefangen zu teilen. Das war nur gerecht, hatte Paracelsus bei sich gedacht und angestrengt versucht, nicht an Margrets rehbraune Augen zu denken.

Die Huren waren schließlich seltener geworden, mit der wachsenden Zahl von Paracelsus' Bewunderern. Man konnte Theos Erfolg in seinen Laken riechen: Hatten die Mägde noch den Duft von Schweiß und Erde zurückgelassen, so war dieser sukzessive durch teures Parfüm wohlhabender Töchter – oder deren Mütter – ersetzt worden. Die beiden Männer hatten das Leben in vollen Zügen genossen.

Seit Paracelsus nach dem ersten Semester eine der hässlicheren Cousinen Herzog Alfonsos von einem schweren Asthmaanfall geheilt hatte, während ihr Leibarzt hilflos ihre blasse Hand gehalten hatte, hatte es kein Halten mehr gegeben.

Lange Schlangen hatten sich samstags vor seinem Stand auf dem Marktplatz gebildet. Arm und Reich sich die Füße in den schmerzenden Bauch gestanden. Simon hatte Schmiergelder annehmen wollen, um die betuchten Bürger vorzulassen, aber Paracelsus hatte es ihm verboten. Er hatte seine Prinzipien. Immer wieder hatten die reichen Patrizier nach dem Studenten geschickt und gern den fehlenden Abschluss zugunsten ihrer Heilung ignoriert, wie es der Dienstbote einstmals im Büro des Pedells vorausgesagt hatte.

Die eingesessene Ärzteschaft Ferraras hatte Gift gespuckt, aber das war Paracelsus gleich gewesen. Narren und Totengräber hatte er sie genannt und mit solch derben Witzen besehen, dass sie bald wieder eingeschüchtert in ihr Kämmerlein zurückgekrochen waren.

Der Buchdrucker von damals hatte sich tatsächlich breitschlagen lassen und Theos Kräuterbuch, das *Herbarius* gedruckt. Nicht gerade zu seinem Leidwesen: Das Buch war ihnen förmlich aus den Händen gerissen worden. Alle Leute in Ferrara, die lesen konnten, und weit darüber hinaus hatten Paracelsus' Wissen mit Begeisterung verschlungen. So hatte es Paracelsus geschafft, binnen weniger Monate auch die gesamte Apothekerschaft der Stadt gegen sich aufzubringen. Auf den Feldern und Wiesen suchten die Kranken jetzt nach Heilpflanzen, anstatt für die teuren Arzneien aus den Regalen zu bezahlen. Paracelsus hatte die kleine Stadt erschüttert. Gehasst hatte man den Neuling mit der seltsamen Nase und den Rektor dringend ersucht, ihn von der Universität auszuschließen. Seit Theo aber eine durchreisende Gräfin aus Venedig mit zweiundvierzig Jahren doch noch hatte schwanger werden lassen, und diese Ippolito d'Este persönlich von dem neuen Wunderheiler erzählt hatte, waren alle Dämme gebrochen. Paracelsus war Ferraras Antwort auf alle Gebrechen dieser Welt. Er war unantastbar geworden.

Gemeinsam mit Niccolò Leoniceno hatte er zwei Schriften über die Syphilis verfasst. Jeder Medizinstudent Ferraras lernte sie auswendig. Und heimlich auch die Ärzteschaft.

Seit heute nun sollte Paracelsus ihr Mitglied sein.

Dekan Capolla überreichte Theo lächelnd sein Diplom mit dem Siegel der Universität darauf. Einen Moment lang überlegte Theo, ob sich der Dekan aufrichtig für ihn freute oder nur froh war, ihn endlich los zu sein. Er wusste es nicht. Dann besah er stolz sein Diplom:

Ex Labore Fructus.

Theo schmunzelte. Er zumindest hatte sein Ziel mit mehr Glück als Disziplin und mehr Einfallsreichtum als Beharrlichkeit erreicht. Der Weg zum Doktor hatte ihn ob seiner vielen Reisen mehr Zeit gekostet als den Dümmsten seiner Mitstudenten. Aber auch weitaus weniger Fleiß.

Allein eines ließ Theos Lächeln gefrieren: Bedächtig glitt sein Zeigefinger über die goldenen Lettern.

Paracelsus – stand dort geschrieben. Paracelsus hatte die Doktorwürde erreicht. Nicht er. Nicht Theo. Theophrastus von Hohenheim war ein Niemand. Und sollte es bleiben. Aus Angst vor der bischöflichen Inquisition hatte Theo seinen Geburtsnamen ablegen müssen und ihn seither nicht mehr verwendet. Nur enge Freunde nannten ihn noch bei seinem richtigen Namen. Und die hatte er hier nicht. Die waren zu Hause – in Basel.

Mira

Die glühende Sonne Siziliens brannte auf ihre schwarzen Locken. Ruhelos wanderten Miras dunkelblaue Augen über die schwarze, zerklüftete Steilküste, weit hinunter zur weißen Gischt der brechenden Wellen, vorbei an kristallklaren Wassermassen und endlos in die Ferne, hinüber zu einem blaugrauen Horizont.

Von dort würde er kommen. Die Segel waren vermutlich schon gesetzt. Und hatte der Hohepriester erst die Meerenge überquert, war sie tot.

Irgendwo südlich von Marsa Allah in der Nähe des alten phönizischen Tempels harrte sie nun aus, Tag für Tag, im Schatten des unheilvollen Gemäuers, in dem man ihr Todesurteil sprechen würde. Voll Stolz und Ehrfurcht für die eine Göttin Astarte hatten ihn ihre Vorfahren erbaut. Der Tempel war mittlerweile zu einer Ruine verfallen, und doch flüsterten seine Wände ihr alte Geheimnisse zu, verweilte sie in deren Schatten. Dunkle Flüche von einst waren tief in das Gestein geschmettert worden. Die Magie war noch lebendig in den verwilderten Tempelmauern. Astaroths Macht war ungebrochen. Mira konnte es deutlich fühlen. Ihre Nackenhaare stellten sich auf.

Hier sollte sie also sterben. Bald. Wohin sollte sie auch fliehen? Nichts war hier. Außer vereinzelte Gräser und vertrocknetes Gebüsch. Sand, Stein, und wieder Sand. Und Hitze.

Die Menschen hier lebten von dem Salz des Meeres, das sie in mächtigen Salinen in weißes Gold verwandelten, und von dem Thunfisch, den sie in ihren Netzen abschlachteten. Es gab die Tempelruine, trockene Lehmhäuser, wackelige Holzschuppen und misstrauische Blicke. Sonst nichts. Kein Eingeborener würde ihr Zuflucht gewähren. Nirgends konnte sie sich verstecken. Niemand würde ihr helfen. Deshalb ließ sich ihr Kerkermeister so gut wie nie blicken. Die Insel selbst war Miras Kerker.

Der König mochte sich Herrscher Siziliens und Neapels nennen. Hier regierte aber doch nur einer: der rote Orden. Miras Bruderschaft. Es war allzu deutlich zu erkennen, wenn man denn wusste, worauf man achten musste. Die Runen, die in die Häuserwände geritzt waren, erschienen klein und unscheinbar, aber sie waren da. Die Kirchen der Christen waren höher und schöner als Astartes Tempel, dennoch fand Mira auf jeder ihrer Schwellen eine geköpfte Taube oder die Haut einer Schlange an die Wand genagelt. Astartes Pentagramm hatte sie nun schon ein dutzend Mal verstohlen hinter irgendeinem dunklen Fenster aufblitzen sehen.

Sizilien war der Göttin von einst noch immer treu ergeben. Und ihren Priestern. Kein Schiff würde sie von hier fortbringen. Allein schwimmen konnte sie, weg von dieser verwunschenen Insel, bis ihre Arme zu schwach werden und ihre Lungen sich mit dem Salzwasser füllen würden.

Sie betrachtete die goldene Heiligenfigur in ihrer Hand mit Verachtung. Der heilige Petrus. Schutzpatron der Reuigen und Büßenden. Für Mira war er nur ein Mann mit einem Schlüssel. Zornig warf sie den Kirchenschatz in die Fluten. Er hatte ihr nicht geholfen.

Mira blickte rätselnd über ihre Schulter, zurück zu dem kargen Lehmhaus, in dem sie ihr Ordensbruder untergebracht hatte. Er war nicht da. Nur selten hatte sie ihn gesehen, seit er sie aus Basel hierher verschleppt hatte.

Viel später war er damals in Basel eingetroffen, als Mira es gedacht hätte. Die Zeit des Wartens damals die eigentliche Folter. Das Unveränderliche nicht verändern zu können, dem Unausweichlichen entgegensehen zu müssen. Ohne dass es kam. Dann aber hatte sie ihre Hände ganz freiwillig in seine Ketten gelegt, als sie gehört hatte, was ihr Ziel sei. Sie hatte vor den Hohepriester gewollt. Unbedingt sogar. Allein nun, da es nahte, erschien ihr der Entschluss dem Wahnsinn entsprungen.

Ein ermordeter Großmeister hätte den Hohepriester niemals dazu gebracht, sie selbst anzuhören. Astartes verschwundenes Buch – schon. Es dem weißen Arzt zu überlassen, war Mira damals als eine durchaus elegante Lösung erschienen. Weder war er grausam noch verschlagen, noch wollte er sich selbst bereichern. Wie so viele Männer ihres Ordens. Nur bei seiner Suche nach der menschlichen Seele schien er etwas zu ehrgeizig zu sein, und das war verzeihbar. Vor allem weil seine Bemühungen, Astarte anzurufen, ohnehin aussichtslos bleiben würden.

Mira hatte befürchtet, Paracelsus würde die Flucht misslingen. Dann wäre alles beim Alten geblieben. Ein neuer Großmeister als Miras Herr. Vielleicht machthungriger als Balthazar. Vielleicht dümmer. Und das Heiligtum ihrer Welt weiterhin geschützt durch unwürdige Hände. Mit Paracelsus' Verschwinden aber hatte sich die Bruderschaft in ein Hornissennest verwandelt. Ihr größtes Heiligtum war weg! Man stritt sich, beratschlagte und plante. Flüsterte, wisperte und verzweifelte. Und hatte den Hohepriester herbestellt.

Damals hatte es in Miras Heimat Mord und Totschlag gegeben um dieses Buch, wo ein jeder wusste, wie kostbar es war und welche Mächte man mit ihm entfesseln konnte. Immer wieder war der Orden überfallen worden. Von Abtrünnigen, weltlichen Herrschern und habgierigen Ungläubigen. Von einem jeden, der um das Buch wusste. Bis der halbe Orden tot und seine Kampfkraft aufgebraucht gewesen war. Deshalb hatte der Hohepriester beschlossen, es in der Fremde zu verstecken. Wo kein menschliches Ohr jemals von Astarte gehört hatte. Es lag nun an Mira, ihm seinen Fehler vor Augen zu halten.

Ob sie das überleben sollte, wusste nur Astarte selbst.

Paracelsus

»Paracelsus, dich von deiner eigenen Feier zu schleichen.« Simon stolperte mit tadelndem Blick herein. Dann lachte er. Er brauchte eine Weile, bis er sich in der heillosen Unordnung ihres Zimmers zurechtfand: Theo lag – in seinen roten Talar geschmiegt – selig in seinem Strohbett. Ein leerer Beutel Rotwein diente als Kopfkissen. Überall auf dem Boden lagen Bücher und Pergamentrollen. Dazu leere Krüge und schmutzige Teller von den letzten Nächten. Ihre Vermieterin, eine kugelrunde Gastwirtin mit lauter Stimme und langsamem Verstand, schimpfte wohl aus gutem Grund mit ihnen. Trotzdem bezahlten sie keine Miete mehr, seit Paracelsus ihrem Mann ein Mittel gemischt hatte. Die Signora war wieder glücklich.

Simon entfernte angewidert ein paar Hühnerreste und zwei eingetrocknete Dosen mit Theos selbstgemischter Salbe von einem wackeligen Hocker und setzte sich: »Wie fühlt man sich als Doktor, Paracelsus? Im roten Talar?« Simon grinste. »Irgendein Unterschied?«

»Hauptsächlich betrunken«, antwortete Theo und legte den Arm über seine Augen. Es war Mittag. Die Sonne schien herein und blendete ihn.

»Also kein Unterschied«, antwortete Simon fröhlich. »Der Tag ist noch nicht vorbei, Mensch«, rief er und warf Theo einen Beutel auf die Brust. »Unsere Feier geht erst los! Ich hab unten zwei Dirnen gesehen, da fallen dir die Augen raus, Mann.«

Theo seufzte und setzte sich mühsam auf. Schon drehte sich das Zimmer.

»Herrje!« Er nippte und verzog seinen Mund. Es war Grappa. Der tat zwar seinen Zweck, aber der selbstgebrannte Zwetschgenschnaps von Esther Göttisheim war ihm doch lieber gewesen.

Simon lachte: »Du, ich hab mein letztes Hemd dafür hergegeben, weißt du?«

Theo nahm noch einen Schluck und zog eine Grimasse. »Danke, Junge. Das ist ein wirklich originelles Geschenk. Laurencz wäre stolz auf dich!«

»Ja, was soll man denn jemandem schenken, der schon alles hat? Ruhm und Geld und Weiber? Die Doktorwürde noch dazu? Was kann man sich sonst noch wünschen auf dieser Welt?«

Simon nickte Paracelsus anerkennend zu. Der seufzte lautlos. Ihm wäre da schon noch so manches eingefallen. Das meiste davon war weit weg. Daheim. In Basel.

»Nichts, Simon. Wahrlich. Ich bin wunschlos glücklich«, antwortete Paracelsus traurig und nahm einen großen Schluck Grappa. Er brannte in seiner Kehle.

Allzu oft hatte er daran gedacht, nach seinem Abschluss nach Basel zurückzukehren. Von Gundelsheim war vertrieben, es gab keinen Grund mehr, sich in der Ferne zu verstecken. Zu gern hätte er mit Laurencz bei einem kühlen Bier über eine seiner albernen Geschichten von der Stadtwache gelacht. Allzu gern hätte er Margret wieder in seine Arme genommen. Wie früher, bevor sie ihm das Herz gebrochen hatte. Ob Caspar ihr seinen Ring schon an den Finger gesteckt hatte? Er hatte nie zurückgeschrieben ... So viel zu seinem besten Freund. In einem anderen Leben.

»Wunschlos, Paracelsus? Wirklich?«

Simon zwinkerte ihm zu. Die blauen Kinderaugen von einst strahlten, gerahmt von engelsgleichem Haar. Und doch – tiefer Ernst umspielte seine Lippen, zog sich weiter über die pausbäckig gebliebenen Wangen, hoch zu angespannten Schläfen und kräuselte Simons Stirn. Wie bei einem alten Mann, dachte Theo. Der sehr verbittert war. Paracelsus kannte diesen Gesichtsausdruck mittlerweile. Und er kannte das Gespräch, das folgen würde.

»Lass mich, Simon! Bitte nicht schon wieder, nicht heute.«

Theo warf Simon den Beutel Schnaps auf den Schoß und fiel in sein Bett zurück. Demonstrativ drehte er den Kopf weg, gegen die schlecht verputzte Wand.

»Damit es nicht bei Muskeln, Blut und Knochen bleibt.«

Simon zog eine wütende Grimasse. Theo musste ihn nicht ansehen, um das zu wissen. Er seufzte auf zur Antwort.

»Versprochen hast du es, Paracelsus. Versprochen!«

Simon versuchte, seinen fleckigen Wams vom Alkohol zu säubern, Theo hatte den Beutel nicht verschlossen.

»Ich bin dir nichts schuldig, und deshalb habe ich dir auch nichts versprochen.«

»Dann dir selbst! Dir selbst, Meister, hast du es versprochen.«

»Nenn mich nicht Meister.«

Simon warf den guten Schnaps in eine Ecke und sprang auf. Der Hocker fiel.

»Sobald du deine Doktorwürde erlangt hast, fangen wir wieder an zu suchen. Hast du gesagt.«

Der blonde Jüngling atmete schnell. Er bemühte sich um einen süßlichen Tonfall. Fast war es ein Flehen: »Unsere Seelen, Paracelsus. Unser aller Geheimnis. Unser Selbst.«

Simon machte eine lange Pause nach jedem Satz. Als würden seine Worte so an Bedeutung gewinnen.

»Ich will nur Hofarzt der Este werden und Lukrezia Borgia besteigen. Ist das wirklich zu viel verlangt?«

Theo krümmte seinen Körper in das Stroh wie ein Kleinkind, das schmollte.

»Also erstens: Wenn hier jemand Lukrezia Borgia besteigt, bin ich das.« Simons Lachen missglückte. Theo reagierte nicht. »Und zweitens kannst du an einem Hof, an dem ständig der Bischof ein und aus geht, keinen Dämon beschwören.«

»*Sie* ist die Göttin der Wahrheit. Und Hüterin aller Geheimnisse.« Theo wollte gähnen. Heraus kam ein Grunzen.

»Genau! Mit zwei Hörnern, einer Schlange und einem Höllendrachen.« Simon lachte auf. »Ich wünsche dir viel Spaß dabei, Ippolito d'Este und seinen Folterknechten zu erklären, weshalb sie kein Dämon ist.« Simon fuchtelte in der Luft herum, als würde Theo hinsehen. »Der Bischof ist Herzog Alfonsos Bruder, verdammt! Und deshalb kannst du auch kein Hofarzt sein. Sonst fängt der ganze Schlamassel von vorne an. Wie damals.«

»Dann lassen wir's halt bleiben.« Jetzt setzte sich Theo auf. »Die Seelen wollen nicht gefunden werden. Und Astaroth will uns nicht helfen, sie zu suchen. Zumindest das haben wir gelernt.« Er pustete seine Wangen auf. Dasselbe Gespräch. Sich endlos wiederholend. Seit zwei Jahren.

»Dann misch weiter deine Abführmittel und hure nachts durch die Gassen!« Simons Kinderaugen waren voller Verachtung. Angewidert zog er die Lippe nach oben. »Wisch goldene Ärsche ab und werde selbst zu einem. Wenn dir das reicht für dein Leben. Ich dachte, du wärst ein größerer Mann, Paracelsus.«

Simon spuckte angeekelt aus. Lautlos verließ er ihr Zimmer. Er würde wieder nach Astaroths Buch suchen. Theo wusste es genau. Müde ließ er sich wieder auf sein Lager sinken und schloss die Augen. Simon würde es niemals finden. Theo hatte es gut versteckt.

Mira

»Zu den Füßen der Göttin wirst du geboren. An ihrem Busen wirst du leben. Durch ihre Hände wirst du sterben.«

Der Hohepriester stand vor dem Hauptaltar, der aufwendig mit Gravuren aus einer anderen Welt geschmückt war, und huldigte seiner Göttin. Der Rest der Ordensbrüder und -schwestern hatte sich um Mira geschart. Als wollten sie ihre Flucht verhindern. Sie schluckte lautlos und versuchte, nicht ängstlich auszusehen. Sie fühlte sich krank. Und blass. Bemüht stolz hob sie ihr Kinn.

Der Zerfall des Tempels tat der Stimmung der Nacht keinen Abbruch: Die Risse in den Wänden nutzten den Mondschein, um aus ihren Schatten Bilder zu zeichnen. Die dunklen Winkel erzählten Sagen und Geschichten aus längst vergangen Tagen. Das warme Licht der Fackeln ließ Astartes Siegel hoch oben am Hauptaltar leuchten. Es war aus purem Gold, der Hohepriester hatte es mitgebracht. Wertvoller war nur Astartes Buch. Mira zitterte.

»Im Licht der Göttin sollst du wirken. In ihrem Schatten Zuflucht finden. In ihrer Dunkelheit wirst du erlöst.«

Ehrfürchtig lauschte die Ordensgemeinschaft den Worten ihres Oberhaupts. Alle Köpfe waren respektvoll geneigt. Nur Miras nicht. Gebannt starrte sie auf den Opferstein vor ihr. Ihr war ganz schlecht. Für sie war er bestimmt. Nervös spielte sie mit ihrem roten Gürtel.

»In ihrer Liebe sei behütet. Durch ihren Zorn krümme dich. Durch ihre Gnade werde Licht.«

Um Mira herum fielen alle auf die Knie vor Demut. Sie nicht. Sie war eine gesalbte und geölte Priesterin der Göttin Astarte. Dem Rang nach war sie höher als die meisten hier – gewesen. Jetzt war sie eine Verräterin. Fast hätte sie sich bekreuzigt, wie sie es bei den Christen immer gesehen hatte. Sie widerstand rechtzeitig. Das wäre das Ende aller Verhandlungen gewesen. Der Opferstein schien sie auszulachen. Mira wankte.

»Also, wie kam mein Diener Balthazar ums Leben?«

Der Hohepriester unterbrach die Liturgie. Viel zu früh. Die Glaubensgemeinschaft schrak auf. Prompt waren aller Augen auf Mira gerichtet, außer die des Hohepriesters. Mira kam sich klein vor. Sie suchte nach Worten, die sie sich vor Monaten zurecht gelegt hatte.

»Balthazar, mein treuer Diener. Du erinnerst dich?«

Unvermittelt drehte sich der Hohepriester zu ihr um. Ihre Blicke trafen sich. Mira kannte ihn gut, von ihrer gemeinsamen Zeit in Damaskus her. Ein paar Mal hatte sie ihm beigelegen, als er noch nicht Hohepriester gewesen war, sondern nichts weiter als der Sohn seines Vaters. Mira schauderte. Er hatte sich verändert. Sie wollte antworten, aber die Angst schnürte ihr die Kehle zu. Der Opferstein war noch ganz rot von altem Blut. Mira würgte. Der Hohepriester kam näher.

»Balthazar. Sprich.«

Er klang mehr interessiert als verärgert, und doch zuckte Mira zusammen. Sie schämte sich sofort dafür. Ein fetter, niederer Priester grinste schadenfroh.

»Meister, es gibt vieles zu berichten.«

Der Hohepriester blieb vor dem Opferstein stehen und strich behutsam mit der Hand darüber, fast liebevoll. Miras Augen konnten nicht anders, als seiner Hand zu folgen. Sie öffnete ihren Mund. Ihr Herz schlug schneller. Ihre Knie zitterten.

»Balthazar.« Der Hohepriester wurde ungeduldig.

Mira atmete durch. Heiß war die Luft in ihren Lungen.

»Er kam im Streit mit einem Ungläubigen ums Leben, Herr.«

»Also warst du dabei?« Der Hohepriester zog einen silbernen Dolch hervor und spielte mit ihm, fast unschuldig. Miras Pupillen weiteten sich. Nein, er war nicht mehr der Jüngling von einst.

»Ja, Herr.«

Mira senkte ihr Haupt. Ihre Stirn lag in Falten. Das würde nicht gut ausgehen.

»Also ...?« Die Stimme des Hohepriesters wurde lauter. Er ließ die Klinge des Dolches über den Opferstein gleiten. Ansonsten war der Tempel vollkommen still. Keiner gab einen Laut von sich.

Mira atmete schneller. Ihr schwindelte.

»Ich habe ihn getötet«, flüsterte sie und kniff ihre Augen zusammen.

Der Dolch hielt inne. Überrascht. Jemand schrie auf. Eine niedere Dienerin zuckte zusammen. Der Hohepriester verzog keine Miene.

»Dafür stirbst du«, rief der Großmeister aus Zypern. Er war mit dem Hohepriester angereist. Mira hatte ihn noch nie gemocht. Sie schluckte einige Male. Ihr Puls raste. Das war ihre Chance. Dafür hatte sie sich gefangen nehmen lassen.

»Ich habe ihn getötet, weil er unwürdig war. Ein Wurm, kein Magier. Nicht würdig dieses Ordens. Und eine Schande für Astartes Buch.«

»Es ist nicht an dir, das zu entscheiden!«, rief der zypriotische Großmeister. Viele pflichteten ihm bei. Mira kümmerte es genauso wenig wie den Hohepriester. Sie ließ ihn nicht aus den Augen. Nur ihn musste sie überzeugen, alle anderen waren ihr gleich.

Der Hohepriester umrundete den Opferstein langsam. Mira fing an zu schwitzen. Gleichzeitig war ihr bitterkalt. Sie wollte rennen und bewegte sich nicht.

»Was hast du damit gemacht?« Direkt vor Mira blieb er stehen. Ledrige Haut spannte sich über hohe Wangenknochen. Seine Augen funkelten gelblich. Im Gesicht des Hohepriesters war nicht zu lesen. Eine Träne lief über Miras Wange. Sie wagte nicht, sie wegzuwischen.

»Ich habe es beschützt. Wie ich es geschworen habe.« Fast versagte ihre Stimme. Mira sah zu Boden.

»Wo ist es?« Der Dolch fasste Miras Kinn. Der zypriotische Großmeister lachte. In des Hohepriesters Augen lag tödlicher Ernst. Mira sah Astarte vor sich.

»Balthazar hat Schindluder damit getrieben. Wollte es für seine eigenen Zwecke benutzen. Hat es entehrt. Und mit Mächten gespielt, die er nicht beherrschte.«

Hastig holte sie Luft. Dafür hatte sie alles riskiert. Sie kannte die Sätze auswendig, und doch fühlte sie jetzt nur Leere in ihrem Kopf.

»Der Nächste, den Ihr schicken würdet, wäre vielleicht ehrenwerter, vielleicht auch nicht. Es war zu ungewiss. Einen Brief zu Euch, um die halbe Welt, konnte ich nicht schicken.« Miras Stimme überschlug sich. Die Tempelgemeinschaft hielt den Atem an. »Wäre ich mit dem Buch geflohen, hätten sie mich als Verräterin getötet, ohne Euch zu unterrichten. Es wegzugeben war der einzige Weg, bei Euch Gehör zu finden.«

»Wo ist es?«, flüsterte ihr Meister.

»Ich habe es fortgegeben. Um es zu bewahren.«

Mira schloss die Augen. Das würde bitter werden. Verräterinnen ließ man ausbluten.

»Wo?«, hauchte der Hohepriester aus blassen Lippen.

»Ich habe es einem Einheimischen anvertraut. Einem Arzt. Er wird es hüten wie seinen Augapfel«, antwortete Mira und biss sofort ihre Zähne aufeinander. Das war der heikelste Teil.

»Einem Ungläubigen?«, rief der Hohepriester empört.

Mira verzog ihr Gesicht.

»Einem Ungläubigen hast du unser Heiligtum überlassen?«, schrie der Hohepriester wieder. Zornig schlug er einen Kreis um den Opferstein, als ob er nicht wüsste, wohin er wollte.

»Schande«, schimpfte der Zypriot. Die restlichen Rufe waren entweder erschrocken oder wütend. Oder beides.

»Einem Ungläubigen? Unseren Schatz?«

Der Hohepriester wurde immer lauter. Seine gelblichen Augen glühten. Mira biss in ihre Faust. Sie war des Todes.

»Ich kann es zurückholen, Herr. Ich weiß, wo er ist«, rief Mira verzweifelt. Der Hohepriester aber nickte nur. Ganz leicht. Da näherten sich vier junge Priester dem Weib.

»Nein, hört!«, rief sie schnell. Sie schlug um sich. »Hört mir zu!« Es half nicht. Zornige Arme ergriffen sie und zwängten Mira auf den Opferstein. Er war rau und kalt. Mira wand sich darauf. Mit aller Kraft. Sie trat nach einem ihrer Brüder und traf seinen Bauch. Einem anderen biss sie in den Arm. Der jaulte auf.

»Ich kann ihn finden! Er wird es mir geben, er vertraut mir.« Mira suchte den Blick des Hohepriesters, während sie dem fetten, niederen Priester ihre Fingernägel in die Hand rammte.

»Wie ist sein Name?«

Der Hohepriester baute sich vor Mira auf. Sofort hielt sie still. Kaum bekam sie noch Luft.

»Ich hole das Buch zurück. Und dann bringen wir es nach Hause«, stammelte sie aufgeregt. »Auf europäischer Erde kann es nicht länger verbleiben.« Mira keuchte. »Es ist in der Fremde zu unsicher. Es gehört in die Heimat. Ihr müsst es nach Hause holen.«

»Sein Name«, flüsterte der Hohepriester.

Mira roch den Schweiß der Männer, die sie hielten. Sie röchelte. Solange sie ihm den Namen nicht genannt hatte, konnte er sie nicht töten.

»Ihr müsst es Astarte zurückgeben. Nur ihr gehören die Formeln darin! Es muss in ihren Tempel. Keine Menschenhand darf es jemals wieder öffnen!«

Der Hohepriester nickte geschäftig. Dann trat er einen Schritt zurück.

»Stecht ihr die Augen aus.«

Zwei Männer mit gezückten Messern näherten sich dem Opferstein. Mira fing an zu zappeln. Vergebens. Sie kam nicht los.

»Nein! Herr, wartet!« Mira schlug ihren Kopf umher. Ein Ordensbruder ergriff ihn.

»Nein, bitte. Ich kann ihn finden. Ich kann das Buch zurückholen! Bitte!«

Mira konnte ihren Kopf nicht mehr bewegen, er war fest umklammert. Nur ihre Augen huschten unruhig umher. Sie sah die Klinge kommen.

»Sein Name«, befahl der Hohepriester.

Die Klinge war über Miras rechtem Auge. Sie kniff es instinktiv zusammen.

»Nein!«, schrie sie.

»Sein Name.«

Mira ballte ihre Fäuste. Ihr Körper wurde bretthart. Sie spürte etwas auf ihrem Augenlid.

Mira schrie auf.

»Paracelsus!«, hallte es durch den Tempel.

Caspar

»Weil ich sie doch nicht hören kann, Herr Doktor! Aber sie glaubt mir nicht. Sie sagt, ich höre ihr nicht zu. Immer schimpft sie mit mir! Sagt, ich mache nicht, was sie mir aufträgt! Sagt, sie hätte dann doch lieber den Oswald geheiratet. Dabei kann ich sie nicht hören. Das ist keine Ausrede, Herr Doktor. Ich höre sie wirklich nicht!«

Der alte Bauer war den Tränen nahe. Er schluchzte bitterlich.

»Und dabei mag ich sie wie am ersten Tage noch. Alles würde ich tun für sie, könnte ich sie doch nur verstehen! Ich weiß bloß nicht, was sie will!«

Caspar nickte verständig. Er legte eine Hand auf die Schulter seines Patienten und neigte dessen Kopf behutsam zur Seite. Mit einer Kerze beleuchtete er das Innere des Ohres. Es war voller Dreck. Caspar seufzte erleichtert.

»Das glaube ich Euch wohl. Ich kann Euch helfen.«

Der Bauer sah ihn mit großen Augen an. »Was hab ich denn?«

»Ohrenschmalz«, antwortete Caspar fröhlich, »und Sonstiges.«

Der Bauer lächelte ihn kurz an. Dann fing er vollends an zu weinen. Er war aus dem Umland gekommen, den halben Tag hatte er entschlossen auf seinem Ochsenkarren zugebracht, um in die Stadt zu gelangen. Und sein Eheleben zu retten. Caspar füllte eine Schale mit Wasser und nahm eine große Ohrenspritze aus Metall. Das Wasser förderte Unaussprechliches zutage. Die Pinzette erledigte den Rest.

Caspar flüsterte: »Und? Hört Ihr mich nun?«

»Ja«, antwortete der Bauer. Er strahlte. »Ja! Ich kann Euch verstehen. Deutlich!«

Caspar lächelte: »Ich gebe Euch noch Kamillenöl mit. Gebt zwei Tropfen am Tag hinein. Sie sind ein bisschen entzunden.«

»Danke, Herr Doktor.« Der Bauer sprang auf, wie neu geboren. »Den Oswald hätte meine Frau doch eh nicht haben wollen! Gott segne Euch.«

Caspar atmete zufrieden durch. Viele sollten nicht mehr kommen heute. Als Erstes am Morgen hatte er ein Bruchband in die Leiste gelegt. Dann zur Ader gelassen. Ein Klystier verabreicht. Auf das Operationsverbot der Kirche gepfiffen und Hämorrhoiden mit Hanffasern ligiert. Er hatte das Gift der Herbstzeitlosen für die Gicht gegeben und Mönchspfeffer gegen die Frauenschmerzen verabreicht.

Dankbar sah Caspar um sich. Man hatte ihm eine kleine Praxis in der Martinsgasse eingerichtet. Nachdem er die Doktorwürde erlangt hatte, war er sogleich vom kleinen Rat zum Stadtarzt Basels berufen worden.

Lange war die Stellung vakant gewesen. Tagtäglich bildete sich nun eine lange Schlange bis nach vorn zum Kirchplatz hin. Für die normale Bürgerschaft war es ein neu errungener Segen, dass es jetzt einen Mediziner gab, dessen Behandlung sie sich leisten konnten. Seit Paracelsus und sein Stand am Markt fort waren, hatte sich niemand mehr um ihre Leiden gekümmert.

Nun legte der Rat selbst Caspars bescheidenes Honorar fest und verpflichtete ihn dazu, die Armen unentgeltlich zu behandeln. Caspars Verdienst war so keineswegs mit dem seiner Kollegen zu vergleichen, die sich von den hohen Herrschaften als Leibarzt oder in einem Kloster hatten anstellen lassen. Aber Caspar hätte es nicht anders haben wollen. Er war der Arzt seiner Stadt! Bald kannte er Jung und Alt. Ihre Gebrechen, ihre Nöte, ihre Sorgen und Freuden.

Man zeigte ihm schmerzende Zehen oder schütter werdendes Haar. Erzählte ihm von den Zahnschmerzen der Kinder und den überteuerten Preisen des Hufschmieds. Von der Dürre der Felder und den immer kleiner werdenden Würsten der Metzger. Stolz präsentierte man ihm den Nachwuchs oder weihte ihn in etwaige Heiratspläne ein. Caspar war der Mann des Vertrauens für Körper und Seele.

Die Bürger dankten es ihm sehr: mit selbst gebackenem Kuchen, frischen Eiern, gebrauchten Schuhen, bunten Stickereien, allerlei Obst und Fleischwaren, Leinen oder Feuerholz. Die Umarmungen der Patienten waren herzlich, ihre Dankbarkeit aufrichtig und die Wertschätzung ihres Grußes mit Geld nicht zu bezahlen. Dafür war Caspar durch viele Auflagen geknechtet. Die Basler Medizinalordnung verlangte die Erlaubnis des Rates, sollte er verreisen wollen, und verpflichtete ihn zu Hausbesuchen zu jeder Tages- und Nachtzeit. Eine ungewöhnliche Krankheit hatte er umgehend zu melden, ebenfalls die Bestände der städtischen Apotheken regelmäßig zu überprüfen. Er war seiner Stadt verpflichtet. Caspar nahm all das gern in Kauf. Etwas anderes hätte er nicht anfangen wollen mit seiner Fähigkeit. Erlernt von Paracelsus selbst.

Zuweilen war Caspar erschüttert, wie wenig er nun aus den Vorlesungen an der Universität gebrauchen konnte und wie vieles von den Lektionen, die Theo ihm erteilt hatte. Zuweilen lächelte er in sich hinein, bei so mancher Erinnerung an ihre gemeinsamen Jahre.

Ein Bäckermeister kam hereingehumpelt. Sein rechtes Bein war dick und mit schmutzigen Tüchern umwickelt.

»Guten Tag, Herr«, sprach Caspar freundlich.

»Gott zum Gruß, Herr Doktor.«

Caspar bettete den Patienten auf die lederne Liege, die Göttisheim ihm zu seiner Praxiseröffnung geschenkt hatte. Unbezahlbar war sie! Aber seit Jacob zum Rektor der Universität ernannt worden war – als erster Jude, der dieses

Amt jemals innehaben durfte – war sein ohnehin schon beträchtlicher Wohlstand noch gewachsen.

Caspar wickelte das Bein aus und bemühte sich sehr, keine Grimasse zu schneiden. Der Geruch war beißend! Er sollte vorher die Fenster öffnen, mahnte er sich selbst. Er vergaß es regelmäßig.

»Was in Gottes Namen habt Ihr denn angestellt, Herr?«, rief Caspar aus. Es musste wohl eine große Fleischwunde sein, die da in den Unterschenkel geschlagen war. Caspar sah sie aber nicht: Eine dicke Schicht aus gelb-grünlichem Belag lächelte ihm entgegen, verbacken mit Dreck und unzähligen braunen Haaren.

»Der Köter hat mich gebissen, dieses Mistvieh!«, jammerte der Bäcker. »Mein Balg hat ihm einen Knochen gegeben, da war aber noch bestes Rindfleisch dran. Bestes Fleisch, sag' ich! Ich wollte es mir zurückholen. Wir haben gekämpft. Der Köter hat gewonnen.« Unglücklich besah der Bäcker sein lädiertes Bein.

»Wann war das?«, fragte Caspar und befühlte sanft den Schenkel. Das Gewebe um die Wunde war gerötet und glühend heiß.

»Vor zehn Tagen, glaube ich«, antwortete der Bäcker. Caspar sah ihn streng von oben herab an.

»Ich musste arbeiten, Herr Doktor. Meine Frau hat es behandelt. Aber jetzt kann ich keine Stunde mehr aufrecht stehen. Ich muss stehen können, Herr Doktor. Und gehen! Ich habe Mäuler zu stopfen.«

»Und das hier?« Caspar nahm eine Pinzette und zupfte an einem der Haare. Der Bäckermeister verzog schmerzverzerrt sein Gesicht. Das Haar gab nicht nach.

»Die sind von dem Köter. So ist es doch, oder? Gib die Haare von dem Vieh darauf, das dich gebissen hat, und es wird heilen. Hat meine Frau gesagt. Sie hat das Vieh geschoren.«

»Ja …« Caspar sah den Mann schockiert an. Wie abergläubisch die Menschen waren. Andererseits jagte das größte Genie der Stadt Geistern nach. Man musste es der Bäckersfrau verzeihen. »Nein, mein Herr. Dem ist leider nicht so, meine ich.«

Caspar legte feuchte Tücher darauf, um das Wundsekret aufzuweichen. Professor Hartmann hatte sie gelehrt, auf solch eine Wunde kochendes Öl zu gießen, um den Eiter zu bekämpfen. Theo hatte ihm nicht geglaubt. Caspar überlegte: Selbst wenn das Fett helfen sollte, würden die Schmerzen für den Bäcker unzumutbar sein. Paracelsus würde wohl recht haben. Wie immer.

Vorsichtig wischte er den Eiter fort und zupfte sodann mit der Pinzette die Hundehaare aus dem Wundherd. Nun gaben sie nach. Der Bäcker jammerte trotzdem.

»Ich weiß, Meister. Das ist unangenehm. Ballt Eure Fäuste, das wird helfen.«

»Könnt Ihr mein Bein retten?« Der Bäcker hatte die Zähne zusammengebissen und nuschelte entsprechend. »Nur darauf kommt es an.«

»Ich denke schon, Meister. Habt keine Angst.« Caspar biss sich auf die Zunge. Man sollte keine Versprechen geben. Niemals. Caspar ging an der Ölflasche im Regal vorbei und griff stattdessen zu Paracelsus' Allheilmittel: Schnaps. »Er macht Wunden und Herzen heilen«, hatte Theo zu später Stunde im Goldenen Ochsen immer gerufen. Caspar seufzte milde lächelnd.

Er kippte den Alkohol sorgsam auf die Wunde und entfernte damit die verbliebenen Wundreste. Der Bäcker schrie auf.

»Es brennt, Doktor! Darf das brennen?«

Caspar nickte. Ja, die Weiber waren das tapferere Geschlecht. Er tränkte saubere Tücher mit dem Alkohol und legte sie auf die Wunde. Dann wickelte er einen mäßig straffen Verband darum.

»So. Ihr fasst das nicht mehr an, verstanden? Wir sehen uns übermorgen, dann werde ich die Tücher wechseln.«

»Ja, Doktor. Vielen Dank«, murmelte der Bäckermeister. Er hopste unbeholfen von der Liege.

»Ihr belastet das Bein bitte nur, so weit es sein muss«, sprach Caspar streng.

»Ja, Doktor.« Der Bäckermeister nickte artig und humpelte davon. »Gott sei's gedankt, Herr Doktor.«

»Nicht selbst anfassen«, rief ihm Caspar nach. »Keine Hundehaare! Ich würde es bemerken.«

Caspar schuf gedankenversunken Ordnung in seinem kleinen Behandlungszimmer. Das sollte für heute der letzte Patient gewesen sein. Er wusch sein Besteck sorgsam und trennte die saubergebliebenen Tücher von den schmutzigen. Mehrmals lief er im Kreis umher und überprüfte, ob alles sauber war. Er war stets etwas wirr, wenn ihm Theo in den Sinn gekommen war.

Dass Paracelsus tatsächlich so töricht gewesen war, einen Dämon zu beschwören, um hinter das Geheimnis der menschlichen Seelen zu kommen! Caspar trieb es noch immer zur Weißglut. Und dass er selbst deswegen von der Inquisition beschuldigt und eingesperrt worden war, allein weil er sich mit Paracelsus ein Zimmer geteilt hatte, Caspar konnte es bis heute nicht verzeihen.

Es war nun gut zwei Jahre her, seit sich die Kirchenreformation in Basel durchgesetzt und sich das Bürgertum vom Adel emanzipiert hatte. Laurencz hatten sie auf dem jüdischen Friedhof außerhalb der Stadtmauern zu Grabe getragen. Margret hatte stundenlang geschrien, als würde man ihr Herz herausreißen, und hatte ihren Bruder nicht beerdigen wollen. Esther Göttisheim hatte blass neben ihr gestanden und nur leise gewimmert. Jacob hatte reglos ausgeharrt. Laurencz war sein einziger Sohn gewesen. Wochenlang hatte er mit niemandem gesprochen. Hatte sein Haus nicht mehr verlassen, nicht mehr gegessen und zu wenig getrunken. Für Caspars eigenen Kummer schien kein Platz geblieben zu sein. Und doch fühlte er ihn immer noch, nachts. Kein wahrer Freund war ihm geblieben auf dieser Welt.

Nach der Beerdigung hatte es eine ganze Woche geregnet, als würde der Himmel mit ihnen weinen. Laurencz' Mörder hatte man nie gefunden. Es hätte wohl auch keine Rolle gespielt, versuchte sich Caspar zu trösten. Basel hatte sich damals selbst bekriegt. Und tapfere, starke Männer kamen im Kriege um. So war das nun einmal. Doch Laurencz hatte den Frohsinn dieser Welt mit sich genommen. Und dass gerade er hatte umkommen müssen, um diesen verkommenen Bischofsfürsten zu retten, nagte an Caspars Herzen.

Heinz, sein Kamerad bei der Stadtwache, war noch zurückgelaufen nach Kleinbasel in jener Nacht, doch hatte er nurmehr Laurencz' warme Leiche vorgefunden. Letzte Worte hatte es nicht gegeben. Ohnehin hätte er nur von seiner Zwillingsschwester gesprochen. Dass man sie beschützen müsse, wenn er nicht mehr war. Das wusste Caspar. Und hatte es sich geschworen.

Der Stadtwächter selbst war untröstlich geblieben. Wöchentlich suchte Heinz Caspars Praxis wegen seiner Albträume auf. Doch Johanniskraut half bei solchen Leiden kaum, und alle Worte der Vergebung hatte Heinz schon tausendmal gehört. Dennoch buhlte er um Caspars Freundschaft: Einige Male hatten sie sich im Goldenen Ochsen getroffen, um über Laurencz zu sprechen. Fürwahr, das war heilsam für beide. Doch am nächsten Tag war alles wieder grau.

Caspar hatte lange gezögert, den trauernden Jacob Göttisheim aufzusuchen. Um Jahrzehnte schien er gealtert. Doch Margret hatte einfach nicht mehr aufgehört zu weinen. Entweder hatte sie zu Boden gestarrt. Oder es flossen die Tränen. Oder beides. Tag und Nacht. Und Nacht und Tag. Caspar war machtlos gewesen. Margret hatte nichts gehört und nicht gesprochen. Nur manchmal hatte sie im Takt zu ihrem Puls den Kopf geschüttelt.

Also hatte er es gewagt. Endlich. Nur um irgendetwas zu unternehmen. Caspar hatte bei ihrem Vater um Margrets Hand angehalten. An dem Tag hatte Jacob Göttisheim das erste Mal seit jener Nacht wieder gelächelt. Und tatsächlich! Das Unmögliche war geschehen: Margret hatte vom Boden aufgeblickt, aufgehört zu weinen, genickt statt ihren Kopf geschüttelt. Und Ja gesagt! Die schönste Frau der Stadt hatte eingewilligt, Caspars Weib zu werden. Ihre Hochzeit war still und bescheiden geblieben, obwohl das Laurencz mit Sicherheit missfallen hätte. Aber noch war niemandem zum Feiern zumute gewesen.

An dem Tag hatte Caspar den Ring von Paracelsus' Mutter der Frau geschenkt, in die sie beide verliebt gewesen waren. »*Er gehört an ihren Finger. Und du wirst ihn ihr anstecken*«, hatte Paracelsus damals gemeint. Jetzt verfluchte sich Caspar selbst dafür. Für immer sollte nun Paracelsus' Ring an Margrets Hand glänzen. Es war zu spät, um das zu ändern ...

Caspar und sein Weib hatten ein kleines Stadthaus in der Rittergasse, nicht weit entfernt vom Barfüsserplatz, bezogen. Caspar hatte sich geschämt. Mitnichten war das der Wohlstand, den Margret gewohnt war. Und doch, seine Frau war glücklich dort. Liebevoll richtete sie ihr Zuhause ein, lernte kochen und nähen und fing sogar wieder an, die Zither zu spielen. Irgendwann war es Caspar mit einem sehr schlechten Scherz gelungen, Margret ihr einst so sorgloses Lachen wieder zu entlocken. Bis zum Rathaus hätte man es hören können! Margret hatte sich sofort eine Hand vor den Mund gehalten und war sichtlich erschrocken ob ihrer Fröhlichkeit. Dann hatte sie bitterlich geweint und von den Marotten ihres Bruders erzählt. Seitdem ging es ihr besser.

Der kleine Laurencz war nun ein strammer Junge von bald einem Jahr. Er war aufgeweckt und lebhaft mit dicken Beinchen und rosigen Wangen. Er war Margrets ganzes Glück. Sie begann, ihre Rolle als Frau des Hauses ein klein bisschen weniger zu verabscheuen, und ihre Blicke waren kaum noch neidisch, wenn Caspar aufbrach, um seine Praxis zu öffnen. Sie trank weniger und fluchte leiser, und doch war sie kein normales Eheweib. Caspar dankte Gott dafür. Sie beriet ihn gut bei der Behandlung der Patienten, oft genug war sie in der Universität gewesen oder hatte bei Theo gesessen. Lauthals äußerte sie ihre Meinung über die Erneuerung der Christenkirche oder debattierte über die Politik der Stadt.

Jacob Meyer zum Hasen hatte sich wacker geschlagen, alles in allem. Die Stadt hatte ihre Hoheitsrechte behalten.

Zum Hasen hatte die Aussöhnung Kleinbasels mit der restlichen Stadt erreicht und damit den Frieden wiederhergestellt. Aufständische Bauern hatte er mit der Minderung ihrer Abgaben besänftigt. Um den Wohlstand der Stadt trotzdem zu erhalten, hatte er dafür dem Kaiser das Privileg zur Einrichtung einer Münzstätte abgerungen. Basler Goldgulden wurden geschlagen. Die Stadt war reicher denn je, während dem Fürstbistum ob der Reformation die Einnahmen fehlten. Bischof von Gundelsheim hatte sich schließlich bei seiner Stadt so hoch verschuldet, dass er nach und nach sämtliche Regalien verpfänden musste.

Dem Namen nach war Philipp von Gundelsheim noch der Fürst Basels, aber er war weder geistlich noch weltlich ihr Herrscher geblieben. Er hatte seine Residenz nach Pruntrut verlegt. Ohne sein Domkapitel. Das hatte seinem eigenen Bischof den Rücken gekehrt und war ins Breisgau geflohen. Keiner wusste, warum. So war Gundelsheim ein Fürst ohne Macht und ein Bischof ohne Kirche. Die Stadt war frei. Letztes Jahr hatte man ihm den Treueeid verweigert. Der Rechtsstreit um das Basler Münster aber dauerte bis heute an. Gundelsheim beharrte auf wahnwitzigen Entschädigungszahlungen. Zum Luft gab ihm keinen Rappen. Der hatte endlich die Nerven mit seinem Bürgermeister verloren, als zum Hasen französische Schmiergelder angenommen hatte. Tumulte im Rathaus und Unruhen auf den Straßen hatte es gegeben. Also hatte zum Luft den Hasen ins Gefängnis geworfen und sich kurzerhand selbst zum Bürgermeister wählen lassen. In der ersten Reihe regierte es sich leichter.

Zielstrebig arbeitete er an einem politischen Bündnis mit Bern und Zürich gegen die Katholiken mit den Habsburgern im Rücken. Unablässig tüftelte er mit dem neuen Oberzunftmeister Michael Frei von den Steinmetzen an weiteren Zugeständnissen für die Zünfte und verhalf dem Bürgertum Basels endlich zu seiner verdienten Stellung als Hand und Kopf der Stadt. Gemeinsam mit Johannes Oekolampad trieb er die Reformation in Basel eifrig voran. Sie ließen Bibeln in deutscher Sprache drucken und ermutigten die Bürger dazu, sich selbst Gedanken über den wahren Glauben zu machen – solange sie zu dem richtigen Schluss kamen. Auch versuchte zum Luft, das Kartenspiel, den Tanz und das Theater als unchristlich zu verbieten, scheiterte aber bislang am vehementen Widerstand seiner Bevölkerung. Religion war die eine Sache, ein lustiger Feierabend nach bestrittenem Tagwerk eine ganz andere.

Dennoch: Arnold zum Luft war der gewählte Herrscher Basels und regierte mit Geschick und Erfolg. Sein Schultheiß, Meinrad von Bärenfels, war nurmehr ein folgsames Schoßhündchen an einer goldenen Leine. Die sehr kurz gehalten wurde. Einmal hatte zum Luft ihn eine Nacht im Kerker verbringen lassen, als er vorlaut geworden war. Das hatte gesessen.

Jacob Göttisheim war der Einzige außer Oekolampad, dessen Meinung zum Luft überhaupt noch gelten ließ. Er hatte ihn zu seinem Nachfolger als Rektor der Universität bestellt und so versucht, dessen moralische Vorbehalte ihm gegenüber zu ersticken. Es war ihm nicht gelungen. Jacob schüttelte dessen Hand höflich, aber stets mit einer leicht gehobenen Augenbraue. Erblickte er zum Luft, pflegte seine Stirn

Falten zu werfen. Ein wenig. Nur ein bisschen. Gerade so viel, dass es unmöglich war, ihn darauf anzusprechen. Das einzig verbliebene Mahnmal der Mina Burri. Wortlos bettelte Arnold zum Luft um die Vergebung seines Rektors. Bekommen würde er sie nie.

So sollte es dem großen Paracelsus mit Caspar ergehen! Wünschte der sich jedenfalls. Theo hatte sein Versprechen gehalten. Anfangs hatte Caspar fast wöchentlich ein Brief erreicht, seit er aus dem Kerker befreit war. Theo hatte offenbar ganz Oberitalien verzückt und Hofarzt der Este werden wollen. Haargenau hatte er jeden Patientenkontakt beschrieben. Und entnervend ausführlich einen jeden mit den Weibern. Aufgeregt hatte er über die Erfindung seines Lebenselixiers berichtet: Eine sonderbare Mischung aus Schwefel, Salz und Quecksilber zwar, aber die Leute rissen es ihm aus der Hand, weil er Paracelsus war. Geantwortet hatte Caspar nie. Anfangs hatte der Zorn es ihm verboten. Dann hatte er nicht recht gewusst, wie er seine Gefangenschaft, den Beischlaf mit Margret und den Tod ihres Bruders in einen Brief hätte fassen sollen. Und stattdessen geschwiegen. Irgendwann waren auch Theos Briefe weniger und zunehmend nichtssagend geworden. Dass Paracelsus mit irgendwelchen Weissagungsschriften, er nannte sie *Prognostica*, mittlerweile eine Berühmtheit in ganz Europa geworden war, weil ein jeder nun sein Leben nach dessen Prophezeiungen ausrichten wollte, Caspar hatte es erst von seinen Patienten erfahren. Theo hatte sie mit keinem Wort erwähnt. Wahrscheinlich hatte er geahnt, was Caspar davon halten würde. Caspar schüttelte noch mürrisch seinen Kopf, als er aus seinen Gedanken gerissen wurde. Ein leises Klopfen erklang an der Tür.

»Ja?«, fragte er ärgerlich. Seine Sprechstunde war zu Ende. Eigentlich. Und die Gedanken an Theo entnervten ihn ohnehin.

»Doktor, ich brauche Eure Hilfe. Bitte.«

Ein großer Mann stürmte herein. Weit aufgerissen waren seine Augen. Er war gut gekleidet und in schlechter Verfassung. Caspar sah die Panik in seinen Augen und den Schweiß auf seiner Haut.

»Setzt Euch, Herr.« Caspar wies dem Fremden seinen Platz zu. Er versuchte, Ruhe auszustrahlen. Die Aufregung des Fremden nahm zu.

»Es schmerzt, seit zwei Tagen. In den Gliedern.«

Der Mann atmete schwer. Caspar befühlte seine Stirn. Er war im Fieber. Caspar überlegte: Die Grippe? Sie machte die Leute ängstlich und fiebernd, ihnen war hundeelend, aber ein paar Tage später erwachten sie zu blühendem Leben. Caspar legte seinen Kopf schief und beäugte den unbekannten Patienten. Seine Haut war ganz blass. Sein Atem war flach. Nein, es war nicht die Grippe. Etwas war anders bei dem Mann. Caspar befühlte den Puls des Händlers. Er raste.

»Woher kommt Ihr, Herr?« Dessen Augen waren matt. Caspar wurde unwohl bei deren Anblick.

»Wir sind Tuchhändler aus Flandern. Wir wollten hier irische Wolle verkaufen, Doktor. Ich bin so müde.«

»Entkleidet Euch bitte.«

Mühsam entledigte sich der Mann seiner Kleider. Caspars Nackenhaare stellten sich auf. Es war nur ein Gefühl. Noch. Ganz unbestimmt.

Nackt saß der Tuchhändler nun vor ihm. Caspar tastete den Bauch. Und konnte nichts Ungewöhnliches feststellen. Er hielt sein Ohr an den Brustkorb: Etwas röchelte der Mann, aber das mochte nichts heißen.

»Und schlecht ist mir auch«, jammerte der Flame.

Caspar hörte nicht. Er konzentrierte sich. Es lief ihm eiskalt über den Rücken. Irgendetwas. Was war es bloß? Er besah die Zunge des Fremden. Sie war blass und trocken. Seine Augen waren gerötet. Die Ringe darunter tief.

»Wie viele seid Ihr?«, fragte Caspar beiläufig und beklopfte den Rücken des Patienten.

»Zu siebt sind wir angereist. Noch vier Händler. Und zwei Knechte. Wir wollten mit Euren Goldgulden heimkehren. Und jetzt das!«

Caspar strich über die Haut des Kranken. Sie war etwas feucht, aber nicht gerötet. Dann glitt seine Hand über etwas. Caspars Hand verharrte darauf. Tastete. Eine unscheinbare Erhebung im Nacken, nichts weiter. Solche hatte Caspar schon viele Male wieder abschwellen sehen. Er gab leichten Druck darauf.

»Aaah!«, schrie der Flame auf.

»So schmerzhaft?«, fragte Caspar besorgt. Nein. Irgendetwas stimmte nicht. Eine Ahnung. Die Luft im Zimmer wurde schwer.

»Hebt Eure Arme an, Herr.«

Caspar stöhnte auf. Seine Bewegung fror ein. Da! Etwas war da in der Achselhöhle. Caspar kniff seine Augen zusammen. Sein Zeigefinger ertastete eine Beule. Er stand da, wie vom Blitz getroffen. Versuchte, sich nichts anmerken zu lassen. Was zum Teufel war das bloß? So etwas hatte er noch nie zuvor gesehen. Der Händler bemerkte Caspars Blick. Und fing an zu weinen.

»Was ist mit mir, Doktor?«

Caspar antwortete nicht. Ihm wurde übel. Da war ein riesengroßer Knoten in der Achselhöhle seines Patienten. Er nässte. Caspar befühlte ihn vorsichtig.

»Aaah!«, schrie der Patient wieder. Schweiß rann über Caspars Stirn. Der Knoten war zartrosa. Argwöhnisch umrundete Caspar seinen Patienten. Er fand eine kleinere Schwellung in der anderen Achsel.

»Was habe ich, Doktor?«, insistierte der Reisende panisch.

Caspar schwieg. Welche Teufelei hatte er da vor sich? Draußen jaulte ein Hund. Ein Ochsenkarren fuhr vorbei. Caspar wagte nicht zu atmen. Er kniete nieder und besah den Intimbereich des Händlers. Er fand zwei weitere Knoten in der Leiste. Caspars Hände zitterten. Der Flame bemerkte es wohl.

»Muss ich sterben, Doktor? Sagt es mir.«

Das Gesicht des Händlers war nun feuerrot vor Aufregung. Tränen liefen über seine Wangen. Angsterfüllt starrte er Caspar an. Dieser blickte zu ihm auf.

»Ich weiß es nicht, Herr.« Caspar seufzte und biss sich sofort auf die Lippen. Der Fremde schluchzte. Caspar suchte seine Beine ab. »Wo seid Ihr untergekommen?«

»Im Wirtshaus in der Spalenvorstadt. Dort geht es einem jedem so.«

Caspar zuckte innerlich zusammen.

»Was sagt Ihr da? Einem jeden?« Er starrte den Fremden ungläubig an. Der Händler griff nach seiner Hand. Flehend. »Ein jeder liegt darnieder dort. Alle sind im Fieber.«

»Alle, sagt Ihr?«

Etwas in Caspar schrie auf. Nein, das war keine Grippe! Der Kranke nickte resigniert. Caspar legte seine Stirn in Falten.

Er hatte sie noch nie gesehen, aber sehr wohl davon gehört. Von den Großmüttern und Greisen. In Schauermärchen. Gebeten. Liedern. Und Gedichten. Konnte sie gekommen sein?

»Was kann ich tun, Doktor?«, fragte der Fremde verzweifelt.

Caspar sah ihn traurig an. Antworten zu geben, wo keine waren. Professor Wölflin mochte einmal davon gesprochen haben, in einer Vorlesung spätnachmittags. Caspar war völlig verspannt vor innerer Anstrengung. Dann schüttelte er seinen Kopf und riss sich zusammen. Er musste die Worte finden.

»Trinkt in Mengen. Nur klares Wasser. Versucht, ausreichend zu essen. Bleibt zu Bette. Ich werde Euch morgen besuchen.« Caspar suchte sein Regal ab und drückte dem Händler einen Beutel in die Hand.

»Hier habt Ihr Alraune gegen die Schmerzen. Nehmt drei Mal täglich davon.«

Der Tuchhändler nickte. Caspar half dem Kranken in seine Kleidung und geleitete ihn hinaus. Er bekreuzigte die Stirn des Fremden. »Und betet, Herr. Sprecht mit dem Allmächtigen. Er wird helfen.«

Der Mann stolperte in die Dämmerung. Caspar entzündete die Kerzen. Und griff nach einem hundert Jahre alten Buch.

Simon

Das Fest am Hof der Este war rauschend. Es war ein lauer Sommerabend, deshalb hatte die Herzogin beschlossen, ihre erlesenen Gäste draußen zu bewirten. Die Wände des Innenhofs waren teuer bemalt und zeigten die Abbilder der herzoglichen Familie. Allein Lukrezia Borgia war in Wirklichkeit hübscher und Herzog Alfonso dicker. Die Springbrunnen sprudelten fröhlich. Die Marmorstatuen stellten Unaussprechliches zur Schau. Dichter, Künstler und Philosophen aus aller Herren Ländern stopften sich die klugen Bäuche voll. Lautes Geschwätz in allen nur denkbaren Sprachen hallte in den Nachthimmel. Die Harfenklänge sollten beschaulich klingen, wurden aber vom derben Gesang der Gaukler, klirrendem Geschirr und eifrig hin und her laufenden Dienstboten übertönt. Ein Poet hatte gerade ein Gedicht vortragen wollen, aber dann laut rülpsend abgebrochen und sich nachgeschenkt. Keiner war mehr nüchtern, am wenigsten der Herzog selbst.

Simon widerte das alles an. Je lauter das Gelächter um ihn herum ertönte, desto mürrischer wurde er. Er war immer noch wütend auf Paracelsus und nur mitgekommen, um Lukrezia Borgia nicht zu verpassen. Nun aber hatte sich herausgestellt, dass Paracelsus' Name zwar berühmt genug war, um hierher eingeladen zu werden. An der herzoglichen Tafel bei den Ehrengästen sitzen durften sie deshalb noch lange nicht. Also musste sich Simon damit begnügen, die schöne Papsttochter aus der Ferne anzuschmachten. Schmollend stopfte er sich ein Stück Fasan in den Mund. Der Mundschenk hatte sich nicht lumpen lassen: Auf den von Kerzenschein erhellten Tafeln gab es geräucherte Forelle mit gebuttertem Kohlgemüse, vor Fett triefenden Gänsebraten mit gebackenen Äpfeln, Hirsch in Rotweinsoße und Holunderbeeren, saftigen Schweineschinken mit Kümmel und Brotkruste, verschiedenste süße oder herzhafte Pasteten, allerlei frische Früchte und gezuckerte Nüsse. Dazu wurde weißer und roter Süßwein gereicht. Die meisten Gäste verdünnten ihn mit Wasser. Simon nicht. Misstrauisch lauschte er dem Tischgespräch. Und schwieg eisern. Er ahnte Böses.

»Erklärt es mir noch mal, Doktor.«

Der Patrizier, der Paracelsus gegenübersaß, war ebenso einfältig wie reich. Der teure Pelzhut krönte ein immer fragendes Haupt.

»Es ist ... die drei Prinzipien sind wie die Eigenschaften aller Dinge. Und sie prägen auch die Krankheiten und ihre Verläufe.« Paracelsus schluckte. Er hatte versucht, gleichzeitig zu essen und zu sprechen und war gescheitert.

»Merkur repräsentiert den Geist, Sulfur das Gefühl, Sal schafft die Form und die Struktur. Ich kann sie durch Gärung und Destillation voneinander trennen und reinigen und so die heilsame Wirkung der Pflanzen potenzieren.«

Paracelsus tunkte ein Stück Leberpastete mit kandierten Zwiebeln in den Bottich Rotweinsoße vor ihm und verschlang es genüsslich. Nichts in den Augen des Patriziers leuchtete auf. Simon hielt den Atem an. Vielleicht konnte es doch gut gehen.

»Ich könnte viel mehr herstellen und viel mehr Patienten helfen, allerdings bräuchte ich dazu ein größeres Labor.«

Paracelsus zwinkerte dem Kaufmann zu. Der verstand den Wink noch nicht. Professor Leoniceno neben ihm schmunzelte in sich hinein und leerte seinen Becher. Simon biss sich auf die Lippen. Lange würde es nicht mehr dauern.

»Ja, verkauft sich das denn gut?«

Simon fluchte in sich hinein. Das war es! Langsam schien der Patrizier zu begreifen. Paracelsus' Mund formte ein breites Grinsen: »Oh ja, sehr gut sogar.«

Simon schnitt eine wütende Grimasse. Sein Meister plante offenbar gerade seine Zukunft in Ferrara, ohne auch nur einen Gedanken daran zu verschwenden, ihn nach seiner Meinung zu fragen!

»Ein größeres Labor könnte ich Euch wohl einrichten, Doktor. Wenn es sich denn rechnet.«

Enthusiastisch rieb der Kaufmann seinen Bart. Jetzt war er in seinem Element.

»Das wird es«, wandte Leoniceno sofort ein. Er hatte das Treffen für Paracelsus arrangiert. Simon verfluchte ihn dafür. »Sie reißen ihm die Tinkturen aus den Händen.«

»Wenn der Verkaufspreis stimmt« – der Pelzhut war zum Leben erwacht und wackelte nun vergnügt auf dem nickenden Kopf hin und her – »bekommt Ihr von mir das beste Labor, das man für Geld kaufen kann.«

Professor Leoniceno klatschte in die Hände. Paracelsus schüttelte verlegen die speckige Hand des Patriziers. Simon überlegte, ob er dem Kaufmann stecken sollte, dass Paracelsus viele Heilmittel gern und oft verschenkte, um das Geschäft doch noch zu verhindern. Er traute sich aber nicht und presste stattdessen tapfer die Lippen aufeinander. Der Kaufmann zog zufrieden von dannen. Größere Geschäfte mochten ihn erwarten.

»Das ist doch ganz wunderbar!« Leoniceno klopfte Paracelsus ermutigend auf die Schulter. Simon tötete ihn mit Blicken. Keiner registrierte ihn. »Jetzt baut er Euch das teuerste Labor diesseits der Alpen. Passt nur auf!« Paracelsus lächelte zufrieden. Simons Wangen begannen vor Zorn zu glühen. Je mehr die Heilpflanzen und Kräuter seinen Meister ablenkten, desto weniger scherte er sich um Astartes Buch.

»Noch etwas anderes, mein Freund. Ich habe mit dem herzoglichen Buchhalter gesprochen. Leider«, Leoniceno verzog entschuldigend sein Gesicht, »möchte er derzeit keinen zweiten Leibarzt einstellen. Es tut mir leid. Ich habe alles versucht.«

Paracelsus nickte traurig. Sehnsüchtig sah er hinüber zur herzoglichen Tafel. Simon folgte seinem Blick: Sie war etwas erhöht auf einem Podest, sodass ein jeder seine Gastgeber sehen konnte. Lucrezia Borgia saß zur Rechten ihres Gatten. Sie hatte gerade einen Scherz gemacht und lachte herzhaft. Selbst von hier aus konnte man erkennen, wie schön sie war. Ihr geschmeidiger Körper war in feinste Seide gehüllt. Zartrosa schimmernd, genau wie ihre Lippen. Der Stoff war so fein, dass man fast glaubte, ihre perfekten Brüste wären darunter zu erkennen. Fast. Im Dekolleté und an den Ärmeln waren unzählige Perlen angebracht, ebenso in ihren blonden Locken, die das ebenmäßige Gesicht rahmten.

Leoniceno neben Paracelsus legte ihm tröstend die Hand auf den Arm: »Seht ihn Euch an, mein Freund. Dieser Stümper von Leibarzt wird ihn ja doch nicht von seiner Gicht heilen.«

Jetzt beäugten sie Herzog Alfonso, als der sich gerade mit beiden Händen eine Gänsekeule in den Mund schob und laut schmatzte. Fett lief über das herzogliche Kinn.

Leoniceno fuhr mit gesenkter Stimme fort: »Sein nächster Anfall wird kommen, dann jagen sie den Hofarzt davon. Und die Stelle wäre wieder frei.«

Paracelsus nickte. Simon seufzte auf. Der Herzog trank gerade seinen Becher Rotwein mit einem Zug leer, als wäre es Wasser. Der nächste Gichtanfall war so sicher wie das Amen in der Kirche. Vielleicht schon morgen. Dann wäre es besiegelt, und nichts und niemand konnte seinen Meister mehr aus dieser furchtbaren Stadt bekommen!

»In der Zwischenzeit«, Leonicenos Stimme wurde wieder lauter, »reicht Euch da nicht auch eine Professorenstelle?«

Paracelsus sah ihn fragend an. Simon kaute widerwillig auf einem saftigen Stück Honigkuchen herum. Er war eigentlich proppenvoll, aber Paracelsus hatte ihm erklärt, dass Süßes nach dem Essen gut für die Verdauung war. Also half es nicht.

»Ich habe mit Dekan Capolla gesprochen. Er will Euch haben.«

»Ehrlich? Als Professor?«, antwortete Paracelsus und schmunzelte. »Mich Querulanten?«

Simon leckte sich die klebrigen Finger. Er war Luft für die beiden. Das würde seine Zukunft sein.

»Natürlich will er Euch haben! Schließlich seid Ihr Paracelsus.«

Simon zischte durch seine Lippen. Damit war es entschieden. Er verformte seine Augen zu schmalen Schlitzen und blickte so düster als irgend möglich drein. Leoniceno bemerkte es nicht und sprach weiter:

»In Scharen haben die Patienten vor seinem Büro gestanden. Haben ihn gebeten, Euch in Ferrara zu halten. Viele hübsche Frauen waren darunter.«

Leoniceno zwinkerte. Simon zog angewidert eine Lippe nach oben.

»Dann könntet Ihr Eure drei Prinzipien unterrichten und Hunderten von jungen Medizinern beibringen, nach der Ursache einer Erkrankung zu suchen, anstatt sie einfach hinzunehmen. Wir könnten gemeinsam weitere Bücher verfassen. Und ein großes Labor für Eure Alchemie hättet Ihr jetzt auch.«

Simon wurde schlecht. Leoniceno strahlte Paracelsus an. »Reicht das nicht, um zu bleiben?«

Simon hielt den Atem an. Kurz trafen sich ihre Blicke. »Doch mein Freund. Wahrlich, das reicht mir wohl!« Paracelsus klopfte sich entschlossen auf die Schenkel. »Also bleiben wir in Ferrara.«

Leoniceno fiel ihm begeistert um den Hals. Simon stapfte mit dem Fuß auf den Boden. Das war das Ende ihrer Seelensuche! Er spürte es. Resigniert leerte er seinen Becher mit

Süßwein und schubste unschlüssig eine Muschel hin und her, die als Tischschmuck diente. Verzweifelt suchte er nach Gegenargumenten. Nur finden konnte er sie nicht. Betont gekränkt ließ er seinen Kopf hängen. Es funktionierte nicht. Paracelsus sah nur an ihm vorbei.

Simon leckte sich die Lippen und räusperte sich. Einen Versuch hatte er noch: »Die Apotheker hier hassen dich, Meister.«

Paracelsus reagierte nicht. Angestrengt fixierte er etwas hinter Simons Schulter.

»Ein eigenes Labor wird das kaum besser machen, fürchte ich.«

Paracelsus antwortete nicht. Simon runzelte seine Stirn.

Irgendetwas stimmte nicht.

»Was hast du, Paracelsus?«

Der war leichenblass geworden. Simon ließ die Muschel fallen.

»Was ist denn?«

Paracelsus schwieg. Sein Mund war halb geöffnet. Seine Pupillen waren weit. Unwillkürlich wurden Simons Hände feucht.

»Paracelsus, was zur Hölle ist denn los?«

Der deutete hinter Simon, ganz langsam. Simon folgte dem Zeigefinger. Er zitterte. Sein Kopf drehte sich, fast ohne sein Zutun. Sein Herz schlug schneller. Leoniceno faselte irgendetwas. Simon hörte es nicht mehr. Das Geschwätz um ihn herum wurde leiser. Das Fest verschwamm vor seinen Augen. Ein Schauer lief über seinen Rücken.

»Was ist denn?«, flüsterte er noch. Schon kannte er die Antwort. Kaum wagte er zu atmen.

Er lugte über seine Schulter. Kniff die Augen zusammen. Und tat einen stummen Schrei.

»Also nicht Ferrara«, flüsterte er zu sich selbst.

Ein großer Mann stand hinten beim Brunnen. Mit einem schwarzen Umhang. Und einem roten Gürtel. Sein Blick suchte die Menge ab.

Caspar

»Die Pest?«

Arnold zum Luft sprang von seinem Schreibtisch auf und warf das Steuerbuch der Stadt zornig auf den Boden.

»Nein! Eschenbach, Ihr seid des Wahnsinns.«

»Mitnichten, Herr.« Caspar räusperte sich: »Ich habe ein Buch. Die Geschwulst des Flamen ist dort abgebildet. Im Detail. Es ist der schwarze Tod, der ihn holt.«

»Weil ein Bild in ein Buch gekritzelt ist, glaubt Ihr das zu wissen? Dass diese Stadt dem Untergang geweiht ist! Was für ein Arzt seid Ihr denn?«

Der Bürgermeister hatte keinen Zweifel daran gelassen, dass Caspars nächtlicher Besuch im Rathaus kurz zu sein hatte und ohnehin unerwünscht war. Jetzt aber hatte der Stadtarzt dessen ganze Aufmerksamkeit. Wie Caspar wünschte, dem wäre nicht so. Er trat von einem Bein auf das andere.

»Seine Symptome sind dort niedergeschrieben, Herr«, stammelte er unsicher. »Einige zumindest.«

»Einige zumindest? Hahaha!« Zum Luft lachte erleichtert auf. »Dann wisst Ihr es also nicht?«

»Doch.« Caspar nickte unschlüssig. »Es ist dieselbe Krankheit beschrieben, denke ich.«

»Denkt Ihr?« Zum Luft sah ihn an wie die Schlange das Kaninchen. Caspar fühlte sich klein. »Ihr habt den schwarzen Tod noch nie gesehen?«

»Nein, Herr.« Caspar versuchte, die Nerven zu behalten. »Das hat mir Gott erspart, bis jetzt.«

»Dann könnt Ihr es nicht wissen! Und doch werft Ihr mit solch schicksalhaften Worten um Euch, als wären sie nichts. Als würde das nichts bedeuten. Für uns und unsere Stadt.« Zum Luft schüttelte energisch seinen Kopf. Sorgsam hob er das Steuerbuch auf. Fast liebevoll.

»Der Mann war im Fieber, seine Lippen waren blau.« Caspar holte Luft. »Und er hatte pflaumengroße Knoten an den beschriebenen Stellen. Sagt mir, was für eine Erkrankung soll das denn sein?« Caspar war laut geworden und duckte sich.

»Ja, was fragt Ihr mich das? Ihr seid der Arzt! Und diagnostiziert Krankheiten, die Ihr nicht einmal kennt«, gab der Bürgermeister schnippisch zurück.

»Und Euer Arzt sagt Euch, das ist die Pest. Könnte die Pest sein«, fügte Caspar ein wenig leiser hinzu. »Wir müssen die Bevölkerung warnen. Sie müssen sich fernhalten von den Plätzen, von den Kirchen.«

»Von den Kirchen? Seid Ihr übergeschnappt?« Zum Luft hielt auf Caspar zu. »Die Stadt hat endlich zum wahren Glauben gefunden, und Ihr wollt ihnen die Kirchen wegnehmen? Und den Handel zum Erliegen bringen? Niemals!« Zum Luft umklammerte sein Steuerbuch. »Gar nichts werden wir sagen, bis wir nicht sicher sind. Und selbst dann ...«

»In dem Buch ist eine Tuschezeichnung ...«, setzte Caspar an.

»Gebt endlich Ruhe mit diesem nichtssagenden Buch, Ihr Stümper«, unterbrach ihn zum Luft.

»... mit Leichen überall!« Caspar ließ sich nicht beirren. »Auf den Straßen. Auf den Feldern. In großen Haufen übereinander geworfen.« Caspar wagte sich einen Schritt an zum Luft heran. »Ist es das, was Ihr Eurer Stadt wünscht? Das Grauen in den Gassen?«

»Ich wünsche mir Frieden für meine Stadt!«

Caspar befürchtete langsam, er würde mit dem Steuerbuch verhauen werden.

»Und Wohlstand! Keine Panik und Hysterie ohne jeden Beweis für ein Übel.« Zum Luft zog eine Grimasse. »Nur weil ein Junge, der kaum praktiziert, etwas zu lange in ein Buch gesehen hat.«

Caspar war den Tränen nahe. Ihm wurde plötzlich kalt. »Was soll ich denn sagen, wenn er mich fragt, was er hat?« Nun sah er tatsächlich zu Boden wie ein kleiner Junge.

Zum Luft lachte. Er breitete versöhnlich seine Arme aus: »Na, Ihr lügt! Das werdet Ihr doch bei der Inquisition gelernt haben, Mann.« Zum Luft packte Caspar bei den Schultern. »Lügen sollt Ihr! Sagt, Ihr wisst nicht, was er hat. Oder erfindet irgendein lateinisches Wort. Aber bei Gott, sagt ihm, er wird gesund. Er wird Euch glauben, Ihr seid Arzt.«

»Das ist«, Caspars Lippen zitterten, »das kann ich nicht, Herr.«

Da packte zum Luft ihn am Kragen und funkelte ihn an.

»Ihr habt die Pest noch nie gesehen, Junge? Wart nie in einer Stadt, in der jeder meint, er erlebt die nächste Woche nicht?« Zum Luft schüttelte Caspar und ließ dann von ihm ab. Er rannte im Zimmer umher. »Sodom und Gomorrha! Plünderungen. Bluttaten. Panik und Anarchie!« Zum Luft erinnerte sich kurz, dass er atmen musste, dann schrie er weiter: »Ich habe das einmal erlebt, Bursche. In Nürnberg. Was die Pest verschont, erledigt der Mensch für sie.«

»Meine Patienten verdienen die Wahrheit, Herr«, beharrte Caspar. Er war der Stadtarzt, verdammt noch eins!

Zum Luft schüttelte den Kopf: »Nein, Junge. Sie verdienen Ordnung. Wenn Ihr tatsächlich recht habt – was ich Euch keine Sekunde lang glaube, und Gott bewahre uns davor – müssen wir diese Stadt beschützen. Vor sich selbst.« Zum Luft seufzte in sich hinein. »Und deshalb müsst Ihr schweigen.«

Paracelsus

Außerhalb des herzoglichen Hofes war es vollkommen still. Keine Menschenseele fand sich noch auf Ferraras Gassen. Theo spähte ängstlich in die Dunkelheit. Nichts. Nur sein eigener Atem. Und die Nacht. Betroffen schielte er hinauf zur mächtigen Kathedrale San Giorgio. Er würde sie nie wieder sehen. Die Galle stieg in ihm auf.

»Sie sind hier, Simon«, flüsterte er. Kaum bewegte er seine Lippen. Simon nickte verstört. Paracelsus hörte eine schwarze Katze vorbeischleichen. Er versuchte, nicht zu rennen, um kein Aufsehen zu erregen. Fast konnte er nicht anders.

»Lass uns nach Hause und schleunigst unsere Sachen packen«, hauchte Simon.

»Nein, da erwarten sie uns als Erstes.« Paracelsus' Blick verharrte skeptisch in einer dunklen Ecke. »Wir haben kein zu Hause mehr.«

Das Herz pochte in seiner Brust. Er duckte sich unmerklich. Sein Weg war ein anderer.

»Aber wir brauchen unsere Sachen. Dein Diplom, deinen Talar. Unsere – Bücher«, protestierte Simon leise.

Paracelsus schüttelte seinen Kopf. Sie brauchten nur ein einziges Buch. Und das war nicht in ihrem Zimmer.

»Der Talar ist unwichtig, und das Diplom auch. Im Vergleich zu unserem Leben. Du hast Magnus gesehen, damals. Willst du wirklich mit seinesgleichen kämpfen?«

Simon schüttelte heftig seinen Kopf.

»Wir müssen sofort die Stadt verlassen.« Ein Blatt raschelte im Wind. Paracelsus' Herz setzte aus. »Wir müssen zu den Pferden. Komm. Und sei leise. Sie sind hier draußen.«

Sie bewegten sich langsam. Ängstlich umherblickend. Nur ihrer beider Atem war zu hören. Je mehr sich Paracelsus bemühte, ruhig zu schnaufen, desto lauter wurde es.

Der Junge, der die Pferde bewachen sollte, war selig eingeschlafen. Paracelsus schluckte. Vorsichtig schlich er an ihm vorbei wie ein Dieb. Von keinem wollte er gesehen werden, der Antwort geben könnte. Paracelsus betrat den Stall. Der Mond schien herein. Der Geruch von Heu und Mist stieg in seine Nase. Die Pferde horchten auf. Keines gab einen Laut von sich. Sie spürten seine Not. Langsam band er ihre beiden Rösser los. Der Stalljunge rührte sich nicht.

»Sie werden uns kriegen, Meister.« Simons Stimme bebte. Sein Gesicht war ganz blass.

»Psst.« Paracelsus legte streng den Zeigefinger auf seine Lippen. Ein Ross scharrte nervös im Stroh. Es raschelte. Paracelsus schielte zu dem Stalljungen und zog den Sattel fest. Hinten in der Ecke bewegte sich etwas. Es mochte eine Ratte sein. Theo traute sich nicht, es zu überprüfen. Mechanisch tastete er nach dem kleinen Messer, das an seinem Gürtel steckte. Seine Hand zitterte. Immer wieder sah er nach hinten. In die Dunkelheit.

»Komm«, hauchte er.

Leise führten sie die Rösser an dem Stalljungen vorbei. Der rührte sich kurz und schlief weiter. Paracelsus wagte nicht zu atmen.

»Das ist nicht der Weg zum Stadttor«, murmelte Simon. »Wo willst du hin?«

»Komm einfach. Und halt dein Maul.«

Panisch suchten Theos Augen die Gassen ab. Niemand war da. Trotzdem fühlte er sich in der Falle. Er biss sich auf die Lippen. Die Hufe der Tiere polterten erbarmungslos auf das Pflaster der Straße. Simons Atem rasselte. Theo bog unnütz ab. Nur um Augen abzuschütteln in der Dunkelheit. Sein Messer war gezückt.

»Da«, flüsterte Theo.

Schließlich erreichten sie einen vertrockneten Brunnen. Hier hatte Paracelsus alles versteckt für diesen Fall: Eine Garnitur saubere Kleidung, sein medizinisches Besteck, einige Arzneien und Tinkturen. Unverderbliche Nahrung, etwas Wasser, einen gut gefüllten Münzbeutel und – Astartes Buch. Sorgsam strich Theo darüber und band es fest an seinen Gürtel. Simon gaffte gierig darauf.

Jetzt stieg Theo auf sein Ross. So lautlos wie ein Geist. Das Stadttor war nicht weit. Dann musste es schnell gehen. Paracelsus verbarg sein Messer.

»Wohin des Weges, zu dieser unchristlichen Zeit?« Der Stadtwächter schielte sie beide skeptisch an. Paracelsus lächelte so unschuldig wie möglich. Sein Herz schlug bis zum Hals. Wenn der Stadtwächter ein Verbrechen vermutete, würde er ihnen die Passage verweigern.

»Ich ...« Theo wischte sich den Schweiß aus der Stirn und räusperte sich. »Meine Tante ist schwer erkrankt. Ich bin Arzt, ich muss ihr helfen.«

Die Miene des Stadtwächters änderte sich nicht. Argwöhnisch betrachtete er den zitternden Simon. Und Paracelsus' zuckendes Augenlid.

»Und die Nachricht habt Ihr heute Nacht erhalten?« Die Augenbraue des Wächters hob sich. Er glaubte ihm kein Wort, Theo spürte es. »Wer seid Ihr?«, raunzte er streng.

»Bitte. Lasst uns passieren. Wir haben höchste Not«, bettelte Theo und sah unsicher um sich. Simon begann zu zappeln oben auf dem Rücken seines Pferdes. Der Wachmann bemerkte es wohl.

»Nach Eurem Namen habe ich gefragt!« Er umgriff entschlossen seine Lanze.

Theo seufzte auf und nahm eine Silbermünze zur Hand.

»Ich bin Paracelsus. Bitte, meine Tante liegt im Sterben.«

Schlagartig erhellte sich die Miene des Stadtwächters. »Paracelsus?«, rief er begeistert aus. Der zuckte zusammen. Der Lautstärke wegen. »Ha! Meine Nichte hatte einen ganz krummen Rücken. Bis Ihr sie behandelt habt. Gott segne Euch, Dottore.«

Die Silbermünze nahm er trotzdem. Dann öffnete er das Tor. Seine Scharniere quietschten unerträglich laut. Paracelsus verfluchte sie stumm.

»Paracelsus, wie habt Ihr ...«, setzte der Stadtwächter lautstark an. Der schüttelte hastig seinen Kopf und sah um sich.

»Meine Tante«, gab er leise zurück und sah dem Wächter tief in die Augen. Der verstand. Und gab schweigend das Tor frei. Schwer polterte es hinter ihnen. Ferrara war verschlossen.

»Wohin nun, Meister?«, flüsterte Simon. Immer wieder sah er Richtung Stadttor zurück. Bald weinte er vor Angst.

»Gleichgültig«, hauchte Paracelsus. Er duckte sich vor der offenen Landschaft. Die Weite gruselte ihn. »Sei bloß leise.«

Im Schritttempo ritten sie weiter. Die Felder waren schon abgeerntet. Es war totenstill. Paracelsus' Blicke schweiften umher. Kein Schatten, der sich bewegte. Der Wind raschelte durchs Gras. Die Hufe trampelten dumpf. Am lautesten aber war Theos pochendes Herz.

»Wir müssen nach Norden kommen, Simon. Vielleicht meiden wir aber besser die Alpen, dieses ...«

Paracelsus unterbrach sich. Plötzlich merkte er auf. Er spitzte die Ohren. Simon schrak auf. Sein Pferd riss den Kopf hoch.

»Was?«

Zuerst war es nur irgendein Geräusch. Unbestimmt, in der Ferne, hinter ihnen. Dann ein zweites. Ein Grollen. Ein Donnern. Regelmäßig. Lauter. Und lauter. Hufe!

Paracelsus riss die Augen auf. Er fuhr herum. Zwei Reiter folgten ihnen! Paracelsus biss seine Kiefer aufeinander.

»Simon, schnell!«, rief er und trat in die Flanken seines Pferdes. Es wieherte. Die Hufe donnerten über den Lehmboden. Die Welt wankte um sie herum. Paracelsus musste sich mit aller Kraft an der Mähne festhalten. Sie galoppierten wie der Wind. Vergebens. Die Reiter näherten sich unerbittlich. Paracelsus beugte sich nach vorn. Simon fiel zurück. Paracelsus fluchte. Dann umgriff er entschlossen die Zügel und schlug einen Haken. Sein Ross wieherte auf.

»Nicht, Meister!«, rief Simon aus Leibeskräften. »Das ist Wahnsinn. In der Finsternis!«

Paracelsus verließ den Weg und ritt querfeldein. Schon strauchelte sein Pferd. Der Schweiß rann über seine Stirn. Sein Hengst schnaubte. Paracelsus trat zu. Er schmeckte Blut in seinem Mund. Da! Ein Schrei erklang. Paracelsus sah zurück und grinste. Das Pferd eines Rotgürtlers wieherte auf. Es war im Dunkeln über etwas gestolpert. Der Reiter lag am Boden. Der zweite verfolgte sie beharrlich.

»Simon, schneller!«

Paracelsus fühlte Speichel auf seinem Kinn. Der Rücken seines Hengstes war heiß. Simon trat verzweifelt in die Flanken des Tieres unter ihm. Der Reiter kam näher und näher. Paracelsus schielte zurück und biss sich auf die wunden Lippen.

»Schneller, Simon. Schneller!«, rief er dem Jungen verzweifelt zu und konnte sich kaum selbst halten. Der Hengst unter ihm keuchte. Von hinten hörte er nur noch Gewimmer. Panisch schielte er zurück.

»Simon, schneller. Er ist direkt hinter dir!«

»Ich kann nicht, Paracelsus!«

Paracelsus schnitt eine schmerzverzerrte Grimasse. Phönizische Schreie erklangen. Meter für Meter holte der Rotgürtler auf. Der Sarazenensäbel war gezückt. Drohend funkelte er im Mondlicht.

»Simon!« Der Wind verschluckte seine Worte. »Er holt dich ein!«

Paracelsus kniff die Augen zusammen. Sie tränten. Simon hielt sich kaum noch im Sattel. Der Häscher beugte sich nach vorn. Er hatte den Hinterlauf von Simons Pferd erreicht. Simon wich dem Säbel aus.

»Paracelsus, hilf mir!«

Der sah zurück und rang mit sich.

»Paracelsus, bitte!«

Simon winselte. Er hatte keine Chance.

Theo atmete durch. Biss sich auf die Zähne. Und mäßigte sein Pferd. Der Hengst wollte nicht langsamer werden. Und tat es doch.

»Hilf mir, Paracelsus!«

Theo löste die Dose von seiner Satteltasche. Er wollte beten. Aber die Zeit fehlte. Bald hatten beide ihn erreicht.

»Paracelsus!«

Mit zitternder Hand öffnete Theo die Dose. Kaum wollte es ihm gelingen. Simons Ross wieherte neben ihm. Da – ließ Theo weißes Pulver durch die Luft wirbeln. Nach hinten. Zu dem Ross des Rotgürtlers und dessen Augen.

Der Schrei fuhr Paracelsus bis ins Mark. Das Pferd des Rotgürtlers wieherte gottserbärmlich in die Nacht. Es blieb stehen, schlug aus. Schüttelte verzweifelt seinen Kopf. Dann riss es die Vorderhufe in die Luft. Und schüttelte seinen Reiter ab. Der Aufschlag war dumpf. Es knackte. Das Pferd rannte in die Nacht davon.

»Was war das denn?«, fragte ein entgeisterter Simon schwer schnaufend neben Paracelsus. Er war leichenblass.

»Das Salz der Salpetersäure«, entgegnete Paracelsus trocken. »Nicht gut für die Schleimhäute. So sagt man.«

Margret

Ihr Stadthaus in der Rittergasse war schlicht, aber gemütlich. In der Mitte des Wohnraumes züngelten die Flammen leise und gemächlich über der kniehoch aufgemauerten Feuerstelle hinauf zu einem kleinen Rauchfänger. Beruhigende Schatten tanzten an den nachlässig verputzten Wänden. Über dem Feuer baumelte ein gusseiserner Kochtopf an zwei längenverstellbaren Ketten von der Decke, heute gefüllt mit Ziegeneintopf, der besser roch, als er schmeckte. Seitlich davon stand eine schmale Sitzbank aus Ahorn, um sich im Winter die kalten Glieder zu erwärmen. Weiter hinten folgten eine kleine Küche und die Vorratskammer, die Treppe hinauf war das Schlafzimmer.

Margret hatte die Sitzecke seitlich der Feuerstelle in einer Nische unterhalb des schmalen Fensters angebracht und sie widerwillig mit einigen ihrer Stickereien versehen. Von den Wänden lächelten einige Ölgemälde mit Jagdmotiven herab, die das Familienwappen der von Eschenbachs rahmten. Margret fand sie albern. Aber sie waren das Hochzeitsgeschenk von Caspars Mutter gewesen, deshalb hatte sie nicht anders gekonnt, als sie aufzuhängen. Die beiden standen sich zwar nicht allzu nahe und Caspars Heirat mit einer Jüdin hatte ihr Verhältnis nicht gerade verbessert, aber es ging ums Prinzip. Zudem hätte es Jacob Göttisheim das Herz gebrochen, hätte man nicht dezent darauf hingewiesen, dass Margret in den Adel eingeheiratet hatte. Ganz gleich, wie bettelarm und unbedeutend er auch sein mochte.

Margret hatte sich mittlerweile daran gewöhnt, dass sie einen Mediziner geheiratet hatte, der annähernd mittellos war und es wohl noch sehr lange Zeit bleiben sollte. Ein Blick in Caspars strahlend blaue Augen reichte, und Margret war für alle Entbehrungen entschädigt. Wenn er ihr nach einem Tag voller Arbeit in der Praxis und unzähligen Hausbesuchen begeistert über die Genesung des einen oder anderen Patienten berichtete, wusste Margret, warum sie ihn geheiratet hatte. Stolzer hätte ein Eheweib nicht sein können. Auf dem Markt grüßte sie jeder eifrig, und alle Händler, Handwerker, Mägde oder Waschweiber richteten stets beste Grüße aus.

Sie hatten am Essenstisch Platz genommen. Caspar löffelte etwas zögerlich den geschmacklosen Eintopf. Margret war schon im Nachtgewand. Das weiße Leinen umschmeichelte ihre Haut. Ihre rotbraunen Locken fielen lose in Wellen über ihre Schultern. Liebevoll wiegte sie den kleinen Laurencz an ihrer Brust.

»Ausgeschimpft hat er mich, wie einen kleinen Jungen!« Caspar schnaubte verächtlich. Margret kräuselte ihre Stirn. Sie war eigentlich in ganz guter Stimmung gewesen, bis Caspar angefangen hatte, von seinem Tag zu berichten. Jetzt starrte sie ihren Gatten bangend an. Der schien es nicht zu bemerken.

»Und dann hat er tatsächlich verlangt, ich solle es keinem erzählen. Meine eigenen Patienten belügen. Hinterrücks!«

Margret atmete schneller.

»Entweder zum Luft unternimmt gleich etwas, oder es ist sowieso um uns geschehen!«

Margret presste die Lippen zusammen. Zum Luft steckte den Kopf in den Sand. Schlimmer konnte es nicht kommen. Caspar kaute angestrengt auf einem zähen Stück Fleisch herum.

»Wenn ich morgen in die Spalenvorstadt reite, dann bestimmt nicht, um Lügengeschichten von einer Wunderheilung zu erzählen.«

Margrets rehbraune Augen verfinsterten sich. Jetzt war das Maß voll.

»Hat dich der Irrsinn befallen, Mann?«

Margret starrte Caspar entgeistert an. Der schien erst jetzt zu bemerken, dass sie anwesend war. Eigentlich hatte er nur mit sich selbst gesprochen.

»Du wirst doch nicht so töricht sein und tatsächlich zu diesem verwunschenen Wirtshaus gehen! Wenn du schon weißt, dass der schwarze Tod darin wohnt.«

Margret flüsterte, um ihren Jungen nicht zu wecken. Aber ihr Tonfall war der eines Schreiens. Sie war mittlerweile Meisterin darin, flüsternd zu schreien.

»Ja, was bleibt mir denn übrig, Weib? Er ist mein Patient, und es geht ihm schlecht.« Caspar schob den Ziegeneintopf angewidert von sich.

»Wieso ist er dein Patient?« Margret strich sich empört die roten Locken aus dem Gesicht. »Er ist ein Fremder, der sich zufällig in deine Praxis verlaufen hat.«

»Weil er stirbt! Herrgott noch eins!« Caspar hob den Löffel aus der Schüssel mit Eintopf und ließ ihn wieder hineinfallen. Es spritzte.

»Dann wirst du ihm nicht mehr helfen!« Margret biss auf ihre Unterlippe. »Darf ich dich daran erinnern, dass du einen Sohn hast«, fuhr sie fort. »Und ein Weib. Wir brauchen dich, Caspar! Und das lebend.«

»Ich muss dem Bürgermeister aber bessere Argumente liefern, Frau! Damit er den Notstand ausruft. Ich muss wissen, was in dem Wirtshaus vor sich geht, und das rasch.« Caspar versuchte, mit dem Löffel eine Zwiebel aus dem Eintopf zu fischen. »Vielleicht irre ich mich ja. Und es ist nicht die Pest. Vielleicht hat er nur die Krankheit der Franzosen. Und die ganze Aufregung ist umsonst.«

»Alle dort«, flüsterte Margret, »sollen sich mit der französischen Krankheit angesteckt haben?«

Caspar schüttelte betreten den Kopf. Traurig starrte er auf sein Buch. Und die Tuschezeichnung, die er Margret gezeigt hatte. Er seufzte.

»Geliebtes Weib.« Caspar versuchte zu lächeln und scheiterte. »Ich muss wissen, was dieses Wirtshaus heimsucht. Das ist meine Pflicht. Der Stadt gegenüber.«

»Die Pflicht gegenüber deiner Stadt hat Grenzen, wenn es um dein eigenes Leben geht. Ich liebte schon einmal jemanden, der genau das vergessen hat.«

Margret hatte die Beherrschung verloren und war laut geworden. Der kleine Laurencz plärrte in ihrem Arm. Margret tätschelte ihn beiläufig.

»Denkst du, ich trage dich jetzt auch zu Grabe? Kaum, dass wir geehelicht sind?«

»Herrgott!« Caspar hieb mit der Faust auf den Tisch. »Es bleibt doch nicht bei den Flamen. Das ist es ja. Irgendwann kommen die alle in meine Praxis gerannt. Soll ich dann die Tür verschließen? Vor ganz Basel, he?« Caspar trank hastig seinen gewässerten Wein leer. »Soll sich ihr Arzt verstecken? Wie ein Feigling? Weil er Angst hat, sich anzustecken? Sag.« Caspar ergriff den Arm seiner Frau. »Willst du das? Einen Feigling zum Mann?«

»Vor allem will ich einen Mann, der lebt.« Jetzt schluchzte Margret.

»Ich bade mich anschließend gleich im Rhein. Und meine Kleidung wasche ich sofort aus. Ich versprech's. Ich bin ganz vorsichtig.«

»Das nützt doch aber nichts, wenn sie dich anhusten. Mit dem da!« Margret deutete auf die Tuschezeichnung. Ihr Finger zitterte.

»Ich hatte das da«, Caspar klopfte auf die Zeichnung, »doch heute schon in meiner Praxis. Hätte ich durchs Fenster hüpfen sollen und davonrennen, nachdem ich ihn besah?«

Margret küsste das Köpfchen des kleinen Laurencz. Entschieden starrte sie an Caspar vorbei.

»Ich werde Kontakt zu dieser Krankheit haben, wenn sie sich ausbreitet. Weil das mein Beruf ist!« Caspar sah enttäuscht in seinen leeren Becher. »Gott allein wird entscheiden, ob er mich zu sich holen will und wann.«

Margret verdrehte die Augen. Demonstrativ hielt sie das Kind vor sich. Sie würde diese Diskussion verlieren. Das war schon sonnenklar. Nur wahrhaben wollte sie es nicht.

Caspar raufte sich sein Haar. Sichtlich bemühte er sich um einen ruhigen Ton. »Frau, wäre es dein Patient ...«

Margret hielt den Atem an. Caspar wusste genau, wie sehr sie sich eigene Patienten wünschte. Diese Karte jetzt zu spielen, war gemein.

»... Würdest du genau dasselbe tun.«

Und recht hatte er obendrein.

Margret ließ ihre Schultern hängen. Traurig drückte sie den kleinen Laurencz an ihren Leib. Sie machte einen Schmollmund.

»Dann halte dich wenigstens so kurz dort auf wie irgend möglich. Und du meidest engen Körperkontakt, so gut es nur geht, versprochen?«

Margret lächelte Caspar nachsichtig an. Besorgt strich sie ihm über sein weiches Haar und schenkte ihm einen innigen Kuss.

»Versprochen«, antwortete er.

Margret wusste genau, dass es gelogen war.

Caspar

Der Gastraum des Wirtshauses in der Spalenvorstadt war vollkommen leer. Die Fensterläden waren zugeklappt. Eine warme Brise wehte durch die Spalten. Ansonsten war es wie ausgestorben. Caspar schüttelte sich. Es war gespenstisch hier.

Er hatte seine Tasche gepackt, aber in Ermangelung irgendwelcher Heilmethoden, außer Schmerzmitteln, Kräuterwickeln und einigen Arzneien gegen das Fieber nur Weihwasser eingepackt. Er hatte keine Vorstellung dessen, was ihn hier erwartete. Betete zu Gott, der Bürgermeister möge mit seinen Zweifeln recht behalten. Und er selbst möge irren. Oben knarrte eine Tür. Die Wirtin kam herunter.

»Alle krank da oben. Geht wieder. Sucht das Weite! Der Teufel ist in dieses Haus gefahren.«

Sie trug eine Schüssel mit Wasser und eine Handvoll schmutziger Lappen vor sich her.

»Guten Tag, gnädige Frau. Ich bin Caspar von Eschenbach, der städtische Arzt. Ein Patient von mir wohnt hier.«

»Ah, ja. Der Arzt.«

Die Wirtin ging weiter ihres Weges. Zum Gruß hielt sie nicht inne.

»Die sind alle da oben. Seht, was Ihr machen könnt. Und dann lauft fort, so weit Ihr wollt. Meine Großmutter hat mir berichtet von damals. Die Mediziner konnten gar nichts tun.«

Gleichgültig verschwand sie in die Küche. Caspar nahm schweigend die Treppe. Normalerweise freute man sich über seinen Besuch und grüßte.

Das Fremdenzimmer war ein einziger großer Raum ohne Mobiliar. Die Fenster standen weit offen, dennoch stand der Gestank in der Luft wie ein Schildwall vor dem Schwerte. Caspar traf es wie der Schlag. Der Geruch von Urin und Erbrochenem hatte sich fest eingenistet. Aus jeder Richtung des Raumes war ein Wimmern zu hören, aber keiner sprach ein Wort. Teils waren offene Augen zu erkennen, aber niemand blickte auf. Caspar fühlte sich bald wie auf einem Friedhof der Lebenden. Niemand rührte sich. Keiner grüßte. Die Gäste lagen auf Stroh, das auf dem hölzernen Boden verstreut worden war. Schmutzige Decken umgaben ihre Leiber. Vor ihnen standen fast volle Näpfe mit dem Eintopf vom Mittag. Die Wirtin hatte an jedes Lager einen Krug mit Wasser gebracht, aber niemand von ihnen hatte getrunken. Die Angst stieg in Caspars Glieder.

Er schritt unschlüssig von einem Patienten zum nächsten. Nicht alle schliefen, aber keiner war richtig wach. Irgendjemand röchelte. Einer sprach im Fieber. Wäre er jetzt gegangen, hätte ihn niemand bemerkt.

Caspar wollte gerade hinunter zu der Wirtin und sie fragen, seit wann sie alle schon so dalagen, da streckte sich ihm ein Arm entgegen. Es war der Patient von gestern.

»Gott zum Gruß, mein Herr«, sprach Caspar sanft und bückte sich zu ihm.

»Herr Doktor«, flüsterte der Tuchhändler und versuchte, sich aufzurichten. »Ihr seid gekommen.« Er konnte kaum die Augen offenhalten.

»Wie geht es Euch?«

Caspar legte die Hand auf seine Stirn. Sie glühte.

»Der Schmerz ist besser mit Eurer Arznei.« Sein Kopf sackte weg. »Aber nicht gut.«

Caspar nickte verständig. Er legte ihm einen Kräuterwickel auf die Stirn und schlug dann die Decke zurück. Der Flame hatte sich im Fieber alle Kleider vom Leibe gerissen und war schon vollkommen nackt. Caspar besah die Beulen. Sein Gesicht fiel in sich zusammen.

Die Geschwüre waren nicht mehr blassrosa, sondern dunkel und bläulich geworden. Sie schienen noch einmal gewachsen zu sein. Mehrere kleinere waren hinzugekommen.

»Solch eine Verschlechterung. Innerhalb eines Tages«, murmelte er. »Bei Gott.« Caspar bekreuzigte sich. Der Flame bemerkte es wohl.

Caspar versuchte, sanft zu tasten.

»Aaah!«, schrie der Händler sofort. Sein Körper krümmte sich vor Schmerz.

»Entschuldigt bitte«, sprach Caspar in Gedanken. Er könnte diese Knoten einfach herausschneiden, überlegte er. Aber der Zustand des Reisenden erschien ihm schon zu schlecht dafür. Er würde den Eingriff wohl kaum überleben. Darüber hinaus – wenn es wirklich die Pest war, musste es einen Grund geben, warum niemand dazu riet. Caspars Buch hatte kein Wort von Chirurgie erwähnt.

Da erblickte er noch etwas anderes. Am Schienbein des Kranken: Pusteln. Ein Dutzend. Linsengroß und pechschwarz. Caspar verzog sein Gesicht. Die waren gestern noch nicht da gewesen. Das wusste er gewiss. Was war das bloß? Ein Schauer durchfuhr ihn.

Die Unglücklichen sprechen wirr vom Fieber und beten um den eigenen Tod vor lauter Schmerzen. Wenn die schwarzen Flecken kommen, wird ihre Bitte binnen zwei Nächten erfüllt.

So hatte es in Caspars Buch geheißen. Unter der Tuschezeichnung mit den toten Leibern.

Der Reisende griff nach seiner Hand. »Ich werde sterben, Doktor. Ich weiß es wohl. Sagt mir bloß noch, was es ist. Ich bitte Euch. Ich brauche Gewissheit.«

Caspar sah mitleidig zu ihm nach unten. Er dachte an Arnold zum Luft.

»Der schwarze Tod hat Euch ereilt. So denke ich.«

Der Händler schloss dankbar die Augen und nickte. »Das dachte ich mir. Ihr seid ein guter Mann, Doktor.«

Der Flame verlor das Bewusstsein. Caspar prüfte seine Atmung und ging zum nächsten. Der war noch schlechter dran. Fahle Augen sahen zu Caspar auf und wussten nicht, wie ihnen geschah. Sie erkannten das menschliche Gesicht nicht mehr. Caspar versuchte, dem Mann etwas Wasser einzuflößen, aber der konnte kaum mehr schlucken. Also betupfte Caspar sein Haupt mit Weihwasser. Mehr konnte er nicht mehr für ihn tun.

Dem nächsten Patienten ging es etwas besser. Als Caspar ihn wachgerüttelt hatte, sprach er etwas verwaschen, aber ausreichend laut:

»Ihr seid der Arzt? Helft mir. In Gottes Namen, bringt mich weg von hier! Von denen. Sie sterben. Und reißen mich mit in den Tod.«

Caspar schüttelte ihm die Hand. »Darf ich Euch besehen, Herr?«

»Ich bin kein Herr! Ich bin ihr Knecht. Überall in der Welt haben sie mich herumgeschleppt, nur um billige Ware zu finden, und jetzt soll ich mit meinem Leben dafür bezahlen? Nein! Auf ihren Schiffen habe ich mich angesteckt. Bringt mich weg von denen. Ich bin zu schwach zum Laufen.«

Der Mann spuckte aus. Sein Sekret war blutig.

Caspar schlug die Decke zurück. Hühnereigroße Wucherungen ragten aus den Leisten hervor. Dunkelblaue Flecken säumten den Bauch des Mannes.

»Ich habe es nicht, oder?« Der Knecht packte Caspars Arm. »Bei mir ist es etwas anderes, nicht wahr? Ich werde nicht verrecken wie die!« Er rümpfte seine Nase und blickte umher. »Sagt es mir.«

Caspar sah ihn unglücklich an. Da bäumte sich der Mann im Nachbarbett auf und hustete aus Leibeskräften. Caspar eilte zu ihm, um ihn zu stützen. Und um dem Knecht nicht antworten zu müssen. Sachte hob er den Armen. Schwarzer Schleim tropfte auf die Decke. Der Patient sah Caspar an wie aus einer anderen Welt. Blut und Speichel flossen sein Kinn hinunter. Caspar drehte sich angewidert weg und würgte. Fast hätte er gebrochen. Dann wusch er das Gesicht des Kranken. Wahrlich, der Höllenschlund hatte sich aufgetan in diesem Raume.

»Und? Wie wollt Ihr diesem Wahnsinn Einhalt gebieten, Doktor?«

Die Wirtin war hereingetreten und stemmte die speckigen Hände in ihre runden Hüften. Caspar sah sie fassungslos an. Das hier hätte er sich in seinen schlimmsten Albträumen nicht erdenken können.

»Sprecht, Doktor! Sie werden sterben, oder? Und wir mit ihnen.«

Der Patient in Caspars Armen rang nach Luft. Die Wirtin eilte herbei und half ihm, den Mann zu betten. Sein Gesicht war eine schmerzverzerrte Fratze.

»Wir müssen sie ins Spital bringen, gnädige Frau. Sie bedürfen der fachkundigen Pflege.«

»Hah!« Die Wirtin lachte zynisch auf. »Ja glaubt Ihr denn, ich mache das hier freiwillig und habe es nicht versucht?«

Caspar sah sie fragend an und kühlte die Stirn des Mannes.

»Sie sagen, sie nehmen keine Fremden. Das Spital sei für die Ihrigen. Pfui! Das sind mir vielleicht Nonnen.« Das Weib erhob sich. Tapfer schluckte sie ihre Tränen hinunter. »Also, Doktor, sprecht! Was mache ich mit denen? Mein Mann hat die Beine in die Hand genommen und ist zu seiner Hure gelaufen, als der Erste gehustet hat. Die Gäste sind abgereist. Mein Dienstmädchen ist zu ihrer Tante nach Zug gefahren.

Kinder haben wir keine. Was mache ich jetzt mit diesem Haus voller Sterbender?«

Caspar sah die Wirtin ausdruckslos an. »Ich weiß es wirklich nicht, Teuerste.« Die Wahrheit war das Einzige, was er hatte. Das und Weihwasser.

»Ich komme einfach nicht mehr nach! Kaum habe ich alles gewischt hier, kotzt wieder einer. Alles pissen sie voll. Von den Toten kriege ich kein Geld, und wo sie ihre Wolle lagern, weiß ich nicht. Aber ich kann sie doch nicht einfach hier verrecken lassen, Doktor. Da muss man sich doch schämen, vor dem Herrgott!« Jetzt weinte sie doch.

»Ja, gnädige Frau«, Caspar wollte durchatmen und wagte es nicht. »Ich helfe Euch bei der Pflege.«

Die Wirtin schickte sich gerade an, einen Nachttopf zu entleeren, und prustete los: »Ihr? Wollt mir helfen? Ihr seid Arzt.« Entschieden schüttelte sie ihren Kopf: »Ein Mannsbild bei der Krankenpflege!«

»Es ist niemand anderes da, oder?« Caspar sah sich um. »Wir bräuchten frische Decken, wenn Ihr welche habt. Ich habe Arnika bei mir. Könnt Ihr einen Tee daraus kochen? Das wird die Geschwüre etwas abschwellen lassen und den Schmerz lindern. Wir geben ihnen Holunder gegen das Fieber. Und wir brauchen kühles Wasser. Unmengen davon.«

»Frische Decken haben wir seit gestern nicht mehr«, antwortete die Wirtin. »Sie scheißen alles voll, was ich ihnen gebe. Aber ich habe einen kleinen Brunnen, hinter dem Haus.« Ihr Tonfall wurde annähernd freundlich, als sie sah, dass er es ernst meinte.

»Gut.« Caspar lief los.

Gemeinsam betteten sie die Kranken um. Sie wuschen sie gründlich, kühlten ihre Körper und flößten ihnen die Arznei ein, so gut es ging. Retten würde das wohl keinen mehr, fürchtete Caspar bei sich. Aber ansonsten müsste man sich schämen vor dem Herrgott. Da hatte die Wirtin weise gesprochen.

»Ihr müsst Euch täglich zweimal im Fluss waschen. Mindestens. Und Euer Kleid verbrennt Ihr am besten.«

Die Wirtin lachte: »Verbrennen? Was meint Ihr denn, wie viele Kleider ich besitze, Doktor?«

»Wie viele Leben habt Ihr denn, Weib? Noch seid Ihr nicht erkrankt.«

Als Letztes waren sie bei dem Knecht angelangt. Der wippte nun hin und her und weinte bitterlich.

»Ich hab es doch, Doktor. Nicht wahr? Ausgebeutet haben sie mich mein Leben lang, und jetzt haben sie mich krank gemacht, diese Ratten!« Er spuckte wieder aus. Caspar wollte die Geschwüre mit einer Salbe einreiben, doch der Knecht wehrte sich. »Könnt Ihr mich nirgends anders hinbringen? Bitte. Werft mich einfach auf die Straße. Ich will nicht bei denen sterben.«

Caspar sah die Wirtin an. Die reagierte nicht. Schließlich verdrehte sie die Augen: »Meinetwegen können wir ihn in den Flur schleifen, wenn ihm das lieber ist«, raunzte sie.

»Ja! Das ist mir wohl lieber. Ich will bloß von denen weg. Danke!«, wimmerte der Knecht.

Caspar nickte der Wirtin lächelnd zu. Ein Herz aus Gold hatte sie.

Sie zerrten den Mann auf den schmalen Gang. Dort lag er auf dem blanken Stein und röchelte vor sich hin. Aber er schien zufrieden damit. Caspar setzte sich einen Augenblick lang zu ihm und blickte ermattet in das Fremdenzimmer hinein. Es war der Anblick des Todes. Zum Luft würde rasen.

»Wartet, Weib!« Irgendetwas stimmte nicht. Caspar legte seine Stirn in Falten. Was war es bloß? Etwas zupfte in Caspars Geist und ließ nicht mehr los. Es juckte in seinem Gehirn. Etwas, irgendetwas Unbestimmtes, war falsch. Er durchwühlte seine Erinnerung an die letzten Tage. Was nur störte ihn daran?

Die Antwort traf ihn wie der Schlag. Caspar riss die Augen auf. Seine Lippen zitterten. Die Wirtin blickte ungeduldig zu ihm hinunter.

»Teuerste?« Caspar wurde blass. Sein Gehirn hatte aufgehört zu jucken. Dafür kroch ihm jetzt die Angst den Rücken hoch. »Da sind nur fünf Lager belegt. Euer Händler hat aber von sieben Kameraden gesprochen.« Misstrauisch sah er zu dem Knecht. »Wo ist Euer siebter Mann?«

Der Knecht nippte widerwillig an dem Tee. »Die anderen sind fort«, sprach er mürrisch.

»Welche anderen?«, fragte Caspar und zählte noch einmal. Das war gar nicht gut.

»Der in der rechten Ecke gehört nicht zu uns. Ist ein Dieb aus dem Baltikum. Zwei von uns waren noch bei Kräften und sind losgezogen.«

»Losgezogen?« Caspar bekam Gänsehaut. Überhaupt nicht gut war das. Wenn das hier drinnen hinaus nach Basel käme ... »Wohin sind sie losgezogen? Sprecht.«

Der Knecht lachte verbittert auf. »Sie wollten ihr Geschäft retten natürlich. Noch was rausholen, in dem ganzen Schlamassel. Sind auf zum Kornmarkt heute früh. Die Wolle verkaufen. Dass sich dieser Scheiß rentiert hat!«

»Zum Markt?« Caspar wurde schwarz vor Augen. Hunderte von Händen wurden dort geschüttelt, an einem guten Tag. Kinder, Alte und Schwache. Alle auf einem Haufen.

»Waren sie gesund oder krank?«, fragte Caspar mit zitternder Stimme. Das da drinnen in der größten Stadt Europas. Ihm stockte der Atem. »Hatten sie Beschwerden, Mann?«

Der Knecht schwieg und blickte hinunter zu seiner Leiste. Die Wirtin stöhnte auf. Kaum mehr konnte sie stehen.

»Sie haben sich beide übergeben«, sprach sie. »Und waren im Fieber.«

Simon

»Lass uns in die Stadt ziehen, Paracelsus. Venedig ist wunderschön. Und reich!«

Sein Meister schüttelte nur abwesend den Kopf und kaute auf der Rinde eines harten Käses herum.

»Sie werden dir dort ein Vermögen bezahlen für deine Heilkünste«, fuhr Simon fort. »Schließlich bist du berühmt!«

Grünlich-braune Augen funkelten ihn wütend an.

»Und das Problem siehst du nicht, Junge?«

Ärgerlich warf Simon einen Stein ins Wasser. Ziellos. Er kauerte nassgeschwitzt neben seiner Satteltasche und biss mürrisch in eine Scheibe gedörrtes Ziegenfleisch. Den ganzen Tag hindurch waren sie durch Wald und Feld geritten, um bloß nicht gesehen zu werden. An einem kleinen Tümpel, irgendwo zwischen Padua und Venedig, hatte Paracelsus nun endlich eine Rast eingelegt.

»Ich möchte richtiges Essen! Ein Dach über dem Kopf und ein Bett«, maulte Simon unnachgiebig.

Paracelsus hatte sich schon seines Schuhwerks entledigt und seinen Kopf auf den Pferdesattel gebettet. Simon bemerkte es mit Verdruss.

»In der Stadt finden sie uns am ehesten. Und in einem Fremdenzimmer auch. Dein Leben ist der Preis für ein Dach über dem Kopf.«

Paracelsus sah seinem Hengst gedankenversunken beim Trinken zu. Er würdigte Simon keines Blickes.

»Ja, wie soll es denn weitergehen? Soll das jetzt unser Leben bleiben?« Simon sprang auf und sah vorwurfsvoll zu seinem Meister hinab. »Für immer auf der Flucht, Paracelsus. Ist es das, was du willst? Wie ein Verbrecher reisen und wie ein Bettler schlafen? Mit nichts außer – dem hier?«

Wütend warf er Paracelsus das Dörrfleisch ins Gesicht. Der nahm es bloß und steckte es sich in den Mund.

»Du führst dich auf wie ein Eheweib, das meint, zu kurz zu kommen.« Paracelsus lächelte. Und doch lag kein Funken Humor darin. »Du wolltest doch unbedingt Ferrara hinter dir lassen.« Er schloss demonstrativ die Augen. »Jetzt hast du deinen Willen und gibst immer noch keine Ruhe.«

»Ja, um unsere Seelen zu finden! Für unseren Lebenstraum! Deshalb wollte ich weiter.« Simon spuckte aus. »Aber doch nicht so!« Er sah sich in der unberührten Landschaft um. Ihm war zum Heulen zumute. Er hatte die Flucht aus Basel damals wahrlich nicht genossen und nur um Haaresbreite überlebt. Die Geschichte wiederholte sich. »Nichts als Not und Angst und Elend.« Er trat wütend gegen seine Satteltasche. »Für nichts und wieder nichts!«

Seit Jahren schlug sein Meister das Buch noch nicht einmal auf. Kein Geheimnis entrang er ihm. Und dafür mussten sie beide leiden! Simon fluchte in sich hinein.

»Ich habe dich gewarnt, Simon.« Ein genervter Unterton lag in Paracelsus' Stimme. »Unbedingt hast du mich begleiten wollen. Und doch höre ich nichts als andauerndes Gequengel.«

Simon starrte ihn böse an. »Damals dachte ich ja auch noch, meine Zeit an deiner Seite wäre für etwas nütze.« Immer mehr regte er sich auf. Seine Zornesader pulsierte. »Und wir würden das größte Geheimnis der Menschheit lüften. So ist der ganze Ärger doch umsonst!«

Ein Stück weiter knarzte es im Unterholz. Simon fuhr zusammen. Sofort sprang Paracelsus auf. Er zog sein Messer. Simon horchte. Er wagte es nicht, sich zu bewegen. Beide spähten sie in die Ferne. Minute für Minute. Paracelsus atmete als Erster aus.

»Es muss ein Tier gewesen sein.« Trotzdem flüsterte er.

»Das nächste Mal wird es keines sein«, fügte Simon trocken hinzu.

Paracelsus seufzte und warf zornig das Messer auf den Boden. »Das weiß ich selbst, Junge! Und was meinst du, kann ich dagegen unternehmen? Es wird besser werden, wenn wir nach Norden reiten«, murmelte er in sich hinein. »Vielleicht.«

»Vielleicht?« Simon schnalzte mit der Zunge und blickte auf den grünen Tümpel. Das Ende des Sommers nahte. Weiter nördlich mochte er sich die kalten Herbstnächte nicht ausmalen, auf den feuchten Waldböden.

Paracelsus starrte mürrisch ins Leere. »Alles haben sie mir genommen. Zuerst Basel und jetzt auch Ferrara.« Er schluchzte. »Ich hätte mir dort eine Zukunft aufbauen können. Aber das scheint mir ja nicht vergönnt. Und das alles nur wegen dieses verfluchten Buchs!« Paracelsus schielte böse zu seiner Satteltasche. Jetzt erst bemerkte Simon die Verzweiflung in dessen Gesicht. Fast taten ihm seine Worte leid. »Ich wollte es gar nicht haben. Weißt du das? Mira hat es mir aufgedrängt! Und jetzt habe ich diesen ganzen Mist am Hals.« Paracelsus' Augen wurden feucht.

Simon ging unnütz einige Schritte auf und ab und überlegte. Gequält stöhnte er auf. »Dann geben wir es ihnen halt zurück!« Er warf einen morschen Ast ins Wasser. Es platschte. »Sie wollen ja nicht unser Leben. Was sie wollen, ist dieses verwunschene Buch allein.«

Er wandte sich zu seinem Meister um. Der hatte seinen Kopf gesenkt und sah zu Boden. Simon packte ihn beim Arm.

»Du willst es doch ohnehin nicht mehr gebrauchen!« Er wollte eine verächtliche Grimasse ziehen, besann sich aber. »Wenn wir es ihnen überlassen, sind wir frei. Dann können wir deine Heilkünste vermarkten. Du kannst deine Bücher drucken. Und wir leben in Saus und Braus! Wenn auch ohne echten Sinn«, fügte er verbittert hinzu.

Paracelsus sah nicht auf. Seine Stirn lag in Falten.

»Meister, der Spuk wäre vorbei«, wisperte Simon. Paracelsus' Wangen röteten sich. »Ruhm und Wein und Weiber, Paracelsus. Du hast recht. Nichts steht uns im Wege, außer Astartes Buch. Lass es uns loswerden, und unser Leben kann beginnen.« Simon sah ihn mit großen Augen an und nickte.

Paracelsus aber lachte verbittert auf. »Dafür bin ich zu weit gegangen, findest du nicht?« Er riss sich los und umkreiste argwöhnisch die Satteltasche mit dem Buch darin, wie eine Katze die Maus. Entschlossen biss er die Zähne aufeinander und schüttelte seinen Kopf.

»Nein«, hauchte er unhörbar. Endlich sah er Simon an. Sein Blick hatte sich verändert. Seine Augen glühten wütend und entschlossen.

»Nein, Simon.« Paracelsus' Stimme war jetzt tief und klar. »Nicht, bevor mir dieses verwunschene Biest endlich verraten hat, wo ich unsere Seelen finden kann.«

Caspar

»Wir müssen uns vorbereiten!«

Zum Luft lief in seinem Zimmer auf und ab wie ein aufgeschrecktes Huhn.

»Gräben für die Gräber ausheben. Vorräte anlegen. Sauberes Wasser sammeln. Die Stadtwache aufstocken.«

Hastig kritzelte er alles auf eine Liste, um bloß nichts zu vergessen.

»Ich muss die Priester instruieren. Und Gelder bereitstellen. Bei Gott, diese Stadt wird nicht untergehen, solange ich sie regiere!«

Zum Lufts Wangen waren gerötet. Zumindest glaubte er seinem Stadtarzt jetzt, wohler fühlte der sich aber dadurch nicht. Von hinten trat er an Caspar heran. »Kein Wort sprecht Ihr. Habt Ihr mich verstanden? Nicht zu den Kranken, nicht zu Eurer Frau, und keinesfalls zu Göttisheim!« Zum Luft streckte Caspar eine geballte Faust vors Gesicht. »Kein Wort zu Eurem Schwiegervater! Oder sonst einer Menschenseele. Bis ich die Stadt auf diese Katastrophe vorbereitet habe.«

»Wenn ich recht habe, wird es nicht lange Euer Geheimnis bleiben, Herr.« Fäuste vor seinem Gesicht interessierten Caspar wenig. Er hatte mit Paracelsus studiert.

Zum Luft stutzte. Er trat ans Fenster. Das Rathaus war eines der wenigen Gebäude in Basel mit echtem Fensterglas. Das war ein Luxus, den sich zum Luft geleistet hatte.

»Wo kommen sie her, sagtet Ihr?«, fragte er matt.

»Aus Flandern, Herr. Sie verkaufen die Wolle der grünen Insel.«

»Immer kommt es von den Küsten her«, sprach zum Luft zu sich selbst. Dann wandte er sich um. Er sah müde aus.

»Dieser Bastard hätte Eure Praxis niemals verlassen dürfen. Ihr hättet ihn erdrosseln sollen!«

»Das ist doch ...« Caspar schüttelte den Kopf. Was sollte man darauf noch antworten?

»Erdrosseln hättet Ihr ihn sollen, und Hunderte damit retten, Ihr Narr!« Zum Luft musste sich abstützen. Die Aufregung war zu viel für seine alten Knochen.

»Ja, da waren die anderen doch schon erkrankt.« Nun ballte Caspar seine Fäuste. Es war absurd, sich deshalb rechtfertigen zu müssen. »Die zwei Flamen auf dem Kornmarkt, die sind das Problem!« Er ließ seine Fäuste wieder sinken. Eine Prügelei mit dem amtierenden Oberhaupt der Stadt war keine gute Idee.

Caspar war den Tränen nahe. »Herr, ich flehe Euch an! Ihr müsst die Märkte schließen. Und die Kirchen! Die großen Gassen. Eine Ausgangssperre verhängen und die Stadttore verriegeln. Ich bitte Euch, geht diesen Schritt!«

»Ich soll meine Stadt verriegeln? Meine Bürger einsperren?« Zum Luft schrie jetzt aus Leibeskräften. »In Gottes Namen, wie stellt Ihr Euch das denn vor?« Weit aufgerissene Augen starrten Caspar an.

»Das ist der einzige Weg, den Rest der Eidgenossenschaft zu schützen.« Caspar raufte sich sein Haar. »Und ganz Europa mit ihr.«

»Ihr! Ihr seid es, der im Fieber spricht! Die werden sich gegenseitig totschlagen. Und uns. Um nach draußen zu gelangen. Deshalb brauche ich Zeit, von Eschenbach. Wir müssen uns rüsten. Bevor hier der Teufel los ist.«

»Ja aber das ist er doch längst. Ihr habt dieses Fremdenzimmer nicht gesehen. Das dort drinnen darf sich nicht ausbreiten! Seht Ihr denn nicht?«

Caspar hustete.

Zum Luft erblasste. »Mein Gott. Wenn uns jetzt auch noch unser Arzt verreckt.«

Caspars Mund klappte auf. Der Bürgermeister blickte ihn entschuldigend an. »Ich sorge mich um Euer Wohl, Junge.«

Caspar glaubte ihm kein Wort. Es war ihm einerlei.

»Was die zwei Händler angeht: Ich lasse sie suchen. Diskret. Das soll nicht Eure Sorge sein. Seht Ihr nur zu, dass niemand mehr dieses verfluchte Wirtshaus da draußen verlässt.«

»Die dort gehen nirgendwo mehr hin, Herr«, flüsterte Caspar traurig.

Zum Luft nickte. »Ansonsten bleibt alles beim Alten, von Eschenbach. Die Märkte und Kirchen bleiben geöffnet. Vorerst.«

Der Bürgermeister setzte sich wieder hinter seinen Schreibtisch. Und richtete seinen Blick auf irgendwelche Unterlagen. Hastig schritt Caspar zur Tür. Offensichtlich war das Gespräch vorbei. Er war froh darüber.

»Ach, und von Eschenbach.« Zum Luft blickte noch einmal auf. »Ihr seid mir weisungsgebunden, vergesst das nicht. Kein Wort zu niemandem, verstanden? Sonst werfe ich Euch wieder in Euren Fledermausturm.«

Caspar wünschte sich, für ein Kloster zu arbeiten.

Paracelsus

Simon seufzte auf. Paracelsus verdrehte die Augen. Der phönizische Guttural. Sie kannte ihn nicht. Simon lehnte sich zurück und schien die Frau mitleidig und amüsiert gleichermaßen zu betrachten, während diese sich mit zitternder Stimme durch Astartes Buch kämpfte. Andauernd verhaspelte sie sich. Hustete, um es zu überspielen. Blickte nervös auf. Und verhaspelte sich erneut. Paracelsus selbst schlug die Hände über dem Kopf zusammen und war nur noch traurig. Sie konnte gar nichts! Er hätte es schon an dem Silberschmuck um ihren Hals erkennen müssen. Echte Meister hielten sich im Verborgenen. Sie schmückten sich nicht, nicht mit Federn und nicht mit buntem Tuch. Dringend hatte er jemanden finden wollen, der sich mit Astarte und Geisterbeschwörungen auskannte, aber wenn möglich keinen roten Gürtel trug. Nach dem, was damals in der Fleischershalle geschehen war, wagte er es nicht mehr, sie allein anzurufen. Jetzt war alles für die Katz'!

Über eine Woche waren sie quasi ohne Rast nach Nordosten geritten, während es ununterbrochen geregnet hatte. Bald hatte Theo aufgehört, auf ein Ende der grauen Wolken zu hoffen, und hatte nur noch zwischen nass und sehr nass unterschieden. In ein Gasthaus hatte er sich nicht gewagt, draußen ein Feuer zu schüren war bei dieser Witterung unmöglich gewesen, und so hatten sie im Dunkeln gefroren und sich geängstigt. Der Sommer war vorbei. Trotzdem war Simon mehr als ausgelassen, seit er wieder Dämonen jagen durfte, und nahm sämtliche Entbehrungen freudig hin. Ganz anders Paracelsus selbst: Sein Steiß schmerzte, in seinen Schultern stach es, seine Oberschenkel waren aufgescheuert. Mürrisch hatte er Kärnten, die Heimat seiner Kindheit, linker Hand und den Golf von Triest rechter Hand hinter sich gelassen. Schließlich waren sie in die Wälder westlich von Laibach vorgedrungen. Dort hauste sie. Die berühmte slowenische Hexe. Mit aller Weisheit des Menschengeschlechts gesegnet. Sie könne Lahme gehen machen und die Vorfahren eines jeden um Rat ersuchen. So hatte es geheißen. Nun war die Hexe beim dritten Wort der zwölften Zeile angelangt. Der Laut, den ihre Zunge formte, klang wie das Winseln eines verprügelten Hundes. Paracelsus verzog sein Gesicht.

»Ihr sprecht mitnichten diese Sprache!«, unterbrach er die Hexe. Das würde er nicht länger ertragen. »Weder wisst Ihr etwas von der Göttin der Wahrheit noch von ihren Geheimnissen noch von der unsterblichen Seele der Menschen.« Paracelsus nahm angewidert einen Schluck sauren Rotwein. »Oder sonst irgendetwas.«

»Das ist eine Lüge!« Die Hexe pfiff durch ihre fauligen Zähne. »Ich bin eine Meisterin meines Faches. Die Magie durchströmt meine Adern.« Die Hexe sprang auf und reckte ihre Arme in die Luft. »Ich bin ein lebendes Orakel!«

Simon biss sich sichtlich amüsiert auf die Lippen. Theo wurde zornig.

»Eine dreckige Lügnerin bist du! Und dafür haben wir uns fast den Tod geholt.« Theo schielte hinüber zu seinen durchnässten Kleidern, die am Feuer trockneten, und baute sich vor der Alten auf. Seit einer Woche hatte er nicht richtig geschlafen. Seine Nerven lagen blank.

Die Hexe stemmte die Arme in die knochigen Hüften und funkelte ihn böse an: »Ich verfluche Euch, Paracelsus!« Sie stopfte sich irgendetwas in den Rachen und würgte es hinunter. Die bunten Tücher wedelte sie theatralisch durch die Luft. Die silbernen Armreife klirrten. Paracelsus runzelte seine Stirn. Scheinbar gehörte das zu einem anständigen Fluch.

»Tausendfach verflucht sollt Ihr sein.« Die Hexe würgte. Fast übergab sie sich. Paracelsus trank unbekümmert seinen Wein aus. Die Hexe rülpste. Und hielt sich zwei Fasanenfedern vor den Mund.

»Ach, verfluch' doch, wen du willst.« Paracelsus winkte ab. »Simon, wir brechen auf. Lass die Alte da in Ruhe ihre Bauern verzaubern.«

»Ach, Paracelsus, bitte.« Simon nahm demonstrativ einen Bissen von dem Schweinefleisch vor ihm. Das Fett tropfte ihm vom Kinn. »Nur noch heute Abend!«

Paracelsus seufzte auf. Nur allzu gern wäre er noch in der wohligen Wärme des Hexenhäuschens geblieben.

Das Häuschen der Alten hatte nichts mit den Beschreibungen in den Märchen gemein, die Theos Mutter ihm erzählt hatte. Fast luxuriös war es, aus Stein gebaut, hatte eine Kammer und eine Stube und – ein Gästezimmer. Mit Strohbetten. Theo hätte gern wieder einmal in einem Bett geschlafen, anstatt draußen auf der nassen Erde.

Den Slowenen erging es nicht anders als dem Rest Europas. Aufständische Bauern erhoben sich ob ihrer Armut und plünderten, was das Zeug hielt. Die feudale Unterdrückung ließ das Volk hungern, welches sich nun verzweifelt der Reformation zuwandte, was nur noch mehr Blut fließen ließ. Zudem fielen die Osmanen immer wieder in das Land ein und sorgten für Angst und Schrecken. Das machte die Hexe umso reicher: Je weniger Trost die Menschen bei Gott und der Welt fanden, desto bereitwilliger bezahlten sie für die Magie. Dankbare Kunden gaben ihr letztes Hemd für die Dienste ihrer Hexe und ermöglichten ihr einen wahrlich angenehmen Lebensstil mit großzügigen Gaben. Licht wurde durch teure Wachskerzen gespendet, die Speisekammer war randvoll mit allerlei Leckereien, und ein eigener Brunnen vor dem Haus sorgte für reichlich frisches Wasser. Für ihre

Ehrengäste hatte die Hexe den Tisch reich gedeckt: Gebratenes Schwein lag neben gebutterten Pilzen, kleinen Hirschpasteten und Wildschweinwürsten, in Rotwein gekochten Zwiebeln und in Essig eingelegten grünen Bohnen. Allein der Wein war saurer, als es Paracelsus noch aus dem Süden gewohnt war, aber er tat seinen Zweck. Noch einmal schob er sich gierig eine Hirschpastete in den Mund. Dann löste er tapfer seinen Blick von den Speisen, so hungrig er auch war.

»Niemals!« Entschlossen nahm er sein Buch an sich. »Wir suchen weiter.«

»Ich weiß, wen Ihr sucht.« Die Hexe unternahm einen letzten verzweifelten Versuch. Mit Paracelsus' Namen wollte sich jeder in diesem Geschäft gern schmücken, mittlerweile. »Ich weiß, wen Ihr finden werdet.«

Die Hexe sprang vor Theo und legte theatralisch ihre mit Silberringen bestückte Hand an seine Schläfe. Ein dramatisches Zucken durchfuhr ihren Körper. Simon lachte. Theo ließ es matt über sich ergehen. Die Hexe schloss die Augen. »Ich weiß, wen Ihr heiraten werdet, Paracelsus.« Die Alte blinzelte: »Arbeitet mit mir zusammen. Nur eine Weile. Und ich verrate Euch die Anzahl Eurer Kinder.«

Paracelsus lachte tonlos. »Ich werde niemals heiraten.« Er stieß ihre Hand weg und riss die Tür auf. Seine Stimme klang bitter. »Das hat eine andere schon vor Euch prophezeit.«

Simon trottete ihm widerwillig hinterher, mit dem Schweinebraten in der Hand.

Als er ins Freie trat, gab Paracelsus schon dem Ross die Sporen. Als Nächstes auf der Liste stand Buda.

Caspar

»Ja, genau da! Das ist es.«

Ihr Bauch war weich. Kaum spannte sie dagegen. Und doch zog die Frau, die da auf Caspars Patientenliege lag, jetzt eine schmerzverzerrte Grimasse, als er unter ihrem rechten Rippenbogen tastete.

»Hier?« Caspar erhöhte sachte seinen Druck, um sicher zu sein.

»Au! Ja. Lasst das bitte.«

Caspar nickte verständig. Es war die Frau des Kürschners. Sie war mittleren Alters. Ihre Gesichtszüge waren angenehm und freundlich geblieben, aber die florierende Wirtschaft Basels war nicht gerade zum Leidwesen ihrer Kurven gewesen. Teures, blaues Leinen, mit dem Pelz ihres Mannes versehen, kleidete üppige Hüften und einen kugelrunden Bauch.

»Ich fürchte, es wird Eure Gallenblase sein. Habt Ihr Fieber, Teuerste?« Caspar befühlte sanft die Stirn des Weibes. Diese schüttelte ihren Kopf:

»Ich glaube nicht, Herr Doktor. Aber schlecht ist mir, das kann ich Euch sagen.« Die Kürschnerin setzte sich auf und atmete tief ein und aus.

»Habt Ihr erbrochen?«

»Nein, Doktor. Ich hatte das schon öfters. Immer wenn sich unsere Jüngste mit dem Knecht herumtreibt und ich mich bis in die Nacht hinein aufrege.«

Zornesfalten lagen jetzt auf der Stirn der Kürschnerin, Caspars Miene aber erhellte sich augenblicklich.

»Ihr habt das schon öfters durchlitten?«

Die Kürschnerin nickte.

»Das ist ja wunderbar!« Caspar lächelte erleichtert zu ihr hinab, die Kürschnerin aber wurde barsch: »Was sollte daran denn wunderbar sein?«

Caspar seufzte. Wenn es nur an der allzu reichlichen Nahrung und der schlaflosen Nacht lag, konnte er der Frau wohl helfen. Hätte sich aber ein Stein in der Gallenblase verklemmt – die Kürschnerin wäre verloren gewesen. Caspar selbst hatte damals im anatomischen Theater einmal zwei wachteleigroße Steine aus der Gallenblase einer Leiche geschnitten und beim Anblick seiner Patientin unweigerlich daran denken müssen. Damals wollte er sie sich als Talismane behalten, aber Margret hatte sie ihm empört abgenommen.

»Wenn es die Wut ist, die Eure Galle zum Überlaufen bringt, gibt es Heilung, Teuerste«, antwortete Caspar beschwichtigend. Es funktionierte. Bekümmert nickte seine Patientin nun.

Caspar kramte in seinen Schubladen.

»Hier habt Ihr Wermutkraut und Wegwarte. Zermahlt es und nehmt zwei Mal täglich einen Löffel.«

Die Kürschnerin nahm die Päckchen dankbar entgegen.

»Esst heute erst einmal gar nichts.« Jetzt verzog sie ihr Gesicht. Caspar fuhr hastig fort: »Und ab morgen nur Haferbrei oder Hühnerbrühe. Etwa für eine Woche. Kommt in drei Tagen nochmals bei mir vorbei. Dann sehen wir, wie es Eurem Knecht ergangen sein mag.«

»Denen werd' ich was erzählen, Doktor.« Mühsam glitt die Kürschnerin von der Liege und stöhnte leise dabei. »Wenn ich erst wieder gesund bin.«

Vor der Tür wartete schon der nächste Patient. Er rieb sich unablässig die Augen. Sie tränten. Caspar winkte ihn herein.

»Es brennt wie die Hölle selbst. Was ist das bloß, Herr Doktor?«

»Ich …« Die Hände des Burschen weigerten sich, seine Augen freizugeben. Ein Gerangel entstand. Caspar seufzte lächelnd auf. »So lasst sie mich doch sehen! Ich bitte Euch.« Caspar packte schließlich entnervt die Arme des Burschen. Dieser kniff sofort die Augen zusammen. Er war Student der Philosophie.

»Ich …« So war eine Untersuchung schlichtweg unmöglich. »Junge. Ihr müsst sie kurz öffnen, damit ich Euch besehen kann.«

Zögerlich öffnete der Student sein rechtes Auge. Dann sein linkes. Zu schmalen Schlitzen. Nicht mehr.

»Alles ist so hell!«

»Ja, ich weiß.« Caspar hob das Kinn des Burschen an. Die Blutgefäße in den geröteten Augen waren geweitet.

»Das ist nicht so schlimm, mein Junge. Eine leichte Entzündung, nichts weiter.«

»Seid Ihr sicher? Ist es nicht die Franzosenkrankheit?« Panik breitete sich nun in den tränenden Augen aus.

Jetzt musste Caspar lachen. »Ja, hättet Ihr denn Grund für die Krankheit der Franzosen?« Man sollte keine Huren besuchen, wenn man nicht die Nerven dazu hatte, dachte Caspar bei sich.

Sofort blickte der Student zu Boden. Seine Wangen hatten nun das Rot der Augen. Versöhnlich legte Caspar dem Burschen seine Hand auf die Schulter.

»Hört. Es ist eine leichte Entzündung Eurer Augenhaut. Nichts weiter. Ich verspreche es Euch.«

Der Bursche nickte artig, aber zweifelnd. Caspar stutzte. Mit Bauern oder Handwerkern musste er solche Diskussionen niemals führen.

»Hier, Junge. Augentrost.« Caspar drückte ihm den Beutel mit der zermahlenen Pflanze in die Hand. »Er hat seinen Namen nicht umsonst. Nehmt einen Löffel davon und kocht ihn mit dem Viertel eines Liters Wasser auf.«

Der Bursche blickte unschlüssig auf den Beutel.

»Lasst den Tee abkühlen und gebt ihn dann tröpfchenweise in Eure Augen. Außerdem nehmt Ihr die Kompressen« – Caspar drückte sie ihm in die andere Hand – »und legt sie morgens und abends auf Eure Augenlider.« Caspar lächelte aufmunternd. Es wurde nicht erwidert.

»Und dann wird alles wieder gut.«

Der Bursche stolperte zur Tür. Mit demonstrativ geschlossenen Augen.

»Und die französische Krankheit ist es sicher nicht?«

»Nein«, rief Caspar. »Wie schon gesagt.«

Er wusch sich zufrieden die Hände. Seit Stunden war seine Praxis geöffnet, allerlei Fieber war hereingekommen, aber weder hustete jemand noch klagte einer über schmerzhafte Geschwüre noch hatte Caspar irgendwo schwarze Flecken bemerkt. Er wagte zu hoffen. Der Tuchhändler war schon am Tage nach Caspars Besuch in der Spalenvorstadt entschlafen. Der Knecht am Tag darauf. Einzig die Wirtin war noch am Leben und hatte, auf Caspars Anraten hin, das Fremdenzimmer regelrecht ausgeräuchert. Arnold zum Luft hatte die Flamen vom Kornmarkt tatsächlich gefunden. Nach erledigten Geschäften, kränklich in einem Bordell. Sofort hatte er sie verhaften lassen und einzeln in den Fledermausturm geworfen, unter welchem Vorwand auch immer. Den Zutritt zum klösterlichen Spital hatte ihnen zum Luft verweigert, aber zumindest die Nonnen dazu gezwungen, die Reisenden zur Krankenpflege zu besuchen. Caspar selbst hatte nur noch versuchen können, ihnen die Schmerzen zu nehmen und ihren Tod erträglicher werden zu lassen. Mit mäßigem Erfolg. Dennoch. Trotz des ganzen Elends tröstete sich Caspar damit, dass es das nun gewesen war, zum Luft recht behalten hatte mit seinem Optimismus und der schwarze Tod im Fledermausturm dieser Stadt sein Ende gefunden hatte.

Caspar wurde aus seinen Gedanken gerissen, als die Tür aufgestoßen wurde. Er fuhr hoch. Eine Magd mit einem Mädchen auf dem Arm stürmte herein.

»Sie hat sich im hohen Gras versteckt!« Die Magd schluchzte. Das Mädchen weinte. »Sie dachte, es wäre ein Spiel. Ich hab sie nicht gesehen. Da hab ich sie mit der Sichel getroffen.«

Das Gesicht des Mädchens war voller Blut. Die Magd, die sie trug, auch. Der Schnitt auf ihrem Kopf, gut eine Daumenlänge lang, klaffte weit auseinander. Caspar presste sofort saubere Tücher auf die Wunde. Das Mädchen war blass und jammerte.

Caspar riskierte einen raschen Blick unter die Tücher und zupfte das blutige Haar beiseite: Sofort rann frisches Blut nach. Ein Säubern der Wunde erübrigte sich – wenigstens das.

»Presst die Tücher auf die Wunde, so fest Ihr könnt.« Die Magd nickte artig. Caspar gab dem Mädchen etwas Alraune gegen die Schmerzen und griff sich Nadel und Hanffasern. Das Mädchen lag unglücklich auf seiner Liege. Caspar schnitt hastig ihr Haar um die Wunde ab. Dann seufzte er auf. Das Mädchen bluten zu lassen, bis die Alraune gänzlich wirken mochte, erschien ihm keine gute Lösung. Also musste es so gehen.

»Du musst jetzt ganz tapfer sein, Kleines.«

Das Mädchen hatte blaue Augen und strohblondes Haar. Es nickte. Caspar atmete durch. Kinder waren immer tapfer, wenn sie spürten, dass es sein musste. Sanft löste er die eine Hand der Magd und stach in die Haut des Mädchens. Kopfhaut zu nähen war nicht einfach, weil sie so sehr spannte. Caspar musste mit aller Kraft ziehen und hatte Angst, dass der Hanf riss. Das Mädchen aber zuckte nur und griff entschlossen nach der Schürze der Magd.

»Mein Herr wird mich fürchterlich ausschimpfen«, bangte diese. »Dabei wollte ich nur die Wiese mähen, wie er es mir aufgetragen hat.« Sie schluckte. »Ich hab die Kleine einfach nicht gesehen!«

Caspar antwortete nicht. Gerne hätte er die Magd gebeten, die überschüssigen Fasern abzuschneiden, aber dafür war sie zu nervös. Stich für Stich arbeitete er sich vor. Das Mädchen wimmerte still in sich hinein. Dabei war sie aber um einiges leiser als die Magd selbst. Ab und an lächelte ihr Caspar zu und strich ihr über die Stirn. Es half.

»Verhauen wird er mich! Ganz sicher. Und die Herrin wird mir kein Abendessen mehr geben. Bestimmt für eine Woche.«

»Es war ein Unfall, Teuerste«, murmelte Caspar in sich hinein, während er den nächsten Knoten band. »Bringt Euren Herren zu mir, wenn Ihr wollt. Dann kann ich mit ihm reden.«

Die Magd nickte unentschlossen.

»Die Wunde der Kleinen wird übrigens heilen.« Caspar strafte die Magd kurz mit einem kritischen Blick. Diese sah sofort entschieden betroffen auf den Kopf des Mädchens. Und schwieg.

»So. Das war's!« Caspar schnitt stolz die letzten Fasern ab und wusch das Blut von der Haut des Mädchens. Kein Tropfen sickerte mehr durch seine Naht hindurch. An die fünfzehn Stiche mochten es sein. Caspar hatte aufgehört mitzuzählen. Die Magd bekreuzigte sich dankbar. Das Mädchen starrte ungläubig nach oben, als wolle sie das alles sehen. Caspar kramte in einer Schublade.

»Hier habt Ihr Blüten der Arnika. Vermischt sie mit aufgeschnittenen Zwiebeln und gebt sie in kühlen Wickeln auf die Wunde. Wechselt sie zweimal täglich.« Die Magd nickte eifrig. Erst jetzt fiel Caspar auf, wie blass sie war.

»Und du jagst mir die nächsten Tage keinen Katzen nach.« Er strich über den Kopf des Mädchens. »Dein Kopf braucht Ruhe, um zu heilen.« Die Kleine presste die Lippen aufeinander und nickte pflichtbewusst.

»Warte, ich hab noch was für dich.« Caspar holte eine geflochtene Blume aus Stroh hervor. Margret hatte sie gebastelt. Für seine kleinen Patienten.

»Als Belohnung. Weil du so tapfer warst.« Sofort riss das Mädchen ihm die Blume aus der Hand. Fast strahlte sie wieder. Lächelnd sah Caspar zu der Magd. Sie atmete schnell. Caspar runzelte seine Stirn.

»Sagt, Teuerste. Geht es Euch denn gut?«

Die Magd hielt sich eine Hand auf die Brust und schüttelte ihren Kopf. »Nur die Aufregung, Herr Doktor. Mir fehlt nichts.«

Sie griff nach der Hand des Mädchens und zog sie eilig von der Liege. Caspar konnte seinen Blick nicht mehr von ihr abwenden. Der Schweiß stand auf ihrer Stirn.

»Habt Ihr Fieber, Teuerste?«, flüsterte Caspar betreten. Leichenblass war diese Frau!

»Nein, Herr Doktor. Mir geht es gut. Wirklich.« Die Magd hustete. Caspar wandte sich unwillkürlich ab. Das Blut gefror ihm in den Adern. Sanft packte er sie am Arm. Er war nass unter dem schäbigen Leinen.

»Sagt, wart Ihr am Kornmarkt die letzten Tage?« Caspar versuchte, beiläufig zu klingen. Es gelang ihm nicht.

»Meine Herrin schickt mich fast täglich da hin, um ihre Einkäufe zu erledigen«, murmelte die Magd müde und nahm das Mädchen auf den Arm. Caspar konnte es kaum mitansehen.

Sanft legte er seine Hand auf ihren Rücken. Seine Nackenhaare stellten sich auf.

»Habt Ihr Beulen? Unter Euren Achseln? Eurer Leiste?«

Caspar flüsterte. Seine Lippen zitterten. Die Magd blickte zu Boden. Tränen sammelten sich in ihren Augenwinkeln. »Nein«, sprachen ihre Lippen. Sie wandte sich der Tür zu.

»Wartet!« Caspar wurde ganz schwindelig. Sein Herz pochte. »Meine Dienste sind kostenlos, falls Ihr sie Euch nicht leisten könnt. Sprecht mit mir.« Ein Flehen lag in Caspars Stimme. Die Magd aber schüttelte nur traurig ihren Kopf.

»Eine kranke Magd, Herr Doktor ... die mag sich niemand leisten. Dann jagt mich der Herr heut' noch fort.«

Langsam öffnete sie die Tür. Caspar wollte sie zurückhalten. Dringend. Bloß wusste er nicht, wie.

»Danke, Doktor. Von Herzen. Für Eure Sorge um mich. Und für den Kopf der Kleinen.«

Caspar blickte ihr einen Moment lang unschlüssig nach. Dann riss er alle Fenster auf. Er musste sofort zum Bürgermeister.

Paracelsus

Paracelsus zitterte am ganzen Körper. Sie waren in die Höhlen unter der Burg von Buda gebracht worden. Weit verzweigte sich hier das Labyrinth, tief im Burgberg verborgen. Es war feucht, bitterkalt und stockdunkel. Manchmal schrie eine Fledermaus oder flatterte aufgescheucht davon. Manchmal platschte ein Wassertropfen von der Decke. Ansonsten war es vollkommen still. Bloß Paracelsus' eigene Worte hallten wieder und wieder durch die Höhlen. Das machte es nicht besser.

Mit weit aufgerissenen Augen starrte Theo auf Astartes Buch. Es hasste ihn. Abgrundtief. Theo spürte es. Dennoch würde er es heute wieder gebrauchen und einen gefallenen Engel nach dem größten Geheimnis der Menschheit fragen. Jede kalte Nacht auf nassem, hartem Boden auf dem Weg hierher hatte er es sich geschworen. Der Vertreter des Königs selbst hatte Paracelsus eine Audienz gewährt, seines berühmten Namens wegen. Der ungarische Palatin solle mit Geistern sprechen, seit die Osmanen das letzte Mal eingefallen waren. So flüsterte man im Osten. Diesem Ruf waren Paracelsus und Simon gefolgt. Nun waren sie ihm ausgeliefert. Ihm und seinen Wachen. Sie würden sie vor Astarte beschützen, sollte sie ihnen nicht gnädig gestimmt sein, das hatte der Palatin Paracelsus versprochen. Außerdem habe er einen extra Käfig, gefertigt aus einhundert Kreuzen der Christenheit, in dem er seine Geister band. Hier unten war er gezimmert worden, noch nie sei ein Geist den Höhlen entflohen. Seine Mimik war zu ernst und seine Stimme zu leise gewesen, um ihm nicht zu glauben. Also würden sie es wagen.

Paracelsus verstreute die Asche. Hielt inne. Betete um Gnade. Warf Menschenhaar ins Feuer. Bekreuzigte sich. Und fütterte die Flammen mit seinem Blut.

Die moderige Luft der Höhlen war schwer und träge. Drei dunkle Tunnel mündeten hierher. Paracelsus starrte ängstlich in ihr Schwarz hinein. Die Flammen zischten. Von irgendwoher kam ein Schrei. Der ungarische Palatin scharrte nervös mit seinen Füßen. Simons blaue Augen huschten den Schatten an den Wänden hinterher. Eine Wache kratzte sich aufgeregt am Bein, die anderen hielten ihre Speere still. Allesamt waren sie auf den leeren Käfig gerichtet. Woher der Palatin die Gewissheit nahm, dass Astarte genau darin erscheinen würde, Paracelsus wusste es nicht.

»Beginnt«, flüsterte der Palatin. Die Angst stand ihm ins Gesicht geschrieben.

»Gleich«, gab Paracelsus tonlos zurück. »Es braucht Zeit, bis es wirkt.« Paracelsus sog den Rauch des Feuers ein und sah die Schlangenhaut darin verbrennen. »Spürst du schon etwas, Simon?«

Wortlos stand der neben Paracelsus. Er lächelte selig. Seine Gesichtszüge waren entspannt. Gebannt starrte er auf Astaroths Amulett.

»Also wirkt es, Junge.« Theo lachte und klopfte ihm brüderlich auf die Schulter. Dann musste auch er sich stützen. Der Boden unter seinen Füßen schien plötzlich zu wanken. Die Wände der Höhle kamen näher. Die Schatten der Fackeln schwollen an. Theo lächelte zufrieden. Das Laudanum tat seinen Zweck.

An die Hölle gekettet kann sie nie ganz Teil der irdischen Welt sein und wird sich nur dem offenbaren, dessen Geist sich von dem Irdischen loslöst.

So hatte Mira damals die Zeilen übersetzt. Paracelsus hatte ihnen dreien das Zehnfache der heilsamen Dosis gegeben.

Das sollte Astarte wohl genügen, meinte er. Er nickte dem Palatin zu. Mit einem Mal war seine Angst verflogen.

»Ich stelle meine Fragen zuerst, erinnert Euch daran«, mahnte der Palatin noch. »Ich muss ...« Er brach ab. Mit einem Mal röteten sich seine Wangen, seine Augen wurden glasig. Und er begann zu kichern.

Paracelsus besah ihn wohlwollend. Das Laudanum wirkte stark bei ihm. Mit dem Gift in seinem Blut sollte der Palatin nicht länger stören. Paracelsus' Stunde war gekommen.

Er schlug das Buch auf. Fast brannte das Pergament auf seiner Haut. Ein böser Schauer durchfuhr ihn. Seine Hände zitterten. Nur das Laudanum machte es ein wenig besser. Paracelsus schluckte. Er umklammerte Astaroths Amulett. Der Schnitt an seinem Arm schmerzte. Es war ihm gleich. Alles war ihm gleich. Astarte würde ihm erzählen, wo die Seelen zu finden waren. Und die Welt der Menschen würde nicht mehr dieselbe sein.

Erste Strophe. Erste Zeile. Erstes Wort. Paracelsus atmete ein. Phönizisch. Er beherrschte die Sprache. Jetzt. Ein Wachmann ließ eine Fackel fallen. Eine Fledermaus schrie. Der Palatin taumelte. Paracelsus sprach weiter. Er kannte seine Rolle. Dafür war er geboren.

Zweite Strophe. Der Palatin fiel zu Boden. Der phönizische Guttural. Das Laudanum selbst sagte seinem Kehlkopf, was zu tun war. Paracelsus wankte. Seine Augen tränten. Kaum mehr konnte er die Schriftzeichen erkennen. Er schloss die Augen. Wasser lief über seine Wangen. Er sprach die Worte auswendig. Nächtelang hatte er sie studiert. Seine Stimme wurde lauter, hallte durch die Höhlen. Wieder und wieder, und überall. Paracelsus' Stimme. Von überallher. Ein Echo Astartes. Ein Gebet, ein Gesang. Die Wachen standen still. Simon sprach die Worte mit. Paracelsus hörte ihn nicht. Er hörte nichts mehr. Nur seine eigene tiefe Stimme. Ein Zischen im Feuer. Ein Knarren des Holzes. Ein Schatten an der Wand.

Dritte Strophe. Die Höhle unter der Burg begann sich zu drehen. Und mit ihr die Welt. Paracelsus übermannte der Schwindel. Er löste sich vom Boden. Schwebte durch die Tunnel. Überallhin, in die Dunkelheit. Still stand er da. Er war überall und nirgends.

Vierte Strophe. Ein Stöhnen, ein Seufzen, ein Röcheln. In allen Höhlen. Der ganze Berg. Aus allen Richtungen zugleich. Die Welt. Sie nahm sie gefangen. Paracelsus hielt inne. Zuckte zusammen. Da! Etwas regte sich. Er wagte kaum zu atmen. Seine Hände vibrierten. Ein Schatten. Riesig, huschend, gebückt. Irgendwo. Paracelsus fuhr herum. Er zitterte. Blickte zum Käfig. Er war leer. Die Knie der Wachen schlotterten. Das Blut gefror in seinen Adern. Niemals würden sie ihn schützen können.

Paracelsus las weiter. Seine Stimme versagte fast. Am liebsten wäre er geflohen. Er sah um sich. Die Schatten bewegten sich, huschten durch die Höhlen. Aus allen Richtungen auf ihn zu. Seine Augen suchten die Wände ab. Etwas war da. Etwas anderes. Eine Präsenz. Hier unten. Unbestimmt, lauernd und drohend. Er biss seine Kiefer aufeinander.

Paracelsus starrte in die Tunnel. Panisch. Suchte in der Dunkelheit. Er schluckte. Sein Herz pochte. Sein Blut verbrannte in seinen Adern. Das Laudanum versagte. Die Angst, sie kam, endlich. Kaum bekam er Luft.

Paracelsus las weiter. Zwölfte Zeile. Drittes Wort. Sein Kehlkopf ließ sich nicht beirren. Paracelsus schielte nach drüben. In die Höhle. Fast zog es ihn dorthin. Ein Rascheln! Etwas bewegte sich dort drüben. Eiskalte Schauer liefen ihm über den Rücken. Ein Lachen. Ein Schrei. Smaragdgrüne Augen. Irgendwo.

Die Luft füllte sich mit Schwefel. Paracelsus roch die Hölle. Der Schatten in der Dunkelheit. Dort drüben! Er bäumte sich auf. Wurde Wirklichkeit. Wurde Fleisch. Totes Fleisch. Paracelsus starrte in die Höhle hinein. Seine Augen waren geweitet. Er konnte nicht wegsehen! Der Palatin lachte irre. Simons Kopf sank hinab. Paracelsus unterbrach sich. Die Angst, sie kam. Und plötzlich war es klar: Der Käfig war zwecklos. Sie kannte jedes Geheimnis. Locken würde er sie niemals.

Die Wachen waren Kinder. Und ihre Speere wie Grashalme. Für Astarte.

Seine Lippen sprachen weiter. Sie gehorchten ihm nicht mehr. Das Buch las sich selbst.

Fünfte Strophe. Der Palatin schloss seine Augen. Er war nicht mehr da. Paracelsus schielte zu den Wachen. Ihre Speere zitterten wie Gräser im Wind. Er blickte zu Simon. Sein Kopf lag reglos auf dem Altar. Er war allein. Mit ihr. Paracelsus sprach weiter. Er schielte zu dem Käfig aus einhundert Kreuzen. Er war leer. Dort drüben! In der Höhle. Da war sie! Frei, gefährlich, unaufhaltsam. ASTAROTH.

Der Käfig war zwecklos. Es waren Bretter. Sie war ein Engel. Und Theos Teufelin. Das Buch befahl Theo zu lesen. Zu sprechen. Es sog ihn auf. Rief ihn zu sich. Er konnte sich nicht wehren. Die Dunkelheit der Tunnel verhöhnte seine Torheit. Sie würde ihn richten. Jetzt.

Sein Mund sprach weiter. Er war willenlos. Sie würde kommen. Und sie wären verloren.

Das Buch ließ ihn nicht los. Die Laute kamen. Aus Theos Mund. Ungewollt. Sie war sein Untergang.

Ein Aufbäumen, ein Grollen, ein Raunen der Welt. Es schwoll. Und formte. Die Erde bebte. Fiel in sich zusammen. Alles.

ASTAROTH.

Das Amulett. Zog ihn hinunter. Zu dem Buch. Ihrem Buch. Ihr gehörte es. Nicht ihm.

»Nein!« Theo riss sich los vom Buch.

Jacob

Arnold zum Luft hatte sich nicht lumpen lassen und bei der Fertigstellung des neuen Rathauses keine Kosten gescheut. Majestätisch ragte es am Kornmarkt gen Himmel. Der Bürgermeister hatte um jeden Preis ein repräsentatives Gebäude haben wollen, um der Bedeutung seiner Stadt Ausdruck zu verleihen. Zudem hatte er den verarmten Bischof ärgern wollen. Beides war ihm gelungen. Von Gundelsheim spuckte Gift und Galle, und enthusiastische Händler aus ganz Europa bestaunten gierig den in Stein gemeißelten Wohlstand Basels.

Gerade läutete die Glocke des Dachreiters über dem Basler Rathaus die Sitzung des kleinen Rates ein. Vorbei war es mit den billigen Holzstühlen des Augustinerklosters: Jacobs Hintern saß nun auf feinstem Samt. Der Regierungsratssaal über den drei Spitzbogen-Arkaden war reich geschmückt, die Wände waren mit edlem Holz getäfelt. An den Seiten fanden sich zwei große Fensterfronten, versehen mit kunstvollen Glasmalereien, durch die nun zaghaft die Herbstsonne drang. Die Standesscheiben mit den Wappen der Kantone unterstrichen die Verbundenheit zur jungen Eidgenossenschaft. An der Wand gegenüber grüßte Jacob freundlich das Wappen der Stadt: ein schwarzer Krummstab auf silbernem Grund. Zum Luft hatte den Bischofsstab als katholisches Wahrzeichen nicht mehr sehen und das Wappen ändern wollen, war aber am Traditionsbewusstsein der Basler gescheitert und hatte es murrend dabei bewenden lassen.

Jacob lugte zur Decke empor, während sich hektisch die letzten Stadträte niederließen. Mit kunstvoll geschnitzten Querfriesen war sie verziert. Jacob musst schmunzeln. Die Schnitzereien zeigten die *Verkehrte Welt*: Die Hasen darauf jagten ihren Jäger und seine Hunde. Der Jäger wurde am Spieß gebraten, die Hunde in Töpfen gegart. Zum Luft hatte so die Regierung – und sich selbst – daran erinnern wollen, dass sie den Basler Bürgern dienten, und nicht umgekehrt. Arnold zum Luft erinnerte sich freilich stets daran, da war sich Jacob gewiss. Und doch stieß eines ihm sauer auf: Zum Luft war der Jäger und sie alle nichts als seine Hunde. Er war der alleinige Herrscher dieser Stadt. Eigentlich oblag die Wahl der Ratsherren nach wie vor dem gewählten Kieserkollegium, und doch saß Arnold zum Luft viel zu fest im Sattel, um nicht jedes einzelne Mitglied selbst bestimmen zu können: Johannes Oekolampad, das Oberhaupt der neuen reformierten Kirche, wusste um seine Schuldigkeit und unterstützte seinen Bürgermeister in jedem Gottesdienst, den er hielt. Durch die Herabsetzung der Zölle hatte sich zum Luft die Freundschaft der handeltreibenden Zünfte gesichert, durch Steuererleichterungen die Sympathien der Handwerkerzünfte erworben, und durch die Prägung der Basler Goldgulden die Liebe sämtlicher Patrizier erkauft. Zum Luft gewann jede Abstimmung, wo auch immer sie stattfand. Niemand konnte ihm widersprechen. So hatte er den kleinen Rat wohl nach seinem Geschmack gestaltet. Von den insgesamt achtundzwanzig Räten gehörten mittlerweile fast die Hälfte den Zünften an. Die paar Adligen, die noch in der Runde sitzen durften, ließ er kaum zu Wort kommen. Umgehend hatte er Werner Gruber von den Juristen und den Schneidermeister Konrad Egg zu sich ins Rathaus geholt. Michael Frei von den Steinmetzen hatte er gar zum Oberzunftmeister wählen lassen. Etwas mehr Zeit hatte zum Luft sich mit seinem treuen Schultheiß, Meinrad von Bärenfels, und dessen Sohn Steffan gelassen. Aber das war wohl mehr zum Lufts eigenem Amüsement und weniger politischem Kalkül geschuldet gewesen. Dankbar hatten die von Bärenfels' ihre Wahl letztes Jahr bestätigt. Und seither – wie geplant – nicht ein Mal ein Widerwort gegeben. So wie ein jeder. Außer Jacob selbst.

Zögerlich nahm er einen Schluck von dem schweren Rotwein, der vor ihm stand. Er war dazu gedacht, seine Zunge zum Schweigen bringen, dachte Jacob bei sich. Zum Luft hatte ihn nur murrend und seines schlechten Gewissens wegen in die Stadtregierung bestellt. Jacob sah es ganz deutlich an den tiefer werdenden Falten auf zum Lufts Stirn immer dann, wenn er das Wort ergriff. Die Debatte war nun schon in vollem Gange, aber zum Luft beendete sie geschickt.

»Also sind wir uns einig? Die Zünfte besetzen weiterhin den ihnen zugewiesenen Teil der Stadtmauer und bekommen dafür Entschädigungszahlungen von den hochgeschätzten Patrizierfamilien, zu je der Hälfte?«

Zum Luft hatte es als Frage formuliert, und doch war der Tonfall mehr der eines Beschlusses. Jacob blickte in die Runde. Konrad Eggs spitzes Kinn wackelte begeistert bei jedem von zum Lufts Worten. Michael Frei nickte entschieden bei jeder Silbe. Der Zunftmeister der Bader und Scherer sah zum Bürgermeister, als würde er ihn gerade seligsprechen. Der Zunftmeister der Rebleute kicherte fröhlich in seinen Rotwein. Zum Lufts strenger Blick traf sofort auf zwei unglücklich dreinschauende Patrizier. Der eine atmete schnell und sichtlich aufgeregt unter seiner mit Goldfäden durchzogenen Schecke, der andere ließ traurig seinen Kopf hängen und spielte resigniert mit der Perle an seinem Ring.

»Darf ich annehmen, dass die Entscheidung einstimmig ist?« Zum Lufts Stirnfalten wurden ungeduldig. Alle Zünftler stimmten eifrig zu. Ihr Gesichtsausdruck erinnerte Jacob an den von Kindern bei der Überreichung der Weihnachtsgeschenke.

»Die Achtburger?«

Werner Gruber von den Juristen nickte gleichgültig. Professor Wölflin gluckste zustimmend in seinen Schnapsbeutel. Jacob tat es ihnen gleich. Zum Luft atmete erleichtert aus.

»Schultheiß und Adel?«

Meinrad von Bärenfels wurde aus einem wohl recht intensiven Tagtraum gerissen. Erschrocken rutschte eine bunt karierte Kappe von seiner Glatze.

»Ich stimme meinem Bürgermeister zu. Und spreche auch für meinen Sohn.«

Steffan neben ihm rührte sich nicht. Er hielt ohnehin nur einen zweiten Sitz für seinen Vater warm. Der Rest der Adligen war sichtlich froh, dass es heute die Patrizier getroffen hatte, und nicht sie selbst. Also nickten sie artig.

»Die Patrizier?«

Der Bankier mit der Perle an seinem Ring schluckte schweigend und nickte ein wenig geknickt. Er wagte noch nicht einmal, zu zum Luft aufzusehen. Der mit der goldenen Schecke hielt kurz den Atem an. Jacob beugte sich gespannt nach vorn. Würde er es wagen?

Der Patrizier zögerte einen Moment. Dann presste er seine Kieferknochen aufeinander und blickte stur geradeaus.

»Was immer unser Bürgermeister für seine Stadt als nützlich erachtet.« Er seufzte auf. Zum Luft schenkte ihm ein mildes Lächeln dafür und machte mit einer Tintenfeder einen Haken in das Protokoll.

»So. Liebe Mitbürger. Das wären meine Tagesordnungspunkte für heute gewesen, denke ich.« Zufrieden sortierte zum Luft seine Notizen. Fast war Jacob, als summe er ein Lied.

»Hat noch einer der werten Herren ein Anliegen? Ansonsten treffen wir uns ...« Zum Luft prüfte seinen Kalender.

Jacob räusperte sich. Zuerst leise. Zum Luft überhörte es offenbar absichtlich. Dann räusperte sich Jacob lauter. Zum

Luft hörte auf, in seinem Kalender zu blättern, sah aber nicht auf.

»Ich hätte noch einen Punkt, welcher dringend der Klärung bedarf. Für unsere Stadt und deren Bürger.«

Zum Luft ballte unmerklich seine Fäuste. Professor Wölflin neben ihm erstarrte. Meinrad von Bärenfels richtete gespannt seine Kappe zurecht. Fast immer gab es in der sonst so harmonischen Gemeinschaft Streit, wenn Göttisheim etwas zu sagen hatte. Steffan von Bärenfels freute sich sichtlich darauf und rutschte auf seinem Stuhl herum.

»Ich möchte den kleinen Rat offiziell über die Vorkommnisse in der Spalenvorstadt unterrichten und eine gemeinsame Linie zur Lösung des Problems finden. Heute noch.«

Jacobs Stimme war klar und fest. Dennoch zitterten seine Hände.

»Es gibt kein Problem. Und deshalb nichts, was der Lösung bedürfte«, zischte zum Luft aus geschlossenen Lippen hervor und blätterte demonstrativ in seinen Unterlagen.

»Der schwarze Tod hat Basel ereilt, und Ihr sagt uns, es gäbe kein Problem?«

Viele seufzten auf. Steffan von Bärenfels tippelte mit den Fingern auf dem Tisch herum. Professor Wölflin nippte an seinem Beutel. Jacob versuchte, zum Lufts Blick zu fixieren, doch dieser sah noch immer nicht hoch.

»Findet Ihr nicht, dass Eure Maßnahmen, oder deren Unterlassung, von Eurer Regierung gebilligt werden sollten?« Unwillkürlich blickte Jacob wieder zu den Hunden an der Decke hoch. Längst hatte ein jeder von den Gerüchten gehört. Und doch sagte keiner ein Wort.

»Der Entscheid, die Stadtwache aufzustocken und Nahrungsvorräte für ein eventuelles Unglück anzulegen, wurde hier gemeinsam beschlossen, falls Ihr Euch erinnern möchtet.« Zum Luft funkelte Jacob böse an. Steffan von Bärenfels atmete jetzt durch ein parfümiertes Taschentuch.

»Nur den Grund hierfür habt Ihr vergessen, zu Protokoll zu geben, fürchte ich.« Jacob starrte seinen Bürgermeister vorwurfsvoll an, dieser seufzte und sah endlich auf.

Müde entgegnete er: »Was wollt Ihr, mein lieber Göttisheim?« Zum Luft sprach mit ihm, wie ein geduldiger Vater mit einem störrischen Kind, um ihn zu beruhigen. Er erreichte das Gegenteil.

»Ihr müsst Euren Bürgern die Wahrheit sagen! Schleunigst, jetzt. Ihr müsst sie warnen.« Jacob versuchte, nicht zu schreien, dennoch war er laut geworden. Die Kappe des Schultheiß fiel zu Boden. Michael Freis Mund stand offen. Professor Wölfin rülpste. Steffan von Bärenfels duckte sich.

»Das werde ich nicht!« Der Bürgermeister plärrte zurück. Seine Falten waren pechschwarz vor Wut. »Nicht, bevor wir vorbereitet sind.«

»Ja, wie wollt Ihr Euch denn auf die Pest vorbereiten? Sagt es mir.« Jacob riss die Augen auf. Konrad Egg zuckte zusammen.

»Das« – zum Luft raufte sich das graue Haar – »hatte ich Euch schon erklärt! Allen voran brauche ich mehr Männer in der Stadtwache. Man findet nicht so schnell starke Burschen mit dem Herz am rechten Fleck. Wir sind doch dabei!«

Zum Luft unterbrach sich und sah Jacob für einen Moment bedauernd an, so wie alle Stadträte, wann immer die Rede von der Stadtwache war. Seinen einzigen Sohn zu verlieren war ein Bekümmernis, das ein jeder anerkannte.

»Die Leute werden sich gegenseitig den Schädel einschlagen.« Die Sekunde des Mitleids war vorbei, der Bürgermeister fuhr fort. »Jacob, seht Ihr das denn nicht?« Zum Luft warf seine Unterlagen murrend auf den Tisch. Jacob hatte die Tagesordnung durcheinandergebracht. Zum wiederholten Male. Werner Gruber starrte verdrießlich in den leeren Becher vor ihm.

»Die Magd war im Fieber und hustete. Jetzt rennt sie da draußen herum! Unbehelligt.« Jacob fuchtelte mit den Händen in der Luft herum. Der Patrizier wischte nervös über seine Perle.

»Eine Magd, die sich im Herbst erkältet. Nichts weiter«, fauchte zum Luft zurück. Keinen Schluck Wein hatte er getrunken. Als Einziger.

»Mein Schwiegersohn hatte gestern zwei weitere Patienten in seiner Praxis, mit Beulen unterm Arm. Sagt mir bloß nicht, Ihr wüsstet nichts davon! Ich weiß genau, dass er Euch unterrichtet hat.«

Konrad Egg sah unschlüssig zwischen den beiden hin und her. Sein spitzes Kinn war ratlos. Meinrad von Bärenfels streichelte seinen Bart.

»Euch!« Zum Luft sprang auf. »Euch hätte er nicht unterrichten dürfen. Ausdrücklich hab ich es dem Bengel verboten!« Der Bürgermeister fluchte still in sich hinein. Allerdings würde er den einzigen Arzt der Stadt derzeit wohl kaum bestrafen, dachte Jacob.

»Ihr habt ihm den Mund verboten, weil Ihr wusstet, dass ich Euer Vorgehen nicht billigen würde.« Jetzt erhob sich auch Jacob. Die restlichen Ratsherren blieben still sitzen und sahen unglücklich drein. Michael Frei vergrub seinen Kopf in den Händen.

»Ich bin selbst Arzt, Arnold. Jeder Moment, den Ihr zögert, kostet Menschenleben.«

»Ihr seid kein Arzt!« Zum Luft erhob seinen Zeigefinger. »Ihr seid der Rektor meiner Universität und Mitglied meiner Regierung. Also verhaltet Euch auch so.«

»Das heißt bei Euch nichts weiter, als zu nicken und den Mund zu halten.« Jacob warf Werner Gruber von den Juristen einen bitterbösen Blick zu. Der verstand sofort und senkte schuldbewusst sein Haupt. »Und über Eure Fehler hinwegzusehen.« Michael Frei von den Steinmetzen musste schlucken.

»Dieser Stadt geht es unter mir so gut wie nie!« Zum Luft lief rot an. Jacob seufzte auf. Bemüht ruhig fuhr er fort:

»Dieser Stadt geht es so gut wie nie, seit Ihr ihr dient. Arnold, ich bestreite das nicht. Ein jeder weiß das.« Zum Luft gierte stets nach Jacobs Lob, das wusste er. Es funktionierte. Der Bürgermeister entspannte sich sofort. »Aber ich sage Euch, jetzt macht Ihr einen schweren Fehler.« Jacob ging zwei Schritte auf seinen alten Rektor zu. Versöhnlich legte er ihm eine Hand auf die Schulter. Sie wurde ihm nicht entzogen. Noch.

»Seht. Ich habe nicht den geringsten Zweifel an den Berichten meines Schwiegersohns. Glaubt es uns, Arnold. Der schwarze Tod wandelt auf den Gassen da unten. Und es ist am Bürgermeister Basels, dem Einhalt zu gebieten.«

Zum Luft öffnete seinen Mund, aber Jacob sprach schnell weiter.

»Lasst die Kranken suchen. Meinetwegen von der Stadtwache, wenn uns nichts Besseres einfällt. Überzeugt sie, sich sofort in Behandlung zu begeben und andere Menschen zu meiden. Bringt sie ins Steinenkloster. Die Nonnen dort pflegen ein sauberes Hospiz, das fast leersteht.«

Zum Luft wandte sich ab und blickte traurig aus dem Fenster.

Jacob ließ sich nicht beirren. Seine Stimme wurde wieder lauter. »Dann wären die Kranken außerhalb der Stadtmauer, zumindest das. Ich habe schon mit der Äbtissin und mit der Siechmeisterin dort gesprochen, sie haben sich bereit erklärt, die Pestkranken zu nehmen, wenn wir den Fortbestand ihres Klosters für die nächsten zehn Jahre garantieren.«

»Ihr habt was?«

Zum Luft drehte sich um wie vom Blitz getroffen. Jacob biss sich auf die Lippen. Er hätte es geschickter anstellen sollen.

»Ihr habt mit der Äbtissin gesprochen, ohne vorher meine Erlaubnis einzuholen?« Der Zorn war zurück auf zum Lufts

Stirn. Seine Falten bahnten sich wie Wellen darüber. »Ihr habt Eure Kompetenzen bei Weitem überschritten, mein Freund!«

Fast wackelte die Wappenfahne an der Wand, so sehr donnerten zum Lufts Worte durch den Raum. Konrad Egg zupfte an seinem Ziegenbart herum. Jacob blies seine Wangen auf.

»Also stimmen wir ab«, schloss zum Luft barsch, bevor Jacob antworten konnte. Der Bürgermeister setzte sich wieder auf den samtenen Sessel. Jacob blieb stehen.

»Aber ...« Er hatte auf eine längere Diskussion gehofft. Eine Abstimmung würde verlaufen wie immer.

»Kein aber!« Zum Luft knallte eine Faust auf den Tisch. »Ihr habt dem Rat Euer Anliegen geschildert. Ihr wurdet gehört. Der Rat wird entscheiden.«

Professor Wölflin verschloss eilig seinen Beutel und meldete sich als Erster zu Wort:

»Ich bin auch Arzt, wie Ihr wisst.« Zum Luft wollte ihn unterbrechen, aber Wölflin sprach weiter. Er lallte ein wenig. »Ich halte die Ausbreitung der Seuche nach allem, was ich von unserem Stadtarzt gehört habe ...« Zum Luft fluchte unhörbar. »... für mehr als wahrscheinlich, wenn wir nicht versuchen, sie einzudämmen. Deshalb sollten wir Göttisheims Rat folgen. So denke ich.«

»Werter Ratsherr«, zum Luft lächelte nachsichtig, »ich fürchte, der Alkohol war Euch allzu sehr gewogen heute Morgen.« Sein Gesicht wurde ernst, die Stimme herrisch. »Ihr seid betrunken. Eure Stimme zählt nicht.«

Wölflin lief sofort scharlachrot an und blickte zu Boden. Göttisheim wollte protestieren, durfte aber nicht. Steffan von Bärenfels lachte herzhaft.

»Aber er hat recht!« Werner Gruber stand auf. Er war so aufgeregt, dass er nicht darüber nachgedacht hatte, und schaute jetzt unsicher in die Gesichter seiner Kollegen. »Offensichtlich sind sich die Mediziner doch einig! Vielleicht sollte der Rat auf ihr fachliches Urteil vertrauen.«

Sofort konterte Meinrad von Bärenfels, um niemandem Zeit zu geben, über die Worte des Juristen nachzudenken.

»Selbst wenn die Gerüchte aus dem jungen Munde unseres Stadtarztes stimmen. Und das Urteil unseres werten Jacob Göttisheim nicht durch etwaige Verwandtschaft getrübt ist«, der Schultheiß lächelte ihn an, »werden massive Unruhen entstehen, sobald wir es unseren Bürgern mitteilen. Wie das immer der Fall war, in solch einer Situation. Ich sehe es wie unser Bürgermeister. Zum Wohle der Stadt müssen wir schweigen.«

Von Bärenfels nickte zum Luft ergeben zu. Fast wie ein Hund, der auf seine Belohnung wartet. Er bekam sie nicht.

»Ich spreche übrigens auch für meinen Sohn«, schloss der Schultheiß. Steffan sah seinen Vater nachdenklich an. Kurz öffnete er seinen Mund. Und schloss ihn wieder.

»Die anderen?«, fragte zum Luft fast lautlos. Er war blass. Wohl wusste er, dass die Abstimmung eine Farce war. Peinlich berührt mied er Jacobs Blick.

Die Patrizier nickten eifrig. Konrad Egg und die anderen Zünftler taten es ihnen gleich. Nur Michael Frei saß wie versteinert da und rührte sich nicht.

»Michael?«, rief zum Luft.

Der Steinmetz reagierte nicht. Er hoffte wohl, es würde sich von selbst erledigen, wenn er nur lange genug ausharren konnte.

»Oberzunftmeister der Stadt Basel.« Der Bürgermeister wurde lauter. »Gebt Eure Stimme ab!«

Michael Frei seufzte auf. Fuhr sich durchs Haar. Seine Füße zappelten unter dem Tisch.

Jacob wusste, was er sagen würde, als er seinen Kopf grundlos von ihm abwandte.

Paracelsus

In der Hauptstadt der habsburgischen Erblande war man alles in allem wieder ganz guter Dinge. Wien erholte sich langsam. Die Bauernaufstände in Tirol waren weit genug entfernt, die osmanische Belagerung war vorüber, und Erzherzog Ferdinand war mit seinen Querelen um den ungarischen Thron zu beschäftigt, und so duldete er größtenteils den neuen Glauben. Wenn auch zähneknirschend.

Simon und Paracelsus waren eilig von Pressburg her eingeritten, nachdem sie erfahren hatten, dass ihr Gastwirt sizilianische Wurzeln und einmal zu oft nach Paracelsus' Namen gefragt hatte. Dort hatte sich Theo mit unbedeutenden Schwarzkünstlern betrunken und sich völlig überzogene Legenden über Nostradamus angehört. Simon hatte kehrtmachen wollen und nach Transsylvanien weiter, um die Vampire im Apuseni-Gebirge nach dem Geheimnis ihrer Unsterblichkeit zu fragen. Aber Paracelsus hatte Caspars Spott darüber, sollte er ihn jemals wiedersehen, zu sehr gefürchtet und war weiter nach Westen gereist.

Nun hatten sie einen improvisierten Stand mitten auf dem Stephansplatz aufgestellt und betrachteten das Treiben amüsiert. Ein Possenreißer wusste nicht so recht, was hier erwünscht war, und bedachte mit seinen derben Witzen abwechselnd Martin Luther und den Papst. Ein Kartenleger prophezeite so souverän die Zukunft seiner Kunden, dass Theo ihn fast nach Astarte befragen wollte. Ein Jongleur vor dem majestätischen Dom hatte es auf ganze acht Äpfel in der Luft gebracht, ließ sie aber gerade alle auf einmal fallen.

Ein paar Kinder erhaschten sie und liefen lachend damit fort. Die Stimmung war fröhlich. Vor allem, weil an jeder Ecke warmer, gewürzter Wein gegen die Kälte angeboten wurde und Theo schon den ganzen Tag sein Laudanum unter die Leute brachte. Er hatte die Tinktur im ersten Jahr in Ferrara erfunden und hielt sie selbst mittlerweile für das Allheilmittel schlechthin. Bescheiden wie gewohnt nannte er sie deshalb *Stein der Unsterblichkeit*. Die Rezeptur war mitnichten so komplex wie Theos sonstige Essenzen, sie bestand hauptsächlich aus Wein, versehen mit etwas Bilsenkraut, Alraune und ein paar Tollkirschen. Zu etwa einem Zehntel fügte Paracelsus aber Opium hinzu, wenn er es denn auftreiben konnte. Das sollte wohl die unfassbare Wirkung ausmachen, dachte er bei sich. Sämtlicher körperlicher Schmerz verging, verdrießliche Verstimmtheiten lösten sich augenblicklich in Luft auf, Ehestreitigkeiten wurden beendet, Geldsorgen verschwanden, Kälte und Hunger spürte man nicht mehr, und ein jeder wandelte ausgelassen durch den Tag oder schlief selig wie ein Säugling. Die Menschen liebten es!

Paracelsus hatte das Fläschchen für den Zapfengießer vor ihm schon seit zehn Minuten in der Hand, aber der hörte nicht auf, ihm von dem Krieg zu erzählen.

»Das Kärtnertor wollten sie sturmreif schießen! Sie haben's aber nicht geschafft.« Der Mann schluckte. »Dann haben Süleyman und seine Männer auf einmal angefangen, sich unter die Stadtmauer zu graben.« Der Zapfengießer riss seine Augen auf. »Könnt Ihr Euch das vorstellen? Unter die Stadtmauer!« Simon seufzte genervt. Paracelsus nickte unschlüssig. »Die Kanonen haben sie trotzdem weiter abgefeuert ...«, der Zapfengießer hieb mit der Faust einige Male auf die Patientenliege, »... bumm, bumm, bumm! Gekracht hat's in meinen Ohren. Seitdem klingelt es, die ganze Zeit! Vor allem, wenn es still ist ...« Paracelsus nickte artig weiter und hoffte, nicht gefragt zu werden. Gegen die hohen Töne, die in den Ohren des Patienten selbst produziert wurden, konnte er überhaupt nichts tun. Außer vielleicht etwas Laudanum reichen. Der Zapfengießer aber sprach aufgeregt weiter. Seine Ohren waren wohl nicht das Problem. »Wir aber waren schlau.« Wieder landete die Faust auf der Liege. »Haben uns ihnen einfach entgegengegraben, hat man's Euch erzählt?« Paracelsus nickte so anerkennend wie irgend möglich und wünschte sich, der Zapfengießer würde ihm endlich sein Leiden schildern. »Unten im Tunnel haben wir sie dann getroffen, und dann ...« Der Zapfengießer starrte ins Leere. Sein Gesicht wurde mit einem Mal blass. »Dann hat irgendein Dummkopf tatsächlich seine Arkebuse abgefeuert, obwohl der Kommandant klar gesagt hat, das dürften wir da unten nicht.« Jetzt fing der Zapfengießer an zu schluchzen. »Die Mineure hatten doch Schießpulver dabei! Ganze Fässer davon.« Der Zapfengießer hörte auf zu schluchzen, sprach aber nicht weiter. Reglos stand er da. Kaum schien er noch zu atmen. »Das Fass explodierte, da unten, in der Enge.« Jetzt flüsterte er nur noch. Sein Körper begann zu zittern. Eine Träne rann über seine Wange. »Niemand konnte ein oder aus. Meinem Schwager wurde der Kopf weggesprengt. Meinen Nachbarn hat's am Bein erwischt. Und mich ... an meiner Schulter.« Der Zapfengießer versuchte sie ungelenk einige Male zu drehen, um es Paracelsus zu zeigen. Sein Gesicht verzerrte sich vor Schmerz dabei. »Der Feldscher hat mich damals gut versorgt. Die Wunde ist geheilt. Aber der Schmerz geht einfach nicht weg. Arbeiten kann ich fast gar nicht mehr! Oder sonst irgendetwas ...«

Traurig blickte der Zapfengießer jetzt zu Boden. Paracelsus besah sich die Schulter des Mannes. Sie war tief vernarbt. Das Gelenk selbst war ganz steif.

»Streckt bitte Euren Arm nach oben.«

Paracelsus drückte dagegen. Der Zapfengießer schrie auf. Kaum brachte er die Kraft eine Kleinkindes auf.

»Sind denn damals alle Splitter entfernt worden?«, fragte Paracelsus und zog behutsam den Arm nach hinten. Kaum war es möglich.

»Ich glaube schon, Herr Doktor.« Der Zapfengießer wimmerte.

Paracelsus kräuselte seine Stirn. Hätte er den Mann weiter betreuen können, wäre es ihm wohl möglich gewesen, zumindest die verkümmerten Muskeln und Sehnen etwas zu dehnen und so den Schmerz zu lindern. Aber er war auf der Flucht und würde seinen Patienten nie wiedersehen. Rätselnd blickte er auf seinen Bestand. Vom Laudanum war kaum noch etwas übrig. Schweren Herzens drückte er dem Zapfengießer die zwei letzten Fläschchen in die Hand. Der benötigte sie wohl dringender als Theo selbst.

»Nehmt drei Mal täglich einen großen Löffel. Und einen vierten, wenn Euch die Schulter nachts wachhält.«

Der Zapfengießer nickte dankbar.

»Gebraucht Eure Schulter, so gut Ihr könnt. Wenn Ihr den Arm nicht mehr bewegt, wird es nur schlimmer. Übt die Bewegungen, das wird den Schmerz lindern. Und sprecht über die Schrecken in diesem Tunnel. Am besten mit jemandem, der selbst dabei war. Eure Schulter will, dass ihre Geschichte gehört wird«, schloss Paracelsus mitleidig.

Der Zapfengießer hielt sich die Schulter und umklammerte das Laudanum wie einen Schatz.

»Habt tausend Dank, Herr Doktor. Das werde ich tun.«

Im Gehen wandte er sich nochmals zu ihm um:

»Aber in die Flucht geschlagen haben wir sie. Wir haben unsere Stadt verteidigt. Umsonst war das nicht!«

»Ihr habt tapfer gekämpft, dessen bin ich sicher. Lebt wohl.«

Paracelsus ließ dem Zapfengießer seinen Stolz und schenkte sich seinen Einwand. Weniger die Waffen der Österreicher als das schlechte Wetter, der nahende Winter und die matschigen Straßen Ungarns hatten Süleyman damals zum Abzug gezwungen. Deshalb hatte er nämlich seine schweren Belagerungswaffen nicht mitbringen können, hatte man Theo auf dem Weg hierher erzählt. Mit ihnen wäre der Ausgang wohl ein anderer gewesen.

»Spinnst du?«, fuhr ihn Simon an, sobald der Zapfengießer außer Hörweite war. »Das waren die letzten zwei! Jetzt haben wir nichts mehr übrig für uns selbst.«

Paracelsus verdrehte die Augen und baute seinen Stand ab. Fast war er ausverkauft. Neben dem Laudanum waren auch fast alle Tinkturen, Salben und Öle, die er noch aus Ferrara mitgebracht hatte, fort. Wenn er nirgends lange genug blieb, um nachproduzieren zu können, würden sie fortan von ihrer Hände Arbeit leben müssen, ganz ohne Medikamente. Schon jetzt hungerten sie jeden Tag. Es war viel zu kalt, um noch im Freien zu schlafen, jede Nacht mussten sie sich ein Gasthaus leisten. Den Rest des Münzbeutels hatte die Seelensuche aufgebraucht. Je weniger die Leute wussten, desto mehr Geld verlangten sie dafür, hatte Theo gelernt.

»Er hat es dringender gebraucht als wir«, antwortete Paracelsus ernst.

»Dringender als wir? Womit willst du sie denn beschwören beim nächsten Mal? Wenn du glaubst, dass ich stattdessen wieder deine Tollkirschen fresse, hast du dich geschnitten!«

Paracelsus kicherte in sich hinein. Dass im Laudanum sehr wohl Tollkirsche enthalten war, hatte er Simon sicherheitshalber nie erzählt.

»Und ohnehin müsste ich es nicht, wenn du nicht so ein Feigling wärst!« Simon zog eine wütende Grimasse. Paracelsus war es gewohnt. Seit Buda war Simon wieder zunehmend schlecht gelaunt.

»Zum hundertsten Mal, Simon. Astarte hat einen Höllendrachen, und wir hatten Holzbretter. Und hasenfüßige Wachen, die sich vor Angst bepisst haben. Du wirst verstehen, wenn ich Bedenken hatte.«

»Du hast immer Bedenken, Paracelsus!« Simons Wangen glühten vor Zorn. Die Kinderaugen von damals töteten ihn mit Blicken.

»Dir fehlt die Entschlossenheit, weil du es gar nicht richtig willst. Das hier willst du!« Simon deutete in die Menge. Viele waren heute hier als Patient gewesen. »Und deshalb machst du jedes Mal einen Rückzieher, wenn wir kurz davor sind.«

Paracelsus wurde ärgerlich. »Ich mache jedes Mal einen Rückzieher, weil niemand sich mit der Magie auskennt, die es braucht! Du nicht, ich nicht und ganz bestimmt nicht dieser nervöse Palatin. Und ich möchte gern meine Seele weiterhin in diesem Körper behalten, noch für eine Weile wenigstens. Lass uns an der Donau weiterreisen nach Linz. Uns haben ohnehin zu viele Augen gesehen heute. Dort soll es einen Zauberer geben, der …«

»Hör mir auf mit deinen Zauberern! Bisher war kein echter dabei. Bewirb dich hier als Stadtarzt. Das ist es nämlich, was du möchtest.«

»Beides will ich!« Theo schnaubte. Dann verzog er flehentlich sein Gesicht. »Ist das denn wirklich so schwer zu verstehen?«

Simon wandte sich ab. Sehnsüchtig sah er dem letzten Laudanum hinterher.

»Ich verstehe dich wohl, Meister. Aber so wirst du die Seelen niemals finden.«

»Doch, Simon.« Nachdenklich blickte Paracelsus zum Stephansdom auf. Seit Jahren schmerzte ihn die Gewissheit. »Das werde ich.« Er seufzte traurig. »Mira hat es vorausgesagt.«

»Kein Preis ist zu hoch dafür«, hatte er damals noch gemeint. Wie naiv er doch gewesen war.

»Entscheidet Ihr das für die Menschen, die das Opfer bringen werden?«

Miras Antwort war es, die ihn jedes Mal davon abhielt, Astartes Gedicht zu Ende zu lesen. Paracelsus wusste es wohl.

Jacob

Jacob hetzte die schmale Treppe seines Stadthauses am Nadelberg im Nachtgewand hinunter. Esther Göttisheim folgte mit erhobener Bettpfanne. Zur Sicherheit. Ein Donnern an der Tür. Und das mitten in der Nacht! Göttisheim fluchte schlaftrunken.

»Jacob, wie gut, dass ich Euch antreffe.«

Ein hellwacher Johan von Müllenberg trat ein. Er war in schwarzen Pelz gekleidet, eine Brosche aus Bernstein hielt den Mantel zusammen und Fasanenfedern ragten aus seinem Hut hervor. Jacobs Nachthemd hatte Löcher. Er war barfuß und fühlte sich unwohl. Esther zog sich beschämt ins Obergeschoss zurück, um sich anzukleiden.

»Johan, mein Freund.« Jacob versuchte, freundlich zu lächeln. Und gähnte gleichwohl. Er bat ihn ins warme Empfangszimmer. »Womit kann ich dienen? Um diese Zeit?«

Müllenberg stand scheinbar nicht der Sinn nach Höflichkeiten, er nahm weder Hut noch Mantel ab: »Die Stadtwache hat zwei Flamen aufgegriffen, in einem Bordell nicht weit vom Kornmarkt. Sie waren im Fieber. Und husteten Blut.« Er war ganz aufgeregt. »Sie haben sie weiß Gott wo hingebracht.«

Jacob besah seinen Kollegen unschlüssig. Der war weder Inquisitor noch Domherr geblieben, aber immer noch hoch angesehener Professor der Theologie an der Universität. Zum Luft hatte ihn schließlich zähneknirschend behalten müssen. Glaube hin. Glaube her. Ohne diesen einen Katholiken wären sie damals alle unter von Gundelsheims Herrschaft verbrannt worden.

»Johan, das weiß jeder längst …« Jacob wusste nicht recht, worauf von Müllenberg hinauswollte, und überlegte nur, ob es unhöflich war, ihm keinen Wein zu reichen. Mitten in der Nacht. Er für seinen Teil wollte dringend zu Bett.

»Man tuschelt«, fuhr der Theologe fort. Nein, er brauchte kein Getränk, entschied Jacob. »Überall, bei jedem Wirt. In jedem Haus. Hinter vorgehaltener Hand.« Johan begann zu flüstern: »Im Wirtshaus in der Spalenvorstadt sollen alle gestorben sein.« Jacob gähnte erneut. Er verstand die Aufregung seines Freundes wohl, nur dass das alles nichts Neues war. Von Müllenberg aber blickte um sich, als würden sie belauscht. »Ein Jude soll von dort geflohen sein!«

»Wie bitte? Ein Jude?« Plötzlich war Jacob hellwach. »Wieso …« Er räusperte sich verlegen. »Warum seid Ihr hier, Johan?«, fragte er ernst.

Von Müllenberg trat zu dem sanft züngelnden Feuer. Tief seufzte er auf.

»Fragt Euren Schwiegersohn, was die Reisenden plagt. Der war dort, man hat ihn aus dem Wirtshaus kommen sehen.«

»Warum sollte ich ihn fragen?« Sein Schwiegersohn berichtete ihm fast täglich. Jacob setzte sich – aus Verlegenheit. Fast hatte er ein schlechtes Gewissen, dass er von Müllenberg nicht gewarnt hatte, so wie der es jetzt mit ihm versuchte.

Von Müllenberg leckte sich die Lippen. Legte sich die Worte zurecht. Dann sah er ernst zu Jacob hinab:

»Aus einem Gasthaus flieht der Letzte, der noch laufen kann. Die Stadtwache greift kranke Reisende auf. Der Bürgermeister schweigt.«

Von Müllenberg schloss die Augen und schüttelte traurig seinen Kopf. »Mein lieber Freund, ich habe das alles schon einmal erlebt. Im Frankenland. Ich bin zu alt und zu müde, um das noch einmal zu ertragen.«

Von Müllenberg atmete tief durch: »Jacob, ich wollte mich von Euch verabschieden. Und Euch offiziell informieren, dass ich meine Stelle an Eurer Universität sofort aufgebe.« Er trat an ihn heran. »Ihr wart mir ein guter, wahrer Freund. Aber hier kann ich nicht mehr bleiben.« Von Müllenbergs Kinn zitterte. Er war den Tränen nahe.

»Aber, Johan.« Jacob erhob sich. »Wo wollt Ihr denn hin? Mitten in der Nacht?«

Von Müllenberg lachte auf. »Das ist mir gleich, mein Freund. Weg von hier, so lange die Stadttore noch offen sind. Und das möchte ich Euch auch empfehlen.« Der Theologe räusperte sich. »Wiederum.«

»Aber Johan, ich kann doch nicht.« Göttisheim schluckte.

»Ihr könnt nicht?« Johan packte ihn bei den Schultern. Mit großen Augen starrte er Göttisheim an.

»Ihr könnt nicht? Ihr müsst! Meine Studenten habe ich heute belauscht. Alles feine Herren vor Gott, glaubt mir. Und was schreien sie einander zu? ›Die Juden sind's! Die Juden sind's!‹ Dann holte ich mir neue Kleider. Von meinem Schneider, der hat eine Tochter. Ein liebes Mädchen von vierzehn Jahren. Und was ruft sie ihrer Mutter zu?

›Die Juden sind's! Die Juden sind's!‹ Dann rufe ich meinen Kutscher, sage ihm, wir brechen auf heut' Nacht. Sein Leben lang ist er bei mir, rechtschaffen und treu. Und was mault der in seinen Bart? ›Die Juden sind's! Die Juden sind's!‹«

Von Müllenberg hatte wieder angefangen zu flüstern. Göttisheim war blass geworden. Seine Lippen hatten angefangen zu zittern bei den Worten des Theologen. Sollte es wirklich schon so weit gekommen sein?

»Bei Gott, Jacob! Geht weg von hier, bevor der Wahnsinn um sich greift. Ich beschwöre Euch.«

Jacob öffnete seinen Mund. Und schloss ihn wieder.

»Jacob, hört Ihr nicht? Es ist die Pest!«, rief von Müllenberg verzweifelt. »Die Pest hat Basel gefunden. Bald wird sie ihren Tribut fordern. Anders ist es nie gewesen. Und wenn der schwarze Tod um sich greift, verlieren die Menschen ihren Verstand. Sie brauchen einen Schuldigen. So war es noch immer. Sie werden auf euch losgehen.«

»Der Bürgermeister wird das nicht zulassen. Er wird die jüdische Gemeinde vor Angriffen schützen. Er mag über so manch eine Leiche gegangen sein, aber er ist ein guter Mann«, antwortete Jacob entschieden. Nur seine Stimme verriet, wie unsicher er war.

»Der Bürgermeister ...« – Jacob merkte, wie von Müllenberg einen Fluch verschluckte – »... kann euch gar nicht schützen. Angst und Zorn sind wie Brüder. Die Menschen suchen sich ein Opfer, wenn sie sich ohnmächtig fühlen. So ist der Mensch nun mal. Schwach und fehlgeleitet in der Not. Nehmt Euch in acht, Jacob.«

»Meine Familie lebt hier, Johan.« Göttisheim lief eine Träne über seine Wange. Seine Hände zitterten. »Das, was von ihr übrig ist.«

»Eben darum, mein Freund.« Von Müllenberg legte ihm eine Hand auf die Schulter. Jacob bekam Gänsehaut. »Ihr habt schon genug verloren. Jetzt packt sie alle zusammen auf die Pferde und reitet, so weit Euch die Hufe tragen wollen. Ich hab's Euch damals gesagt. Ich sag's Euch heute. Hört jetzt auf mich.«

Jacob schüttelte verzweifelt seinen Kopf. Seit der letzten Ratssitzung hatte er selbst ein dutzend Mal überlegt abzureisen. »Ich habe für zum Luft diese Stadt gerettet. Nimmermehr wird der Bürgermeister zulassen, dass der Pöbel da draußen meiner Familie ein Haar krümmt.« Jacob nickte und glaubte sich selbst nicht recht.

»Wir bleiben hier!« Esther Göttisheim stand auf der Treppe, wie ein Fels in der Brandung. Rasch hatte sie ein schlichtes Kleid aus rotem Samt übergeworfen. Nur ihr Haar war nicht geordnet. »Habt unseren aufrichtigen Dank für Eure Warnung, Johan.« Sie eilte herbei, um ihren Gatten zu stützen. Wie dankbar Jacob dafür war. »Aber wir bleiben hier.« Sie hakte sich bei Jacob unter. Ihre Arme waren schmal, aber kräftig.

Von Müllenberg sah sie verständnislos an.

»Ich bin hier geboren«, fuhr Esther fort. »Ich bin hier aufgewachsen. Meine Eltern sind hier geboren und begraben. Unser ganzes Leben haben wir hier gelebt. Basel ist unsere Heimat.« Esther schluchzte. »Und die lasse ich mir nicht wegnehmen! Nicht von der Pest und nicht von irgendwelchen Narren da draußen.«

Esther hob eine Faust in die Höhe. Fast erinnerte sie Jacob nun an die selige Mina Burri am Tage ihrer Hinrichtung. Er schauderte.

Von Müllenberg seufzte leise. »Dann ist es entschieden. Leider.«

Traurig sah Jacob zu seinem Professor. Er würde nicht zu ersetzen sein. In keinem Bereich. »Wohin führt Euch Euer Weg, Johan?«

Der lächelte bekümmert. »Irgendwohin, wo die Pest mich nicht findet. Und man noch rechten Glaubens ist. Ein paar Jahre Glück. Das ist mir dieses Leben noch schuldig, so denke ich.«

»Das ist es Euch wahrlich, mein Freund.« Jacob fiel dem Theologen ermattet in die Arme. »Und Ihr werdet sie bekommen.«

»In Basel habt Ihr immer ein weiches Bett und eine warme Mahlzeit. Solange wir leben«, sprach Esther Göttisheim und wischte sich eine Träne aus dem Gesicht. »Und habt auf ewig Dank für unseren Caspar. Ohne Euch hätten wir unser Enkelkind nicht.«

»Ich werde für Euren Schwiegersohn beten«, antwortete Johan und öffnete die Tür. »Und für Euch.«

Er trat in die Nacht hinaus und bestieg seine Kutsche. Jacob wusste, er würde ihn nie wiedersehen.

Mira

Es war nicht leicht gewesen, den Hohepriester davon zu überzeugen, sie am Leben zu lassen. Noch länger hatte es gedauert, ihn dazu zu bringen, sie selbst nach dem Buch zu schicken. Erst nach den ersten gemeldeten Misserfolgen der anderen war es ihr gelungen, und nachdem sie eines Nachts mit ihm geschlafen hatte. Der Hohepriester war immer noch ein Mann aus Fleisch und Blut.

Nun aber stellte sich Mira wohl keinen Deut besser an als ihre Vorgänger: Sie waren Paracelsus dicht auf den Fersen, das spürte sie. Aber wo immer sie hinkamen und egal, mit wem sie sprachen, war er eben erst da gewesen, gerade aber aufgebrochen. Und niemand wusste dann wohin. Mira fluchte still in sich hinein. Dass dieser ehrgeizige Weiße so gewitzt sein könnte, hätte sie nicht gedacht.

Jetzt saß sie zornig in der großen Halle der Burg zu Buda. Es war hier trist und kalt und dunkel. Die Osmanen hatten sie geplündert. Kein Schmuckstück, kein Wappen und kein Bild zierte mehr die Wände. Alles war aus grauem Stein. Mira fröstelte. Die Zugluft hier schien aus allen Ritzen und Winkeln gleichzeitig zu kommen. Ärgerlich schürzte sie ihre Lippen. Sie hatte die Nase voll.

Ihr Mantel war durchnässt vom Schnee, ihr Rücken schmerzte von den endlosen Tagen zu Pferde, ihre Haut war matt von den Nächten in schäbigen Betten, und ihr Magen mochte die Speisen hier nicht. Mira hatte es so satt. Allem voran konnte sie die Kälte nicht länger ertragen. Alles, was sie wollte, war zurück in die Heimat. Ein Schiff über das

Mittelmeer dorthin nehmen, wo die Sonne schien und man nicht in Schneematsch trat, wenn man vom Pferde abstieg. Und dafür brauchte sie Astartes Buch.

»Von der Donau her kann man den Rauch und die Asche noch riechen, wenn der Wind günstig ist! Ganz Pesth haben sie niedergebrannt. Hier haben sie alles mitgenommen, was sie tragen konnten. Wann sich unsere Stadt davon erholen wird, weiß kein Mensch.«

Der Palatin schluckte Tränen hinunter. Mira seufzte auf. Ihr Ordensbruder spielte ungeduldig mit einem Messer unter seinem Umhang. Sein Name war Magnus. Er war ein großer Mann mit tiefen Narben und einem ungeduldigen Temperament. Sollte der Palatin nicht endlich aufhören zu jammern, steckte das Messer bald in seiner Kehle, dachte Mira. Und wünschte fast, der Palatin hätte seine Wachen nicht fortgeschickt. Seit dreißig Minuten klagte er ihnen sein Leid.

»Der König ist bei der Schlacht von Mohács gefallen. Jetzt haben wir zwei davon! Beide meinen, sie hätten Anspruch. Aber ich weiß nicht, wer recht hat. Der eine ist für die Osmanen. Der Habsburger ihr Feind. Zu wem soll ich halten? Sagt!«

Die Augen des Palatin schweiften unruhig umher. Seine Nerven lagen blank. Dennoch kehrte sein Blick zuverlässig und immer wieder zu Miras weit ausgeschnittenem Dekolleté zurück.

»Meine Boten sagten mir, Ihr könntet in die Zukunft sehen. Bitte, ich muss es wissen!« Ein Flehen lag in seiner Stimme. »Wer wird am Ende siegen?«

Mira schnaufte auf. Das war Astartes Fluch: Oft und ungefragt sah sie künftige Ereignisse in den Gesichtern ihres Gegenübers. Nur dann nicht, wenn es ihr selbst vielleicht nützen könnte. Ansonsten wäre ihr längst nicht mehr so kalt.

Rätselnd betrachtete sie mit ihren dunkelblauen Augen den jammernden königlichen Vertreter, nur einen Augenblick. Dessen Zukunft zu sehen, war spielend leicht. Jedes

Kind hätte ihm seine Fragen beantworten können. Dafür brauchte es keine Magie.

»Zuerst« – Mira hob streng eine Augenbraue – »beantwortet Ihr meine Fragen bitte.«

»Paracelsus!«, unterbrach sie ihr Ordensbruder barsch. Die Hand unter seinem Umhang zuckte. Mira wunderte sich sehr, dass der Palatin die Gefahr überhaupt nicht zu bemerken schien. Magnus war skrupellos. »Ein Arzt mit einem sehr alten Buch. War er hier?«

»Wisst Ihr …« Der Palatin wand sich auf seinem samtenen Sessel. Seine Wangen wurden rot. Mira verstand ihn wohl. Sie hatte sofort gerochen, was er da unten in den Höhlen anstellte. Die erbärmlichen Versuche eines selbst ernannten Mediums, Weisheit zu erlangen. Es musste schwer sein für einen Christen, das zuzugeben.

Magnus zückte sein Messer. Der Palatin schrak hoch. Mira schüttelte ihren Kopf. Stattdessen umschloss sie mit ihren Händen die Wangen des Palatin.

»Er war hier, nicht wahr?«, flüsterte sie.

Der Palatin nickte. Er konnte nicht mehr anders. Jetzt kullerten seine Tränen wie bei einem kleinen Kind. So reagierten die Männer oft in Miras Händen. Sie lächelte.

»Ja, ja! Er war hier. Faselte irgendetwas von der Göttin der Weisheit und …«, der Palatin seufzte tief, »… einem Drachen. Dieser Mistkerl hat mir versprochen, dass sie mir meine Zukunft erzählt, wenn ich ihm helfe! Dann sind wir in die Höhle … und dann weiß ich nichts mehr.«

Mira blickte beunruhigt zu ihrem Ordensbruder. Das klang nicht gut.

»Ich weiß nicht, ob er es geschafft hat, dieses Vieh« – der Griff um das Messer in Magnus' Hand wurde fester – »anzurufen. Als ich zu mir kam, war er nicht mehr da. Betrogen hat er mich! Und vergiftet obendrein.«

Die Verzweiflung in der Stimme des Palatin mischte sich mit aufrichtigem Ärger.

»Keine Angst.« Magnus lachte trocken auf. »Wenn er es geschafft hätte, Astarte zu beschwören, wärst du jetzt tot, weißer Mann.«

Mira biss sich auf die Lippen. Sie selbst hatte die Zeilen für diesen blonden Jüngling damals übersetzt! Mira verfluchte ihre Arroganz. Und ihre eigene Dummheit. Niemals hätte sie gedacht, dass Paracelsus tatsächlich etwas damit anfangen könnte. Wenn er jetzt schon begann, Gift zu benutzen, war er dem Rätsel gefährlich nahe.

»Wo ist er hin?« Mira versuchte es zu verbergen, aber ihre Hände zitterten. Es war nicht auszudenken, was geschehen würde, sollte Paracelsus Astarte tatsächlich in diese Welt bringen.

Der Palatin schüttelte seinen Kopf. »Das weiß ich nicht! Nach ... Westen vermutlich.«

Magnus seufzte auf. Mira senkte den Kopf beinahe unmerklich. Dann wandte sie sich ab und schürzte ihren Rock. Entschlossen schritt sie zur Tür.

»Ein berühmter Name«, sagte sie zu ihrem Bruder, »und eine kleine Welt. Es ist nur eine Frage der Zeit.«

Der Palatin lief ihr aufgeregt hinterher.

»Wartet! Wir hatten eine Abmachung. Meine Zukunft! Darüber wolltet Ihr mir berichten.«

Mira blieb nicht stehen. Eilig ging sie weiter. Wenn Astarte erst hier wäre, hätte ihr Orden ein noch größeres Problem als ein verschollenes Buch.

»Werden die Osmanen zurückkehren?«, rief ihr der Palatin verzweifelt nach.

Mira hielt inne. Sie sah keinen Vorteil darin, es ihm zu verschweigen.

»Natürlich kommen sie zurück.« Gleichgültig sah sie über ihre Schulter. »Schon bald. Das wisst Ihr selber längst.« Der Palatin schluchzte. Mira stand nicht der Sinn danach, ihn zu schonen. »Eure Stadt wird fallen. Eure Burg wird eingenommen. Euer Land wird brennen.«

Der Palatin schloss die Augen. Er musste sich an die Wand stützen. Mira ging weiter.

»Und ich?«, wimmerte er ihr nach.

Ein letztes Mal wandte sich Mira um. Sie konnte nicht verstehen, warum die Weißen immerfort nach dem Offensichtlichen fragten.

»Ihr sterbt, Palatin.«

Paracelsus

Der Wind pfiff grausam kalt auf dem Nonnberg zu Salzburg. Es hatten so viele Klosterschwestern um Paracelsus' ärztlichen Beistand gebeten, dass er seinen Stand gleich vor der Benediktinerinnenabtei aufgebaut hatte. Am Vormittag hatte er die Leiden und Wehwehchen der Nonnen geheilt, seit dem Mittag hatte es sich in der Stadt herumgesprochen, nun kamen die Salzburger hier herauf. Eine große Menschentraube hatte sich gebildet. Paracelsus versuchte, sich zu konzentrieren. Er schlotterte.

»Es brennt! Und sticht! In meiner Brust, in meinem Rücken, überall!«

Das Gesicht des Nestlers auf Paracelsus' Patientenliege war schmerzverzerrt. Seine Wangen waren gerötet. Das Wasser stand in seinen Augen. »Es ist mein Herz, Doktor! Mein Bruder hatte das auch, und auf einen Schlag war er tot. Er ist einfach umgefallen! Mausetot!«

Flehend sah der Handwerksmeister, der die größte Werkstatt Salzburgs für lederne Schnürsenkel und Taschen hatte, zu ihm nach oben. Paracelsus' Blick aber schweifte immer wieder zu dessen teurem Mantel aus Bärenfell und der pelzgefütterten Lederschecke, so sehr fror er. Nur selten traute er sich lange genug in einer Stadt zu bleiben, um seinen Münzbeutel wirklich auffüllen zu können. Also mussten sie mit den schäbigsten Gasthäusern vorliebnehmen. Diese waren nicht gut beheizt, die Decken waren löchrig und dünn und die Mahlzeiten widerlich. Vor gut einer Woche hatte Simon angefangen zu husten und zu fiebern. Paracelsus gab ihm Zwiebelsaft und ihre letzten Reste Sauerampferkraut. Die Enzianwurzel hatte er teuer von einem Apotheker kaufen müssen und herzhaft geflucht deswegen. Immerhin, Simon ging es etwas besser. Dennoch war seine Stimmung desolat.

»Seit wann habt Ihr denn die Beschwerden, Herr?«, fragte Paracelsus bangend. Ein Brennen in der Brust bei einem dicklichen Mann höheren Alters, mit puterroten Wangen noch dazu, gefiel ihm gar nicht.

»Seit drei Tagen.« Der Nestler biss die Lippen aufeinander. »Nachts ist es am Schlimmsten.«

Paracelsus entspannte sich ein wenig.

»Und Ihr seid immer noch nicht tot.«

»Was?«, rief der Nestler. Paracelsus schüttelte seinen Kopf. Die endlose Kälte auf dem Rücken seines Pferdes ohne jedweden Erfolg machte ihn übellaunig. Den gesamten gestrigen Abend hatte er mit einem Scharlatan verschwendet, der behauptet hatte, er könne Steine in Gold verwandeln und wisse ansonsten sämtliche Weisheiten dieser Welt. Simon hatte ihm seine wertlos gebliebenen Kieselsteine irgendwann an den Kopf geworfen.

»Tut das weh?« Paracelsus drückte beherzt in den Oberbauch des Patienten. Der schrie auf zur Antwort. Paracelsus atmete erleichtert auf. Er nickte Simon zu. Der durchsuchte sofort ihre spärlichen Restbestände. Viel war nicht mehr übrig.

»Ich denke nicht, dass es Euer Herz ist, Herr. Gott sei's gedankt.«

»Ist es nicht? Woher wollt ihr das denn wissen?«, keuchte der Nestler.

Paracelsus drückte nochmals in den dicken Bauch, zum Beweis.

»Weil Euer Herz nicht wehmacht, wenn ich in Euren Magen drücke, deshalb.«

Der Nestler betrachtete ihn ungläubig. »Aber bei meinem Bruder war's dasselbe! Und jetzt ist er tot!«

Paracelsus seufzte auf.

»Seht, bei Eurem Bruder ... ach.« Paracelsus brach ab. Er musste es ihm einfacher erklären. »Was habt Ihr gegessen, die letzten Wochen?«

Ihre Blicke trafen sich. Dann legte der Nestler seinen Kopf schief. Es arbeitete in ihm. Sichtlich.

»Habt Ihr vielleicht zu sehr geschlemmt, mein Herr?«

Simon lächelte. Paracelsus blieb ernst. Der Nestler starrte verlegen ins Leere.

»Ja ... Mein Weib macht einen köstlichen Schweinebraten. Und ... Pasteten.« Der Nestler leckte sich die Lippen. Paracelsus lief das Wasser in seinem hungrigen Mund zusammen. Fleisch konnte er sich schon lange nicht mehr leisten. »Ihr denkt, das ist der Grund, warum mein Herz schmerzt?« Der Nestler rang mit sich. Vielsagend deutete Paracelsus auf die Fettschürze, die seinen Bauch umgab.

»Ich denke, das ist der Grund, warum Euer Magen schmerzt.«

Paracelsus nahm das Fläschchen aus Simons Hand.

»Hier habt Ihr einen Extrakt aus Kamillenblüten. Nehmt ihn morgens und abends mit warmem Wasser ein. Fragt den Apotheker nach Schafgarbenkraut. Euer Weib kann Euch einen Tee daraus kochen. Nach der Einnahme legt Ihr Euch hin, bleibt ein paar Minuten auf dem Rücken liegen, dann dreht Ihr Euch auf die linke Seite, auf den Bauch und auf die rechte Seite. In jeder Lage bleibt Ihr einige Zeit. Macht das etwa eine Woche, dann wird Euer Magen heilen.«

»Mein Schmerz vergeht, wenn ich mich im Kreis drehe wie ein Narr?« Es klang mehr ungläubig als zweifelnd. Der Nestler stieg von der Liege und kleidete sich an.

»Sofern Ihr einige Zeit auf den Schweinebraten Eurer Frau verzichtet, ja.« Paracelsus grinste den Nestler an, etwas schadenfroh, weil sein eigener Bauch so sehr knurrte.

»Kein Schweinebraten?«, rief sein Patient aus. Er entriss Simon seinen Mantel. Der gab ihn nur ungern her.

Paracelsus schüttelte den Kopf. »Kein Schweinebraten.«

»Aber ... aber was soll ich denn essen?« Die Augen des Nestlers waren jetzt fast so verzweifelt wie vorhin. »Irgendetwas muss ich doch essen!«

Paracelsus nickte. Fürsorglich legte er dem armen Nestler die Hand auf seine Schulter. Das würde ihn treffen. »Getreidebrei.« Der Nestler rümpfte angewidert die Nase. »Gekochte Rüben.« Der Nestler wimmerte auf. »Hühnerbrühe.«

»Hühnerbrühe?« Ein Hoffnungsschimmer lag in den Augen des Nestlers. Paracelsus nickte.

»Hühnerbrühe. Für zwei Wochen etwa.«

Der Nestler nickte und drückte Paracelsus entschlossen eine Kupfermünze in die Hand. »Zwei Wochen schaff ich! Versprochen, Doktor!«

»Und keine Völlerei im Anschluss«, setzte Paracelsus hinzu. »Sonst ist es beim nächsten Mal wirklich Euer Herz!«

Artig nickte der Nestler.

»Vergelt's Euch Gott, Doktor! Ich bleibe tapfer, versprochen.«

Dann ging er erleichtert davon.

»Helft ihm, Doktor!«

Die Menschentraube teilte sich um Paracelsus' Stand. Der eilte nach vorn. Der Mann, den sein Weib herbeigeschleppt hatte, übergab sich. Die gesünderen der Patienten liefen angewidert davon. Die anderen bildeten einen Kreis. Der sehr weit war.

»So geht das schon den ganzen Morgen. Er kotzt sich die Seele aus dem Leib. Ihr müsstet unsere Stube sehen!«

Der Mann war fertig. Vorerst. Er schleppte sich einige Meter von seinem Erbrochenen weg, dann sackte er auf den Boden.

»Mir ist so schlecht, Doktor«, jammerte er.

»Das sehe ich, Herr.« Paracelsus zog die Augenlider des Mannes nach unten. Sie waren blass. »Ist das Euer einziges Leiden?«

»Nein, nein!« Der Mann versuchte, seinen Kopf zu schütteln, hielt aber sofort wieder inne. Er würgte. »Am schlimmsten ist der Schwindel! Alles dreht sich. Seit heute Morgen.«

Der Mann schluchzte auf der kalten Erde sitzend. Sein Gesicht war käseweiß. Simon eilte schon mit dem letzten Säckchen der Angelikawurzel gegen die Übelkeit herbei. Paracelsus aber winkte ab.

»Wann ist denn der Schwindel am stärksten?«

»Immer!«, rief der Mann sofort. Sein Weib seufzte auf. Paracelsus schloss sich ihr an.

»Dann ist er immer gleich?« Paracelsus fühlte seinen Puls. Er war schnell, aber nicht sehr.

»Immer! Immer ist er da.« Der Mann spuckte aus.

»Blödsinn, Mann«, widersprach ihm sein Weib. »Wenn du stillhältst, geht's. Doktor, er fängt immer an zu spucken, wenn er sich bewegen will.«

Paracelsus schielte zu ihr nach oben. »Bei Kopfdrehung? Denkt nach.«

Das Weib überlegte kurz. Der Mann saß auf dem kalten Boden wie ein Kind und jammerte.

»Ja, kann sein. Wenn Ihr mich so fragt …« Ihre Stirn kräuselte sich. »Vermutlich schon.«

Simon schnalzte mit der Zunge, das Weib sah Paracelsus verwundert an, der aber nickte bloß. »Es ist Euer Gleichgewichtssinn, der Euch Kummer macht. Nicht Euer Magen.« Dann drehte er den Kopf des Mannes leicht zur Seite.

»Haltet ihn bitte still.« Der Mann nickte. Paracelsus hielt tadelnd sein Kinn fest. »Stillhalten«, mahnte er.

Dann packte er den Mann unvermittelt bei beiden Schultern – und warf ihn auf die Seite.

»Aah!«, schrie der Mann. Er blieb am Boden liegen und würgte.

»Was zum Teufel tut Ihr?«, schrie sein Weib.

Der Mann zu ihren Füßen röchelte. Die Menschenmenge um ihn herum fluchte. Einige Patienten suchten empört das Weite.

»Ihr plagt ihn unnütz, Ihr Quacksalber«, schimpfte eine Frau aus der Menge.

»Das dürft Ihr nicht!«, maulte ein anderer.

Paracelsus aber hielt sachte den Kopf seines Patienten.

»Wir müssen das noch mal wiederholen, fürchte ich.«

»Nein!«, erwiderte der Mann sofort. »Das ist furchtbar.«

»Ich weiß, mein Herr.« Paracelsus strich ihm zum Trost über seine Stirn. »Aber – man muss Gleiches mit Gleichem bekämpfen. Es wird besser dadurch. Ich versprech's Euch.«

Sein Patient sah ihn mit blassen Augen an. Leidend saß er vor Paracelsus.

»Herrgott, dann mach's halt«, sprach sein Weib streng. »Wenn er's dir sagt.«

Der Mann nickte zaghaft. Theo drehte sein Kinn zurecht.

»Bei drei. In Ordnung?« Der Mann schnaufte durch.

»Eins. Zwei. Drei.« Blitzschnell warf Theo den Mann zur Seite. Ein Raunen ging durch die Menge. Die Augen des Mannes drehten sich in seinen Höhlen. Alle Farbe wich aus seinem Gesicht. Seine Lippen wurden fahl. Sofort sprang Paracelsus hoch. Ein paar Mal atmete sein Patient angestrengt ein und aus. Dann – übergab er sich heftiger denn je.

Das Weib schlug die Hände über dem Kopf zusammen. Jemand in der Menge fluchte. Der Rest beschimpfte Theo. Simon räusperte sich.

»Meister, was soll …?«

Theo aber bückte sich wieder zu dem Manne und säuberte sorgsam seinen Mund.

»Und nun? Ist es besser?« Theo lächelte zuversichtlich.

Sein Patient blickte verwundert hoch.

»Ja.« Unschlüssig drehte er seinen Kopf hin und her. Zuerst langsam und zögerlich. Dann immer schneller. »Ja, das ist es, Doktor! Viel besser!« Der Mann, der da neben seinem eigenen Erbrochenen auf der gefrorenen Erde saß, strahlte Theo an. Dann lachte er erleichtert. »Viel besser, Herr Doktor. Ich bin geheilt!«

Der Mann sprang auf und fiel seiner Frau in die Arme. Simon klatschte in die Hände.

»Ihr seid ein Wunderheiler, Paracelsus«, lobte ihn die Frau und löste sich rasch und etwas angewidert aus der Umarmung ihres Gatten.

»Das ist Zauberei«, flüsterte jemand in der Menge.

»Habt Ihr das gesehen?«, rief ein anderer lauter. »Er ist ein Zauberer!«

Paracelsus kratzte sich verlegen an seiner schiefen Nase. Wie sehr er doch wünschte, dem wäre so! Viele enttäuschende Gespräche wären ihm erspart geblieben.

Caspar

Caspar lugte ängstlich aus dem Fenster seiner Praxis. Selbst wenn er die Augen zusammenkniff, konnte er kein Ende der Schlange davor erkennen. Seit Stunden arbeitete er ohne Pause. Der Andrang in der Martinsgasse ebbte trotzdem nicht ab. Es wurde immer schlimmer.

Der Plan, den Ausbruch der Seuche so lange wie irgend möglich geheim zu halten, war fast unmittelbar nach dessen Beschluss gescheitert. Und zwar gehörig. Die Basler waren nicht dumm: Schon bei der Festnahme der beiden kranken Flamen hatten sie getuschelt. Unwissend noch. Misstrauisch. Nichts weiter. Dann aber hatten sie rätselnd in der Schlange hinter den Stadtbeamten gestanden, die säckeweise Korn erstanden und es weiß Gott wohin getragen hatten. Argwöhnisch hatten sie die Stadtwächter beäugt, als diese eimerweise Frischwasser ins Rathaus gebracht hatten. Auch war ihnen nicht entgangen, dass die Soldaten der Stadt stillschweigend angefangen hatten, große Gruben außerhalb der Stadtmauern auszuheben. Als zum Luft schließlich Frau und Kinder auf ihren Landsitz fortgeschickt und Johannes Oekolampad von der Kanzel aus unermüdlich wiederholt hatte, dass jedwede Erkrankung als Prüfung Gottes zu verstehen sei, war der Groschen endgültig gefallen. Basel hatte verstanden.

Auch das Volk bereitete sich vor.

Kleinere Pestausbrüche gab es in Europa immer wieder, einige der betagteren Einwohner hatten schon irgendwo eine Krankheitswelle erlebt und wussten genau, was zu tun war: Heimlich kramte man die Heiligenbilder von Johannes dem Täufer wieder heraus, die man eigentlich schon längst vernichten hatte wollen im neuen Glauben. Man öffnete die Fenster nur noch gen Norden. An ruhigen Tagen geißelte man sich pflichtbewusst und sprach das Confiteor. Unschuldig verbarrikadierte man nachts seine Fenster und kommentierte dies nur mit einem gleichgültigen Schulterzucken, die Waffe stets griffbereit.

Theriak, das Universalheilmittel, gebraut aus siebzig verschiedenen Stoffen, war trotz seines immensen Preises binnen Tagen ausverkauft gewesen. Die Apotheker priesen den Herren. Und produzierten so eifrig wie möglich nach, indem sie mehr und mehr jene Inhaltsstoffe wegließen, die Geruch, Farbe und Geschmack nicht beeinflussten.

Dennoch, hin und wieder verlor man schon die Nerven, trotz aller Vorkehrungen, wenn jemand in der Nähe kränklich wirkte oder schwitzte. Dann liefen sie alle zu Caspar.

Der Müller vor ihm hustete herzzerreißend. Und absichtlich. Caspar schielte mürrisch und müde zu ihm hinab.

»Wie schlimm ist es, Herr Doktor?« Mit großen Augen starrte ihn der Müller an. »Habe ich die Seuche, sprecht!«

Caspar stutzte. »Fühlt Ihr Euch denn müde, Herr?« Der Müller schüttelte seinen Kopf. »Schmerzen Eure Glieder? Habt Ihr Fieber?« Ein unschlüssiges Kopfschütteln folgte. »Ja, fühlt Ihr Euch denn irgendwie – krank?«

»Nein, das nicht. Aber ich huste doch!«

Caspars Verblüffung wuchs. »Aber Ihr hustet doch absichtlich. Das hat doch nichts mit einer Erkrankung …«

»Klingt es denn so wie bei den Kranken?« Der Müller unterbrach ihn sofort. Und hustete lauter denn je.

»Das ist doch …« Caspar seufzte entnervt. »Ihr könnt doch nicht absichtlich husten und dann meinen, das sei die Pest!«

»Also könnte sie es sein?« Nun war der Müller ganz außer Atem. Die Seuche war nicht der Grund.

»Nein, nein. Das habe ich nicht gesagt.«

»Und ob. Ihr meintet gerade, das könnte die Pest sein. Also klingt mein Husten so wie bei denen?«

Der Müller hustete erneut. Caspar verdrehte die Augen.

»Ihr habt keinen Husten. Und deshalb ist es auch nicht die Pest.«

Caspar schubste ihn sanft hinaus. Die Leute befiel die Hysterie.

Die nächste Patientin betrat Caspars Zimmer und hob sogleich ihren Rock.

»Seht, Doktor!« Sie deutete auf ihre Wade. Ihre Hände zitterten vor Aufregung. »Ist das eine Pestbeule? Sagt es mir.«

Caspar besah entgeistert ihre Haut.

»Wie kommt Ihr denn darauf?«, antwortete er stutzend.

»Sie ist schwarz, Doktor.« Tränen traten in die Augen der Frau. »Hebt sich ab von der Haut. Wie bei denen.«

Caspar hätte am liebsten geschrien. Was die Angst in den Köpfen der Menschen anstellte, war unglaublich.

»Teuerste«, Caspar bemühte sich angestrengt um Verständnis. »Wann habt Ihr das letzte Mal gebadet?«

»Wieso?« Die Frau blinzelte ihre Tränen weg.

Caspar schnippte mit dem Finger gegen den Unterschenkel der Frau.

»Das ist Dreck, Weib.« Das schwarze Etwas löste sich sofort. »Schmutz. Kein Geschwür.« Caspar atmete tief ein, um sich zu beruhigen. »Ihr seid geheilt.«

Rasch öffnete Caspar die Tür, um sich weitere Diskussionen zu ersparen. Er hatte schlichtweg nicht die Zeit dafür. Man zeigte ihm inzwischen blaue Flecke und Mückenstiche zum Ausschluss von Pestbeulen oder befragte ihn schlicht, weil einem heiß war und man befürchtete, man wäre im Fieber. Ein Sattler kam jeden Morgen vorbei und zwang Caspar, seine Achseln und Leisten auf etwaige Geschwüre zu untersuchen, obgleich er kerngesund war. Die Marktfrauen kamen empört angelaufen, wenn ein Kunde blasser als sonst gewirkt oder sich zu laut geräuspert hatte.

Caspar aber hatte schnell begriffen: Nur selten besuchte einer seine Praxis, der wirklich von der Pest befallen war. Die Kranken suchten es so lange wie möglich zu verbergen, aus Angst, von ihren Familien verstoßen zu werden. Oft bat so nicht der Patient, sondern eine weinende Ehefrau oder eine ratlose Mutter um Caspars Besuch. Meist stand das Ende da schon kurz bevor. Caspar kam trotzdem. Immer. Ließ pflichtbewusst zur Ader oder ölte die Wunden. Heilen konnte er nie. Das wusste er genau.

In unzähligen Gesprächen hatte er sich mit Oekolampad gestritten, er möge ihn doch gleich von seinen Pfarrern begleiten lassen, aber diese hatten sich geweigert. Niemand wollte die Häuser besuchen, mit dem Tod darin. Ein Beamter ging jetzt durch die Gassen und kennzeichnete die Häuser der Pestkranken mit einem roten Kreuz, um die Bürger zu warnen. Zuweilen verdursteten die Kranken, noch bevor der schwarze Tod sie ereilen konnte, weil ihre Familien Reißaus nahmen und sie hilflos zurückließen. Die Klosterschwestern hatten sich verbarrikadiert, und die Mönche waren angeblich im Dauergebet versunken. Unmöglich konnte sich Caspar allein um alle kümmern! Göttisheim hatte seine Studenten zur Barmherzigkeit aufgerufen und versucht, sie zur Krankenpflege zu animieren, hatte aber nur bedauerndes Lächeln geerntet.

So eilte Caspar nach den Sprechstunden noch von Haus zu Haus, um den Bedürftigen zumindest etwas Wasser zu geben und ihre Schmerzen zu lindern. Kaum eine Nacht schlief er durch, sondern salbte die Sterbenden notfallmäßig selbst. Auch nach der Wirtin in der Spalenvorstadt sah er regelmäßig. Sie war zwar gesund geblieben, aber weder Gast noch Angehöriger wollte ihr Wirtshaus besuchen, und so saß sie Nacht für Nacht allein in dem großen Haus und brauchte

Trost. Caspar spendete ihn, so gut er konnte. Meist sah er ihr nur beim Weinen zu.

Caspar wurde unwirsch aus seinen Gedanken gerissen. Ein Knecht der Bärenfels' humpelte herein.

»Zieht ihn raus, Mann! Zieht ihn einfach raus!«

Der Knecht deutete aufgeregt auf seinen rechten Fuß. Der lederne Bundschuh war zerschlissen, die Sohle dünn.

»Ich wollte nur den Stall ausmisten, und dann hab ich mir so einen verdammten Splitter eingetreten! Ich bekomm ihn einfach nicht zu fassen, und die Mägde auch nicht.« Der Knecht holte Luft. »Bei jedem Schritt triezt mich das Ding! Schon den halben Tag.«

Caspar löste sanft die schmutzigen Lederriemen und besah das kleine Loch in den viel zu dünnen Sohlen.

»Als Erstes solltet Ihr Eurem Herrn empfehlen, Euch Münzen für anständiges Schuhwerk zu geben«, murmelte er streng vor sich hin, war aber eigentlich ganz froh um etwas handfeste Arbeit, die nichts mit der Seuche in den Köpfen der Menschen zu tun hatte.

»Ja.« Der Knecht pfiff durch eine Zahnlücke. »Sagt das mal meinem Herren. Vielleicht nützt es ja.« Er lachte. »Ich glaub's nicht.«

Caspar beäugte den Fuß seines Patienten. Der Holzsplitter hatte sich restlos in das Fleisch gegraben. Dennoch konnte er ihn ausmachen. Caspar griff sich die Pinzette.

»Au!«, plärrte da der Knecht und schüttelte die Pinzette ab.

»Haltet ruhig bitte. Wenn er in der Tiefe bricht, werdet Ihr damit begraben.«

Der Knecht nickte mürrisch, hielt aber still.

Caspar griff nach dem Holzstück, bekam es aber nicht zu fassen. »Ich muss ...«

»Was macht Ihr da?«, jammerte der Knecht. Caspar hatte zum Skalpell gegriffen. »Ich habe Euch gebeten, mir dieses

Ding rauszuziehen, und Ihr wollt mich aufschneiden?« Vorwurfsvoll sah er von Caspars Liege zu ihm hinauf.

»Ich brauche nur ein wenig Platz für die Pinzette, mein Guter. Es wird nicht schlimm.«

»Aua!«

Caspar ging nicht mehr darauf ein. Über dem Splitter setzte er einen kleinen Schnitt.

»Au, verdammt! Jetzt blute ich. Als ich kam, ging es mir besser, Mann.«

Caspar reagierte nicht. Er ließ das Blut tropfen. Jetzt bekam er das Holz zu greifen. Hielt den Fuß zur Sicherheit fest, zog, und streckte stolz den Splitter in die Luft.

»Seht Ihr? Der belästigt Euch nimmermehr.«

Lächelnd legte er den Splitter in die Hand des Knechtes, der sah ihn ungläubig an.

»Ein Riesending, was?«

Caspar nickte und verband die Wunde.

»Hier habt Ihr eine Ringelblumensalbe. Sie unterstützt die Wundheilung und verhindert, dass es sich entzündet.«

Caspar drückte sie dem Knecht in die Hand. Der nahm sie murrend entgegen.

»Aufschneiden müssen hättet Ihr mich aber trotzdem nicht.«

»Ich ...« Caspar atmete aus. »Ich habe Euch doch nicht aufgeschnitten, Mann. Ich brauchte Platz ...«

»Und warum blute ich dann, he?«

»Gern geschehen.« Caspar seufzte. Er würde noch knapp zwanzig Patienten besuchen müssen, nach seiner Sprechstunde, deren Häuser mit einem roten Kreuz versehen waren. Ihm fehlten Zeit und Nerven für diese Diskussion.

Der Knecht ließ es scheinbar darauf bewenden und hüpfte von der Liege.

»Ihr seid nicht krank, oder?«

»Bitte?« Caspar drehte sich nochmals zu ihm um.

»Ihr erkrankt nicht, Herr Doktor. Obwohl Ihr immer die Pestkranken besucht. Ist doch merkwürdig, oder? Ich meine ja nur.«

»Entschuldigung?« Caspar runzelte seine Stirn. Die Augen des Knechts hatten sich zu argwöhnischen Schlitzen verjüngt.

»Wer holt Euer Frischwasser, he?«

Der Knecht humpelte betont unbeholfen Richtung Tür, ließ Caspar aber nicht aus den Augen.

»Euer Weib nehme ich an? Aus einem schönen, sauberen Brunnen?« Ein verschwörerisches Lächeln ließ die Zahnlücken und vereinzelte, gelbe Zähne erkennen. Caspar verstand überhaupt nichts.

»Wird schon zusehen, dass ihr Mann das richtige Wasser bekommt. Dieses Weib.«

»Was?« Caspar schüttelte seinen Kopf. Was wollte dieser Mensch von ihm?

»Ja, ja. Stellt Euch dumm. Und wir anderen verrecken.«

Ohne Abschiedsgruß humpelte der Knecht hinaus.

Ein Bub mit einer Platzwunde auf der Stirn stand vor Caspar. Die Sprechstunde ging weiter.

Margret

»Judensau!«

Margret erschrak vor ihrer eigenen Stimme und zuckte zusammen. Ihr Vater tat es ihr gleich. Caspar starrte sie mit offenem Munde an.

»Das ist nicht möglich«, stammelte Göttisheim und schüttelte entgeistert seinen Kopf. Margret hatte ihn zu sich nach Hause bestellt. Ohne die Begleitung ihrer Mutter, um ihr das zu ersparen.

»Das haben sie aber gesagt!«

Margret schluchzte. Tränen der Scham liefen über ihre geröteten Wangen.

»Wer, Weib? Wer hat das gesagt?« Caspar nahm sie fürsorglich in den Arm. Margret registrierte es kaum.

»Der ... der ...« Kaum brachte sie noch Worte hervor. Sie zitterte am ganzen Körper. Ihr Vater griff tröstend nach ihrer Hand.

»Der Kuttler vom Kornmarkt!« Margret schniefte. »Ich wollte ihm nur etwas abkaufen, aber der wollte mir nichts geben! Da hab ich nach dem Grund gefragt. Und dann ...«

Wieder heulte Margret auf. Sie schämte sich sogar, es Caspar und ihrem Vater zu erzählen. »Dann hat er gesagt, dass meinesgleichen die Krankheit absichtlich verbreiten würde ... die Brunnen vergiften.« Margrets Stimme versagte. Ihr Vater wurde blass.

»Und deshalb gibt er mir nichts mehr!« Caspars Druck um ihre Schultern wurde fester. Seine Muskeln spannten sich, Margret konnte es fühlen. »Dann ... dann hab ich gefragt, was er denn bloß mit meinesgleichen meine. Dann hat er sich nur umgedreht und hat's nicht sagen wollen.« Caspar gab ihr seinen Krug Bier in die Hand. Margret leerte ihn aufgeregt. »Dann ...« Sie bekam kaum mehr Luft. Ihr war ganz schwindlig. »Dann bin ich gegangen, und hab's von hinten gehört.«

»Der Kuttler sagst du?« Caspar ballte seine Faust und tat, als wolle er sofort zum Markt.

»Ja.« Margret schniefte. »Aber der hat's nicht gesagt, glaube ich. Der Schuhmacher von der Rheinbrücke war mit am Stand. Und dieser Dachdecker mit der Hakennase. Einer von denen wird's gewesen sein.«

Caspar hieb mit der Faust auf den Tisch. »Alles meine Patienten!«

Ihr Vater hatte angefangen, Schnaps in sich hineinzuschütten, Caspar riss ihm dem Beutel aus der Hand und nahm einen kräftigen Schluck. »Vor zwei Monaten hat uns der Schuhmacher noch einen halben Topf Honig geschenkt. Ha!« Caspar rümpfte die Nase. »Aus lauter Dankbarkeit.«

»Und ... und seine Frau ...«, Margret fing wieder an zu weinen, »... hat mir einen Apfel nachgeworfen!«

»Ist denn das die Möglichkeit«, schrie Jacob und hielt sich die Hände vors Gesicht. Margret seufzte auf vor Kummer. »Am Rücken hat er mich getroffen! Caspar, noch nie hab ich mich so geschämt!«

Caspar wiegte sie sachte. Während er weiter Schnaps trank. »Wieso zum Teufel solltet ihr ...« Caspar biss sich auf die Lippen. Margrets Vater beäugte ihn kritisch. »Wieso sollte irgendjemand diese Seuche absichtlich verbreiten? Wie kommen die nur darauf?«

Göttisheim raufte sich sein graues Haar. Er war sichtlich in die Jahre gekommen mittlerweile. Nur seine Augen waren wacher denn je. »Ach mein Junge, was brauchen sie schon für einen Grund? Die Juden sind's. Aus Missgunst. Aus Angst. Ach, einerlei«, endete er resigniert.

»Einerlei? Denkst du, ich lasse mein Weib beleidigen? In aller Öffentlichkeit noch dazu? Ich gehe jetzt zu diesem Dachdecker und zeige ihm, wie krumm seine Nase noch werden kann!« Entschlossen stand Caspar auf.

»Nein, Junge. Beruhige dich!« Jacob sprang flink vom Tisch auf und schnitt Caspar den Weg ab. »Das macht es nur noch schlimmer. Durch Gewalt bringst du die Hetzer nicht zum Schweigen.« Jetzt war es an Margrets Vater, seine Fäuste zu ballen. Seine Miene verfinsterte sich noch mehr. »Überlass mir das, Junge. Morgen tagt der kleine Rat. Dann kläre ich mit unserem feinen Herrn Bürgermeister persönlich, was er gegen solch ungeheuerliche Vorkommnisse in seiner schönen Stadt zu tun gedenkt.«

Paracelsus

Die Leute hier verkauften eine Art Gebildbrot, in Form der verschränkten Arme eines Mönchs. Sie nannten es Brezn. Simon steckte sie sich gierig in den Mund.

Es war ein sonniger Tag auf dem Schrannenplatz zu München. Der Schnee schmolz langsam, das Wetter klarte auf. Ein weiß-blauer Himmel lächelte herunter. Die beiden kupfernen Kuppeln der neu gebauten Frauenkirche nordwestlich des Platzes überragten die umliegenden Dächer mühelos und betrachteten wohlwollend das Markttreiben. Die Weiber tratschten aufgeregt, die Mannsbilder lachten laut, und die Kinder tollten unbeschwert umher. Auf den Ständen stapelten sich Eier, Getreide, Wein und Fisch und wurden den Händlern eifrig aus den Händen gerissen.

Für die Münchner war die Welt noch in Ordnung. Der Handel entlang der Isar oder der Salzstraße von Salzburg her blühte, die Osmanen waren weit weg, und die Wittelsbacher saßen fest im Sattel. Die Bauern waren hierzulande bessergestellt als anderswo und bewaffneten sich so nur selten, und wenn, dann weniger entschlossen. Die Reformer der Kirche waren aus der Stadt geworfen worden, Bayern nach wie vor katholisch, und man hatte unlängst begonnen, die Bibel ganz einfach selbst zu übersetzen, damit das auch so blieb.

Hier hatte es sich schon immer gut leben lassen, aber seit die herzoglichen Brüder ein Reinheitsgebot für das Bier vorgeschrieben hatten und ausschließlich Gerste, Hopfen und Wasser zum Brauen benutzt werden durfte, wichtiger noch, der Bierpreis festgeschrieben war, war es schlicht das Paradies. Der Gerstensaft floss in Strömen. Zu allen Tages- und Nachtzeiten.

Das Gemüt der Bajuwaren war naturgemäß freundlich und eher gemächlich beschaffen. Nach einer Maß Bier zum Frühstück war einem aber alles gleich. Die Bierbrauer erhielten den Frieden. Nur an einer gewissen Sturheit dieses Volksstammes konnten sie nichts ändern.

Paracelsus befüllte die Schweineblase am Marktbrunnen mit frischem Wasser und gab großzügig Salz hinein. Das alte Weib auf seiner hastig zusammengezimmerten Patientenliege lag zur Seite gedreht und krümmte sich vor Schmerz. Seit zehn Tagen hatte sie keinen Stuhlgang mehr gehabt. Ihr Bauch war aufgedunsen und bretthart. Paracelsus führte die Schweineblase in ihren Anus und drückte mitleidig zu.

»Herrschaftzeiten nochamal! Aua!«

Das Weib schimpfte und schrie, presste aber entschlossen ihre Lippen zusammen und hielt still. Die Salzlauge floss über die Liege und tropfte zu Boden, ihr Darm aber gab nicht nach. Paracelsus seufzte auf. Das war schon der vierte Durchgang gewesen. Er schritt zum fünften.

»Kreizkruzifix! Lass mi, du Haderlump!«

Paracelsus sah peinlich berührt um sich. Die gleichmütigen Bayern hatten sich kaum an einer entblößten Frau hinter einem löcherigen Vorhang gestört, nun aber drehten sich mehr und mehr Köpfe zu Paracelsus' Stand. Dass ein Weib auf Gottes Erde so fluchen konnte, hätte er sich nie erträumt! Paracelsus wartete bangend. Nichts.

»Herrgott noch eins.« Er schloss sich den Flüchen der Frau an und krempelte seine Ärmel hoch. Simon grinste schadenfroh von außerhalb des Vorhangs zu ihnen hinein. Paracelsus holte Luft.

»Das wird jetzt unangenehm, Teuerste.«

Paracelsus führte ihr seinen Zeigefinger ein. Die Frau schrie auf. Simon wandte sich angewidert ab. Paracelsus tastete Kotballen, so hart wie Stein. Er kreiste langsam an der Wand des Enddarms entlang, um den Entleerungsreflex doch noch auszulösen. Dann räumte er die Kotballen einzeln aus dem Rektum des Weibes, so gut er sie nur greifen konnte.

»Hagodd-za!«, tönte es von unten. Simon lief ungeduldig auf und ab. Paracelsus musste würgen. Dann merkte er auf. Zuerst hörte er ein leises Gurgeln. Dann ein Grummeln, ein Grollen. Seine Augen weiteten sich. Panisch zog er seinen Finger heraus. Das Weib unter ihm explodierte! Ihre Furze hallten zum Rathaus hinüber. Massen von weichem Stuhl schossen Paracelsus entgegen. Der sprang erschrocken zurück. Es war zu spät. Seine Kleidung war hinüber.

»Jetz is gscheng.« Erleichtert seufzte die Alte auf und schloss ermattet ihre Augen.

»Bitte was?«, fragte Paracelsus ratlos. Fast hatte er die Leute in Pressburg noch besser verstanden.

»Vergelt's da God«, murmelte die Alte erleichtert.

»Sind Eure Schmerzen vergangen?«, fragte Paracelsus und half dem Weib von der Liege. Unglücklich sah er an sich selbst hinab.

»Na freili, Doktor.« Das Weib nickte eifrig, malte mit ihrem Finger ein Kreuz auf Theos Stirn und drückte ihm einen Silbergroschen in die Hand. Dann watschelte sie unbeschwert davon. Sie pfiff ein Lied dabei.

Bekümmert wusch Paracelsus sein schmutziges Hemd im Brunnen aus. Er fühlte sich müde. Und leer.

»Und wer macht die Sauerei da drinnen sauber?« Ein mürrischer Simon trat an Paracelsus heran.

»Meister«, murmelte der.

»Was?«

»Wer macht die Sauerei da drinnen sauber, Meister?« Paracelsus schmunzelte Simon zu und wrang die Leinen aus. »Und dann hast du deine Antwort.«

Theo grinste. Simon ignorierte es.

»Das größte medizinische Genie aller Zeiten«, Simon pfiff theatralisch durch seine schmalen Lippen, »hat nichts Besseres zu tun, als Scheiße aus einem Darm zu räumen.«

»Ist gut, dann mach ich selber sauber.« Theo seufzte und ging wieder zu seinem Stand.

»Darum geht es nicht, und das weißt du genau.« Simon lief ihm hinterher. »Wir haben Wichtigeres zu tun als diesen banalen ... Scheißdreck!«

»Sie hat gelitten, Junge. Sie hatte Schmerzen und brauchte unsere Hilfe. Und damit ist es nicht banal, sondern unsere verdammte Pflicht und Schuldigkeit.« Paracelsus' grünlich schimmernde Augen straften Simon mit einem kritischen Blick, bevor er anfing, die Liege zu schrubben. »Auch wenn dir das nicht spannend genug ist.«

Der Junge stellte sich gut an, alles in allem. Er war geschickt, gründlich und talentiert. Paracelsus hatte ihm schon die komplette Anatomie und fast die gesamte Wundversorgung beigebracht. Allein das Mitgefühl für die Kranken konnte er ihn nicht lehren.

Simon sprang vor Rage in die Luft. »Ich meine doch nur ... du, wir sollten unsere Zeit lieber damit verbringen, die Antwort zu finden. Endlich! Und nicht mit dem hier.« Simon griff sich einen feuchten Lappen und ging Paracelsus widerwillig zur Hand.

»Erstens bin ich Arzt.« Paracelsus versuchte möglichst stolz dreinzuschauen, trotz allem. »Zweitens scheint niemand auf der Welt zu wissen, wie man Astarte beschwören kann und überlebt. Und drittens brauchen wir das Geld, wenn du deinen Zähnen weiterhin was zu beißen geben magst.«

Paracelsus schnaufte durch. Dann legte er Simon versöhnlich seine Hand auf die Schulter. Der rümpfte angewidert die Nase.

»Komm, Junge. Du hast ja recht. Wir suchen in Ingolstadt weiter. Dort soll es einen Pfarrer geben, der alle Götter dieser Welt beim Namen kennt. Vielleicht kann der uns helfen.« Simon nickte zaghaft. Paracelsus schlug ihm freundschaftlich gegen die Wange. Dann blickte er betreten an seinen besudelten Klamotten hinab. »Aber zuerst brauche ich dringend eine Maß Bier.«

Jacob

»Als Judensau haben sie sie beschimpft! Meine eigene Tochter! Mein Fleisch und Blut!«

Jacob war außer sich. Mit hochroten Wangen lief er im Ratssaal auf und ab wie ein aufgescheuchtes Huhn. Es war ein kalter Morgen des beginnenden Frühlings. Der Reif auf dem Platz draußen funkelte im Sonnenschein. Nur Jacobs Gemüt war düster.

»Der Kuttler hat sich geweigert, ihr seine Ware zu verkaufen! Arnold, das ist nicht hinnehmbar. Nicht hinnehmbar sag' ich! Ich erwarte, nein, ich verlange, dass die Regierung der Stadt Basel etwas gegen diese unsägliche Verleumdung unternimmt. Noch heute!«

»Jacob, bitte mäßigt Euch«, sprachen der Oberzunftmeister, Werner Gruber und Professor Wölflin wie aus einem Munde und zum wiederholten Mal. Es nützte nichts. Jacob hörte nicht auf.

»Juden und Christen leben in dieser Stadt in Frieden. Hand in Hand. Seit Jahrhunderten.« Jacob schluckte Tränen des Zorns hinunter. »Wir halten den Handel am Leben. Wir allein sind der Garant für euren Wohlstand.«

Verächtlich blickte er zum Bürgermeister. Der hatte sich keinen Deut gerührt, seit er angefangen hatte zu schimpfen. Nur die Falten in seinem Gesicht zuckten ab und an. Zum ersten Mal überhaupt während einer Ratssitzung trank zum Luft selbst Rotwein. Und das in Mengen.

»Unser Viertel hat sich nichts zu Schulden kommen lassen. Niemals! Jetzt packt sie alle die Angst, und wir sind ihr Sündenbock. Pfui Teufel noch eins!«

Jacob trat mit dem Fuß gegen einen freien Stuhl. Er fiel um. Das Wappen der Stadt starrte böse zu ihm hinunter. Die Hasen an der Decke verhöhnten seine Verzweiflung.

»Ihr sprecht recht, Rektor.« Der Schultheiß reagierte als Erster. Er war in einen edlen Tasselmantel aus Samt und Nerz gewickelt. »Die Angst greift um sich. Sie versucht, sich zu entladen. Das solltet Ihr nicht allzu persönlich nehmen.« Verunsichert schielte von Bärenfels zu zum Luft und versuchte in seinem Gesicht zu lesen, ob das Gesprochene in seinem Interesse war. Es war unmöglich zu sagen. Wie versteinert starrte der Bürgermeister auf die Standesscheiben an den Fenstern. Ganz so die restlichen Räte. Ein jeder mied Jacobs Blick.

»Nicht persönlich nehmen? Sie haben meine Tochter mit einem Apfel beworfen!« Jacob atmete schwer. »Was in aller Welt sollte ich denn persönlicher nehmen?« Es reichte ihm. Hastig trank er einen Becher Rotwein leer. »Wir haben euch nichts getan!«

Konrad Egg, der Schneidermeister, pfiff verächtlich durch seine Zähne, gerade als Jacob auf den Bürgermeister zuhielt.

»Nichts getan? Seht Euch doch mal da draußen um. Witwen und Waisen. Verlassene Häuser. Verzweiflung und Not. Nennt Ihr das nichts getan?«

Der Schneider ballte eine Faust. Empört reckte er sein spitzes Kinn nach oben. Göttisheim öffnete seinen Mund. Sprachlos. Ebenso Meinrad von Bärenfels.

»Ja …« Jacob brauchte einen Moment. Fassungslos starrte er den Zunftmeister an. Der blickte schon wieder verdrießlich in seinen Wein. »Was können wir denn für diese fürchterliche Seuche? Sagt es mir!«

»Umsonst entsteht solch ein Gerücht wohl nicht«, murmelte der Schneider. Er wagte nicht, Jacob anzusehen. »Ein

Jude soll aus dem Wirtshaus in der Spalenvorstadt geflohen sein.« Der Schneidermeister nickte vielsagend.

»Konrad!« Das Blut wich Jacob aus seinem Gesicht. Er spürte es. »Das kann nicht Euer Ernst ... wie lange kennt Ihr mich jetzt?« Jacob konnte nur noch flüstern. Fast versagte ihm die Stimme. Werner Gruber, der neben dem Schneider saß, rutschte unmerklich von ihm weg. Michael Frei schloss seinen Mund nicht mehr.

»Ich meine ja nicht, dass Ihr selbst die Brunnen vergiftet. Aber die anderen vielleicht.« Konrad Egg schluckte. Sein Kinn zitterte. »Wenn es doch alle sagen.«

Göttisheim sah seinen Kollegen entgeistert an. »Wenn es alle sagen? Ja, seid Ihr denn von Sinnen? ›Alle‹ haben Euch damals Ketzer und Verräter geschimpft. Wart Ihr deshalb einer?«

»Ein bisschen ja schon«, gab Steffan von Bärenfels lachend zu bedenken. Der Bürgermeister strafte ihn mit einem strengen Blick.

»Euer Schwiegersohn ist der Einzige, der einen jeden Kranken besucht, und er ist gesund!« Ein greiser Patrizier meldete sich zu Wort. Die Perlen um seinen Hals klackerten.

»Und daraus wollt Ihr ihm einen Vorwurf machen?«, rief Jacob aus. Nun musste er sich auf den Kastanienholztisch stützen. »Dass er der Einzige ist, der sich um die Elenden kümmert? Und nicht verreckt?«

»Weil er mit einer Jüdin verheiratet ist«, entgegnete der Patrizier.

»Das ist doch ...« Steffan von Bärenfels setzte zur Gegenrede an, brach aber ab, als ihm sein Vater in die Rippen boxte.

Jacob schwindelte. Gegen diese Logik kam er nicht an. Niemand konnte das.

»Schluss jetzt!« Arnold zum Luft hieb mit einer Faust auf den Tisch. Zum ersten Mal in seinem Leben sah Jacob ihn angetrunken.

»Ihr überdenkt jetzt auf der Stelle Eure Ansichten und Eure Worte«, er bedachte den Patrizier mit einem bitterbösen Blick, »und das will ich auch unserem Schneidermeister geraten haben. Die Regierung dieser Stadt wird sich nicht von Verleumdung und Ammenmärchen leiten lassen.« Zum Lufts Blick ging erbarmungslos durch die Runde. Jacob atmete erleichtert auf. Er konnte sich nicht erwehren, seine Stimmgewalt zu bewundern. »Wer sich dazu entschließt, diesem unsinnigen Geschwätz des Pöbels weiter Glauben zu schenken, wird umgehend von diesem Rat ausgeschlossen. Ich weiß nicht, welches Gesetz ich dazu gebrauchen kann, aber ich werde es finden.«

Zum Luft machte eine lange Pause. Konrad Egg stiegen Tränen in seine Augen. Jacob begann fast, sich zu entspannen. Hatte er den Bürgermeister auf seiner Seite, hatte er gewonnen.

»Und nun zu Euch«, fuhr der Bürgermeister fort und wandte sich an Jacob. »Es tut mir herzlich leid für Eure Tochter, dass sie so etwas hat ertragen müssen. Bestellt Ihr das bitte von mir.«

Zum Luft schluckte. Wieder folgte eine lange Pause. Jacob vergaß zu atmen.

»Ansonsten muss ich aber leider sagen, lieber Jacob, dass diese Stadt im Moment größere Probleme hat als ein paar närrische Händler und ihre Flausen.«

Michael Frei biss sich auf die Unterlippe. Professor Wölflin zwinkerte ungläubig.

»Ihre Flausen? Arnold, sie haben meine Tochter angegriffen«, keuchte Jacob. Zu mehr war er nicht mehr imstande.

»Angegriffen?« Zum Luft atmete aus. »Ich bitte Euch. Obst haben sie nach ihr geworfen. Das werdet Ihr wohl keinen Angriff nennen.«

»Hört gefälligst auf, das zu bagatellisieren!«, zischte Göttisheim.

»Ich bagatellisiere überhaupt nichts. Nicht den Tod auf den Straßen. Und nicht die Wut der Bevölkerung.« Zum Lufts Blick huschte unzufrieden über das Wappen der Stadt. »Aber wenn wir jetzt anfangen, die Leute wegen solcher Kleinigkeiten zur Rechenschaft zu ziehen, richtet sich ihr Zorn auf uns. Auf uns alle und die ganze Stadt. Dann bleibt es nicht bei den Juden. Dann knöpfen sie sich das Rathaus vor. Und sämtliche Ordnung ist dahin.« Zum Luft ließ vom Rotwein ab, griff sich Wölflins Beutel und nahm einen hastigen Schluck. Der protestierte nicht. »Dann geht diese Stadt unter.« Die Augen des Bürgermeisters waren weit aufgerissen. Jacob sah deutlich die Angst darin. »Das werde ich niemals zulassen, so wahr mir Gott helfe.« Zum Luft räusperte sich und trank weiter Wölflins Schnaps. Seine Stimme gewann wieder an Klarheit.

»Derzeit ist die Haltung des kleinen Rates in dieser Angelegenheit, eventuelle feindliche Gesinnungen gegenüber unserer geschätzten jüdischen Gemeinde genauestens im Auge zu behalten.« Zum Luft seufzte. »Aber nicht einzuschreiten, solange nichts Schlimmeres geschieht. Stimmt der Rat mit mir überein?«

Die meisten Zünftler nickten sofort, Adlige und Patrizier mehr als eifrig. Michael Frei und Werner Gruber enthielten sich traurig. Steffan von Bärenfels zögerte, stimmte aber mit einem Blick auf seinen Vater zu. Professor Wölflin nahm dem Bürgermeister empört seinen Beutel ab und lallte ein lautes »Nein«.

Jacob selbst gab keine Stimme ab. Wortlos hob er eine Augenbraue. Dann die zweite. Stumm blickte er zu seinem Bürgermeister herab. Empört schürzte er seine Lippen und ging lautlos Richtung Tür.

»Jacob!«, rief ihm zum Luft nach. »Ich verstehe Euch doch! Aber es sind nur vereinzelte verwirrte Seelen. Sie haben Angst, nichts weiter. Das da unten sind rechtschaffene Männer und Frauen. Sie werden der jüdischen Gemeinde kein Leid zufügen. Habt Vertrauen in Eure Mitbürger. Am Ende wird ihre Vernunft siegen!«

Zum Luft mochte noch weiter gesprochen haben, aber Jacob hörte ihn nicht mehr. Erhobenen Hauptes verließ er das Rathaus und betrat trotzig den Kornmarkt. Ihn gelüstete es nach Kutteln zum Mittagessen …

Caspar

Caspar saß auf dem Rücken seines braunen Rosses und fror. Ein kalter Nordwind bohrte sich gnadenlos in seine Glieder. Hastig war er im Morgengrauen aufgebrochen und nun schon den halben Tage unterwegs. Er gönnte sich und seinem Pferd nur wenige Pausen, um vielleicht doch heute noch zurückreisen zu können. Was wenig wahrscheinlich schien. Zu weit der Weg.

Die Pest hatte schließlich auch das Basler Umland erreicht. Und wütete dort fast noch schlimmer als in der Stadt. Zum Luft schloss die Tore trotzdem nicht. Täglich erhielt Caspar verzweifelte Briefe von Patienten aus den angrenzenden Dörfern, er möge sie doch bitte besuchen kommen. Er tat sein Bestes: Einmal die Woche bepackte er sein Pferd mit Salben, Pulverchen, Tees und Verbandszeug und ritt hinaus aufs Land, nur um letzten Endes doch zum Weihwasser greifen zu müssen. Es war furchtbar! Seelenruhig warteten die Leichen hier am Straßenrand, um fortgebracht zu werden. Ganze Häuserzeilen standen leer. Wer nicht gestorben war, suchte das Weite. Manche Dörfer schienen ganz und gar verlassen. Caspar hatte sich noch nie so hilflos gefühlt. Die Familien tröstete sein Erscheinen gleichwohl. Etwas weniger fühlte man sich im Stich gelassen von Gott und der Welt, wenn der Arzt nach einem sah.

Der gestrige Brief aber hatte den Stadtarzt aus seiner traurigen Routine gerissen: Mitnichten war er aus dem Umland gesandt. Er kam von Westen her – aus Pruntrut. Stolz verschloss ihn das bischöfliche Siegel. Philipp von Gundelsheim hatte ihn rufen lassen. Der Tyrann. Der Bischofsschlächter. Aus dem Exil heraus.

Die Zeilen umschrieben es taktvoll, aber Caspar las daraus, dass von Gundelsheim wohl seinem Leibarzt nicht mehr genügend Münzen hatte bezahlen können, um ihn zu halten. Also hatte der sich nach Köln abgesetzt. Wo die Pest nicht war. Nun hatte seine Exzellenz begonnen zu husten.

Der Streit mit Margret war schrecklich gewesen. Nur zähneknirschend akzeptierte sie, dass ihr Mann sich Tag und Nacht mit den Kranken umgab und sich selbst als einziger Arzt weit und breit der Gefahr aussetzte. Nun aber eine Tagesreise auf sich zu nehmen, um sich bei einem Mann die Pest zu holen, den halb Basel ohnehin gern tot gesehen hätte, das war zu viel für Caspars Weib gewesen.

Zuerst hatte sie einen Schwächeanfall vorgetäuscht. Dann hatte sie ihm den kleinen Laurencz vorwurfsvoll auf den Schoß gesetzt. Zu guter Letzt hatte sie gedroht, ein Jahr lang nicht das Bett mit Caspar zu teilen. Vergebens. Von Gundelsheim mochte ein Schlächter sein, aber er war immer noch der Fürst Basels, und Caspar fühlte sich verpflichtet. Heimlich hatte er sich heute Morgen davongeschlichen.

Jetzt überquerte er endlich die Brücke nach Pruntrut. Allein. Kein Händler kreuzte seinen Weg, kein Reisender nahm diese Route. Zögerlich ritt er in die Stadt ein: Die Stadtmauer war nicht bewacht. Kein Soldat grüßte. Auf den Straßen traf Caspar keine Menschenseele. Wie ausgestorben erschien ihm dieser Ort. Fast gespenstisch im kalten Nebel. Die Türen der Häuser waren verschlossen. Teils verbarrikadiert. Die Fenster mit Holz vernagelt. Irgendwo gackerte ein Huhn. Hinter ihm quietschte ein Scharnier. Ansonsten war es totenstill. Allein die Hufe seines Pferdes hallten durch die Gassen. Caspar gruselte es jetzt schon. Und er hatte von Gundelsheim noch nicht einmal getroffen.

Das mächtige Château des Bischofs lag etwas abseits der Stadt auf einer Anhöhe. Und thronte. Und spähte. Unheil brachte dieser Ort. Caspars Ross scheute. Es wollte nicht hinauf. Caspar verstand es wohl, bahnte sich aber tapfer seinen Weg nach oben. Er hörte seinen Atem schneller werden. Schielte auf seine voll bepackten Satteltaschen. Auf alles war er vorbereitet. Was würde ihn erwarten? Die Strafe Gottes für des Bischofs Sünden? Oder für die seinen?

Das Tor des Châteaus stand sperrangelweit offen. Caspar stellten sich die Nackenhaare auf. Im Hof der Schlösser blühte normalerweise das Leben. Das Treiben war bunt, und der Lärm war schallend. Sonst. Heute nahm niemand Caspar in Empfang. Kein Diener eilte herbei, um sein Pferd zu tränken oder seine Taschen zu tragen. Nach seinem Namen erkundigte man sich nicht, ebenso wenig nach dem Grund seines Besuchs. Nur hohe Mauern starrten Caspar an, und denen war er gleich.

Unschlüssig ging Caspar Richtung Haupthaus. Auf Zehenspitzen. Warum, wusste er nicht. Ein schmutziges Kind lief an ihm vorbei. Der Wind pfiff in den Winkeln. Vorn huschte eine Magd um die Ecke. Hinter ihm, aus dem Turm, erklang ein Schrei. Caspar dachte an den Fledermausturm zu Basel und ging weiter. Was mochte hier geschehen sein? Ein geschlachtetes Rind lag in der Ecke und verfaulte in der Kälte. Allein die Fliegen fraßen sein Fleisch. Ein Hund knurrte. Ein Hammer lag am Boden. Ein Leintuch tanzte im Wind. Caspar betrat das Schloss.

Dort eilte ihm ein schmächtiger Junge entgegen, in bunte Seide gekleidet. Nein, nicht ihm entgegen. Er rannte hinaus, stellte Caspar fest. Auf dem Rücken trug er einen großen Strohsack, voll bepackt. Schuldbewusst zuckte er zusammen, als er Caspar sah.

»Gott zum Gruß, mein Junge.«

Der Junge nickte flüchtig und lief weiter. Ein goldener Becher fiel aus seinem Strohsack. Kurz sah der Bub zu Boden und ließ ihn liegen. Caspar ging weiter. Was zum Teufel war hier los? Seine Schritte hallten von den hohen Wänden wider. Dunkel war es in den Gängen. Das Tageslicht war ausgesperrt. Die Fackeln waren nicht entzunden worden.

»Seid gegrüßt«, rief Caspar. Seine Stimme zitterte. Keinesfalls würde er hier die Nacht verbringen. »Ist hier jemand?« Nichts rührte sich. Nur ein kleines Mäuschen fiepste in der Ecke. Wenn der Junge Caspars Pferd stahl, war er verloren.

Da. Caspar lauschte: Ein Rascheln. Dort drüben. Er ging leisen Fußes weiter. Zur Rechten stand eine Kammer weit offen. Ein greiser Mann kramte in einer Holztruhe.

»Gott zum Gruße, Meister«, sprach Caspar, so höflich er nur konnte.

Der Alte sah kaum auf. »Was wollt Ihr hier?« Er zog eine bunte Keramikschüssel hervor und beäugte sie rätselnd.

»Ist die etwas wert? Was meint Ihr?«

Caspar runzelte seine Stirn. Was konnte das zu bedeuten haben?

»Ich bin der Arzt«, antwortete Caspar knapp. »Seine bischöfliche Gnaden schickte nach mir.«

»Seine bischöfliche Gnaden!« Der Mann lachte auf und ließ die Schüssel fallen. Sie zersprang mit lautem Klirren. Er griff nach einer Vase aus Zink und klopfte prüfend mit den Fingerknöcheln dagegen.

»Was ist hier nur passiert, mein Herr?«, fragte Caspar aufgeregt.

»Der Bischof«, zischte der Greis aus einer Zahnlücke hervor. »Der Bischof ist passiert. Und der Tod. Geht hin, woher Ihr auch gekommen seid. Wie ein jeder. Wollt Ihr die? Für Eure Mühen?«

Der Greis hielt Caspar die Vase unter die Nase. Der winkte irritiert ab.

»Ich bin stundenlang geritten, um seine Exzellenz zu besuchen«, stotterte Caspar. Erst jetzt bemerkte er die doppelreihige Perlenkette um den verschrumpelten Hals des Alten. Sie hatte wohl einst dem Bischof gehört.

»Seine Exzellenz.« Wieder lachte er. »Wenn Ihr den wirklich treffen wollt, dann wünsche ich Euch viel Vergnügen. Ich werde ein Bier auf Euch trinken, sobald ich welches finde!«

»Bitte!« Caspar verlor die Nerven. Er hatte mit Speis und Trank gerechnet zum Empfang und seit Stunden nichts getrunken. »Sagt mir, was geschehen ist. Und wo ich das Gemach des Fürsten finde.«

»Was wollt Ihr denn in seinem Gemach?«, fragte der Greis beiläufig und warf ein Bildnis des heiligen Antonius über seine Schulter. »Dort ist nichts mehr zu holen. Die Kammerzofen haben es sich vorgenommen. Vor Tagen schon.«

Caspar atmete durch. Er wurde ärgerlich. »Ja, ist der Bischof denn nicht dort? In seinem Bette? Ich dachte, er ist erkrankt?«

»Oh ja!« Der Mann steckte einen silbernen Teller in seine Tasche. »Das ist er wohl. Das heißt aber für einen Fürsten nicht, dass er zu Bette liegt.« Der Greis spuckte aus. Und befühlte einen Ballen Stoff. »Helft mir. Ist das Seide?«

»Wo finde ich von Gundelsheim dann, wenn nicht in seiner Kammer?«, rief Caspar, am Ende seiner Geduld.

»Ja, wo wird unser Fürst denn sein?« Der Alte zischte verächtlich. »Auf seinem Thron. Von dem er sich nicht lösen kann. Nicht einmal im Tode«, fügte er hinzu.

»Herrgott noch eins!« Caspar platzte der Kragen. Er entriss dem Alten den Stoff. »Das hier ist Flachs! Das Heiligenbildnis, das ihr weggeworfen habt, ist hohe Kunst und wird Euren Unterhalt sichern. Und Ihr sagt mir jetzt, was hier vor sich geht!«

Der Greis blickte Caspar mit wachen Augen an. Dann seufzte er.

»Alle wurden krank, mein Junge. Bis auf ein paar. Die wollten mehr Geld von ihm haben. Das hatte er aber nicht! Er konnte niemanden mehr bezahlen. Da sind die Ersten gegangen. Die anderen – die nicht wussten, wohin sonst, mussten all ihre Aufgaben übernehmen. Die Mägde mussten ihre Kinder selbst begraben. Die Kammerdiener mussten das Vieh schlachten. Die Musiker die Stube wischen. Mich hat er die Nachttöpfe leeren lassen! Sagte, dafür brauche man keine Muskelkraft.« Der Mann spuckte verächtlich aus. »Ich war sein Übersetzer, müsst Ihr wissen. Für nicht weniger als sieben Sprachen!« Der Greis pfiff durch seine Zahnlücke. »War ihm alles gleich. Bis er selbst erkrankte.«

Der Mann schüttelte seinen Kopf und suchte dann den Boden nach dem heiligen Antonius ab.

»Dann ergriff ihn der Wahnsinn. Er beschuldigte die Zofen, sein Wasser vergiftet zu haben, und die Köche, ihm verdorbenes Fleisch zu servieren. Leider war da der Henker noch da. Für ihn hatte von Gundelsheim immer ein paar Münzen übrig.« Der Greis bückte sich nach dem Heiligenbild und steckte es in seine Tasche. »Alle hat er sie hinrichten lassen!« Er spuckte wieder aus. »Dann, Dienstagnacht war es glaube ich, hat der Rest von uns ihm seinen Schmuck gestohlen. Und ihn verteilt an die Wachen. An den Henker. Damit sie abhauen und uns in Ruhe lassen.«

Der Mann ballte die Fäuste. Caspar war sprachlos. Von Gundelsheim schaffte es tatsächlich, dass sein eigener Hof sich gegen ihn erhob.

»Seitdem nimmt jeder alles.« Der Greis lachte. »Und läuft damit davon. Eine Handvoll Nonnen hat Gundelsheim noch um sich, die kümmern sich um ihn. Nur Satan weiß, warum. Als diesem Teufel dämmerte, was vor sich geht, hat er sich auf seinen Thron gesetzt und ist nicht mehr aufgestanden. Seinen Bischofsstab hat er noch fest umklammert.« Die Zahnlücke grinste Caspar schadenfroh an. »Nur die Mitra ist ihm irgendwann vom Kopf gefallen.«

Der Mann stopfte noch einen glänzenden Kerzenständer in seine Tasche und verschloss sie dann.

»Ich bin weg, Junge. Wenn du ihm jetzt noch helfen willst, bist du selber schuld. Die große Halle jedenfalls ist hier geradeaus und dann rechts. Bestell dem Bischofsschlächter schöne Grüße und einen schnellen Tod, Herr Doktor.«

Der Greis klopfte Caspar auf die Schulter und tappte hinaus. Caspar wurde kalt.

Langsam schlich er über den dunklen Flur. Gundelsheim war schon grausam gewesen, als er noch einen klaren Verstand gehabt hatte. Nun einem machthungrigen Bischofsschlächter entgegentreten zu müssen, den der Irrsinn befallen hatte, ließ Caspar erschaudern. Sein Herz pochte in der Brust. Aber – er hatte seinen Entschluss gefasst. Der Weg war zu weit gewesen, um jetzt noch umzudrehen. Es war nicht die Aufgabe des Arztes, die Güte eines Menschen zu bewerten. Caspar bog um die Ecke wie beschrieben. Er hielt den Atem an. Vorsichtig schlich er in die Halle. Schritt für Schritt. Suchte alles nach einem etwaigen Henker ab, der noch übrig sein mochte. Niemand war da. Außer Gundelsheim.

Es war so düster hier, dass Caspar nichts erkannte als eine dunkle Gestalt in der Mitte der Halle. Die Poren seiner Haut öffneten sich. Angstschweiß lief über seinen Rücken. Draußen krachte eine Tür. Die schwarze Gestalt dort vorn zitterte und sprach mit sich selbst.

»Euer Exzellenz?«, flüsterte Caspar und räusperte sich. Still war es hier. Und karg. Caspar trat näher.

Von Gundelsheim schielte in die Ferne. Sein Kopf nickte unablässig auf dem schlanken Hals. Dürr war er geworden, und das nicht erst in den letzten Tagen.

»Johan, seid Ihr das?« Von Gundelsheim wimmerte. »Mein Domherr, mein Freund?«

»Nein, Euer Gnaden.«

»Meinrad? Mein treuer Schultheiß!« Von Gundelsheims Stimme überschlug sich. »Ich habe Euch gesagt, wir sollen sie aufhängen. Alle! Seht, was geworden ist.« Der Bischof weinte.

Caspar verzog sein Gesicht. Ihm drehte sich der Magen um. »Ich bin von Eschenbach, der Arzt.« Er trat langsam näher. Seine Knie zitterten. »Ihr habt nach mir schicken lassen.«

»Der Arzt? Ja.« Von Gundelsheim kicherte unvermittelt. Er riss den Kopf nach hinten. Hörte auf seine Berater, die nicht mehr da waren. »Wahrlich, Ihr kommt spät.« Sein linkes Auge zuckte unablässig.

Caspar trat zögernd vor den Thron. Er verbeugte sich nicht. Seine Augen gewöhnten sich langsam an die Dunkelheit. Caspar besah seinen Patienten. In der Tat, der Fürst Basels thronte nach wie vor. Nur mit dem Nachthemd bekleidet zwar, dafür aber in den seidenen Bischofsschuhen, mit dem Rubin an seinem Finger und dem Stab in seiner Hand. Die Mitra lag zu seinen Füßen am Boden. Der Bischof saß zusammengekauert wie ein Kind auf seinem Thron. Er war aus schlichtem Holz.

»Euer Brief hat mich gestern erst erreicht, Exzellenz.« Caspar blinzelte: Gundelsheim war nassgeschwitzt. Etwas Blut war auf seinem Kinn getrocknet.

Der Bischof flüsterte Unverständliches. Dann rief er laut: »Wollt Ihr umkehren, Junge? Ich kann Euch nicht mehr bezahlen, müsst Ihr wissen.« Von Gundelsheim kicherte wieder. »Alles haben sie mir weggenommen!«

Caspar stutzte. Sollte er die Gelegenheit ergreifen?

»Es ist ... unentgeltlich, Herr. Eure Stadt entlohnt mich.«

»Meine Stadt!« Von Gundelsheim hustete. »Vertrieben haben mich diese Hunde!«

»Lasst mich Euch besehen, Herr.« Entschlossen ergriff Caspar jetzt Gundelsheims Arm. Er wollte es so schnell wie möglich hinter sich bringen. Und sich nicht mehr das Geschwätz dieses Tyrannen anhören. Sofort wurde ihm der Arm entrissen.

»Ihr müsst mich nicht besehen, Quacksalber«, rief von Gundelsheim barsch. »Lasst mich zufrieden, Stümper!« Des Bischofs Augen klarten auf. Erst jetzt bemerkte er Caspar wirklich. Und musterte drohend sein Gesicht.

»Ich huste Blut. Ich bin im Fieber. Alle um mich herum fallen tot um! Ich weiß genau, was ich habe.«

Caspar stand still da. Von Gundelsheim wandte sich ab und sah an ihm vorbei. Er verschränkte mürrisch die Arme, so gut es ging mit dem Bischofsstab in der Hand. Caspar stellte seine Taschen ab. Ob von Gundelsheim sein eigenes Wasser weihen könnte?

»Ihr habt nach mir schicken lassen, Herr?«, fragte Caspar versöhnlich. Er wollte sich nicht mit einem Sterbenden streiten.

»Wahrlich, du Narr!« Der alte Bischof war zurück. Von Gundelsheims Kopf hörte auf zu wackeln. »Um mir zu helfen. Nicht um meinen Puls zu fühlen! Das kann ich selbst.« Gundelsheim fixierte einen Punkt an der Wand.

Caspar atmete durch. Ob wahnsinnig oder bei Verstand, er wusste nicht, wie er sich in des Bischofs Gesellschaft noch unwohler hätte fühlen können. Er flüsterte so milde wie möglich: »Ich kann Euch nicht retten, Exzellenz. Solche Arznei gibt es nicht.«

»Retten?« Von Gundelsheim sah Caspar angewidert an. Der fühlte sich klein. »Retten?« Er hustete. Blut tropfte auf die Bischofsschuhe. Caspar sah schwarze Pusteln an seinen Knöcheln.

»Du bist nicht hier, um mich zu retten, du Trottel!« Von Gundelsheim wischte sich sein Kinn ab. Alles war voller Schleim. Caspar rümpfte unmerklich die Nase. Ekel stieg in ihm hoch. Und Wut.

»Du sollst mich erlösen, du Narr! Was steht in deinen Büchern, wie sehr meine Glieder schmerzen? Mein Körper verbrennt! Von innen heraus.« Von Gundelsheims Augen weiteten sich. Seine Hände verkrampften. »Es frisst mich auf!

Steht das in den Büchern? Es bohrt sich durch meinen geschundenen Leib. Diene deiner Stadt, Junge.« Er speichelte schon wieder. »Hilf deinem Bischof, die Hölle kann nicht schlimmer sein!«

Jetzt griff von Gundelsheim nach Caspars Arm. Der entzog ihn angewidert. Die Hand war noch feucht. Der Bischof holte mühsam Luft. Er röchelte.

»Töte mich, Junge! Diene mir. Tu deine Pflicht.«

»Das ...« Caspar wurde schummerig. Margret hatte recht gehabt. Wie immer. Er hätte nicht kommen sollen. »Das ist mitnichten meine Pflicht, Exzellenz. Ich habe einen Eid geschworen, das Leben zu schützen. Anderes ist mir untersagt.«

»Ich scheiße auf deinen Eid!« Gundelsheim warf den Bischofsstab zu Boden. Er landete auf der Mitra. »Ich verrecke hier! Mein Henker ist weg. Mein Leibarzt ist fort. Ich bin zu schwach, um das Messer selbst zu führen, und die Nonnen sind zu fromm. Du tust jetzt deine Pflicht an mir. Ich befehle es!«

Von Gundelsheims Worte donnerten von den Wänden wider. Es war wirkungslos. Niemanden schüchterte er noch ein. Der Fürst bemerkte es und starrte zu Boden: »Ich weiß, da ist Gift in diesen Taschen. Bitte, gib es mir. Ein Akt der Gnade für einen sterbenden Mann.«

Caspar folgte wortlos von Gundelsheims Blick. Einen letzten Rest an weißem Mohn. Den hatte er noch. Vermutlich würde der genügen, um seinen Eid zu brechen. Oder zwei Dutzend Bauern die Schmerzen zu nehmen.

»Entschuldigt bitte, Euer Gnaden.« Caspar öffnete eine der Taschen. »Diese Kräuter werden Euren Husten lindern. Und diese hier«, Caspar kramte weiter, »Eure Schmerzen. Die andere Bitte kann ich Euch nicht erfüllen.«

Caspar hielt seinem Fürsten einen Beutel mit Spitzwegerich und einen mit Weidenrinde vor die Nase – bevor sie ihm prompt aus der Hand geschlagen wurden.

»Ich habe Euch nicht wegen Husten hergeholt!«, brüllte Gundelsheim. »Und Euch nur um eine Sache gebeten. Ich bin Euer Fürst! Und Ihr habt mir zu dienen.«

Caspar schloss seine Taschen und wandte sich ab. Das hier ertrug er nicht länger. Nimmermehr würde er seine unsterbliche Seele mit solch einer Schuld belasten. Für diesen Bastard. Er schickte sich an, hinauszugehen.

»Von Eschenbach, wie?«, flüsterte der Bischof. Sein Tonfall hatte sich geändert. Caspar blieb stehen.

»Ihr habt das Göttisheims Mädchen geehelicht, nicht? Meine Späher berichteten es mir, als sie noch Ehrgefühl und Pflichtbewusstsein hatten.« Von Gundelsheim lachte. Caspar wartete.

»Euer Schwager wurde ermordet, oder?«

Da ging ein Ruck durch Caspar.

»Ein starker junger Mann bei der Stadtwache, nicht wahr?«

Gundelsheim kicherte.

Caspar drehte sich um. Das Funkeln der bischöflichen Augen durchbohrte die Dunkelheit der Halle.

»Was wisst Ihr davon?«

»Kommt zu mir, Junge«, flüsterte Gundelsheim. »Kommt zu mir, dann erzähle ich Euch, wer sein Mörder ist. Ich war dabei, in jener Nacht.«

Caspar wollte nicht zu ihm. Seine Füße schon. Er zögerte. Seine Füße nahmen Schritt um Schritt. Langsam. Angewidert. Der Bischof beugte sich lächelnd nach vorn. Seinem Arzt entgegen. Er hustete. Caspar hielt den Atem an. Widerwillig senkte er seinen Kopf. Beugte sich zu seinem Fürsten hinunter.

»Er hatte die Augen seiner Schwester, nicht?«, hauchte der Bischof. »Ich habe gesehen, wie seine Seele daraus entwich.«

Caspar erzitterte. Er ballte die Fäuste. Sah Blitze vor seinen Augen. Alle seine Muskeln spannten sich an.

»Sprich, du Teufel! Wer hat ihm auf dem Gewissen? Was hast du gesehen?«

Caspar wandte sich ab und rang nach Luft. Er hatte Laurencz' Mörder Rache geschworen damals.

Von Gundelsheim öffnete langsam Caspars Faust. Und legte einen goldenen Dolch hinein.

»Du weißt, was du zu tun hast.«

Der Dolch in Caspars Hand zitterte. Fast glitt er von selbst an Gundelsheims Kehle. Ohne Caspars Zutun. Der Fürst erstarrte. Schon war die Haut zertrennt.

»Sprich, du Teufel.«

Des Fürsten Blut war schwarz wie seine Seele. Caspar weinte. Kaum konnte er den Dolch noch ruhig halten. Wie sehr er diesen Menschen hasste.

»Also standet Ihr Euch nahe?« Von Gundelsheim zeigte seine gelben Zähne. »Wie Brüder, denke ich?«

Caspar stöhnte auf vor Schmerz. Der Raum um ihn herum drehte sich. Draußen wieherte sein Ross. Von Gundelsheims Hals verschwamm vor seinen Augen. Beinahe gaben Caspars Knie nach. Ihm wurde heiß.

Von Gundelsheim hob sein Haupt. Langsam. Kam noch näher an Caspar heran. Unerträglich nahe. Caspar zwang sich, nicht zu atmen. Der Dolch drang weiter in des Bischofs Fleisch. Der Bischofsschlächter holte Luft. Öffnete seine Lippen und zischte:

»Ich selbst war es. Nur zum Vergnügen. Stellt es Euch vor! Mit diesem Dolch.«

Caspar schrie auf. Jede Faser seines Körpers. Der Schrei durchdrang die Luft. Den Dolch in seiner Hand. Die Wände. Das Erdreich. Und den Himmel. Bis nach Basel war er zu hören. Bis weit hinunter zu Laurencz' Grab.

Simon

Simon und Paracelsus hatten schließlich das Elsass erreicht. Ihre Reise hierher war nicht sehr ergiebig gewesen. Auf den langen Straßen hatten sie freilich viele abergläubische Bauern getroffen und allzu blumige Schauermärchen gehört, aber nichts Übernatürliches gefunden. Ihre Geduld war erschöpft: In Nürnberg hatten sie ein unsterbliches Weib besucht, ihrem Rufe nach. Doch diese hatte sich nur als ein unschuldiges Kräuterweib herausgestellt, das sehr, sehr alt und sehr, sehr krank gewesen war. In Paracelsus' Armen war sie auf ewig entschlafen.

In Bamberg hatten sie einen Alchemisten und Wahrsager namens Faustus getroffen, der von sich selbst behauptete, er könne alles tun, was Christus getan habe, so oft und wann er wolle. Nur an dem Abend ihres Treffens nicht ...

Paracelsus' vormaliges Problem, dass niemand freiwillig seine Zauberei mit ihm teilen wollte, war Geschichte, seit er so berühmt geworden war. Ein jeder, der schon einmal zwei Flüssigkeiten in einem Reagenzglas vermischt hatte, war erpicht darauf, sein alchemistisches Wissen mit ihnen zu teilen. Fragten sie einen vermeintlichen Wunderheiler in einer dunklen Gasse nach der unsterblichen Seele, so gingen sie mit einem Dutzend Adressen von erleuchteten Meistern nach Hause. Meist endeten ihre Treffen mit den selbst ernannten Magiern im Streit. Keiner von ihnen hatte jemals den Namen Astarte vernommen oder konnte die Sprache ihres Buches entziffern. Niemand wusste irgendetwas. Simon sprach oft im Schlaf mit ihr und hätte sie nur zu gern noch einmal allein beschworen, aber Paracelsus hatte es verboten.

Unschlüssig standen sie jetzt in dem engen Labor von Maître Antoine in einem dunklen Kellergeschoss im Zentrum von Straßburg und traten sich gegenseitig auf die Füße. Sie tauschten unglückliche Blicke aus. Auf einem schäbigen Gemüsemarkt war er ihnen hinter vorgehaltener Hand als der größte Alchemist der ganzen Region empfohlen worden. Unlängst solle er aus Marseille hierher geflohen sein, nachdem ein missglücktes Experiment eine Häuserzeile in Brand gesteckt und er so die Aufmerksamkeit aller Ordnungshüter der Mittelmeerbucht auf sich gezogen hatte.

Wahre Wunder sollte er bewirken! Und an Weisheit nicht zu übertreffen sein. Sein Labor war ein heilloses Durcheinander – und wusste nichts von der Größe seines Meisters. Die Wände waren vollgestopft mit Reagenzgläsern und Büchsen voller Schwarzpulver. Bunt gefüllte Fläschchen rauchten ziellos über den Flammen. In einem Kessel brodelte eine undefinierbare Brühe vor sich hin und stank grässlich. Talismane, Pentagramme und Wünschelruten baumelten von der Decke. Überall auf dem Boden verteilt lagen Glasscherben von mutmaßlich gescheiterten Versuchen. Aber zumindest hatte Maître Antoine Schnaps. Simon nahm den Beutel dankbar entgegen. Mit jedem Schluck wuchs sein Vertrauen.

»Et voilà«, rief der Maître stolz und hielt ihnen strahlend ein verdrecktes Becherglas vor die Nase.

»Und jetzt?«, fragte Simon ungläubig. Paracelsus rührte sich nicht.

»Jetzt ist sie da drin«, rief Antoine begeistert und hob den Deckel etwas ab, damit Paracelsus und Simon einen Blick hinein werfen konnten. Taten sie aber nicht. Simon kicherte in sich hinein. Paracelsus nicht. Er ärgerte sich sichtlich.

Der Meister hatte Schwefelwasser in dem Becherglas erhitzt, reichlich Asche dazugegeben und anschließend ein armes Mäuschen darin ertränkt. Sein Quieken war erbarmungswürdig gewesen.

»Ihre Seele ist darin gebunden, Paracelsus. Seht.« Maître Antoine schüttelte das Wasser mit der toten Maus hin und her. Sein Blick war irre. Simon wandte sich angewidert ab. »Ihr könnt es trinken! Es wird Euren Lebensgeist stärken.« Antoine zwinkerte Paracelsus ermutigend zu und nickte unablässig mit dem Kopf. »Glaubt mir, Ihr werdet es spüren. Sofort.«

Paracelsus sah vorsichtig in das Glas und rümpfte die Nase. Der tote Körper trieb traurig in der Asche.

»Maître.« Paracelsus seufzte. Simon lachte auf. »Ich möchte das lieber nicht trinken. Vielen Dank.«

»Ich biete Euch einen Lebensgeist, und Ihr verschmäht ihn? Connard!« Antoine war gekränkt. »Ihr wisst wahre Magie gar nicht zu schätzen!«

»Wahre Magie? Das ist eine tote Maus in einem Glas!« Simon prustete los. Er hatte sich etwas zu viel Schnaps gegönnt und hielt sich seinen Bauch vor Lachen. Maître Antoine sah ihn verärgert an und runzelte die Stirn.

»Und ihre Seele schwimmt darin.« Er schüttelte das Becherglas so fest, dass es überschwappte. Paracelsus nahm einen großen Schluck Schnaps und prostete der Maus zu. Simon entriss ihm den Beutel und tröstete sich selbst damit.

»Ihr glaubt mir nicht, häh?« Leise französische Flüche erklangen. »Wartet, ich habe noch etwas anderes! Ein Elixier. Für Macht und Stärke.«

»Das könnte ich wohl gebrauchen«, rief Simon begeistert aus und nahm noch einen Schluck. Paracelsus boxte ihm in die Flanke. Des Meisters Augen funkelten. Er nahm eine milchige Flüssigkeit zur Hand und kippte sie in ein grünlichwaberndes Reagenzglas.

»Nein Maître, nicht!«, rief Paracelsus sofort. Er wollte Antoine beim Arme packen, doch es war zu spät:

Wäre die Maus nicht schon ertrunken gewesen, der Knall hätte sie zu Tode erschreckt, so gewaltig war die Explosion, die folgte. Paracelsus hechtete nach hinten und riss Simon mit sich. Der hielt schützend seine Arme vors Gesicht: Gläser barsten. Talismane klirrten. Eine Wünschelrute ging in Flammen auf. Das Becherglas mit der Maus fiel zu Boden und gab ihre Seele endgültig frei.

»Catastrophe!«, schrie Antoine und hielt sich unglücklich seine verbrannte Hand. Sein Gesicht war verkohlt. Die grauen Locken schwarz gefärbt vom Ruß. Entschuldigend lächelte er die beiden an. »Das letzte Mal hat es funktioniert, wirklich«, stammelte er.

»Wir hätten ihm beim Aufräumen helfen können«, sprach Simon lachend, zurück auf Straßburgs engen, verwinkelten Gassen. Es war nun Mitte Mai. Die satte Sonne lockte die Bürger nach draußen. Französische Scherze wurden mit deutschen Weisheiten beantwortet, die Luft roch nach Zuckergebäck und Blumenblüten, die Gassen waren so vollgestopft mit begeisterten Reisenden und eifrigen Händlern, dass sie sich gegenseitig auf die Füße traten. Simon hatte den Beutel mit dem Schnaps mitgenommen und wurde immer lustiger. Paracelsus aber knirschte mit den Zähnen.

»Unsinn! Das ist ihm nicht zum ersten Mal passiert, glaub mir. Er hat Übung darin, aufzuräumen. Hilfe braucht dieser Mann bei ganz anderen Dingen.« Verächtlich schnalzte er mit der Zunge. »Also nichts. Wieder einmal.«

Sie hatten das Illufer erreicht. Mürrisch starrte Paracelsus in die freundlich glitzernden Wellen und ging dann ziellos weiter.

»Und nun?«, fragte Simon gespannt. Der Schnaps erhöhte seine Frustrationstoleranz.

»Ich weiß es nicht, Mann.« Paracelsus seufzte auf. »In dunklen Kellern mein Geld an Scharlatane zu verschwenden! Pfui!« Er spuckte aus. »Ich habe es so satt.«

Simon atmete durch und nahm noch einen Schluck.

»Wir sollten nach Tyros segeln«, rief er hoffnungsvoll.

»Ach, Tyros.« Paracelsus winkte ärgerlich ab.

»Ja, warum denn nicht? Paracelsus, lass uns in ihre Heimat fahren! Astarte hat ihre Tempel dort. Bestimmt weiß dort jemand Rat!«

»Ich klopfe ganz bestimmt nicht freiwillig an die Tür irgendeines phönizischen Hexenmeisters, um mich dort veräppeln zu lassen, anstatt hier!«

»Dann willst du lieber Maître Antoine weiter dabei zusehen, wie er Mäuse ertränkt?« Ein Ochsenkarren, beladen mit würzigem Käse, drängte sich an ihnen vorbei. Simon wich aus. »Ist das besser?«

»Dort stünden wir mit genauso leeren Händen auf der Straße wie jetzt. Bloß ist die Anreise weiter und die Straße ist – in Tyros!« Paracelsus warf den Beutel auf das Pflaster und streckte seine Arme zum Himmel. »Am Ende der Welt.«

»Also, wohin dann?« Simon schnaufte.

Paracelsus verzog sein Gesicht. Seine Wangen waren eingefallen inzwischen. »Ich weiß es nicht, Junge. Nirgends hin. Es ist aussichtslos.«

Paracelsus blickte nach oben. Sie hatten den Münsterplatz erreicht. Die Westfassade der majestätischen Kathedrale vor ihnen ragte ehrfurchtsvoll zum Himmel.

»Nach Paris vielleicht?« Simon sah ihn erwartungsvoll an. Paracelsus aber zog seine Oberlippe nach oben. »Noch mal zwei Wochen zu Pferde, und ich drehe durch! Nein Junge.« Missmutig schüttelte er seinen Kopf. »So kann es nicht weitergehen.« Paracelsus fluchte leise und löste seinen Blick langsam von der riesigen Rosette über dem Hauptttor des Liebfrauenmünsters.

Simon besah seinen Meister besorgt. Seine Augen waren gerötet, seine Lippen waren blass und sein linkes Augenlid zuckte unablässig. Ständig befühlte er die Narbe an seinem Kopf und suchte mit zitternden Fingern nach der Silbermünze darin. Paracelsus war mürbe geworden die letzten Wochen. Nachts hörte Simon ihn neben sich schluchzen oder im Traum schreien. Tagsüber saß er teilnahmslos und griesgrämig auf dem Rücken seines Pferdes und sprach kein Wort. Wenn er überhaupt etwas sagte, dann verfluchte er entweder Balthazar oder sich selbst oder die ganze Welt.

Simon legte ihm versuchsweise eine Hand auf die Schulter und räusperte sich. »Heute ist der dritte Tag«, mahnte er ernst. »Wir bleiben in keiner großen Stadt länger als drei Tage, das predigst du doch immer. Wir müssen weiter. Ganz gleich, wohin.«

Paracelsus seufzte auf. Tränen sammelten sich in seinen Augenwinkeln. »Um was zu tun, Junge? Von dort zu fliehen nächste Woche? Und dann wieder weiter? Ohne die geringste Spur zu Astaroth?« Paracelsus raufte sich sein Haar. »Nein, das halte ich nicht mehr aus!« Müde rieb er sich die Augen. »Ständig hungern wir, ständig frieren wir, und niemand auf dieser gottverdammten Erde weiß etwas über Astarte, außer der rote Orden selbst.«

»Und den können wir nicht fragen«, maulte Simon und blickte wehmütig zu dem Beutel Schnaps am Boden.

»Herrgott noch eins!« Paracelsus schlug sich mit der Faust gegen seine Silbermünze. »Oder eben doch! Wenn es nicht anders geht.« Er ließ seine Kiefer aufeinanderkrachen. »Dann wäre zumindest dieses elende Versteckspiel vorbei.«

»Sie töten uns!«, rief Simon entgeistert aus. Ein paar vorbeiziehende Händler drehten ihre Köpfe nach ihnen um. Simon hielt sich die Hand vor den Mund und starrte Paracelsus mit großen Augen an.

»Vielleicht, ja. Wie gesagt, dann wäre es zumindest vorbei.« Paracelsus lachte zynisch auf. Simon schluckte. »Aber in erster Linie wollen sie nicht unser Leben, sondern das Buch. Hast du doch selbst gesagt.«

»Ja!«, rief Simon aufgeregt. Seine Muskeln waren mit einem Mal bretthart. »Da war ich schwach. Und dumm!«

»Oder sehr weise«, unterbrach ihn Paracelsus. »Vielleicht kann man ja mit ihnen verhandeln, wer weiß.« Paracelsus kratzte sich sein Kinn und rätselte. Simon schnaubte auf. »Dann willst du kehrtmachen und nach Sizilien? Nach dem ganzen weiten Weg?« Sofort rieb er sich sein schmerzendes Kreuz.

»Nein! Auf keinen Fall setze ich mich diese Woche noch mal auf ein Pferd! Und nächste Woche auch nicht.« Paracelsus runzelte mürrisch seine Stirn und sah gedankenversunken an der Flächenornamentik des Münsters empor. »Wenn wir einfach hier bleiben, kommen sie zu uns. Eher früher als später, möchte ich meinen.« Sehnsuchtsvoll ließ er seinen Blick über den belebten Münsterplatz schweifen. »Sieh dir das an, Junge. Die Stände drängen sich hier dicht an dicht. Aber weit und breit ist kein Arzt zu finden.« Paracelsus zwinkerte ihm zu. Simon stand der Mund offen. »Sie könnten uns hier in der Zwischenzeit ganz gut gebrauchen, denke ich.«

»Du willst hier auf sie warten? Wie das Kaninchen auf die Schlange?«

»Korrekt.« Paracelsus klatschte begeistert in die Hände. Er hatte seine Lebensgeister wiedergefunden. Simon lief ein kalter Schauer über seinen Rücken.

»Du bist geisteskrank, Paracelsus«, antwortete er unsicher. Seine Lippen bebten. Ängstlich sah er um sich.

»Das schon. Aber nicht viel mehr als sonst.« Paracelsus lachte. Zum ersten Mal seit Wochen. »Schau. Wir müssen nur lange genug am Leben bleiben, um ihnen ein Geschäft vorzuschlagen.« Er nickte aufgeregt. »Und dann tauschen wir. Das Buch gegen unsere Seelen.«

Jacob

»Ihr müsst mir glauben! Das weitet sich immer mehr aus! Unser Goldschmied bekommt keine Aufträge mehr. Unserem Riemer kaufen sie seine Waren nicht mehr ab. Selbst ...«, Jacob schluckte kurz, »... unsere Huren bleiben nachts allein, weil sie niemand mehr anfassen mag.«

Steffan von Bärenfels lachte laut auf beim letzten Satz. Die anderen Mitglieder des kleinen Rates sahen Jacob mit offenen Mündern an. Der sah beschämt in eine Ecke. »Muss doch gesagt werden, wenn's so ist.«

»Und was soll ich dagegen unternehmen? Soll ich die Freier mit Basler Gulden bestechen, dass sie eine jüdische Hure besteigen, oder was?«

Der junge Bärenfels klatschte sich amüsiert auf seine Schenkel, Arnold zum Luft sah an ihm vorbei. »Eure Erwartungen an mich sind ganz und gar absurd! Ich kann den Leuten doch nicht vorschreiben, mit wem sie ihre Geschäfte machen sollen, Jacob. Das ist die Freiheit jedes Einzelnen!«

»Wir könnten den Juden Steuererleichterungen gewähren, bis die Krise vorüber ist. Das würde ihre Not ein wenig mildern, denke ich«, warf Michael Frei, der Oberzunftmeister, ein.

»Das ist doch ...« Arnold zum Luft sah ihn mit tiefen Stirnfalten an.

»Entwürdigend«, schloss Jacob seinen Satz. Er fuhr sich durch sein ergrautes Haar. »Wir wollen ja gar nicht Euer Mitleid«, fuhr er so ruhig wie möglich fort. »Was wir wollen, ist Eure Solidarität. Laut und öffentlich. Nicht hier, hinter verschlossenen Türen.«

Er ließ seinen Blick durch den Regierungsratssaal schweifen. Die satte Frühlingssonne machte die Standesscheiben der Kantone an den Fenstern glänzen. Die Vögel draußen zwitscherten ausgelassen. Die Kappe des Schultheiß war mit frischen Maiglöckchen geschmückt. Sein Sohn Steffan trug edelste Seide in frühlingshaften Farben. Nur Göttisheims roter Talar war verstaubt. Er fand nicht mehr die Zeit für Äußerlichkeiten.

»Sie meinen, ich wäre ihr Oberhaupt«, stammelte Jacob verlegen. Ein schmollender Blick des Bürgermeisters traf ihn. »Klopfen Tag und Nacht an meine Tür und klagen mir ihre Sorgen.« Hilflos schüttelte er seinen Kopf. Dann wurde er lauter. »Weil sie annehmen, ich hätte als Ratsherr irgendeinen Einfluss auf die Regierung dieser Stadt! Fälschlicherweise!«

Streng beäugte er Arnold zum Luft, der senkte hastig seinen Kopf und tat so, als würde er sich Notizen machen.

»Also was, lieber Göttisheim, sollte ich Eurer geschätzten Meinung nach unternehmen, um die leeren Münzbeutel der jüdischen Gemeinde wieder zu füllen?«

Jacob verzog sein Gesicht. Es ging nicht um ... Nein, wenn er sich darauf einließe, müsste er fluchen. Stattdessen entgegnete er: »Lasst Johannes Oekolampad in seinen Kirchen predigen, dass die Juden nichts für diese Seuche können.« Meinrad von Bärenfels hob seine Hand zum Einwand, wurde aber ignoriert. »Druckt Flugblätter, im Namen der Stadtregierung. Nagelt sie an jedes Haus! Schreibt darauf, dass die Brunnen dieser Stadt sauber sind und kein Mensch weiß, woher die Pest kommt. Und weshalb. Das würde helfen.«

»Nun ja.« Konrad Egg von den Schneidern räusperte sich. Fast ein jeder verdrehte sofort die Augen. »Die Theorie mit dem Trinkwasser kommt mir sehr plausibel vor, alles in allem.«

»Und das wisst Ihr aus Eurem Medizinstudium, nehme ich an?«, entfuhr es Professor Wölflin. Angewidert betrachtete er seinen Ratskollegen. »Und warum atmet Ihr dann ständig durch diesen lächerlichen Schal?«

Konrad Egg ließ seine Augen betreten sinken. Er hatte ihn sich neu angefertigt, aus drei Lagen extra dicken Stoffs.

»Schaden kann er auch nicht«, murmelte er in das rosarote Leinen. Von Mund und Nase entfernte er es nicht.

»Ihr seht damit aus wie eine niedliche, kleine Haremstochter aus dem Orient.« Steffan von Bärenfels kicherte. Sein Vater trat ihm auf den Fuß. Der Schneidermeister errötete unter seinem Stoff.

»Können wir bitte wieder zur Ernsthaftigkeit zurückkehren?«, herrschte ihn Werner Gruber von den Juristen an. »Immerhin sind das schwere Missstände, die unser Kollege Göttisheim da schildert.«

Jacob nickte ihm dankbar zu.

»Dann kauft sich die Stadt eben alles, was sie braucht, bis auf Weiteres von den Juden.« Arnold zum Luft nickte gequält. »Ich wollte meinem Weib schon längst neuen Schmuck schenken, damit könnte ich zu Eurem Goldschmied gehen.«

»Und ich könnte ...«, setzte Steffan von Bärenfels begeistert an. Dann tat er einen Schmerzensschrei und brach ab. Er bückte sich zu seinem Fuß nach unten.

»Das?« Jacob zupfte an seinen Haaren herum. Kaum konnte er noch still sitzen vor Aufregung. »Das wollt Ihr tun? Das Feuerholz fürs Rathaus bei uns kaufen?« Seine Augen wurden größer. Er war außer sich. »Und eine Kette für Euer Weib? Und das nennt Ihr Hilfe?«

Meinrad von Bärenfels schmunzelte ein wenig und rieb sich sein Kinn. Michael Frei hob seine Oberlippe an. Arnold zum Luft kratzte sich hinter den Ohren.

»Ein altes Weib war bei mir gestern.« Jetzt sprang Jacob auf. Das hielt er nicht mehr aus. »Weinend. Sie sagte, der

Bäcker am Münsterplatz habe ihr kein Brot mehr verkaufen wollen. Kein Brot! Für eine alte Frau! Weil sie Jüdin ist.«

»Dann soll sie halt woanders einkaufen, das kann doch nicht so schwer sein.« Meinrad von Bärenfels seufzte genervt auf.

Jacob überhörte ihn. Er verstand genau, worum es ging! Bloß zugeben wollte er es nicht.

»Und einen jungen Burschen haben sie Anfang der Woche zusammengeschlagen. Auf offener Straße! Arnold, das hat doch nichts mehr mit Münzen und Handel zu tun.«

»Weil ein junger Kerl sich prügelt?« Zum Luft versuchte zu lachen. Es blieb ihm im Halse stecken. »Ich bitte Euch! Das darf es wohl noch geben, Jacob, fernab vom Glauben.« Fragend blickte er zu Steffan von Bärenfels. Der nickte zustimmend. »Gerade in Zeiten der Pest.«

Jacob klatschte in die Hände. »Zumindest gebt Ihr das jetzt zu! Endlich. Haben wir etwa ein ernstes Problem mit einer Seuche, Arnold? Kommt, sprecht es noch mal aus!«

Finster lächelte Jacob seinen Bürgermeister an. Der biss sich sofort auf die Lippen. Dann aber räusperte er sich entschlossen. »Wenn die Regierung dieser Stadt offiziell Stellung für die Juden bezieht, stellt sie sich in den Augen von denen da unten auf die Seite der Giftmischer.« Zum Luft blickte ängstlich nach oben zu dem Jäger, der von den Hasen am Spieß gebraten wurde. »Jacob, das kann ich nicht.« Ratlos raufte sich zum Luft sein Haar. »Es tut mir leid. Aber das gefährdet den Frieden der Stadt mehr als ein Weib auf der Suche nach einem Laib Brot. Die Stadtregierung bleibt neutral. Und damit basta.« Zum Luft atmete bekümmert aus. »Wir können gern darüber abstimmen, wenn Ihr wollt.«

Jacob schüttelte nur noch seinen Kopf.

Magnus

Er hatte sich wie die Weißen gekleidet und seinen roten Gürtel vorsichtshalber abgelegt. Ohne ihn kam er sich nackt und klein vor, war aber ausreichend unauffällig. Die Nacht war schon hereingebrochen. Schoben sich die Wolken vor den Mond, war es stockdunkel. Alles war still.

Den ganzen Tag über hatte Magnus heimlich seine Bahnen um den wackligen Stand des Arztes am Münsterplatz gezogen. Mit ausreichend Abstand, lautlos wie eine Katze. Die Patienten, die dort Schlange gestanden hatten, hatten vor oder während der Behandlung so viel Aufmerksamkeit auf sich gezogen, leidend und weinend, dass kein Mensch auf ihn geachtet hatte.

Dann, am späten Abend, waren die weißen Toren endlich in ihr Stammlokal gegangen. Magnus kannte es seit Tagen. Er wusste um ihre Gewohnheiten. Es war im Armenviertel der Gerber gelegen, was es ihm umso leichter machen sollte. Zwar stank die Luft hier gottserbärmlich, aber außer einigen hässlichen Huren und einer Handvoll betrunkener Narren war in diesem Viertel niemand auf den Straßen. Kein Nachtwächter hätte sich freiwillig hierher verirrt.

»Wenn ich's dir doch sage, Paracelsus! Ich hab' einen Werwolf gesehen in den slowenischen Wäldern.«

Magnus schreckte auf, als er den Namen hörte. Endlich. Stundenlang hatte er in der Ecke voll mit Pisse und Ratten gelauert. Lautes Gekicher ertönte. Einer der beiden torkelte. Sehr gut, dachte sich Magnus. Alkohol schwächte die Muskeln und verlangsamte die Bewegungen.

»Mit einem Maul, so groß wie das ... eines Drachen! Und Zähnen ...«

»Das war kein Werwolf, Simon! Hör' endlich auf damit.« Es schien, als müssten sie sich gegenseitig stützen. Magnus lächelte. »Das war ein stinknormaler Wolf, und noch nicht einmal ein sehr großer.«

Gekicher folgte. Magnus verdrehte die Augen. Sie kamen langsam näher. Er duckte sich ein wenig mehr. Sie würden ihn nicht bemerken in der Dunkelheit. Er verbarg sein Messer. Er würde sie vorüberziehen lassen. Von hinten würden sie leichte Beute sein.

»Du hast ihn nicht gesehen! Seine bösen Augen glühten.«

Der eine schwang gestikulierend seine Arme in der Luft herum, der andere bekam Schluckauf. Einfacher konnten sie es ihm nicht machen.

»Freilich hab' ich ihn gesehen. Und es war ein kleiner Wolf.«

Die beiden passierten. Sie waren mit sich selbst beschäftigt. Keiner achtete auf ihn. Das war der Fehler. Immer. Er duckte sich noch mehr. Umklammerte das Messer. Sein Atem ging schneller. Er setzte zum Sprung an.

»Es war ein Werwolf, sag' ich dir!«

Er wusste nicht, welcher von beiden der Richtige war, er hatte nur den Namen, kein Gesicht. Es war ohnehin einerlei.

»Nein!«

Blitzschnell sprang Magnus den einen von hinten an. Griff nach seiner Kehle. »Paracelsus, hilf mir!«

Der Junge war zäh. Er ging nicht zu Boden. Auch das war gleich. Es kam auf das Messer an. Der Junge versuchte, seinen Griff zu lösen. Wie sie es alle taten. Derselbe Fehler. Immer wieder. Er hatte Zeit, die andere Hand zum Halse zu führen. Der Junge erkannte es. Drückte mit beiden Händen gegen seinen Arm. Umso besser! Dann bekam er nur noch schlechter Luft. Es war eine Frage von Sekunden. Die Arme würden nachgeben. Das war immer so.

»Nein, Simon!«, schrie der andere. Und zog sein Messer. Magnus sah es in den Augenwinkeln aufblitzen. Keine Überraschung. Routine. Dafür war er ausgebildet worden. Er ließ den Jungen. Der fiel zu Boden. Sehr gut! Jeder sah auf die Hände. Niemand achtete auf die Füße. Sein Fuß schlug das Messer aus der Hand. Bloße Übung. Dann wuchtete er seinen Körper gegen den anderen. Rammte den Körper des Feindes gegen die Wand. Ja. Es ging um Entschlossenheit. Nicht so sehr um Kraft. Der Schädel krachte gegen die Mauer. Sein Opfer stöhnte. Ein Augenblick der Benommenheit. Der reichte ihm aus. Schon hatte er sein Messer an der Kehle. Beide waren sie besiegt.

»Paracelsus«, rief der andere und versuchte aufzustehen.

»Bleib!«, rief Magnus. »Oder er ist tot.«

»Wartet!« Die Gestalt unter dem Messer wand sich. »Wir haben es nicht bei uns. Ich habe es versteckt. Wenn Ihr uns jetzt tötet, werdet Ihr es niemals finden.« Der Mann atmete schwer. Magnus überlegte.

»Er sieht aus wie ein gemeiner Dieb, Paracelsus. Unsere Münzen will er, mehr nicht«, jammerte der Bursche am Boden. Er rappelte sich hoch. Magnus musste sich beeilen.

»Eure Münzen sind mir einerlei«, raunzte Magnus ungeduldig.

Er zog den Kopf des Mannes an den Haaren nach oben. Es fehlte ihm der Schmerz, um gefügig zu werden. Erfahrung. Sein Messer würde Abhilfe schaffen, wie so oft.

»Wartet!«, rief er, »Ich will ein Geschäft mit Euch machen.«

»Lasst ihn!«, schrie der andere.

Magnus setzte das Messer auf seine Wange. Vom Jochbein bis zum Auge. Das war sein Weg.

»Wenn Ihr uns helft, bekommt Ihr Astartes Buch.«

Eine Wolke zog vorüber. Der Mondschein traf das Gesicht des Mannes.

»Ihr?« Magnus stutzte. Er zuckte zusammen. »Ihr seid Paracelsus?« Magnus hätte schreien können. Das hatte er nicht kommen sehen.

Der Mann an der Wand blinzelte ungläubig. »Magnus, seid Ihr das? Bei Gott, Ihr seid genesen!« Paracelsus lächelte. Magnus fluchte in sich hinein. Die ganze Zeit über hatte Mira nur von Paracelsus gesprochen. Von Doktor Theophrastus war nie die Rede gewesen! Magnus spuckte aus. Er ließ das Messer etwas sinken. Sein Griff lockerte sich ratlos.

»Ihr könnt ihm nichts antun«, tönte es von hinten. »Er hat Euer Leben gerettet!«

Magnus hasste Menschen, die sich nicht zu schade waren, das Offensichtliche auszusprechen. Und er hasste Schuldgefühle. Hätte er das gewusst, hätte er den Auftrag niemals angenommen. Interessenskonflikt.

»Fürwahr«, antwortete Magnus tonlos und schielte unschlüssig auf Paracelsus. »Und er hat etwas gestohlen, das unser ist.«

»Mitnichten habe ich es gestohlen«, röchelte der. »Mira hat es mir gegeben.«

»Dazu hatte sie kein Recht«, zischte Magnus zwischen den Zähnen hervor. »Es war nicht ihr Besitz. Es gehört dem Orden, und er will es wiederhaben.«

»Helft uns, Astarte anzurufen, und es gehört Euch«, rief Paracelsus und versuchte, eine erträgliche Haltung einzunehmen. Magnus ließ ihn nicht.

»Wo ist Astartes Buch?«, schrie er ungeduldig.

»Lass ihn los, dann hole ich es dir«, rief der andere.

Magnus schielte zu ihm hinüber. »Wer ist dir mehr wert, Junge? Ein unbezahlbarer Schatz oder ein Mensch aus Fleisch und Blut?«

Simon stutzte. Paracelsus sah ihn erstaunt an. Magnus wartete nicht auf die Antwort: »Ich traue dir nicht, Bursche! Mira hat mich vor dir gewarnt.«

»Mira ist hier?« Paracelsus lächelte. Ein wenig. Er versuchte, sich von Magnus' Griff zu lösen. Es war aussichtslos.

»Und ob sie hier ist. Hilft, den Schaden zu beheben, den sie angerichtet hat.«

»Nimm du den Jungen mit«, entgegnete Paracelsus rasch. Simon protestierte und wurde nicht gehört. »Ich hole das Buch. Mira wird uns helfen. Und wir gehen alle unserer Wege.« Paracelsus rang nach Luft. »Friedlich und unversehrt.«

Magnus überlegte angestrengt. Eine Sekunde später hatte er Simon gepackt.

»Du holst jetzt das Buch, für das Leben deines Freundes. Du würdest ihn nicht verrecken lassen, meinte Mira. Und wir«, Magnus gab Simon einen Stoß in den Rücken, »besuchen eure schöne Freundin.« Magnus zerrte Simon mit sich. »Wir wohnen über der grünen Taverne am Illufer. Du wirst uns schon finden, wenn du das Genie bist, von dem alle sprechen. Beeil dich, Paracelsus. Die Klingen des roten Gürtels neigen zur Ungeduld!«

Paracelsus

Paracelsus lief so schnell seine Beine ihn nur tragen wollten zu ihrem Gasthaus. Simon und Magnus hatten sich noch nie gemocht. Die Klingen des roten Gürtels neigten zur Ungeduld. Hätte er ihn doch bloß nicht wieder zusammengeflickt, damals im Hospiz! Paracelsus fluchte in sich hinein und jagte den Gedanken schnell davon. Hätten sie einen anderen als Magnus geschickt – Paracelsus' schiefe Nase wäre nunmehr die geringste Sorge seines Antlitzes.

Hastig traf er ein paar Vorkehrungen und steckte das unscheinbare Buch mit den vergilbten Seiten ein. Wie sehr er es mittlerweile hasste. Fast war er froh, es los zu sein, vor dem Morgengrauen schon. Der Spuk wäre vorbei, endlich.

Paracelsus rempelte gegen etliche zwielichtige Gestalten auf seinem Weg zurück. Die grüne Taverne lag nicht gerade in der besten Gegend Straßburgs – natürlich. Theo schlug ein Dutzend Angebote der Huren aus, raste in gebührendem Abstand an offensichtlichen Dieben vorbei und ging unzähligen Betrunkenen geschickt aus dem Weg. Die mitgebrachte Kerze entzündete er erst in der Taverne selbst. Mit teurem Glas schützte er die kostbare Flamme. Er sprach ein Vaterunser für alle Fälle. Draußen in den Gassen hatte er sich sicherer gefühlt. Er stieg die Treppe zu den Gastzimmern hinauf und öffnete zitternd die Tür, die ihm der Wirt benannt hatte.

»Es war nicht leicht, dich zu finden, Paracelsus.« Die Stimme war stark und lieblich zugleich. Paracelsus fühlte sich sofort zu Hause. Mira nickte ihm zufrieden zu. Sie lächelte. Ihre Schönheit war beispiellos.

Simon kniete gefesselt in einer Ecke des schmalen Zimmers und suchte mit seinem Blick ganz offensichtlich nach einer Waffe in Paracelsus' Händen..

Der hatte keine. Er brauchte keine. Nur eine Kerze. Und ein in Schnaps getränktes Tuch, in das er das Buch gewickelt hatte. Magnus bemerkte es sofort. Erschrocken hielt er auf ihn zu.

»Ihr kommt nicht näher! Und nehmt Simon die Fesseln ab. Jetzt. Sonst bekommt die Hölle dieses Buch zurück.«

»Das wagt Ihr nicht«, rief Magnus und baute sich zu voller Größe auf.

»Ruhig, Paracelsus.« Mira erhob sich. Sie suchte Magnus' Blick und schüttelte den Kopf. Der weite Ausschnitt ihres Kleides gab ihre Brüste frei. In schwarze Seide war sie gehüllt. »Stell' die Kerze weg, Paracelsus. Euch wird nichts geschehen. Das schwöre ich dir.« Sie trat näher. »Aber du musst ihm jetzt Astartes Buch geben, glaub mir.« Ihre Augen nahmen ihn gefangen. Diese Lippen konnten nur aufrichtig sprechen. Sie waren wundervoll. Mira tat den nächsten Schritt auf ihn zu.

»Das tust du nicht, Paracelsus«, schrie Simon. »Nicht, bevor sie uns geholfen haben!«

Magnus wollte nach ihm treten, besann sich aber eines Besseren. Dann wandte auch er sich an Paracelsus:

»Gebt es mir, Paracelsus. Ihr solltet es nicht haben, das wisst Ihr wohl. Ich habe Euch die Gnade an mir nicht vergessen. Wenn ich das Buch habe, lasse ich Euch ziehen, so wahr ich hier stehe.« Dann aber hob er langsam einen Sarazenensäbel in die Höhe. Er funkelte im Kerzenschein. »Aber wenn dieses Buch Schaden nimmt, werdet Ihr diesen Raum nicht lebend verlassen.«

Mira trat noch näher. Paracelsus ließ es zu. Fast berührten sich jetzt ihre Lippen. Sanft legte sie eine Hand auf seinen

Arm. Die Kerze in seiner Hand zitterte. Paracelsus hielt sie ein Stück zur Seite.

»Sie töten ihn, wenn er ohne das Buch zurückkehrt. Und mich auch«, flüsterte Mira. »Willst du das wirklich, Paracelsus? Mich tot sehen?« Sie roch nach Mandeln. Er öffnete seine Lippen. Fast konnte er sie schmecken. Langsam legte Paracelsus das Buch in Miras Hand. Er schloss seine Augen. Erwartete ihren Kuss. Diese Frau machte ihn willenlos.

»Erst, wenn wir unsere Antworten haben«, schrie Simon am Boden. Paracelsus öffnete die Augen und zog das Buch zurück.

»Das Buch ist uns scheißegal! Mira, du weißt, was wir wollen«, setzte Simon nach. »Helft uns!«

»Narren!«, raunzte Magnus ihn an und fluchte in einer fremden Sprache. Mira ermahnte ihn zur Ruhe, doch es half nichts. »Ihr öffnet Tore, ohne zu ahnen was dahinter lauert, und sprengt Ketten, ohne zu wissen was ihr freisetzt.«

Magnus hieb mit dem Säbel gegen die Wand. Mit weit aufgerissenen Augen stellte er sich neben Mira. »Ihr wollt mit der Göttin sprechen und wisst nichts um die Gefahren. Ihr hättet uns alle vernichten können mit eurer Stümperei!«

Paracelsus wich zurück.

»Dann helft uns doch, wenn Ihr es besser könnt«, rief Simon. »Oder traut Ihr Euch nicht?«

»Wenn ich davor scheue, so aus Demut vor den Kräften einer fremden Welt, die dir arrogantem Wicht völlig fehlt«, herrschte ihn Magnus an.

Paracelsus zitterte. Er wollte nur diese Seiten loswerden und dann ein Jahr lang schlafen. Zu Hause, in Basel, wo jeder seine Sprache sprach. »Ich will die menschliche Seele finden.« Mira verdrehte die Augen und seufzte auf. »Helft uns dabei, und das Buch ist euer. Befragt Astarte mit uns.« Paracelsus besah die kleine Flamme in seiner Hand. Die andere war feucht vom Alkohol. »Oder wir sprechen sie alle gemeinsam in der Unterwelt, noch heute Nacht.«

Mira blickte zu Magnus. Der blickte zurück. Paracelsus sah zu Simon. Der hielt den Atem an. Paracelsus hielt die Kerze. Magnus hielt den Säbel. Paracelsus hielt das Buch. Mira brach das Schweigen.

»Sorgsam wird euer Umgang sein mit den Geheimnissen, die euch zuteil werden?«

Paracelsus nickte verstört.

»Mira, nein. Er ist keiner von uns«, protestierte Magnus.

Mira aber neigte verständig ihren Kopf. Sie allein bestimmte den Ausgang dieser Nacht, Paracelsus spürte es.

»Er hat recht, Bruder. Ich will dieses Gespräch nicht in der Hölle fortführen müssen.« Rätselnd betrachtete sie Paracelsus' Gesicht. »Niemals wird er von ihr lassen.«

Der starrte sie mit offenem Munde an. Nein, sie war keine Dienerin. Nie gewesen.

»Wir haben heute Mittwoch, nicht wahr?« Mira lächelte ihn an. Es war entwaffnend. »Gib mir jetzt das Buch, Paracelsus. Dann werde ich euch helfen.« Ihre blauen Augen funkelten. Paracelsus glaubte ihr jedes Wort.

»Paracelsus, sie bezirzt dich. Glaub ihr nicht. Wenn sie das Buch haben, sind wir tot«, keuchte Simon auf seinen Knien.

Magnus ergriff seinen Säbel und ging auf Simon los. Der duckte sich.

»Der rote Orden hält sein Wort.« Er holte aus. »Immer.« Und schnitt die Fesseln los.

Zitternd übergab Paracelsus das Buch an Mira. Fast flog es durch die Luft in ihre Hände. Das Buch wollte zu ihr. Sie war seine Herrin. Zufrieden schmiegte es sich in ihre Arme.

»Dann ist es entschieden?«, fragte Magnus unglücklich.

Ein Blinzeln von Mira genügte. Magnus gehorchte ihr. Sofort spannte er Leinen über die Fenster und schürte das Feuer in der Mitte des Raumes. Simon stand langsam auf und rieb sich vorwurfsvoll seine Handgelenke.

Mira wandte sich wieder an Paracelsus. »Unsere Hilfe wird einmalig sein. Dafür werdet ihr dieses Buch den Rest eures Lebens nicht mehr erwähnen. Ihr habt es nie gesehen und nie darin gelesen. Fragt euch jemand danach, bestreitet ihr seine Existenz.«

Paracelsus nickte hastig. Simon schwieg.

»Mira, du musst dich vorbereiten.« Magnus legte ihr behutsam eine Hand auf ihre Schulter. Sie verschwand wortlos ins Nebenzimmer. Zu gern hätte Paracelsus gewusst, wie intim ihre Beziehung war.

»Wozu muss sie sich vorbereiten?«, fragte Simon neugierig.

»Seht Ihr?«, erwiderte Magnus und legte den Boden mit schwarzen Tüchern aus. »Nichts wisst ihr und wollt doch alles erreichen.« Er holte eine kleine Holzschachtel und einen gravierten Dolch hervor. »Astarte braucht ein Gefäß für ihre physische Erscheinung. Ein passendes Gegenüber.« Er warf Kräuter in die Flammen. Sofort stank das Zimmer wie die Seuche. »Eine Frau, die ihr ebenbürtig ist.«

»Damals hatten wir auch keine«, maulte Simon trotzig.

»Exakt, du vorlauter Wurm!« Magnus sah Simon direkt in die Augen. Er senkte seinen Blick. »Und wie hättet ihr sie dann wieder eingefangen, wäre sie erst da gewesen? Hä? Habt ihr euch das mal überlegt bei eurem Unterfangen? Sie muss gebunden werden! Sonst bringt sie nur Verzweiflung und Tod. Sie hätte euch vernichtet. Und mit euch den ganzen Orden.«

Magnus zitterte vor Zorn. Er schlug das Buch auf. Nach der Seitenzahl brauchte er nicht zu suchen.

»Balthazar hat kein Wort davon gesagt«, entgegnete Paracelsus trocken. Ihm missfiel die Rolle des Stümpers.

»Ja!« Magnus schnaubte. »Weil dieser jämmerliche Tropf selbst nichts davon wusste. Mira hätte besser auf ihn aufpassen müssen.«

Als ihr Name ausgesprochen war, trat sie schon herein.

»Das habe ich wohl, zu guter Letzt.« Sie zwinkerte Paracelsus zu. Splitterfasernackt stand sie da. Speichel sammelte sich in seinem Mund. Schweiß drang aus seinen Poren. Bei Gott, sie war die Göttin selbst. Ihr schwarzes Haar hatte Mira in roten Samt gehüllt. Ihre prallen Brüste hoben sich mit den Atemzügen. Ihr Bauch wölbte sich leicht. Paracelsus traute seinen Augen nicht. Simon stand der Mund offen. Unverhohlen starrte er zwischen Miras Beine. Magnus allein bewahrte die Fassung und konzentrierte sich tapfer auf das Gesicht der Frau.

Mira ließ sich unbekümmert auf den schwarzen Tüchern nieder. Im Schneidersitz. Paracelsus schwindelte bei dem Anblick. Mira scherte es nicht. Paracelsus nahm befangen neben ihr Platz, mit ausreichend Abstand. Vollkommen geölt war ihr Körper, all ihre Muskeln glänzten im Kerzenschein. Sie roch sonderbar. Nach Tod und Erlösung.

»Lasst uns beginnen. Es ist fast Mitternacht«, flüsterte sie und blickte konzentriert in die Flammen.

»Aber wir haben noch nichts ins Feuer geworfen«, protestierte Simon. »Keine Fingernägel, kein menschliches Haar, keine Schlangenhaut.« Er sah Paracelsus empört an. Jetzt war er fast wieder ein kleiner Junge. Das zu sammeln war seine Aufgabe gewesen.

Mira lachte auf. »Alles Firlefanz, Balthazars Fantasie entsprungen.« Sie nahm das Holzkästchen und öffnete es. »Alles, was wir brauchen, ist dies.«

Sie schnitt mit dem Dolch einen Fliegenpilz in vier gleiche Teile und reichte drei davon den Männern.

Theo besah den Pilz in seiner Hand unglücklich. Niemals war das gut ausgegangen. Vergiftet und wehrlos würde er sein, neben Magnus und seinem Sarazenensäbel.

»Und Astaroths Amulett?«, fragte Simon entgeistert.

»Überflüssig«, entgegnete Mira kühl. Es traf Theo wie der Schlag. Er umklammerte es sofort. Ein Vermögen hatte er dafür bezahlt! Simon schluckte seinen Pilz.

»Esst«, befahl Magnus. »Wir können nicht beginnen, bevor die Wirkung einsetzt.« Er tat ein Gebet zu seinen Göttern.

»Deshalb hast du es mir gegeben, oder?« Nachdenklich rollte Theo den Pilz zwischen seinen Fingern. »Weil du nicht geglaubt hast, dass ich es schaffen könnte?« Misstrauisch besah er Mira.

»Ich wollte, dass es jemand verwahrt, der es nicht benutzen kann. Ich habe dich unterschätzt, Paracelsus. Nach allem, was ich hörte, warst du ihr sehr nahe. Es war meine Schuld.« Sie führte Theos Hand zu seinem Mund. Tapfer biss er ab. Ein wenig.

»Und dennoch hast du mich glauben lassen, dass ich es vollbringen könnte. Alles habe ich dafür geopfert«, stellte Paracelsus traurig fest.

»Ich habe gesagt, du wirst die Seelen finden. Niemals habe ich gesagt, dass du Astarte beschwören könntest. Und hier sind wir nun.« Mira lächelte. Der Fliegenpilz begann zu wirken. Versöhnlich streichelte sie seine Schulter. »Was wäre es dir sonst wert gewesen, Paracelsus? Hättest du es verteidigt? Versteckt vor allen und jedem? Wenn du geglaubt hättest, es wäre nutzlos für dich?« Ihre dunkelblauen Augen funkelten.

»Ich wollte es verbrennen. Eben weil es fast gelungen wäre«, rief Paracelsus aus.

»Wolltest du nicht«, murmelte Simon, schon verwaschen. Mira nickte zustimmend. Paracelsus biss sich wütend auf die Lippen und fluchte in sich hinein.

»Nun begleiche ich meine Schuld an dir, Paracelsus.« Mira führte seine Hand zum Munde. »Wie ich es dir vorausgesagt habe.« Theo konnte sich nicht erwehren. Er schluckte das Gift.

Miras Muskeln entspannten sich. Ihre Pupillen waren geweitet. Simon lachte grundlos. Magnus verzog sein Gesicht zu einer grinsenden Fratze. Paracelsus konnte sein Herz pochen hören.

»Also wollen wir Frieden mit Astarte schließen.« Magnus blickte zum Himmel. »Das Buch war die mächtigste Waffe der verschleppten Priesterin. Wir geben es Astarte zurück.« Er nahm einen Becher Wein und prostete Mira zu. Diese nickte hoffnungsvoll. »Und sie verzeiht uns den Untergang ihrer Welt.« Magnus ließ sich zurückfallen und strahlte glückselig. »Sie haben mich auserwählt. Ich darf das Buch in ihren Tempel nach Tyros bringen.«

»Hah!« Simon lachte laut auf und warf Paracelsus einen triumphierenden Blick zu. »Tyros!«

»Dort wird es die Zeiten mit ihrer Herrin überdauern«, flüsterte Magnus wie im Gebet.

»Und dann sind wir erlöst«, sprach Mira in Trance. »Die Schuld der Priesterin beglichen.« Sie fixierte einen Punkt an der Wand, der wunderschön sein musste. Besah sodann die im Kreise sitzenden Männer. Aller Augen waren blass belegt. Niemand mehr war Herr seiner Sinne. Alsdann klatschte Mira in die Hände. »Wir können beginnen.«

Sie nickte Magnus zu. Der räusperte sich. Mira hob andächtig ihren Kopf und schloss die Augen. Paracelsus schluckte. Simon kicherte. Die Flammen wurden leise. Sie hörten ihnen zu.

Magnus erhob seine Stimme.

Erste Strophe. Paracelsus fror. Mira breitete die Arme aus und entschwand. Niemand beäugte mehr ihren Körper. Ein jeder war ganz allein bei sich.

Zweite Strophe. Die Flammen schwiegen. Magnus las die Schriftzeichen anders. Sprach die Worte anders. Für seinen Rachen waren die Laute geschrieben. Zeile um Zeile. Er war ihr Meister. Sie fügten sich.

Dritte Strophe. Miras Muskeln erstarrten. Ihr Geist war fort. Zurück blieb eine Hülle.

Vierte Strophe. Paracelsus wimmerte lautlos. Die Angst stieg in ihm hoch. Er wollte fliehen und konnte nicht.

Fünfte Strophe. Die Luft vibrierte. Sie kochte. Theo schloss die Augen.

Letzter Vers. Weißer Rauch stieg auf.

Letztes Wort. Paracelsus hielt den Atem an.

Letzte Silbe. Magnus' Stimme verklang. Totenstille. Kein Ton wagte sich in dieses Zimmer. Die Luft hielt inne. Schien bereit zum Donner. Die Realität war sprungbereit. Spähte in die Ferne. Die Zeit holte zum Schlage aus. Welten prallten aufeinander. Die Erde bebte. Paracelsus öffnete die Augen. Mira saß leblos vor den Flammen. Rührte sich nicht. Atmete nicht. Die Luft war schwer. Geladen. Irrsinn befiel die Logik des Kosmos.

Ein gellender Schrei erklang! Miras Nacken wurde nach hinten gerissen. Krämpfe durchfuhren ihre Glieder. Ein Tanz. Ein Kampf. Ein zweiter Schrei. Finster. Und wahrhaftig. Mira sackte nach vorn. Ihre Fäuste waren geballt vor Schmerz. Ein Knall. Die Zeit schlug zu! Die Welt sprang.

Und drehte sich weiter.

Mira röchelte. Starrte in das Feuer. Luft durchströmte ihre Lungen. Das Leben war in ihren Körper zurückgekehrt. Ein Leben. Ihr Kopf drehte sich, langsam. Wurde gedreht. Eine Marionette, eine Puppe. Das war sie. Langsam. Mechanisch. Ein Befehl, ihr Befehl. Paracelsus' Richtung. Sein Herz setzte aus.

Mira schlug die Augen auf. Smaragdgrün funkelten sie ihn an.

Astarte war gekommen.

Margret

Margret blickte angewidert in die begeisterte Menge. Sie grölte, spuckte, schwitzte, jubelte und fluchte: Meinrad von Bärenfels hatte heute zur Bärenhatz geladen.

Wie früher thronte er auf rotem Samt in der Mitte des belebten Münsterplatzes. Arnold zum Luft hatte es ihm gestattet. Bärenfels' Reichtum war erhalten geblieben, nur Schrecken verbreitete er keinen mehr. Die Bürger duckten nicht mehr verängstigt ihr Haupt, schritt er vorüber. Auch hielten sie keinen meterlangen Abstand mehr zu ihrem Schultheiß. Ein Bauer war sogar gegen ihn gerempelt, aus der Eile heraus, einen der besten Plätze zu erhaschen. Meinrad von Bärenfels hatte lauthals geflucht, nicht mehr. Der Schultheiß gehorchte nun dem Bürgermeister und dem kleinen Rat. Und die Bürger spürten es. Unter von Gundelsheims Herrschaft hatte Bärenfels ganz nach Belieben jemanden in den Kerker werfen können, ihn aus fadenscheinigen Gründen heraus enteignen oder Schlimmeres. Nun folgten des Schultheiß' Wachmänner den Gesetzen der Stadt, nicht mehr den seinen. Von Bärenfels' Herrschaft war vorüber.

Steffan saß neben seinem Vater und jubelte den Hunden aus voller Kehle zu. Mit Schlägen wurden sie angestachelt und dann auf den Bären losgelassen. Vier von ihnen waren schon getötet worden. Der arme Bär war an schweren Eisenketten zwischen zwei Pfählen gefangen. Und schrie. Und blutete. Er zerrte an den Ketten und konnte doch nicht aus. Die Fesseln schnitten sich in sein Fell. Umso mehr, wenn er daran zerrte. Der Schrecken stand ihm ins Gesicht geschrieben.

Seit fast zwei Stunden kämpfte das geschundene Tier um sein nacktes Überleben. Es war aussichtslos. Mit Stöcken stachen die Männer des Schultheiß auf den Bären ein, wenn er dabei war, sich selbst aufzugeben. So lange, bis er wieder zornig genug war. Und weiterkämpfte.

Gerade sprang ein Schweißhund dem ermüdeten Tier an die Kehle, während sein Kollege ihn mit ziellosen Angriffen an der Flanke ablenkte. Der Hund biss sich fest. Der Bär brüllte und versuchte, ihn abzuschütteln. Vergebens. Der Schweißhund zerrte an seinem Hals. Warmes Blut tropfte auf den Münsterplatz. Die Menge jubelte. Meinrad von Bärenfels klatschte. Steffan lachte. Margret drehte sich angewidert weg und dachte gewohnheitsmäßig darüber nach, wie denn ihr Leben verlaufen wäre, hätte sie ihn tatsächlich geheiratet. Liebevoll betrachtete sie Caspars feine Gesichtszüge und atmete auf.

Das war der erste Tag, an dem sie den kleinen Laurencz ihrer Mutter überlassen hatte, um etwas Zeit mit ihrem Mann allein zu haben. Sie hätten sie wohl besser nutzen können, dachte sie bei sich. Seit dem Vorfall am Markt hatte sie es nicht mehr gewagt, das Haus zu verlassen, und die Magd ihrer Mutter gebeten, ihre Besorgungen zu erledigen. Nun aber hatte ihr Stolz gesiegt. Caspar hatte sie aus Angst vor der Krankheit von dem Spektakel fernhalten wollen, aber Margret hatte darauf bestanden, sich heute in der Öffentlichkeit zu zeigen. Extra. Ihr teuerstes Kleid hatte sie angezogen. Feinste grüne Seide umspielte ihre Kurven. Weite Puffärmel forderten unnachgiebig ihren Platz. Das Haarnetz aus Perlen trug Margret auf hoch aufgestecktem Haar wie eine Krone. An vier Fingern hatte sie alle Ringe angesteckt, die sie besaß. Extra. Esther Göttisheim hatte ihrer Tochter davon abgeraten, um nicht auch noch den Neid der Menschen zu wecken, aber Margret war es gleich gewesen. Sie wollte zeigen, was sie hatte. Extra. Hoch erhobenen Hauptes stand sie an der Seite des Stadtarztes. Jeden misstrauischen Blick erwiderte sie lange und beharrlich. Eine Augenbraue hob sie gering schätzend an, wenn einer von Caspars Patienten sie unverhohlen anglotzte. Den Trick hatte sie von ihrem Vater gelernt. Es funktionierte: Früher oder später sah noch ein jeder verlegen weg. Außer Steffan von Bärenfels. Stets wich sein Blick ab von dem armen Vieh vor ihm und wanderte zu Margret hinüber. Wenn sie es bemerkte, versuchte sie, ihren Hals noch länger wachsen zu lassen. Fast genoss sie ihre eigene Scharade. Obschon ihre Knie unter dem Rock nicht aufhören wollten zu zittern. Niemand konnte es sehen, noch nicht einmal Caspar, aber Margrets Lippen bebten vor Anspannung.

»Das Kartenspiel will zum Luft verbieten, aber für diese Barbarei ist er zu haben«, sprach Caspar tonlos. Jemand neben Margret hustete. Caspar zog sie weg. »Gerade jetzt!«

Margret wusste, wie lange er mit dem Bürgermeister diskutiert hatte, nicht auch noch absichtlich die Menschen zu versammeln.

»Vater sagte, es sei sogar zum Lufts eigene Idee gewesen, um das Volk zu zerstreuen und es von den Juden abzulenken. Bärenfels hat nur das Geld dafür bezahlt«, antwortete Margret. »Leidet jemand anders als sie selbst, geht es ihnen besser«, fügte sie traurig hinzu. Der Bär wimmerte. Die Menge klatschte in die Hände.

»So will er euch helfen?« Caspar sah seine Frau rätselnd an. »Seine Pläne pflegen aufzugehen. Das muss man dem Bürgermeister lassen.« Er ließ seinen Blick durch die Reihen schweifen. »Niemand denkt heute an die Pest. Alle wollen nur dieses Tier bluten sehen.«

Der Bär heulte auf. Er hatte sich befreien können. Margret reichte es. Sie war zur Genüge gesehen worden. Stolz. Und schön. Und jüdisch.

»Lass uns gehen, Caspar.«

Zärtlich ergriff sie die Hand ihres Mannes. Der verzweifelte Bär schleuderte gerade den einen Hund mit seiner Pranke in die Luft. Dieser jaulte auf und fiel tot auf den Boden zurück. Die Massen feuerten den Bären an. Steffan lachte amüsiert, biss sich aber sofort auf die Lippen, als Margret ihn stirnrunzelnd beäugte.

»Wir haben noch ein paar Stunden für uns, bevor ich Laurencz abholen muss. Wir könnten sie besser gebrauchen, denke ich.« Margret lächelte Caspar vielsagend an. Dessen Mund öffnete sich unwillkürlich. Margret hätte schwören können, dass sich gerade seine Pupillen weiteten. Sie lächelte in sich hinein. Eine Ewigkeit hatte er sie nicht mehr genommen. Tagsüber war Caspar bis spätabends in der Praxis oder bei den Kranken zu Hause, und nachts hatte Margret alle Hände voll mit dem kleinen Laurencz zu tun. Die wenigen gemeinsamen Stunden im Bett waren sie beide hundemüde. Aber offensichtlich schien Caspars Leidenschaft für sie noch nicht erloschen.

Ein neuer Hund wurde von der Leine gelassen, um den alten zu ersetzen. Es mochte der Zehnte sein inzwischen. Ein Diener des Schultheiß triezte den Bären mit dem Spieß, um das arme Tier noch angriffslustiger zu machen. Das Jubelgeschrei der Menge dankte es ihm. Der Bär stellte sich auf die Hinterbeine und riss sein Maul auf. Spitze Zähne kamen zum Vorschein. Die Hunde pirschten sich von hinten heran.

»Wir gehen, Weib!« Caspar umschloss zärtlich Margrets Hüfte. Seine Lippen waren feucht, seine Hände auch. Er wurde hektisch.

»Vorsicht, Mann«, lachte Margret, als Caspar einen kräftigen Schiffsbauer anrempelte, um schneller durch die Menge zu kommen. »Auf die Minute kommt es doch nicht an!«

»Und ob! Und ob!«, rief Caspar lachend und zerrte noch mehr an ihr. »Auf jede Sekunde, möchte ich meinen. Weiß Gott, wie ich mir deine Lenden verdient habe, Weib! Wann müssen wir das Kind abholen?«

Da stieß Caspar mit voller Wucht gegen Margrets Vater.

»Sei gegrüßt, mein Junge. Tochter«, sprach Göttisheim und schloss sie beide liebevoll in die Arme. Caspar fluchte leise in sich hinein. Margret kicherte herzhaft. Ihr Vater schien es nicht zu bemerken.

»Gott zum Gruße, Vater.« Caspar lächelte schmerzlich. Margret strich ihm tröstend über die Wange.

»Kommt, gehen wir ein Stück«, rief Jacob ungefragt und hakte sich bei seiner Tochter unter. Caspar verzog unmerklich sein Gesicht und kniff ihr in die Hüfte. Margret errötete.

»Der kleine Laurencz wächst und gedeiht vorzüglich, wie ich sehe«, sprach Göttisheim zufrieden. »Sehr gut, Kinder, fürwahr.«

Caspar nickte gequält. Fast tat er Margret leid.

»Pflegt er denn schon durchzuschlafen nachts?«, fragte Jacob heiter.

Margret schüttelte resigniert ihren Kopf. »Der Schlaf scheint ihm nicht zu gefallen, Vater.«

»Er ist so lebhaft wie sein Onkel, wahrlich. Laurencz kam zwei Jahre lang jede Nacht. Der Traum war zu langweilig für sein Gemüt, schien es. Dafür warst du so brav wie ein Engel, Tochter.«

Margret blickte traurig zu Boden. Caspar streichelte tröstend über ihren Rücken, wie immer, wenn es um ihren Bruder ging.

»Woher kommst du, Vater?«, suchte er hilflos das Thema zu wechseln.

»Gerade aus dem Rathaus, Junge. Deshalb wollte ich euch sprechen«, antwortete Göttisheim aufgeregt.

Sie passierten eine Menschentraube etwas abseits der Bärenhatz. Jacob wollte seine Tochter sofort davon wegziehen, aber Margret hielt inne. Und spähte. Göttisheim verzog sein Gesicht. Ein besinnungslos dreinschauender Schmied hatte sich ein Podest gebaut und sprach zu einer Handvoll Bauern:

»Sie vergiften uns die Brunnen. Aus Habgier und Neid! Einen von ihnen hab' ich selbst gesehen gestern Nacht.« Er blickte gen Himmel und hob seine Arme wie die Prediger. »Die Juden sind's, sag ich euch. Die Juden sind's!« Beifall ertönte. Fäuste wurden in die Luft gestreckt.

Unwillkürlich klammerte sich Margret an Caspar. Aber auch der hatte Gänsehaut. Margret konnte es fühlen. Ihr selbst schlug das Herz bis zum Halse. Jacob zerrte unbeholfen an seiner Tochter, aber Margret stand still. Der Schmied speichelte in Rage. Vor ihm loderte ein Feuer aus Wacholderholz, stark duftend nach allerlei Gewürz und Aromen, um die übel riechenden Winde der Pest fernzuhalten. Die Versammelten fächerten sich gegenseitig den heilsamen Rauch zu, wie in Trance. Dümmlich sahen sie dabei aus. Göttisheim rümpfte seine Nase. Margret wurde schlecht.

»Sie bringen uns die Krankheit. Sie bringen uns den Tod.« Die Häupter nickten. Margrets Mund klappte auf.

»Jagt sie aus unserer Stadt!«, rief einer aus der Menge. »Räuchert sie alle aus.«

Caspar tat einen erschrockenen Schrei. Jacob seufzte auf. Margret zuckte zusammen. Sie starrte entgeistert auf die geballte Faust des Schmieds und fasste sich betreten an ihre Brust. Sie dachte an das Weib, das den Apfel nach ihr geworfen hatte. Das hier – war etwas völlig anderes.

»Das hätte ich euch gern erspart, Kinder«, murmelte Jacob verlegen.

»Da waren mir die Zuschauer bei der Hatz dann doch noch lieber«, antwortete Caspar. Das Blut war aus seinem Gesicht gewichen.

»Es braucht immer einen Sündenbock«, flüsterte Margret bei sich. Ihr Mund blieb vor Schreck geöffnet.

»Vertreiben wir sie von hier. Befreien wir unsere Stadt! Die Juden sind unser Untergang.«

Die Bauern jubelten. Viele klatschten in die Hände. Margret fing an zu bereuen, ihr Haus verlassen zu haben. Sie sah verunsichert zu ihrem Vater. Tränen schossen in ihre Augen.

»Wir oder sie«, tönte es vom Podest. »Wir oder sie!«

»Nichts als Gerede, mein Kind«, versuchte Göttisheim zu trösten und tätschelte ihr Haupt. »Sie wollen nur ihren Frust loswerden. Kümmere dich nicht darum. Wir haben Schlimmeres überstanden. Sobald die Seuche vergangen ist, verstummt auch das Geschwätz. So war es immer.« Jacob zog seine Tochter ein Stück fort. Margret aber spürte, dass ihr alter Vater vor Angst zitterte. Dass er sie so dringend beruhigen wollte, zeigte nur, wie ernst es war.

»Was, wenn es nicht bei dem Gerede bleibt?«, fragte Caspar besorgt. »Wenn sie ihre Worte wahr machen?«

»Das werden sie nicht, mein Sohn. Ich habe gerade mit dem Bürgermeister darüber gesprochen.« Margret hörte den Ärger in der Stimme ihres Vaters. In ihr löste es Panik aus. »Unser Bürgermeister erwartet keine Ausschreitungen gegen die Juden in unserer Stadt.« Göttisheim lächelte gequält. »Die Juden sind ihm zu wichtige Steuerzahler, müsst ihr wissen.«

Der Schmied auf seinem Podest wetterte und schimpfte. Begeisterter Applaus erklang.

»Sollte es dennoch dazu kommen, wird er uns mit allen Mitteln schützen. Das hat er mir versichert. Er wird sie alle in den Fledermausturm werfen, meinte er.« Jacob blickte auf seine Füße. »Aber er sagt, mehr als diese Bärenhatz könne er heute nicht tun, um die Leute zur Vernunft zu bringen.«

Caspar lachte verbittert auf. »Er könnte diese Hetzer verhaften lassen zum Beispiel.«

Margret konnte ihren Blick nicht von dem irren Schmied abwenden. Sie bohrte ihre Fingernägel in Caspars Haut. Plötzlich fühlte sie sich von einem jeden beobachtet. Sie senkte das Kinn. Ihr Haar schien in sich zusammenzufallen. Margret fühlte sich klein und wehrlos.

»Könnte er, ja«, antwortete Göttisheim bemüht gelassen. Er biss sich vor Zorn auf die Zunge. »Wird er aber nicht. Er sagt, das würde die Gemüter zusätzlich erhitzen. Die Gesunden wegzusperren.«

»Und seinen Stuhl im Rathaus gefährden, oder?«, rief Caspar empört aus.

Margret ließ sich endlich von ihrem Vater wegziehen. Ihre Einkäufe würden bald nicht mehr ihr Problem sein, wenn sich diese Verrückten durchsetzten. Bemüht heiter wechselte ihr Vater das Thema: »Eigentlich wollte ich euch über ein anderes Vorhaben unseres Bürgermeisters unterrichten.« Ihr Vater machte eine theatralische Pause. Er versuchte zu lächeln. Allein seine Augen blieben bekümmert. »Er will einen bestimmten Professor der Medizin haben, hier in Basel.« Jetzt strahlte Göttisheim die beiden vielsagend an. Margret schürzte ihren Rock und versuchte, interessiert auszusehen.

»Wen denn?«, grummelte Caspar gleichgültig.

»Von Hohenheim«, rief Jacob aus und klatschte in die Hände.

Caspars Mund klappte auf. Margret sah ungläubig vom einen zum anderen. Ihr Herz schlug schneller: »Theo? Er will Theo herholen?« Ihre Wangen röteten sich sofort. Der Schmied war vergessen.

»Wieso das denn?«

Caspar schielte mürrisch auf Margrets Wangen. Sie verdrehte die Augen zur Antwort. Beide sahen auf Theos Ring an Margrets Finger.

»Das ist eine sehr gute Nachricht«, sprach Margret langsam und bemüht entschieden. Sie fixierte Caspars blaue Augen.

»Wie hat er ihn überhaupt finden können?«

»Das weiß ich nicht«, antwortete Göttisheim hastig. »Aber er ist in Straßburg.« Er schluckte aufgeregt. »Von der Idee lässt sich zum Luft nicht mehr abbringen. Uns laufen die Studenten weg. Und die Professoren. Niemand will in Hörsäle, in denen der schwarze Tod herumschleicht. Professor Wölflin ist der Einzige, der noch nicht gekündigt hat, und der hält kaum noch eine Vorlesung. Zum Luft meint, euer berühmter Freund könnte wieder etwas Glanz in unsere Gemäuer bringen und Studenten anlocken.« Margret legte ihren Arm um Caspars Schulter. Sie war bretthart. »Womit er ja vermutlich recht behalten wird.«

Margret gab ihrem Mann einen Kuss auf die Wange. Der entspannte sich nicht.

»Caspar, er hätte sich tausendfach geopfert, hätte er nur davon gewusst. In deinen Kerker hätte er sich gegraben. Mit bloßen Händen.«

Caspar schnalzte genervt mit der Zunge, aber Margret ließ sich nicht unterbrechen.

»Jetzt könnt ihr euch endlich aussprechen. Euch versöhnen. Wir werden wieder eine Familie sein, wie früher.«

Dankbar drückte sie die Hand ihres Vaters. Caspar wurde blass. Margret aber fuhr begeistert fort: »Er wird diesen Schwätzern dort drüben bestimmt den Mund verbieten. Ganz andere hat er schon zum Schweigen gebracht.«

Margret lachte. Und machte einen unweiblichen Satz in der Luft. Sie war zu aufgeregt, um den Mund zu halten.

»Und Theo fällt bestimmt auch etwas gegen diese fürchterliche Krankheit ein. Er ist ein Genie!«

Caspar hustete und ließ ihre Hand los. Margret aber bemerkte es kaum und redete weiter: »Theo weiß immer eine Lösung, und dann wird alles wieder gut!«

Göttisheim räusperte sich verlegen. Margret verstummte und sah endlich zu Caspar. Das Leuchten war aus seinen strahlend blauen Augen verschwunden. Seine Schultern hingen nach unten. Margret biss sich auf die Lippen.

»Caspar, damit wollte ich nicht ...«

Es war zu spät. Caspar winkte zornig ab. Margret kaute auf ihren Fingernägeln. Ihr Vater suchte mit einem kurzen Gruß verlegen das Weite.

»Caspar ich …« Er wartete nicht auf sie. Strammen Schrittes eilte er in die Rittergasse. Margret lief ihm hinterher. Der Beischlaf entfiel. Caspar verweigerte sich seiner Frau. Und Margret war zu stolz, um ihn umzustimmen. Stattdessen nutzten sie die verbleibenden Stunden ohne Laurencz, um zu streiten. Und das laut.

Paracelsus

Es war ein heißer Sommertag, an dem Paracelsus in seine Heimat zurückkehrte. Er war voller Vorfreude! Es kitzelte in seinen Zehen. Es vibrierte in seinen Fingern. Die Narbe auf seinem Kopf juckte, und sein Herz schlug ihm bis zum Hals.

Seit sie Colmar passiert hatten, war er unentwegt nach vorn gebeugt auf dem Rücken seines Pferdes, als würde das Ross ihn dann schneller tragen können. Paracelsus schien nach Hause zu fliegen. Das Lächeln war nicht aus seinem Gesicht zu wischen. Schon ragten der Georgs- und der Martinsturm am Münsterhügel stolz am Horizont empor. Theos Hände wurden feucht. Gleich daneben, direkt am Rheinsprung, sollte ihn seine heiß geliebte Universität erwarten! Hier hatte er die schönste Zeit seines Lebens verbracht. Bis er Balthazar getroffen hatte.

Endlich hatten sie die Stadtmauer erreicht, Basel aber war kaum wiederzuerkennen: Der Wächter am Stadttor grüßte weder noch fragte er, wo sie denn herkamen oder was sie eigentlich in Basel zu tun hatten. Stattdessen winkte er Simon und Paracelsus so schnell vorbei als irgend möglich und verbarg sein panisches Gesicht eifrig hinter einem dicken Wollschal.

Paracelsus konnte die Seuche in seinen Adern fühlen, kaum dass sich das Stadttor hinter ihm geschlossen hatte. Ein Nebel aus Hitze und Tod lag über der Stadt. Gut die Hälfte der Haustüren waren verbarrikadiert, andere standen sperrangelweit offen, dahinter gähnten verlassene Räume. Auf den Gassen, wo sonst im Sommer die Kinder fröhlich spielten und sich gut gelaunte Weiber mit dem neuesten Klatsch und Tratsch versorgten, huschten jetzt nur eine vereinzelte Magd oder ein ängstlicher Knecht eilig ihres Weges. Die Köpfe waren gesenkt, die Gesichter blass und verzweifelt. Nur Vater Rhein schien sie wiederzuerkennen und plätscherte traurig und leise vor sich hin.

Jetzt lief ein nackter Mann irre kichernd vor ihren Pferden umher, sich selbst unablässig geißelnd und mit dem Apostel Paulus sprechend. Mit entblößter Scham und barfuß hüpfte er in ein Gässchen Richtung Rheinufer, wie von Sinnen. Simon blickte mit großen Augen zu Paracelsus, der schüttelte nur seinen Kopf. Dann war es wieder totenstill. Vergebens horchte Paracelsus in die Ferne, um das hektische Treiben auf dem Kornmarkt zu vernehmen. Auch das eifrige Hämmern der Schmiede und Handwerker schien erloschen. Vereinzelt polterten leise Hufe auf das schief geschlagene Kopfsteinpflaster, von irgendwoher. Nur der Wind säuselte süßlich und warm in sein Ohr, er hätte niemals kommen dürfen.

Paracelsus seufzte auf. Überall loderten hohe Feuer zum Himmel, die schrecklich beißende Gewürze verbrannten, oder es qualmte ihre vergehende Asche im Sommerwind. Paracelsus brannte es in den Augen. Es stank auf den Straßen noch viel mehr als sonst um diese Jahreszeit, weil sich keiner mehr Zeit für die Müllentsorgung nahm und sämtlichen Unrat einfach neben irgendeine beliebige Leiche warf, die in der Sommersonne verfaulte. Nur die Ratten sprangen fröhlich und ausgelassen umher.

Paracelsus trieb es die Tränen in die Augen. Er hatte von der Pestepidemie gehört, hätte sich aber niemals ausmalen können, wie schlimm es um Basel bestellt war. Ob zum Lufts Plan, so viele Studenten wie möglich in Theos Hörsaal zu bekommen, unter diesen Umständen überhaupt funktionieren konnte, bezweifelte er. Er selbst hätte die Stadt wohl gemieden, hätte er keinen guten Grund gehabt, zu kommen.

Nächtelang hatten Simon und er in Straßburg debattiert, ob sie in der grünen Taverne lediglich halluziniert hatten wegen des Muscimol-Giftes im Fliegenpilz. Oder ob das, was Astarte – wenn sie es denn leibhaftig gewesen war – über die Seelen berichtet hatte, tatsächlich stimmen konnte. Paracelsus rang mit sich. Die Nacht erschien ihm wie ein Traum.

So sehr er sich auch bemühte und wieder und wieder hinterfragte, es war ihm unmöglich zu wissen, was in jener Nacht seiner Fantasie entsprungen und was tatsächlich passiert war. Doch immer nachts, wenn er wach lag und nicht mit Simon darüber sprechen musste, glaubte er es doch zu spüren. Im Stillen. Heimlich. Ganz tief verborgen in seinem Bewusstsein: Die eine Göttin Astarte war ihnen erschienen. Und jedes einzelne geflüsterte Wort nichts als die Wahrheit selbst.

Was sie ihnen verraten hatte war mehr, als Paracelsus in seinen kühnsten Träumen ersonnen hätte. Selbst jetzt noch bekam er sofort Gänsehaut, wenn er daran zurückdachte. Wie selbstverständlich hatte sie von des Menschen unsterblicher Seele gesprochen. Als hätte sie erzählt, dass Regen nass ist oder am Morgen die Sonne aufgeht. Und damit, einfach so, den Grundpfeiler einer jeden Religion bestätigt. Simon hatte sich dabei unablässig bekreuzigt. Paracelsus hatte angefangen, vor Freude zu weinen.

Dann hatte sie weitergesprochen. Ungerührt, sachlich und mit tiefer Stimme. Das Ganze mochte zehn Minuten gedauert haben oder eine Ewigkeit. Paracelsus konnte es nicht sagen. Als sie ihnen verraten hatte, wo die Seelen im menschlichen Körper zu finden waren, hatte Paracelsus aufgehört zu atmen. Simon hatte seinen Mund nicht mehr geschlossen. Selbst Magnus' Lippen hatten angefangen zu zittern.

Paracelsus hätte dann eigentlich gedacht, es wäre vorbei und Mira käme zurück. Wie groß der Irrtum. Astarte hatte nicht aufgehört zu sprechen. Ungefragt. Dann ... hatte alles Feuer im Zimmer geflackert. Die Luft war dunkel und schwer geworden. Paracelsus' Körper hatte vibriert. Smaragdgrüne Augen hatten ihn angestarrt. Astarte selbst hatte ihm erzählt, was möglich wäre mit dem Wissen. Wie er es nutzen konnte für die Medizin. Für seine Patienten. Für die ganze Welt. Die Prozedur an sich hatte simpel geklungen. So banal, dass es schon wieder vollkommen schien. Wie Gottes Schöpfung selbst. Paracelsus' Herz pochte vor Aufregung, wenn er daran dachte. Der Tod nur noch ein bedeutungsloses Wort. Jedwede Krankheit nicht mehr als ein Spielball in seinen Fingern. Ewiges Leben. Alles. In seiner Hand. Er musste nur zugreifen.

Caspar

Keinesfalls hatte er kommen wollen. Trotz der unablässigen Nörgelei seiner Ehefrau. Heute Morgen aber, auf dem Weg in die Praxis, hatten seine Füße ein Eigenleben entwickelt. Und waren zur Universität gelaufen. Ohne Umwege sogar. Es hatte ihn hergezogen. Unausweichlich, wie an einer Schnur. Zu der Antrittsvorlesung seines besten Freundes.

Wider aller Verbitterung – Caspar hatte nicht anders gekonnt. So hatte er sich heimlich in die letzte Reihe geschlichen, ohne irgendjemanden zu grüßen, und mied nun Theos Blick. Caspar fühlte sich fehl am Platz inmitten der allgemeinen Verzückung. Der große Hörsaal der Universität zu Basel war zum Bersten gefüllt. Und das in den Zeiten der Pest. Scharen von Bewunderern waren hierher gepilgert, um ihren Meister zu hören, und trotzten dafür tapfer der Seuche. Paracelsus selbst hatte geschickt wie immer dafür gesorgt: Ein Flugblatt bewarb seit Wochen in blumigen Worten seine Professur. Das *Intimatio* versprach, bescheiden wie gewohnt, eine Reinigung von allen Irrtümern der alten Medizin. Caspar hatte beim Durchlesen nur den Kopf geschüttelt. Dass Paracelsus immer noch ein Mensch aus Fleisch und Blut war, schien Caspars Geheimnis allein zu sein. Seine Frau jedenfalls sah es anders.

Zum Luft beendete gerade seine Laudatio: »So ist es mir gelungen, den größten Mediziner unserer Zeit, den schwäbischen Äskulap, Doktor beider Arzneien der Universität zu Ferrara und Verfasser des vortrefflichen Werks *De Mineralibus* für unsere ehrwürdigen Hallen zu gewinnen. In diesen schwierigen Zeiten sogar. Ich übergebe das Wort an Theophrastus von Hohenheim, Euch besser bekannt als Paracelsus!«

Der Applaus war schallend. Zum Luft schüttelte Theo strahlend die Hand. Caspar kicherte in sich hinein: In der vordersten Reihe, neben seinem Schwiegervater, saß ein verwirrter Professor Wölflin, der immer wieder in die Menge blickte und sich sichtlich schwertat, den Sinn des Ganzen zu erfassen. Caspar verstand ihn wohl. Er konnte sich noch gut an Wölflins eigene Antrittsvorlesung erinnern: Weder hatte jemand eine Laudatio gehalten noch waren die Stadtväter erschienen noch hatte irgendjemand applaudiert.

Zwei Reihen weiter hinten saß ein beschämter Martin Clauberg, der oft vergaß zu klatschen, sich dann aber Besserem besann. Sein Gesicht schien noch gröber und seine Nase noch flacher geworden zu sein in den letzten Jahren. Die heiß ersehnte Professorenstelle, um die er und Theo konkurriert hatten, hatte er damals doch nicht bekommen, weil er in den Prüfungen nicht aus den Büchern hatte ablesen können. Stattdessen war er der Leibarzt eines Grafen bei den Böhmen geworden. Der hatte ihn gezwungen, sich die Lesungen des Meisters anzuhören, so hieß es. Zerknirscht wippte er auf seinem Stuhle hin und her und vergrub ein deprimiertes Gesicht in seinen Händen. Caspar winkte ihm lächelnd zu, als er sich unsicher umsah, um herauszufinden, ob ihn jemand erkannte.

Auch die anderen Zeitgenossen von damals hatten es sich heute nicht nehmen lassen, dabei zu sein: Frantz saß neben Herrman und Thomas in einer der vorderen Reihen. Sie studierten noch in Basel und wollten wohl, dass Rektor Göttisheim ihr Erscheinen bemerkte. Der Rest der damaligen Kommilitonen war über den Hörsaal verteilt. Von gut der Hälfte wusste Caspar nicht, was aus ihnen geworden war.

Die Zuhörerschaft war in voller Montur erschienen: Seidene Schals hatten sie sich allesamt um die Nase gebunden, parfümiert mit Lavendel- oder Rosenöl, um die todbringenden Miasmen der Pest von sich fernzuhalten. Sie glaubten, wenn sie ihn nicht rochen, konnte sie der Tod nicht ereilen. Fürwahr, es gab auf der Welt nichts Hysterischeres als einen Medizinstudenten, dachte Caspar bei sich. Manchen fehlte es dann in der stickigen Hitze des überfüllten Saals aber zu sehr an Frischluft unter dem schützenden Tuche. Sie fingen an zu röcheln und zu würgen und rissen sich die teure Lebensversicherung alsbald von ihren Mündern. Verstohlen zwangen sie sich hin und wieder, daran zu schnüffeln. Vielleicht sollte das reichen, den schwarzen Tod zu bezwingen. Caspar verlachte sie im Stillen. Wie sehr er hoffte, Theo möge diesen Irrsinn da vorn erwähnen. Der hatte schon begonnen.

»Daher erscheint es mir notwendig, die hohe Kunst der Medizin zu ihrem früheren Glanze zurückzuführen und sie von den Schlacken der Barbaren zu reinigen. Wir werden uns nicht an die Vorschriften der Alten halten, sondern an diejenigen, welche wir teils durch Erforschung der Natur, teils durch unsere kämpfenden Bemühungen gefunden und durch lange Übung und Erfahrung erprobt haben.«

Der Applaus war tosend. Parfümierte Tücher wedelten durch die Luft. Tintenfedern knarzten eifrig.

»Denn wer weiß nicht, wie viele Doktoren der heutigen Zeit mit größter Gefahr für die Kranken die gräulichsten Irrtümer begehen.«

Einige applaudierten. Mehrere hüstelten. Viele versteckten sich unter ihren Tüchern. Die Stadtärzte aus Leipzig, viele Tage angereist, sahen erbost um sich. Arnold zum Luft schnitt eine Grimasse. Göttisheim suchte Theos Blick zu erhaschen und hämmerte aufgeregt mit dem Zeigefinger gegen seine Lippen.

Paracelsus' Blick aber galt Martin Clauberg allein. Feuerrot rannte dieser aus dem Saal. Lange hatte er nicht durchgehalten, dachte Caspar amüsiert. Er lachte so herzhaft wie seit Ewigkeiten nicht. Theo rieb sich die Narbe auf seiner Stirn und zwinkerte Caspar zu.

»Narren werden zu Ärzten gemacht, die das Volk tot ins Grab schlagen, denn wahrlich ist ihnen Himmel und Erde verborgen! Und sie sind nicht mal dazu wert, einen Dreckhaufen anzufassen, geschweige denn des Menschen Gesundheit und Leben.«

Ein Raunen ging durch die Menge. Leipzig erhob sich und ging geschlossen. Arnold zum Luft wiegte ein trauriges Haupt in seinen Händen. Wölflin reichte ihm seinen Beutel. Zum Luft trank. Göttisheims Zeigefinger sank ermüdet auf sein Knie.

»Sie klammern sich an ihre Insignien, weil sie nichts wissen und nichts begreifen. Der wahre Arzt aber wird erkennbar durch sein Handeln und seine Güte im Innern.« Paracelsus riss sich sein Barett vom Kopf und schleuderte es in die Menge. Sodann warf er seinen roten Talar zu Boden und trat demonstrativ darauf. So stand er nun da, vor den Stadtvätern Basels, zum Lufts gepriesenes Genie, in einem löchrigen Hemd und einer zerrissenen Hose.

»Bin ich nun weniger Arzt für Euch?«

Viele hatten nicht begriffen und nickten. Zum Luft schloss seinen Mund nicht mehr. Göttisheim entriss ihm den Beutel. »Aber wehe, sie hätten ihm seinen Talar nicht gegeben«, murmelte Caspar schmunzelnd. »Getötet hätte er dafür.« Jetzt wünschte er sich Margret herbei. Sie hätte sich gekugelt vor Lachen. Der kleine Laurencz aber hatte Fieber, und sie hatte sich nicht von seinem Krankenbett trennen können.

»So werde ich euch nun über allerlei Geschwüre, offene Wunden und andere Gewächse am Leib berichten«, schloss Paracelsus seine furiose Einleitung.

Zum Luft atmete auf. Es war vorüber. Die meisten Zuhörer waren sitzen geblieben. Klug war es von Paracelsus gewesen, die Pest nicht zu erwähnen und stattdessen über Erkrankungen zu dozieren, bei denen man helfen konnte. Jacob Göttisheim vorn gestattete es sich, ein wenig zu entspannen, und streckte seine Beine aus. Was auch an dem Schnaps liegen konnte.

Caspar lehnte sich zurück und genoss. Paracelsus' Lehren waren einmalig, fürwahr. In genau diesem Raume hatte er ihn unterrichtet, damals. Nach den Vorlesungen, als die anderen ihn noch verlacht und verspottet hatten. Nun überschütteten sie Theo mit Ruhm, und Caspar saß in der hintersten Reihe unter Vielen. Und doch – bei jeder conclusio prüfte Theo kurz seinen Blick. Er fuhr immer erst fort, wenn Caspar zustimmend genickt hatte. Caspar ward, als spräche Paracelsus zu ihm allein.

Caspar hielt sich im Hintergrund, bis die versammelten Hände der Basler Prominenz ausgiebig die ihres berühmten neuen Professors geschüttelt hatten. Erst als sämtliche Würdenträger und verzückte Bewunderer den Saal verlassen hatten und Professor Wölflin fröhlich von dannen getorkelt war, wagte sich Caspar an das Professorenpult heran. Er bemühte sich sehr, nicht zu lächeln. Kaum konnte er anders.

»Wieso in aller Teufels Namen kehrst du ausgerechnet in eine Stadt zurück, in der die Pest wütet?«

Paracelsus sah nicht auf. Er tat so, als wäre er in seine Notizen vertieft, aber auch seine Mundwinkel hoben sich deutlich.

»Wieso setzt du dich den Miasmen aus und besuchst einen jeden Betroffenen, obwohl du genau weißt, dass du ihnen nicht helfen kannst?« Paracelsus legte die Unterlagen beiseite und sah Caspar eindringend an. In seinem Gesicht war nicht zu lesen.

»Wenn es dem Herrgott beliebte, dass ich mich ansteckte, wäre es längst geschehen«, entgegnete Caspar. Sein Lächeln war verschwunden.

»Und wenn mich der Herrgott tot sehen wollte, hätte er wahrhaftig schon bessere Gelegenheiten gehabt«, erwiderte Paracelsus.

Eine Handvoll Studenten mit parfümierten Schals um den Mund schubsten einen jüdischen Mediziner und schlugen ihm seine Unterlagen aus der Hand.

»He! Lasst ihn in Ruhe. Aberglaube und Zwietracht gibt es in diesen Hallen nicht«, rief Theo.

Die Gruppe verzog sich fluchend. Der Jude rannte davon. Caspar sah ihm besorgt nach und dachte an seine Frau.

»Du solltest die Kranken isolieren lassen, meinst du nicht?«, fragte Theo, biss sich aber sofort auf die Zunge, als er Caspars kritischen Blick bemerkte. »Schon gut. Ich mische mich nicht ein.«

»Dankeschön«, antwortete Caspar trotzig. Er ließ ein Weilchen verstreichen und atmete durch. »Ich habe zum Luft längst darum gebeten. Er gestattet es nicht. Er sagt, das würde die Panik nur noch mehr schüren.«

»Ja, weil mehr überleben würden, um Panik zu haben.« Paracelsus lachte zynisch. Caspar nicht. Augenblicke des Schweigens vergingen. So vieles war nicht gesagt. Caspar räusperte sich endlich.

»Ich bin gekommen, um dir zu gratulieren, Theo. Du hast es geschafft. Was du immer wolltest«, sprach er bemüht höflich.

Theo winkte ab. »Ach, Göttisheim hätte mich nie zum Professor bestellt, hätte ihm zum Luft nicht so zugesetzt. Er fürchtete, dass ihm wegen der Pest alle Studenten weglaufen, da wollte er einen berühmten Namen haben. Nichts weiter.«

»Zum Lufts Rechnung scheint aufzugehen. Wie üblich. Die Studierenden kommen aus ganz Europa zu dir. Und das trotz der parfümierten Tücher.« Caspar warf einen Blick auf den roten Talar am Boden. »Und mein Schwiegervater beginnt schon zu ahnen, was er sich damit eingekauft hat.« Caspar schmunzelte.

»Das glaube ich wohl.« Paracelsus lachte. Rang mit sich. Und gab sich einen Ruck. »Und ich möchte auch dir gratulieren, Bruder.« Er stockte. »Zu deiner bezaubernden Frau. Und deinem Sohn.«

Caspar nickte ohne zu antworten. Das Gespräch zog sich. Die Pausen zwischen den Sätzen waren lang und quälend. Caspar vergrub die Hände in den Taschen seiner Hose. Er blickte zu Boden.

»Und natürlich zu deiner hervorragenden neuen Stellung. Die Basler sind ganz vernarrt in ihren Stadtarzt, durfte ich hören.«

Theo trat nicht hinter seinem schützenden Pult hervor. Caspar näherte sich keinen Deut. Eine dicke Mauer aus Luft und Erinnerung trennte die Freunde.

»Du hast uns nicht besucht in der Rittergasse«, stellte Caspar schließlich fest. Stocksteif stand er da.

»Ich war mir nicht sicher, ob ich willkommen wäre«, antwortete Theo und nahm seine Notizen wieder zur Hand. Mit eisernem Willen starrte er auf die Blätter hinunter.

»Du hättest es darauf ankommen lassen können, hätte dir etwas daran gelegen. Wie sonst auch immer.«

Paracelsus schwieg. Er wollte irgendetwas aufschreiben und verschüttete Tinte über das Blatt.

»Seit Tagen bist du in der Stadt, speist mit meinem Schwiegervater und dem Bürgermeister und kommst nicht bei uns vorbei. Theo?«

Die Augenblicke wollten nicht verrinnen. Paracelsus blieb die Antwort schuldig.

»Du hast doch selbst gesagt, ich solle sie heiraten! Und jetzt passt es dir doch nicht?« Caspars Wangen erglühten. Theo wurde blass.

»Nein, Junge.« Paracelsus schüttelte seinen Kopf, ohne aufzublicken. »Sie sollte deine Frau sein. Das ist schon recht so.« Paracelsus wurde gönnerhaft, wie immer, wenn er verunsichert war.

»Ich bin längst kein Junge mehr, also nenn' mich nicht so! Entweder du sprichst anständig mit mir oder du lässt es bleiben.«

Paracelsus seufzte auf. Caspar starrte in eine beliebige Ecke. Mitnichten ging es hier um Margret. Oder um einen versäumten Besuch. Das wussten sie beide. Paracelsus fing an.

»Caspar, warum hast du nicht geschrieben? Ich wäre sofort gekommen, hätte ich davon gewusst. Dann muss ich es von Göttisheim erfahren. Du bist wegen mir in den Kerker gegangen? Ich stand vor ihm wie ein Narr!«

»Ach, das grämt unser Genie?« Plötzlich schäumte Caspar vor Wut. Seine Lippen verfärbten sich blau. »Dass du dumm dastandest vor deinem alten Gönner?«

Theo verzog sein Gesicht. Er schlug mit der Faust auf das Pult. Das Tintenfass fiel.

»Nein, darum geht es nicht! Natürlich.« Seine Wangen liefen rot an. »Was kann ich denn noch sagen, Mann? Wie sollte ich mich entschuldigen?«

»Tu's doch einfach!«, schrie Caspar voller Zorn. Die Wand zwischen ihnen brach in sich zusammen. »Tu's, und sieh zu, was passiert. So macht das der Rest von uns Menschenkindern. Aber dazu bist du niemals fähig!«

Paracelsus atmete schwer. Tränen sammelten sich in seinen Augenwinkeln.

»Es tut mir leid«, rief er aus. »Aufrichtig. Das kannst du mir glauben.«

Caspar schnaubte erbost. Nein, so einfach war es nicht.

»Ich wär' fast durchgedreht da drinnen! Verrecken hätte ich können wegen dir und deinen Hirngespinsten!« Caspar hieb mit dem Fuß gegen Theos Pult.

»Schlag mich dafür«, rief Paracelsus unvermittelt.

»Ach«, erwiderte Caspar mürrisch und winkte ab.

»Nein, wirklich. Schlag mich.« Theo versuchte zu lächeln. »Dann geht's dir besser. Bestimmt. Ich habe es erforscht. Die heilende Kraft der Ohrfeige. Das wird die nächste Lesung!«

Caspar musste lachen, trotz seiner Wut. Dann holte er ohne zu zögern aus. Das ließ er sich nicht zweimal sagen nach allem. Theo wich unwillkürlich ein wenig zurück. Es war zu spät. Eine einfache Ohrfeige war es mitnichten. Caspar dachte daran, wie es im Kerker von der Decke getropft hatte. Er hatte halb wahnsinnig mit einem Tropfen gesprochen. Der formte die Faust für ihn. Theo duckte sich nicht weg, sondern fiel zu Boden. Er stöhnte: »Mann! Ich dachte, du bist ein Schwächling!«

Caspar atmete durch. Seine Hand schmerzte. Umgehend stand Theo wieder auf. Seine Lippe war aufgeplatzt und blutete. Er wankte ein wenig. Aber er lächelte.

»Und?«, fragte er.

»Besser«, antwortete Caspar. Er nickte zufrieden.

»Noch mal?« Theo zwinkerte ihm ermutigend zu und hielt ihm die andere Seite hin.

Caspar schüttelte den Kopf. »Dann kann ich meine Hand nicht mehr benutzen.«

Paracelsus ersparte sich einen Scherz darüber. »Wie viele wird es denn brauchen, Bruder?«, fragte Theo. Er kniff betont ängstlich die Augen zusammen, während er auf die Antwort wartete. Caspar überlegte angestrengt.

»Jeden Tag eine. Bis ans Ende deiner Tage, du Mistkerl.«

Paracelsus nickte und hielt sich die Lippe. »Das erscheint mir angemessen.«

Endlich ging er auf Caspar zu.

»Komm her, Bruder!« Er umarmte seinen alten Freund herzlich. Zunächst war es mehr ein Ringen. Ein Ziehen und Klammern. Aber schließlich ließ Caspar es zu.

Paracelsus strahlte über beide Ohren. »Mein Bruder«, rief er aus. »Mein Bruder!« Sein Herz schlug ganz aufgeregt in seiner Brust, Caspar fühlte es. »Ich habe meinen Bruder wieder!«

Caspar war gerührt. Er entspannte sich ein wenig und lächelte. Sein Tropfen war versöhnt. Theo hob ihn einige Male in die Luft, bevor er von Caspar abließ.

»Heute Abend ist ein Treffen mit den anderen Professoren. Aber lass uns morgen trinken gehen, Caspar! Wie früher.« Theo packte ihn begeistert am Arm. »In den Goldenen Ochsen. Was meinst du?«

»Nichts ist mehr wie früher«, antwortete Caspar traurig. »Laurencz ist nicht mehr da.«

»Ja. Göttisheim hat es mir erzählt. Bei meiner Ankunft.« Theo nickte betroffen. »Auch das ist neu für mich«, fuhr er vorwurfsvoll fort. Caspar blickte entschuldigend zur Seite. »Gestern hab ich ihn auf dem jüdischen Friedhof besucht. Hab ihm eine Flasche Grappa mitgebracht.« Theo versuchte zu lächeln. Aber eine Träne blinkte in seinem Augenwinkel.

»Grappa hätte er sicher nicht gemocht«, murmelte Caspar.

»Doch nur, weil er ihn nie probiert hat! Hab ich ihm gestern auch erklärt.« Theo lachte und weinte jetzt abwechselnd. »Und jetzt kann er nicht mehr davon kosten.«

»Aber seine Trinksprüche. Und seine Geschichten. Die gibt es noch. Kannst du dich an die von der Sau im Ehebett erinnern?« Eine Träne lief jetzt über Caspars Wange. Er schluchzte gemeinsam mit Theo. Seit Jahren war das überfällig.

»Ich habe noch nicht auf ihn angestoßen«, meinte Theo schließlich. »Ich muss das mit dir machen, Caspar. Mit dir oder keinem.«

Caspar zögerte einen Moment. Dann klopfte er Paracelsus auf die Schulter. Nein. Er sollte nicht allein um ihn trauern müssen.

»Goldener Ochs?« Caspar nickte Theo zu. »Das hätte er sich gewünscht.«

»Perfekt. Ich wohne darüber«, rief Theo erleichtert.

Caspar prustete los. »Die Wirtin lässt dich in ihrem Haus wohnen? Dich? Und kann dennoch schlafen nachts?«

»Na ja. Sie lässt Paracelsus darin wohnen, nicht von Hohenheim«, antwortete Theo verlegen. Sein neuer Name öffnete alle Türen.

»Gut, also«, Caspar riss sich endgültig los, »bis morgen dann.« Er schritt zur Tür.

»Caspar«, rief Paracelsus ihm hinterher und wischte sich die Tränen aus seinem Gesicht. Der drehte sich fragend um.

»Er ist nicht weg, weißt du. Nur ... woanders.« Ein Funke lag in seinen Augen.

»Was redest du, Mann?«

»Er ...« Paracelsus senkte seine Stimme. Verstohlen blickte er um sich. »Ich habe sie gefunden. Endlich.«

»Was meinst du, Theo?« Sofort stellten sich Caspars Nackenhaare auf.

Theo flüsterte: »Unsere Seelen, Caspar. Endlich weiß ich, wo sie sind! Wir haben sie. Tief drinnen. In uns. Eine unsterbliche Seele! Wir alle. Laurencz geht es gut, wo immer er jetzt auch ist. Glaub mir.«

Caspar verzog sein Gesicht. Die Enttäuschung stand darin geschrieben. Auf einmal war alles zurück: Der Kerker. Die Verhöre. Das Versteck unter Theos Bett, die Mauer zwischen ihnen. Eintausend Ohrfeigen würden nicht genügen. »Du kannst es nicht lassen, oder, Theo?«

»Verstehst du nicht? Laurencz ist nicht ... Das ist nicht das Ende. Und ich kann es endlich beweisen!«

Caspar stöhnte. »Jetzt fang nicht schon wieder damit an! Kaum, dass du da bist.« Er verdrehte die Augen. »Ich dachte, du wärest nun ein ordentlicher Professor. Und damit wär Schluss mit diesem Blödsinn.«

»Das ist kein Blödsinn.« Paracelsus trat auf Caspar zu. »Wir haben es geschafft. Wir haben Astarte beschworen.

Und sie hat es uns verraten. Das Geheimnis der Seelen, Bruder.«

Er griff nach Caspars Arm, doch der riss sich sofort los.

»Ich will dieses Geschwätz nicht mehr hören, Mann! Ein für alle Mal Schluss damit!« Caspar wurde laut: »Soll ich noch mal ins Gefängnis? Ja? Wegen deines Hirngespinstes?«

»So glaub mir doch!« Paracelsus atmete schnell. »Mira war nackt. Astarte ist in sie gefahren. Und hat uns das Geheimnis verraten.« Theos Augen waren jetzt weit aufgerissen.

Caspar seufzte: »Astaroth ist in sie gefahren?« Er konnte es nicht glauben. Ein messerscharfer Verstand. Und dann so etwas! »Und wie viele Tollkirschen hast du dieses Mal gefressen dafür?«

Paracelsus senkte den Kopf. Er fühlte sich ertappt. »Es war Fliegenpilz.« Dann griff er Caspar beim Nacken. »Aber sie war da. Glaub mir.«

»Eine nackte Möchtegernhexe vergiftet dich und behauptet dann, der Teufel wäre in sie gefahren, und du glaubst ihr das? Hast du nur auf ihre Titten gestarrt oder auch mal auf den Mund, der dich belügt? Theo, wirklich! Das ist absurd.«

»Nein.« Theo schüttelte den Kopf. »Das war anders.«

»Paracelsus«, Caspar schlug ihm sanft auf den Hinterkopf, »du bist wahrlich der klügste Mann, den ich kenne. Aber diese Frau führt dich an der Nase herum. Und das schon viel zu lange.«

Caspar stieß ihn sachte von sich.

»Mag sein, vielleicht ist sie verrückt und glaubt selbst daran. So oder so, das tut dir nicht gut. Du bist jetzt ein Professor der Medizin zu Basel. Du musst aufhören mit diesem Irrsinn! Ich sehe dir dabei nicht noch einmal zu. Wir können uns morgen treffen. Im Goldenen Ochsen. Aber ich will nichts von Teufelserscheinungen und Geistern hören, verstanden? Niemals wieder.«

Paracelsus

Am nächsten Tag war der frischgebackene ordentliche Professor in den Regierungsratssaal bestellt worden. Eigentlich hatte der Herr Bürgermeister den Räten seine neueste Trophäe präsentieren wollen, so dachte Paracelsus bei sich, und hatte sich dafür extra zerschlissene Kleidung angezogen, jetzt aber schimpfte zum Luft schon seit einer halben Stunde unablässig.

»Ihr werdet Eure Zunge hüten! Und gefälligst Euren Talar anlassen das nächste Mal. Ihr seid hier, um die Reputation dieser Stadt aufzuwerten, und nicht, um sie zu zerstören! Haben wir uns verstanden?«

Michael Frei von den Steinmetzen betrachtete Paracelsus mitleidig, Göttisheim konnte seinen Blick nicht von den Löchern in Theos Wams abwenden, Professor Wölflin schüttelte nur noch traurig seinen Kopf. Paracelsus kippelte gelangweilt mit seinem Stuhl und ließ sich den Rotwein schmecken. Er war köstlich.

»Die eigene Zunft zu beleidigen! Alle Mediziner zu vergraulen, die extra angereist sind!« Zum Luft war noch lange nicht fertig. »Gesandtschaften zu vertreiben, noch bevor sie richtig angekommen sind. Bevor sie ihre Münzen ausgegeben haben …«

Zum Luft redete weiter auf ihn ein. Paracelsus beobachtete interessiert einen Vogel draußen am Fenster. Er war allerliebst.

»Könnt Ihr Euch also künftig zusammenreißen? Sagt!«

Paracelsus brauchte einen Moment, um zu begreifen, dass eine Frage an ihn gerichtet worden war, dann seufzte er. »Warum habt Ihr mich zum kleinen Rat bestellt? Um mich zu rügen, vor aller Augen?«

Zum Luft schluckte und wischte sich den Schweiß von seiner Stirn. Paracelsus trieb ihn darauf.

»Nein.« Er atmete durch, um sich zu beruhigen. »Ich wollte Euch eigentlich eine zusätzliche Stelle anbieten.« Zum Luft hob einige Notizen vom Tisch auf, um sie ärgerlich zurückwerfen zu können. Die Falten auf seiner Stirn waren wütend. Er rang mit sich. »Wenn Ihr Euch denn benehmen könnt, möchte ich Euch künftig auch als Stadtarzt haben. Diese Stelle hatte immer ein Professor der Universität inne. Wir taten nicht gut daran, von dieser Tradition abzulassen, denke ich.«

Schlagartig wendete Paracelsus seinen Blick von dem Vogel ab. Endlich hatte der Bürgermeister seine Aufmerksamkeit. Er war nicht leicht zu verblüffen, aber jetzt stand sein Mund offen. Professor Wölflin verschluckte sich am Wein. Steffan von Bärenfels lachte auf. Sein Vater hieb ihm in die Rippen.

»Aber wir haben einen Stadtarzt, wenn ich Euch daran erinnern darf!« Göttisheims Wangen hatten sich bläulich verfärbt. Entgeistert sah er zum Bürgermeister.

»Der Hunderte unserer Bürger verrecken lässt«, konterte zum Luft.

»Ja, was soll er denn machen gegen den schwarzen Tod? Noch kein Arzt konnte dem Einhalt gebieten. Auf der ganzen weiten Welt nicht!« Nun waren Göttisheims Wangen rot.

Paracelsus bestaunte das Farbenspiel im Gesicht des Rektors und überlegte: Eine Zeit lang hatte er geliebäugelt, die Kranken ganz einfach mit ihren eigenen Exkrementen zu behandeln, diese Idee aber schon wieder verworfen. Nur eines blieb zu tun gegen diese Seuche ... Er wollte etwas sagen, aber kam nicht zu Wort.

»Ich darf die werten Herren und unseren geschätzten Bürgermeister daran erinnern«, Professor Wölflin räusperte sich, »dass von Eschenbach sich seit Monaten für diese Stadt beide Beine ausreißt. Rund um die Uhr arbeitet er und besucht und pflegt einen jeden Kranken gewissenhaft.«

»Er sieht ihnen beim Sterben zu«, antwortete zum Luft, »und seine Frau ist Jüdin! Das heizt die Gemüter zusätzlich an.« Ein entschuldigender Blick zu Göttisheim folgte. Abermals änderten dessen Wangen die Farbe. Nun waren sie ganz weiß.

»Und weil er meine Tochter geheiratet hat, wollt Ihr ihn nicht mehr als unseren Arzt? Sind wir jetzt schon so weit, Arnold?«

»Man tuschelt«, zum Lufts Stimme überschlug sich, »warum er sich nicht ansteckt! Wir müssen diesen Jungen aus der Schusslinie bringen, zu seinem eigenen Wohl. Sonst schlagen sie ihm noch den Schädel ein!«

Paracelsus rieb sich automatisch die Narbe an seinem Kopf beim letzten Satz. Seine Augen durchbohrten Steffan von Bärenfels. Der saß ihm direkt gegenüber und wandte sich sofort verlegen ab. Paracelsus lächelte triumphierend und konzentrierte sich wieder auf die Diskussion. Offensichtlich war es zum Luft lieber, die Basler würden Theo selbst den Schädel einschlagen, wenn er ihnen auch nicht helfen konnte. Caspar sollte sich geschmeichelt fühlen, alles in allem.

»Diese Arbeit ist sein Leben«, jammerte Göttisheim. »Ihr könnt dem Jungen das nicht wegnehmen. Das würde er nicht ertragen.«

»Und die Bürger lieben ihn. Sie vertrauen ihm«, mischte sich Werner Gruber, der Jurist, ein. Göttisheim nickte ihm dankbar zu. Verträumt starrte dieser jetzt ins Leere: »Wie oft der Bursche mir schon meine ...« Er errötete und unterbrach sich rechtzeitig. »Es ist einerlei. Ich bin ein mehr als dankbarer Patient von Eschenbachs und in guter Gesellschaft da draußen, das kann ich Euch versichern.«

»Danke«, antwortete Göttisheim matt.

»Er bekommt diese Seuche aber nicht in den Griff«, setzte zum Luft wieder an.

»Wie soll er denn ...« Es war Professor Wölflin.

Paracelsus musste schmunzeln. Fast war es lustig, den klügsten Köpfen der Stadt dabei zuzuhören, wie sie über seine Zukunft stritten. Ohne auch nur einen Gedanken daran zu verschwenden, ihn selbst zu fragen.

»Wenn ich die werten Herren unterbrechen darf.« Niemand hörte auf Theo. Professor Wölflin hatte zum Luft gerade in eine hitzige Debatte über die Pest, das Schicksal und den Willen Gottes verstrickt. Ein greiser Patrizier hatte sich beteiligt und zitierte gerade aus der Bibel. Bei der Pest wollte noch ein jeder ein Wörtchen mitreden.

»Es ist Gottes Strafe an uns! Weil wir uns von seiner heiligen Kirche und dem Papst abgewandt haben!« Arnold zum Luft tötete ihn mit Blicken. Der Patrizier schlug die Hände vors Gesicht.

»Aberglaube und Hysterie«, murmelte Meinrad von Bärenfels abfällig.

»Einmal im Leben habt Ihr recht«, antwortete Jacob und hieb mit der Hand auf den Tisch.

»Und ich sage euch, es ist das Wasser!«, setzte jemand an. Viele seufzten auf.

Der Bürgermeister wusste nicht mehr, wen er zuerst zur Räson bringen sollte. »Deshalb brauchen wir einen anderen Arzt, damit die Gerüchte endlich aufhören«, plärrte er stattdessen in die Runde.

»Meine Herren«, versuchte es Theo erneut. Es war zwecklos. Steffan von Bärenfels kicherte amüsiert in sich hinein. Da nahm sich Theo einen Zinnkrug mit Rotwein und knallte ihn mit voller Wucht auf den Tisch, den jungen Bärenfels nicht aus den Augen lassend. Der Wein schwappte über. Bärenfels wurde rot. Theo genoss sein schlechtes Gewissen. Mit einem Mal war Ruhe im Ratssaal.

»Wenn ich bei der weiteren Planung meiner Zukunft vielleicht mitzureden hätte«, blaffte Paracelsus. Dann machte er eine lange Pause und zupfte an den Fransen seines alten Wamses herum. Jacob Göttisheim besah ihn mit offenem Munde.

»Ich würde die Stelle annehmen.«

»Von Hohenheim, das könnt Ihr ihm nicht antun!«, unterbrach ihn Göttisheim sofort.

»Lasst ihn doch endlich reden, Herrgott«, schaltete sich Meinrad von Bärenfels ein. Diese Sitzung zog sich für seinen Geschmack offenbar zu sehr in die Länge.

»Zu meinen Bedingungen«, schloss Paracelsus und lächelte.

»Erstens«, er wandte sich an zum Luft, »werdet Ihr endlich die Stadttore schließen, damit Eure kühnen Händler den Tod nicht länger nach draußen in die Eidgenossenschaft tragen.«

Zum Luft sank ermattet in seinen Stuhl zurück, sagte aber nichts. »Zweitens isoliert Ihr die Kranken. Das Steinenkloster außerhalb der Stadtmauer würde ich empfehlen zum Beispiel.« Theo nickte Göttisheim zu, aber der mied seinen Blick. »So dämmt man nämlich diese verdammte Seuche ein, wie man Euch gewiss schon einmal berichtet hat.«

Zum Luft sah bekümmert zu Boden. Zeitgleich blickte Göttisheim wieder von seinen Füßen auf.

»Und drittens möchte ich festhalten, dass Caspar von Eschenbach der beste und gewissenhafteste Mediziner ist, den ich kenne. Diese Stadt kann von Glück reden, dass sie ihn hat.«

Göttisheim sah ihn wieder an. Theo hätte es nicht zugegeben, aber doch, er war erleichtert deswegen.

»Ich kann gern Euer Stadtarzt sein, aber ich habe viel zu tun mit meiner Professur und meiner Forschungsarbeit.« Paracelsus unterbrach sich kurz, hatte sich aber gleich wieder im Griff.

»Ich kann mir die Praxis mit Eschenbach teilen, wenn Ihr das wollt. Arbeit für zwei scheint es genug zu geben. Aber nur, wenn Eschenbach auch einverstanden ist.«

Göttisheim klatschte in die Hände. Zum Luft hatte die Augen geschlossen und öffnete sie nicht wieder.

»Und viertens ...« Ein Adliger stöhnte auf. Paracelsus bemühte sich inständig, es dem Bürgermeister noch schwerer zu machen, aber ihm fiel nichts mehr ein. »... Ich sage es von Eschenbach selbst, und Ihr haltet Euren Mund. Wenn er es nicht von mir erfährt, dreht der Junge durch.«

Paracelsus

»Theo!« Margret fiel ihm um den Hals, noch bevor er die Stube betreten hatte. »Du bist zurück! Endlich.« Ein paar aufgeschreckte Tauben flogen eilig durch die Rittergasse. Es hatte geregnet. Fast dampfte das Nass auf den Straßen in der Sommersonne. Es war ein freundlicher Tag geworden, solange man keinen Kranken auf der Straße kauern sah.

»Wie war deine Vorlesung?« Eifrig umschlangen Paracelsus vertraute Arme. »Wo warst du? Was hast du gemacht?« Margret hatte vor Aufregung vergessen zu atmen und holte tief Luft. Ihre Brust drückte sich gegen die seine. Ihr Herz schlug schnell. »Wie ist es dir ergangen?« Rehbraune Augen strahlten ihn an. Ihr Kopf schmiegte sich an seine Schulter. Theo sog ihren Duft ein und verfluchte sich sofort selbst dafür. Sie roch nach Rosenblüten.

»Wo hast du die ganze Zeit gesteckt?« Margret gab ihm einen Kuss auf die Wange. Theo schloss die Augen. Sein Herz setzte aus. Verlegen strich er über ihren Rücken. Niemals wollte er diese Umarmung lösen, aber schon zog ihn Margret ins Haus.

»Sag!« Margret atmete aufgeregt. Ihre Brüste hoben und senkten sich schnell. Dann blieb sie unvermittelt stehen und strich ihm über die Wange.

»Wie siehst du denn aus?« Margret lachte. Ihre Augen glitten an Theos zerschlissenen Wams hinab. Ihre Wangen waren gerötet. »So lange ist es her!«

»Welche Frage, Weib?« Theo schmunzelte.

»Was?« Margret strich sich ihre rotbraunen Locken aus dem Gesicht. Sie leckte vor Freude ihre Lippen. Dann waren sie feucht. Theo fluchte in sich hinein.

»Welche Frage soll ich beantworten?«

»Alle!« Margret lachte. »Oder keine. Es ist mir gleich. Hauptsache, du bleibst hier.« Wieder fiel sie ihm um den Hals. Zögerlich strich Theo über ihren Kopf. Alles in ihm schmolz dahin. Das war es. Diese Frau! Er war wehrlos. Margret bemerkte es nicht und löste sich.

»Willst du etwas trinken?« Schon lief sie Richtung Küche. Kaum konnte sie stillstehen.

»Gern«, antwortete Theo. Fast eine Stunde war er in der Rittergasse auf und ab gelaufen, bevor er es gewagt hatte, an der Tür zu klopfen. Zudem war Margrets Dekolleté weit ausgeschnitten. Theos Kehle war trocken.

»Wie war Ferrara? Hast du den Herzog kennengelernt?«

»Du musst aufhören, Fragen zu stellen, Margret!« Theo lachte. »Überleg dir doch die fünf wichtigsten, dann fangen wir mit denen an. Und arbeiten uns durch.«

Wehmütig sah er sich in der Stube um. Warme Glut glomm beruhigend in der Feuerstelle in der Mitte des Wohnraums. Bunte Decken füllten eine selbstgezimmerte Wiege. Auf einer etwas schiefen Kommode lag ein Arzneibuch von Caspar neben Margrets Zither. Theo seufzte. Fürwahr, so hätte sein Leben aussehen können, wäre er nicht Paracelsus gewesen.

»Hier, bitte.« Margret kam zurück. »Kann ich mir nicht stattdessen, sagen wir, die fünfzig wichtigsten überlegen? Sonst wird's eng.« Theo blickte auf ihre makellos strahlenden Zähne. Fast hatte er vergessen, wie schön sie war. Sie trug ein schlichtes, weißes Leinenkleid, bunt bestickt mit grünen Blumen. Ein breiter, blauer Gürtel betonte die enge Taille. Theo wollte sie zu sich ziehen. Stattdessen nahm er einen Schluck aus dem Krug und verzog murrend sein Gesicht. Es war Wasser.

Margret prostete ihm fröhlich zu: »Die Zeiten des zügellosen Lebens sind vorbei, mein Freund. Oben schläft ein Kind.«

»Und deshalb bekomme ich keinen Tropfen Wein, Weib?« Gespielt angewidert trank Theo seinen Becher leer.

»Deshalb bekommen wir alle keinen Wein um diese Zeit.«

Theos Blick verharrte auf einigen Bildern mit Jagdmotiven. Margret verdrehte die Augen.

»Ein Geschenk von Caspars Mutter. Ich konnte mich nicht wehren.«

Theo lachte auf. Dann schwiegen sie beide. Margret nippte an ihrem Wasser. Theo starrte auf den Ring seiner Mutter an ihrem Finger. Lange Jahre war es her.

Margret räusperte sich verlegen. »Also, wie geht es dir wirklich, Theo?« Verlegen spielte sie mit dem kleinen Smaragd. »Das ist wohl die wichtigste Frage. Ist ... alles gut bei dir?«

Paracelsus verzog sein Gesicht und überlegte: Ein Jahr lang war er quer durch Europa auf der Flucht gewesen. Dann war ihm eine Teufelin erschienen. Jetzt sollte er die Verantwortung für eine pestverseuchte Stadt übernehmen und seinen besten Freund dafür bis ins Mark kränken.

»Großartig, würd ich sagen!« Er sah um sich. »Dein werter Gatte ist nicht hier? Mit ihm wollte ich eigentlich sprechen.«

»Ach«, urplötzlich wurde Margret blass, »zu ihm wolltest du eigentlich? Und nicht zu mir.« Sie formte einen Schmollmund.

»Margret, ich ...«, Paracelsus trat unsicher von einem Bein aufs andere, »Natürlich wollte ich zu dir. Auch zu dir. Bloß weiß ich nicht ... ob es sich schickt.« Verlegen kratzte sich Theo an seiner Nase. Margret lachte empört auf.

»Du weißt nicht, ob es sich schickt? Spinnst du jetzt?«

Sie schluckte.

»Du bist eine verheiratete Frau. Ich weiß nicht, ob man es als rechtens empfindet, wenn wir uns allein treffen.«

»Und das kümmert dich seit wann? Wer was für gut befindet und was nicht?« Trotzig verschränkte sie ihre Arme. Ihre Wangen röteten sich vor Empörung.

»Es kümmert mich, ob dein Mann das für gut befindet, oder nicht!«

»Was sollte er denn daran nicht ... Herrgott!« Margret zupfte an einer ihrer Locken herum. »Theo, du weißt, was du mir bist! Und immer sein wirst. Aber ich habe mit Caspar eine Familie gegründet. Damit sollte doch alles klar sein, oder etwa nicht?«

»Doch ... natürlich«, stotterte Theo und runzelte betreten seine Stirn. Zig Liebschaften hatte er gehabt die letzten Jahre. Kaum einen Namen wusste er noch. Nur Margrets ging ihm niemals aus dem Sinn. Und ihr schien es noch nicht einmal bewusst zu sein.

»Die Frage ist, ob es Caspar klar ist, Weib.« Paracelsus sah in seinen leeren Becher und wünschte sich, er hätte Wein darin. Oder Schnaps. Vielleicht hätte er damals mehr um sie kämpfen sollen – und bleiben. Margret stemmte ihre Hände in die Hüften.

»Was wolltest du also von ihm, Mann?«

Theo schüttelte seinen Kopf. Hätte sie tatsächlich ihn geheiratet, wären sie alle drei unglücklich geworden. So war es nur er.

»Sag schon.«

»Hmm?« Paracelsus blickte fragend auf. Diese Augen verfolgten ihn nachts.

»Von Caspar. Was wolltest du von ihm? Wenn du schon nicht mit mir allein sein magst ...« Margret blickte an ihm vorbei. Theo sah zu Boden. Dann räusperte er sich. »Ich wollte ...« Er stöhnte auf. Selbst bei Margret tat er sich schwer. »Zum Luft will mich als Stadtarzt haben.«

»Was?« Margret ließ ihre Arme fallen. Dann lachte sie spöttisch. »Und du denkst, dass du mich hier besuchst, ist das Problem?«

»Margret, ich weiß. Er wird es nicht gut aufnehmen. Deshalb muss ich es ihm dringend erklären, bevor es jemand anderes tut.«

»Was willst du ihm denn erklären?« Margret schüttelte ihren Kopf. »Dass du ihm seine Arbeit wegnehmen willst? Als Freundschaftsdienst?«

»Eben. Nein!« Theo fuhr sich durch sein braunes Haar. »Ich nehme ihm gar nichts weg.« Rasch ließ er seinen Blick über Margrets Brüste schweifen und beherrschte sich wieder. »Ich will, ich kann ihn entlasten. Es ist zu viel für einen Mann – gerade jetzt! Er ist völlig abgemagert.« Margret wollte protestieren, aber Theo ließ sie nicht. »Und schrecklich blass. Das hält er nicht mehr lange durch. Und ich kann mich beim Bürgermeister viel besser durchsetzen wegen ... eben wegen Paracelsus und alldem. Es wird Zeit, dass er mehr auf die Ärzteschaft seiner Stadt hört und nicht nur auf die Zünfte.«

»Schon.« Margret nickte langsam. »Aber Caspar wird das niemals so sehen. Sich die Praxis mit dem großen Paracelsus teilen.« Margret schnaufte auf. »Das ist sein Albtraum.«

Theo kniff seine Augen zusammen. Das wusste er wohl. »Deshalb muss ich ihm irgendwie erklären, dass er keine Konkurrenz zu fürchten hat.«

»Hat er aber wohl«, rief Margret ungehalten. »Du bist Paracelsus!«

»Und wenn schon!« Theo biss sich auf die Zunge. Manchmal hasste er diesen Namen wirklich. »Die Patienten lieben ihn. Denkst du, das ändert sich, nur weil ich im Nebenzimmer stehe?«

Margret atmete durch.

Theo legte seinen Kopf schief. »In der anatomischen Anstalt haben wir auch zusammengearbeitet. Und uns nur wenig gestritten, alles in allem.« Theo wiegte den Kopf.

Margret sah ihn mit großen Augen an. »Wenig gestritten, Theo? Andauernd! Und – damals warst du noch sein Lehrmeister und er dein Schüler. Das will er jetzt aber nicht mehr sein.« Versöhnlich legte sie ihm eine Hand auf die Schulter. Theo entspannte sich sofort. »Meinen Segen hast du, Theo. Aber er ist jetzt ein gestandener Mann, nicht mehr dein Schützling. Das musst du dringend lernen. Pass bloß auf, dass du ihn nicht bevormundest, ja? Sonst geht das niemals gut.«

»Versprochen. Und ich werde ihn ganz oft nach seiner Meinung fragen, dann hält der Junge das schon aus.«

»Und machst dann trotzdem, was du willst.« Margret lachte auf.

»Muss er ja nicht mitbekommen.« Theo nickte lächelnd. »Wo ist er denn? Die Praxis ist längst geschlossen.«

Margret blies ratlose Luft aus. »In irgendeinem Haus mit einem Pestkreuz darauf, nehme ich an. Hände halten, Witwen trösten, Tote salben. Ich weiß nicht.«

Theo seufzte auf. »Na gut. Es wird bis morgen warten können. Da treffen wir uns sowieso.«

»Im Goldenen Ochsen?«, frage Margret neidisch. Ihr Mund stand offen.

Theo sah bedauernd drein und blickte entschuldigend zur Kinderkrippe.

»Kein Wort bis dahin, Margret. Verstanden? Du bist der letzte Mensch, von dem er es hören sollte.«

Margret nickte. Und biss sich pflichtbewusst auf ihre Lippen.

Caspar

Am nächsten Tage öffnete Caspar schon im Morgengrauen seine Praxis, um überhaupt eine Chance zu haben, die Patientenmassen bewältigen zu können. Dennoch schien es aussichtslos. Oft kamen nun komplette Familien auf einmal. Ganze Häuserzeilen fanden sich in der Martinsgasse ein. Man konnte es nicht länger leugnen – zum Luft hatte die Kontrolle verloren. Caspar hatte sie noch nie gehabt. Die Seuche breitete sich aus. Unerbittlich und schnell. Wie lange Theos Studenten bleiben würden, wenn sie erst einmal erkannten, wie schlimm es schon geworden war? Ob Paracelsus selbst es bereits ahnte?

Zum Luft tat, was menschenmöglich war: Die Stadtwache hatte in jeder Gasse große Scheiterhaufen errichtet, um die Luft von den Pestdünsten zu befreien. Tonnen aus Eichen- und Wacholderholz loderten dort Tag und Nacht vor sich hin. Das beruhigte zumindest die Bürger.

Ebenso transportierten die Wächter seit Neuestem morgens und abends die Leichen aus der Stadt hinaus. Zähneknirschend. Es war zu Befehlsverweigerung deswegen gekommen, keiner hatte die Toten anfassen wollen. Dann hatte der Bürgermeister ihren Sold verdoppelt. Anfangs hatte zum Luft noch die Angehörigen selbst mit der Entsorgung der Leichen betraut, aber diese hatten ihre Liebsten voll der Panik einfach in die Gassen geworfen, und da hatten sie dann gelegen, verwesend und stinkend, Jung und Alt an ihr bevorstehendes Ableben erinnernd.

Nun fuhr also die Stadtwache mit breiten Ochsenkarren durch die Straßen und sammelte alles ein, was nicht mehr davonlaufen konnte. Zuweilen kletterte ein aufgeregter Bettler wieder von dem Karren hinab – nur um drei Tage später wieder darauf zu landen. Und dann endgültig. Die Körper wurden einfach übereinandergestapelt und in großen Haufen auf die Wiesen außerhalb der Stadt befördert. Dann warf man sie alle zusammen in die tiefen Gruben, die zum Luft hatte ausheben lassen. Dahin war es mit einer würdigen Beerdigung und den tröstlichen christlichen Gräbern!

Die Friedhöfe waren überfüllt. Johannes Oekolampad hielt widerwillig eine kurze Andacht vor den offenen Gruben, ein Dutzend parfümierter Schals um seinen Hals gewickelt. Der Bürgermeister hatte ihn dazu gezwungen. Die Stimmgewalt des Priesters war verklungen, halbherzig murmelte Oekolampad die wenigen Worte vor sich hin, wobei er sich eigentlich nur darauf konzentrierte, nicht in Windrichtung zu den Gräbern zu stehen. Etwaige Familienangehörige kamen nicht dazu: Es war nicht die Zeit zu trauern. Des Henkers neue Beschäftigung war es, Kreuze in die Gräber zu schlagen. Er fluchte wortlos, während er den Atem anhielt, so lange er nur konnte. Eine Siedlung der Toten außerhalb der Stadtmauern war entstanden.

Innerhalb herrschte wahrlich Sodom und Gomorrha. Ganz wie zum Luft es prophezeit hatte. Kaum einer ging mehr seiner Arbeit nach, weil man glaubte, körperliche Anstrengung fördere den Ausbruch der Krankheit. Stattdessen zog es Männer wie Weiber in die Wirtshäuser, als gäbe es buchstäblich kein Morgen. Man trieb es auf offener Straße mit Huren und Fremden gleichermaßen und fraß sich die Bäuche voll wie bei der Henkersmahlzeit. Junge Mädchen wurden einfach ausgesetzt, weil ihre Schönheit die schädlichen Miasmen anziehen sollte. Arnold zum Luft tat alles, um etwas Ordnung aufrechtzuerhalten und zumindest Mord und Totschlag zu verhindern. Er hatte die Ausgaben für die

Stadtwache vervierfacht, die Zeughäuser leer geräumt und einem jeden Soldaten eine Arkebuse in die Hand gedrückt. Kaum einer wusste sie richtig zu benutzen. Der Bürgermeister war wohl der Einzige in Basel, der härter arbeitete als Caspar selbst. Mit wahrscheinlich ebenso wenig Erfolg.

Caspar sah sich hilflos in seiner Praxis um. Saubere Tücher besaß er längst nicht mehr. Die Lanzetten für den Aderlass waren allesamt stumpf geworden. Die Schmerzmittel waren ihm vor drei Tagen ausgegangen. Von der entzündungshemmenden Salbe, die er im Frühling angemischt hatte, besaß er nur noch ein halbes Döschen. Die Hälfte der Basler Apotheken waren seit Wochen leer geräumt und geschlossen. Zuweilen schmerzten Caspars Ellenbogen oder seine Achsel, dann tastete er panisch nach einer Vorwölbung, fand aber nichts als wundes Gewebe. Weil er so oft danach getastet hatte. Immer wieder schlich sich der Gedanke ein, Theo doch um Hilfe zu bitten heute Abend. Aber Caspars Stolz hinderte ihn.

»Der Nächste bitte«, rief er resigniert. Seine Augen brannten vor lauter Müdigkeit. Herein kam Heinz von der Stadtwache. Caspar verdrehte sofort die Augen. Der hatte ihm heute noch gefehlt.

»Heinz, ich habe kein schlafförderndes Mittel mehr«, sprach sein Arzt entnervt. »Ich habe alles für die Pestkranken verbraucht.« Caspar raufte sich die Haare. »Und ich habe ganz bestimmt auch keine Zeit, jetzt über Laurencz zu sprechen. Du siehst doch, was hier los ist!«

»Darum geht es nicht«, rief Heinz beleidigt.

»Ich bin nicht als Patient hier, Caspar! Sondern in offizieller Funktion.« Heinz räusperte sich theatralisch und baute sich vor Caspars Schreibtisch zu voller Größe auf.

»Was gibt es denn?« Caspar nutzte die Zeit und wusch sich sein Gesicht mit kaltem Wasser.

Heinz stutzte. Offensichtlich hatte er sich mehr Respekt erhofft als Soldat der Stadt. Caspar war es gleich. Unsicher antwortete Heinz: »Caspar, du musst mit mir kommen! Ich muss dir etwas zeigen. Ich habe beim Ausladen heute Morgen etwas auf dem Karren gefunden ...«

»Heinz, nein.« Caspar winkte sofort ab. »Ich muss mich um die Lebenden kümmern. Für die Toten habe ich wirklich keine Zeit. Dafür ist die Stadtwache allein zuständig.«

»Aber Caspar ...« Der hochgewachsene Mann fiel in sich zusammen. »Bitte, Caspar«, bettelte er jetzt. »Du musst es dir ansehen. Ihn! Ich kann ihn nicht einfach mit den anderen in diese Grube werfen. Unbesehen.« Etwas leiser fügte Heinz hinzu: »Ich glaube nicht, dass er an der Pest gestorben ist.«

»Gut, dann ...« Caspar trocknete sich das Gesicht. Er rümpfte die Nase. Der Lumpen hätte schon längst gewaschen werden müssen. »Dann melde es doch deinem Kommandanten, wenn irgendein armes Schwein erschlagen worden ist. Wundert dich das wirklich? Dass die Gewalt der Verzweiflung folgt?« Bangend dachte Caspar an Margret und Jacob. Die größten Hetzer gegen die Juden kamen schamlos in seine Praxis gerannt. »Ihr werdet den Mörder ohnehin nicht finden bei dem, was da draußen los ist.«

»Darum geht es ja eben.« Heinz' Stimme überschlug sich wie die eines kleinen Jungen. »Erschlagen worden ist er nicht!« Geheimnistuerisch trat er an ihn heran: »So etwas habe ich noch nie gesehen, Caspar. Bei Gott.« Heinz bekreuzigte sich. »Die Leiche ist ... Ich weiß wirklich nicht, was ich dem Kommandanten melden soll.«

Er tauchte seine Hand in Caspars Wasserschale. Dieser nahm sie ihm weg.

»Das war nicht die Pest. Und auch kein Totschlag. Ich weiß nicht, welche Teufelei den Armen heimgesucht hat, aber etwas stimmt da nicht. Caspar, es braucht einen Arzt, der darüber urteilt.«

Heinz betupfte erschöpft seine Stirn mit der nassen Hand. »Wo kommen wir denn hin, wenn wir uns einen Dreck um die Toten scheren? Mann! Nur weil es zu viele davon gibt?« Heinz begann zu zittern. »Genau das hofft sein Schlächter doch«, wimmerte er. »Wie bei Laurencz damals!«

Flehend sah er Caspar an.

Der seufzte auf. Hysterie, überall. Caspar blickte verzweifelt aus dem Fenster. Die Kranken starrten ungeduldig herein. Ein weiterer Termin auf seiner endlos langen Liste. Für den Seelenfrieden eines deprimierten Stadtwächters.

»Na schön.« Caspar versuchte, sich zu ordnen: Wenn er das Metzgersviertel heute Abend nicht besuchte, hätte er gut eine Stunde gewonnen und konnte sich trotzdem noch mit Theo treffen, etwas verspätet nur. »Ich reite nach der Sprechstunde zu euch hinaus. Lass die Leiche bis dahin liegen. Und bedecke sie.«

»Gut.« Heinz nickte erleichtert. »Ich erwarte dich bei den Hügeln im Süden.«

Caspar rieb sich die Augen. »Es kann aber spät werden, mein Freund. Nimm dir dein Abendbrot mit dort hinaus.«

Es dämmerte bereits, als Caspar das südliche Stadttor passierte. Erschrocken fragte der Wachmann dort seinen Arzt, ob er denn je wieder zurückkehren würde. Caspar nickte traurig. Der Wächter atmete erleichtert auf.

Ein paar Minuten stadtauswärts reichten die Hügel der Gräber schon zahllos zum Himmel empor. Caspars Ross trabte langsam und unsicher. Der süßliche Geruch von Tod und Verzweiflung lag in der Sommerluft. Nur die Krähen krächzten, ansonsten umgab Caspar eine gespenstische Ruhe. Das Korn, das nicht geerntet wurde, wiegte sich traurig im Sommerwind. In ein paar Wochen würden die Basler hungern. Und alles würde noch viel schlimmer. Der Staub der Straße wirbelte trübsinnig in der Luft umher. Der letzte Ochsenwagen dieses Tages trabte langsam und schwerfällig den schmalen Weg zurück in die Stadt.

Caspar spähte sehnsüchtig in die Ferne. Wenn er dem Ross die Sporen gab, konnte er noch heute Nacht einen Ort erreichen, fernab dieses Elends. Ohne Krankheit, ohne Tod. Er fühlte die Last auf seinen Schultern so schwer wie nie. Er allein war der Arzt der Begrabenen hier gewesen. Er allein hatte ihre Leichen zu verantworten. Caspar fühlte die anklagenden Blicke der Toten auf sich ruhen.

Paracelsus hätte euch retten können. Er ist ein Genie.

Es war Caspar, als hallte die Stimme seiner Frau durch diese Hügel. Caspar rettete niemanden. Er hielt Hände, verabreichte Kräuter, wusch Leiber. Und salbte die Sterbenden. Niemals zuvor hatte er sich so allein gefühlt. Nicht im Kerker und nicht an Theos Seite. Er nahm eine leichte Kurve nach Westen, als er Heinz' Pferd erblickte. Ja, selbst ihn hatte Caspar enttäuscht. Seine Albträume waren bis heute nicht verschwunden.

Heinz winkte ihm freudig zu. Seit Stunden stand er artig hier und wartete auf seinen Stadtarzt. Keine Menschenseele harrte sonst mehr bei den Gräbern aus.

»Da bist du ja! Ich dachte schon, du kommst nicht mehr.« Geschwind half er Caspar beim Absteigen.

»Ich wäre ungern mit ihm hier draußen gewesen, bei Einbruch der Dunkelheit.« Heinz lächelte verlegen und errötete etwas.

»Also, wo ist er?«, fragte Caspar geschäftig. Er war so müde, dass er sich am liebsten zu den Toten gelegt hätte, nur um etwas schlafen zu können.

»Dort drüben«, antwortete Heinz und ging voran. Sie passierten ein Grab, das noch nicht zugeschüttet war. Caspar rang mit der Übelkeit: Tote Leiber umarmten einander und zogen sich gegenseitig in die Tiefe.

Paracelsus hätte euch retten können. Er ist ein Genie.

Leere Augen starrten zu ihnen hoch. Reglose Münder riefen nach ihnen. Verwesende Körper stanken in der Hitze.

»Zum Luft und ich haben ausdrücklich befohlen, sie täglich zuzuscharren«, maulte Caspar.

»Wir arbeiten bis zur Erschöpfung, Mann«, erwiderte Heinz gereizt. Caspar seufzte. Das wusste er wohl.

»Hier.« Heinz blieb vor einem schmutzigen Tuch, direkt neben dem offenen Grabe, stehen. »Sieh ihn dir an.«

Caspar kniete sich hin. Tief atmete er durch. Dann hielt er die Luft an. Das war Routine. Eine Krähe flog vorüber. Ein Tier quiekte in den Feldern. Ein warmer Windhauch machte das Tuch flattern. Caspar hob es vorsichtig mit den Fingerspitzen an. Er blickte in ein fahles Gesicht und tote Augen. Und dann ...

»Was in Gottes Namen?« Caspar atmete aus und machte große Augen. Er hörte den Tag vergehen.

»Siehst du? Ich hab dir doch gesagt, das ist nicht normal!«, rief Heinz aus. Nervös trat er von einem Bein aufs andere. Caspar sah zu ihm hoch. Das Grauen war ihm ins Gesicht geschrieben.

»Nein, das ist ...«

Unvermittelt riss Caspar das Tuch ganz zurück. Sein Pferd scheute. Heinz wandte sich ab. Caspar sprang auf. Nein, das war bestimmt nicht die Pest! Caspars Herz hämmerte in seiner Brust. Er schnaufte schwer.

»Um Himmels willen!«

Caspar kniff die Augen zusammen und versuchte, Schatten von Kontur und Kontur von Dunkelheit zu unterscheiden. Die Dämmerung war fortgeschritten. Keiner hatte eine Fackel mitgebracht. Die Schatten waren lang und finster. Er zwinkerte und schüttelte seinen Kopf. Er konnte nicht anders, als hineinzufassen, in die Wunde. Klaffend war sie, schwarz und tief. Faustgroß. Und endgültig. Dort, wo einst das Brustbein des Bauernjungen gewesen war.

»Bei allen Heiligen«, flüsterte Caspar. Sein Mund stand offen. Der Bauernjunge starrte ihn aus milchig-glasigen Augen an. Seine Gesichtszüge schienen entspannt, fast selig.

»Wie kann das sein?«, murmelte Caspar.

Keine Verletzung war an seinen Armen und Händen auszumachen. Der Bursche war in der Blüte seines Lebens gewesen. Muskelbepackt. Trotzdem schien er sich überhaupt nicht gewehrt zu haben gegen seinen Mörder.

»Das ist bestialisch.« Unsicher sah Caspar in Heinz' blasses Gesicht. Dessen Lippen zitterten. Eine ängstliche Hand legte sich auf seine Schulter.

»Caspar«, flüsterte Heinz. »Er ist nicht der Einzige.« Caspars Mund öffnete sich. »Ich hab noch mehr gefunden von denen.« Tränen sammelten sich in den Augen des Stadtwächters. »Ein Mörder treibt sein Unwesen auf Basels Gassen. Und« – Heinz bekreuzigte sich – »ich glaube nicht, dass er schon fertig ist. Mit was auch immer.«

Paracelsus

Paracelsus leerte gerade sein drittes Bier und überlegte. So langsam würde er zum Rotwein übergehen. Der Junge ließ auf sich warten. Unbekümmert stopfte er sich ein riesiges Stück gebratenes Wildschwein in den Mund. Es lag neben noch unberührtem Wurzelgemüse. Wie sehr ihm echte Mahlzeiten gefehlt hatten! Fast ein ganzes Jahr lang hatte er gehungert.

Der Goldene Ochse hatte sich seit jenen Tagen kaum verändert, nur dass er heute bis zum Bersten gefüllt war. Die Gäste waren trinkfreudig, gerade wegen der Pest, und der Wein billig. Die Portionen waren groß – noch herrschte kein Hunger in Basel –, und die Wirtin kochte gut. Die Tische waren klebrig, die Stimmung lustig und das Gelächter laut. Der Dreck am Boden war festgetrampelt und roch nach Bier und Schnaps. Die Stube war dennoch gemütlich und freundlich. Spärliche Binsenlichter flackerten an den Wänden. Über der Feuerstelle züngelten die Flammen an einem großen, gusseisernen Topf empor. Theo atmete dankbar ein: Es gab Zwiebelsuppe.

Er saß an ihrem alten Tisch neben dem Tresen und betrachtete das Treiben um ihn herum neugierig: Ein Dachdecker drüben in der Ecke verspielte gerade Münze um Münze bei einem neu erfundenen Kartenspiel. Es mochten seine gesamten Ersparnisse gewesen sein. Trotzdem lachte er heiter und klatschte unentwegt in die Hände. Am Nachbartisch saß eine edle Dame in gutem Gewand auf dem Schoß eines blutjungen Knechts und vergrub dessen Gesicht in ihrem Busen.

In der anderen Ecke saß ein Kaufmann mit grauem Bart, der schon den ganzen Abend allein trank. Vorhin war er hinausgelaufen und hatte sich übergeben. Dann hatte er weitergetrunken. Die ganze Stadt war wie von Sinnen. Niemanden scherte mehr der nächste Tag.

Theos Miene erhellte sich sofort, als Caspar endlich eintrat. Die Wirtin aber versperrte ihm den Weg:

»Habt Ihr Fieber?«, fragte sie barsch. Theo grinste. Die Wirtin machte das bei jedem, von dem sie sich nicht sicher war, wie groß sein Umsatz werden würde.

»Nein«, stammelte Caspar unschlüssig und schielte gierig zu der Zwiebelsuppe hinüber. Die Wirtin ließ ihn nicht vorbei. Ruppig hob sie sein Kinn an und zog seine Augenlider nach oben. »Eure Augen sind gerötet«, bemängelte sie skeptisch und befühlte seine Stirn. Theo schmunzelte und lehnte sich gespannt vor.

»Ich bin müde, Teuerste, nichts weiter«, antwortete Caspar ärgerlich und stieß ihre schwitzigen Hände aus seinem Gesicht.

»Man kann nicht vorsichtig genug sein dieser Tage«, antwortete die Wirtin und prüfte skeptisch Caspars Kleider. Sie waren verstaubt und schmutzig.

»Habt Ihr keinen parfümierten Schal bei Euch? Oder Wacholder? Wir brauchen keine Kranken in unserem Gasthaus.«

Theo holte Luft und wartete.

Die Wirtin hob gerade Caspars Arm an, um unter seiner Achsel zu tasten, als diesem endgültig der Geduldsfaden riss.

»Ihr hört mir jetzt zu, Ihr dummes Weibsbild! Mir braucht Ihr gewiss nicht zu erzählen ...«

»Er gehört zu mir«, schritt Theo endlich ein. Wenn der Junge sich jetzt mit der Wirtin anlegte, war es das gewesen mit ihrem schönen Abend. Sie raunzte irgendetwas und ließ Caspar zähneknirschend passieren.

»Entschuldige, mein Bruder. Es war zu lustig, um früher etwas zu sagen.« Theo lachte und rückte Caspar einen Stuhl zurecht. Der fluchte in sich hinein.

»Ich bin der Stadtarzt, verdammt! Trotzdem komme ich ohne das Gütesiegel des heiligen Paracelsus noch nicht einmal in den Goldenen Ochsen hinein!«

Theo hielt sich seinen Bauch vor Lachen. »Hab dich nicht so, Bruder. Ihr Wachhund soll im Frühling verreckt sein, seitdem versucht sie ihn zu ersetzen!« Er umarmte Caspar und klopfte ihm liebevoll auf den Hinterkopf.

»Spät kommst du, Bruder. Ich hatte schon befürchtet, du hast es dir anders überlegt. Geht alles auf mich heute. Die Universität bezahlt mich gut.« Fröhlich füllte Paracelsus einen Becher randvoll und stellte ihn Caspar vor die Nase. Der Junge war blass. Und dunkel die Ringe unter seinen Augen. Alles in allem konnte er das Misstrauen der Wirtin verstehen.

Caspar schnaufte. »Tut mir leid, Theo. Ich war noch draußen, auf den Feldern. Da ist …« Caspar brach ab.

»Was denn?«, fragte Theo und prostete ihm zu. Caspar leerte den ganzen Becher mit einem Zug. »Ich weiß nicht, es war eigenartig.« Bekümmert raufte er sich seine braunen Locken. »Der Stadtwächter hat … Ach, erzähl ich dir ein andermal. Heute geht es um uns. Sag, Bruder, hat zum Luft dich schon rausgeschmissen?« Caspar schmunzelte. »Oder wartet er bis morgen?«

Theo schluckte verlegen. Nein, er traute sich nicht. Wenn er Caspar jetzt schon erzählte, dass sie sich künftig seine Stelle teilen würden, wäre der Abend gelaufen. Nach etwas Wein und ein paar nostalgischen Geschichten von früher würde er es wahrscheinlich besser verkraften.

»Ich wurde hochoffiziell abgemahnt, meiner Antrittsvorlesung wegen«, berichtete er stattdessen. »Vom Bürgermeister persönlich. Und auch ein wenig von unserem neuen Rektor.« Paracelsus lachte. »Wobei Göttisheim zum Lufts Ärger wohl heimlich genoss, meine ich.«

Er zwinkerte Caspar zu. Dann schnitt er unbekümmert einen großen Brocken Wildschwein ab und schob Caspar einen Teller, versehen mit Unmengen an Bratensaft, zu. Eifrig steckte der sich das Fleisch zwischen die Zähne. Theo betrachtete ihn liebevoll. Keinen Tag schien er gealtert seit damals. Noch immer war sein Gesicht gütig, unschuldig und schlau. Theo selbst hatte um einiges mehr an Narben und Sorgenfalten inzwischen.

»Die Gesandtschaft aus Leipzig ist abgereist heute. Der Bürgermeister bangt ganz entschieden um den Ruf seiner schönen Stadt.« Paracelsus setzte sein breitestes Lächeln auf.

»Sag du.« Theo lehnte sich entspannt zurück. »Wie ist es dir ergangen, mein Freund?«

»Was soll ich sagen.« Caspar mampfte. »Die Zeit nach Laurencz war schwierig, ohne dich.« Ein vorwurfsvoller Blick traf Theo, der sah betreten zur Seite. »Aber mittlerweile kommen wir ganz gut zurecht damit.«

Die Dame auf dem Schoß des Knechts kicherte laut, als der ihr in die Brustwarze biss. Theo räusperte sich. »Weiß man denn, wie er umkam?«

Caspar zögerte einen Moment und zerlegte das Fleisch vor sich umständlich. »Nein, nichts weiter. Im Trubel der Kirchenerneuerung. Das ist alles.« Caspar sah nicht von seinem Teller auf. Theo stutzte. Dann hob er schnell seinen Becher an.

»Auf Laurencz! Er war der Beste von uns.«

»Auf die Freundschaft«, entgegnete Caspar fast dankbar. Schweigend trank er. Dann hellte sich seine Miene plötzlich auf. »Weißt du noch, wie er dem Kommandanten Schafskot in seine Stiefel getan hat, weil der ihm so viele Nachtschichten aufgebrummt hat?«

Theo lachte laut und tunkte genüsslich eine Zwiebel in den Bratensaft. »Er hat den ganzen Tag gerochen wie ein Stinktier und nicht rausbekommen, wieso.«

Caspar lachte. Theo schenkte nach. »Und weißt du noch, wie ihn die halbe Stadtwache ganz aufgeregt besucht hat, weil er sich todkrank vom Dienst abgemeldet hat und ganz grün im Gesicht war?«

Caspar nickte eifrig: »Dabei hat er nur die ganze Nacht gezecht! Hahaha!« Er klopfte sich auf seinen Schenkel. »Niemand ist darauf gekommen. Dabei war's so sonnenklar!«

»Und einmal«, Theo kicherte, »weißt du's noch? Da hat er den alten Krämer beim Ehebruch erwischt und einfach seine Kleider mitgenommen! Hahaha! Der ist ihm nackt über den Kornmarkt hinterher auf seine alten Tage!«

Theo hielt sich seinen Bauch. Caspar schüttelte sich vor Lachen. Abwechselnd erzählten sie Geschichte für Geschichte. Einen jeden von Laurencz' Streichen und Scherzen, der ihnen noch einfiel. Gemeinsam erlebten sie noch einmal ihre fröhlichen Jahre als Vierergespann. Theo atmete auf. Genauso hatte er es sich vorgestellt. So lange hatte er sich das gewünscht.

»Er war ein Lausbub im Körper eines Mannes. Ich glaube, er hat nie rausgefunden, was er in der Erwachsenenwelt eigentlich soll«, meinte Theo schließlich. Verträumt sah er in den Raum. Die reiche Dame am Nebentisch knöpfte ihre Bluse auf. Niemanden kümmerte es sonderlich. Theo wandte sich ab.

»Er war ehrenwert und tapfer«, antwortete Caspar. Plötzlich wurden beide wieder ernst. Theos Augen wurden feucht. Caspar trieb zornig sein Messer in die Wildsau vor ihm. »Und jetzt ist er tot.«

Traurig blickte er zu ihm auf. Paracelsus aber schüttelte nur seinen Kopf. Er sog Luft durch seine Zähne. »Nicht wirklich.« Sofort biss er sich auf die Lippen.

Caspar sah ihn entnervt an. »Theo ... nicht«, flüsterte er.

Der besoffene Krämer in der Ecke fiel vom Stuhl. Die Wirtin ließ ihn schlafen. Der Dachdecker warf seinem Gegenüber die Karten ins Gesicht. Paracelsus und Caspar schwiegen.

»Weißt du noch, wie er uns im anatomischen Theater besucht hat?«, versuchte es Theo wieder. Caspars Augen strahlten unmittelbar. »Und dann ist er umgekippt beim Anblick deiner Leiche.« Caspar boxte Theo in die Flanke. »Du hast ihm sein Kinn nähen müssen!«

»Und du hast ihm unseren letzten Schnaps gegeben.« Theo spielte den Verärgerten. »Ohne mich zu fragen.«

»Margret hat uns doch wöchentlich neuen gebracht, Mann! Zu trinken hatten wir immer.«

»Und zu lachen auch«, antwortete Theo eifrig. Wenn er Caspar die guten Erinnerungen an ihre gemeinsame Arbeit ins Gedächtnis rufen könnte, wäre der bestimmt aufgeschlossener für seine Neuigkeit.

»Das waren noch Zeiten!« Automatisch rümpfte Caspar seine Nase, Theo bemerkte es sofort und lachte. »Der Gestank war reine Folter!«

Caspar schwang aufgeregt seinen Becher in der Luft umher: »Und die Hitze, vergiss die Hitze nicht!«

»Und das Gedärm«, machte Paracelsus weiter und verzog sein Gesicht.

»Ja, klar. Theo, deine Gehirne waren keinen Deut besser.« Caspar schüttelte sich bei der Erinnerung.

»Wunderschön und sauber«, gab Theo zurück. Jahrelang hatte keiner die Diskussion für sich entscheiden können.

»Widerlich«, insistierte Caspar. »Einmal hast du eins nach Hause gebracht, du Narr! Zu uns. In unsere Stube.« Caspar tippte sich an die Stirn, Theo trank amüsiert. Langsam drehte sich der Gastraum. Caspar bekam Schluckauf. Der Abend schien ein Erfolg zu werden.

»Ich dachte, ich hätte etwas entdeckt!« Theo strahlte Caspar mit geweiteten Augen an und kniff theatralisch die Lippen aufeinander. Er hielt die Luft an. Caspar schwieg. Schließlich seufzte er lächelnd: »Also, sag' es.«

»Unsere Seelen nämlich«, antwortete Theo sofort. Und atmete aus.

Caspar ließ grinsend seinen Kopf auf die Brust sinken und hieb die Hände auf den Tisch. »Danke, dass du's erwähnst, Bruder. Wär ich sonst nicht drauf gekommen, weißt du.«

Theo lachte und klopfte ihm versöhnlich auf die Schulter. »Ich hab dir wohl ganz schön die Ohren abgekaut damit, nicht?« Entschuldigend verzog er sein Gesicht. »Und ich Trottel dachte die ganze Zeit über, ich würde sie in unserem Gehirn finden.« Theo schüttelte seinen Kopf. »Ein Narr war ich.« Caspar schielte zu ihm hoch. Er rang mit sich. Theo sah ihn gespannt an. »Es interessiert dich also kein bisschen, Bruder?«

»Nein«, antwortete Caspar schnell und schüttelte entschieden seinen Kopf.

»Überhaupt gar nicht?« Theo zwinkerte ihm zu.

Caspar kniff theatralisch die Augen zusammen und hieb sich mit den Handflächen gegen seine Stirn. Trotzdem lachte er weiter. Theo wusste nicht, ob es am Wiedersehen oder am Wein lag.

»Also schön.« Caspar seufzte laut. Dann verdrehte er die Augen. »Erzähl mir, wo unsere Seelen sind, Theo.«

»Ehrlich?« Theo strahlte ihn erwartungsvoll an. Freudig zappelten seine Beine unter dem Tisch. Nicht Laurencz war das Kind im Männerkörper, sondern er. Er fühlte sich wie ein kleiner Junge, der seinem besten Freund ein Geheimnis erzählen wollte. Unbedingt.

»Ehrlich.« Caspar trank vorsichtshalber seinen Becher leer und griff zum Schnaps. »Du kannst es ohnehin nicht lassen. Dann bring ich's lieber hinter mich.« Caspar stöhnte unglücklich. »Weiser Paracelsus, sprich zu mir.« Symbolisch vergrub er sein Gesicht in den Händen.

»Also«, Theo senkte seine Stimme und beugte sich vor, »sie ist hier.« Theo zeigte auf seine eigene Brust, aber Caspar sah gar nicht hin. Enttäuscht hieb er ihm in die Rippen.

»Hier«, wiederholte Theo aufgeregt und rempelte ihn unablässig mit dem Ellbogen an, bis Caspar endlich zu ihm aufsah. Theo nahm das Messer vom Teller, um die Wirkung zu unterstreichen, dann zeichnete er stolz eine Ellipse um sein Brustbein. Mit großen Augen sah er zu Caspar. »Hier wohnt sie. In uns allen.« Theo lachte. »Es ist schon fast metaphorisch, weißt du. Gleich neben unserem Herzen. Die Sprichwörter haben allesamt recht! Wer hätte das denn gedacht?«

Theo wartete aufgeregt. Auf irgendeine Reaktion. Sie blieb aus.

»Oder?«, versuchte er es wieder. »Das ist doch Wahnsinn!« Er sprach schneller: »Deshalb tut es einem in der Brust weh, wenn man zu viel Kummer hat. Das ist kein Herzschmerz.« Paracelsus riss seine Augen auf. Fast irre. »Das ist unsere Seele«, flüsterte er bedeutungsschwanger.

Theo nickte Caspar begeistert zu. Dessen Jubel blieb aus. Wie erwartet. Stattdessen aber sah er ihn an, als hätte er tatsächlich gerade einen Geist gesehen. Sein Mund stand offen. Theo runzelte die Stirn. Hatte er jetzt schon den Abend verdorben? Kaum hatte er begonnen …

»Wo glaubst du, dass sie wohnt?«, flüsterte Caspar ungläubig. Seine Hände zitterten unmerklich. Seine Augen fixierten das Bratenmesser. Immerhin passte er jetzt auf.

»Hier!« Theo zeichnete artig die Ellipse nach.

»Unter dem Sternum?« Caspar richtete sich auf. Mit einem Mal saß er kerzengerade. Er atmete schnell. Plötzlich schien es ihn sehr wohl zu interessieren.

»Korrekt«, antwortete Theo stolz. »Da findest du dein Inneres selbst.« Theo sah seinen Freund begeistert an. Dessen Blick war unerklärlich leer.

»Was hast du?« Theo stutzte. »Du glaubst doch ohnehin nicht daran.« Er schenkte ihnen Birnenschnaps ein und kippte den seinen hinunter, um dem Abend wieder die richtige Wendung zu geben. Caspar aber rührte ihn nicht an. Leichenblass war er auf einmal.

»Nein, Theo.« Caspar starrte nachdenklich auf die Reste des Wildschweins und schüttelte unmerklich seinen Kopf. »Aber du, nicht wahr?« Plötzlich sah Caspar ihm direkt in die Augen. Sein Blick war eigenartig. Seine Stirn lag in Falten. Ein Schauer durchfuhr Theo. »Unnachgiebig und kompromisslos rennst du dem nach. Seit Jahren schon.« Caspar sprach mehr zu sich selbst als zu ihm. Argwohn lag in seiner Stimme. »Koste es, was es wolle. Oder?«

Theo ließ sich auf den Stuhl zurückfallen und verdrehte die Augen. Er hätte es wissen müssen. »Gut, Junge. Entschuldige. Ich hätte nicht damit anfangen sollen. Wir waren beim anatomischen Theater. Weißt du noch, wie von Utenheim damals ...«

Caspar hörte offenbar nicht mehr hin. Fast misstrauisch beäugte er den Freund. »Du hast recht, Theo. Das ist Wahnsinn.« Caspar nickte. Verbitterung lag in seiner Stimme. Theo tat es in der Seele weh. »Du würdest über Leichen gehen dafür.«

»Als von Utenheim damals Durchfall hatte und ...«

Caspar sprang auf. »Ich muss gehen, Theo«, murmelte er mit gesenktem Blick.

»Ach, komm schon, Bruder! Ich halte meinen Mund, versprochen. Keine Geistergeschichten mehr, Ehrenwort.« Theo griff nach Caspars Arm, aber der riss sich los.

»Wir sehen uns, Theo.« Fast versagte seine Stimme. »Hab Dank für Speis und Trank.«

»Ich kann meinen Mund halten, Caspar. Wirklich, ich ...«

Hilflos seufzte er. Es war zu spät. Caspar eilte in die Nacht hinaus. Theo trank den Birnenschnaps. Traurig und allein.

Caspar

Am Morgen blieb die einzige Arztpraxis der seuchengeplagten Stadt geschlossen. Ratlos hämmerten die Kranken gegen die massive Tür. Starrten durch das mit Tierhaut überzogene Fenster. Tippelten mit wunden Füßen auf und ab oder kauerten sich unschlüssig davor. Wiegten sich selbst zur Beruhigung. Erzählten sich gegenseitig ihre Beschwerden. Nur um wenig aufschlussreiche Ratschläge zu ernten. Keiner von ihnen gab auf.

Eine hustende Menschentraube bildete sich so in der Martinsgasse und nahm wenig später auch den angrenzenden Kirchplatz in Beschlag. Wohin hätten sie sonst gehen sollen mit ihren Leiden? Niemand nahm sich ihrer an. Ihr Arzt war fort. Sie waren verlassen. Die Rufe der Empörung hörte Arnold zum Luft noch bis ins Rathaus schallen.

Caspar indes machte sich bereit.

Sorgsam band er sich den Mundschutz um. Auf jedwedes Parfüm hatte er verzichtet. Trotzig. Dann zog er sich Handschuhe über und betete. Er hatte keinerlei Vorstellung, was ihn da drinnen erwarten würde. Ganz oben in der Universität zu Basel. In seinem geliebten anatomischen Theater.

Caspar hatte noch zwei Beutel Wein und einen Beutel Schnaps gebraucht, um sich hierzu durchringen zu können: Bei Sonnenaufgang aber hatte er Heinz aus seinem Bett gerissen. Ihm tolle Lügengeschichten erzählt – fast so gut wie Paracelsus selbst. Von Befehlen des Bürgermeisters, die niemand ausgesprochen hatte und Genehmigungen der Kirche, die es niemals geben würde. Heinz hatte Caspar geglaubt. Nach ein bisschen Schnaps zum Frühstück.

Seitdem fuhr der brave Stadtwächter mit seinem Ochsenkarren durch die abgelegensten und düstersten Gassen Basels und klaubte alle Leichen ein, die ihm seltsam vorkamen. Mit breiten Schultern und einem unbeugsamen Willen hievte er die Leiber unablässig hier hinauf. Jetzt war das anatomische Theater voll. Caspar musste Gewissheit haben. Ob ein Mörder durch Basels Gassen streifte und den armen Bürgern ihr Brustbein aufschlug. Just an der Stelle, wo Astaroth ihrer aller Seelen vermutete. Caspar band sich langsam eine schmutzige Schürze um und sammelte seinen Mut zusammen. Er musste es dringend hinter sich bringen, bevor er wieder nüchtern war.

»Was zur Hölle geht hier vor?« Jacob Göttisheim rannte seinem Schwiegersohn entgegen wie ein aufgeschrecktes Huhn.

»Gott zum Gruße, Vater«, erwiderte Caspar müde. Das würde eine harte Nuss werden.

»Was in aller Welt treibst du hier, Junge?« Göttisheim schwitzte. Er war außer Atem. »Der Pedell sagt, die Stadtwache bringt die Toten hier herauf. In ein anatomisches Theater, das seit Jahren geschlossen ist!«

»Ich habe den Befehl von Arnold zum Luft, dass ...«

»Mitnichten hast du den! Das wüsste ich.«

Caspar schielte verlegen zu Boden. Sein Schwiegervater war kein übereifriger Stadtwächter, nicht umsonst war er zum Rektor berufen worden. Er war schlau.

»Also, was soll das hier? In Gottes Namen!«

»Vater, bitte geh. Das ist nicht deine Bürde. Je weniger du weißt, desto besser.«

»Was weiß ich denn nicht?«, blaffte Göttisheim entgeistert. »Dass mein Schwiegersohn die Pestleichen obduzieren will, obwohl er keine Erlaubnis dafür hat? Weder von mir noch vom Bürgermeister noch der Kirche! Oder sonst wem.«

Caspar rätselte. Das war eine elegante Erklärung, fürwahr. Wäre ihm vermutlich gar nicht eingefallen.

»Hast du vergessen, wie es geendet hat, beim letzten Mal?« Er packte Caspar beim Genick. »Du brichst die Gesetze dieser Stadt und des Christentums gleichermaßen. Schon wieder! Du kommst damit nicht noch einmal davon, du Narr!«

Jacob schnaufte schwer. Seine Wangen waren gerötet.

»Das ist keine kleine Münze in irgendeinem Schädel, das ist ein Saal voller Leichen. Du hast noch nicht einmal begonnen, und man hat es schon bemerkt. Zum Luft wird das niemals dulden nach allem.«

»Vater, ich habe keine Wahl.« Caspar riss sich los.

»Und jetzt willst du sie untersuchen? Die Pestleichen?« Jacob wischte sich den Schweiß von der Stirn.

»Du hast Familie, du hast ein Kind!« Er packte Caspar bei den Schultern. »Ihre Dämpfe werden in deine Lungen steigen, Sohn. Dich vergiften!«

Göttisheim rüttelte ihn. Er flüsterte beschwörend: »Das überlebst du nicht.«

Caspar zupfte bemüht gelassen an seinem Mundschutz: »Siehst du? Keine Dämpfe.« Er versuchte zu lächeln. Das Tuch verbarg es.

»Das ist doch ...« Jacob winkte ab. »Damit kannst du dich nicht schützen, das weißt du selbst genau!« Tränen standen jetzt in seinen Augen. Er versperrte Caspar den Weg.

»Ich bin Rektor dieser Universität. Das ist meine anatomische Anstalt. Und ich verbiete es dir! Ausdrücklich.«

»Vater, bitte.« Caspar legte ihm flehend die Hand auf die Schulter.

»Ausdrücklich, sage ich!« Jacob schrie. »Ich bin nicht so weit gekommen, um jetzt mitansehen zu müssen, wie sich mein eigener Schwiegersohn umbringt!«

Jacob bekam kaum mehr Luft.

»Ich hole die Wachen. Die tragen dich hinaus, wenn's denn sein muss, und sperren dich in zum Lufts Kerker! Wo du sicher bist vor deinem Irrsinn.«

Caspar versuchte, sich an seinem Schwiegervater vorbeizudrängen. Aber der rührte sich nicht. Ohne körperliche Gewalt würde er ihn nicht von dieser Tür wegbekommen.

»Jacob.« Caspar seufzte. Er war noch nicht geschlagen. »Ich habe so viele Pestkranke besucht die letzten Wochen. Und dennoch bin ich gesund. Die Winde der meisten in dieser Halle habe ich längst geatmet.« Er versuchte, Jacobs Blick zu erhaschen. Augenkontakt würde helfen.

»Denkst du wirklich, du kannst dieser schrecklichen Krankheit damit auf den Grund gehen? Und diese Geißel von der Stadt nehmen?«

»Ja Vater. Das glaube ich.« Caspar blickte an Jacob vorbei, damit der die Lüge nicht in seinen Augen sah. »Wenn wir mehr über diese Krankheit wüssten. Ihren Ursprung verstünden.«

»Dann lass mich es tun!« Göttisheim griff nach einer Schürze. Caspar starrte ihn mit offenem Munde an.

»Ich bin auch Arzt, hast du das vergessen?«, fügte Jacob hinzu. »Ich hab heimlich Leichen seziert, da hast du noch an den Zitzen deiner Mutter gesaugt.«

Göttisheim lachte auf.

»Mich wirft zum Luft nicht in den Kerker. Ganz gewiss nicht! Und um meine alten Knochen ist es weniger schade.«

Caspar schluckte. Wenn sein Schwiegervater da drinnen die geschundenen Leichen fand, war der Teufel los. Der Schlag würde den alten Mann treffen.

»Nein, Vater«, rief Caspar und packte ihn etwas zu grob. »Das ist meine Bürde allein, ich sag es dir.«

Ihre Augen trafen sich. »Ich flehe dich an.«

Jacob hielt die Luft an. Rätselte in Caspars Gesicht. Schließlich seufzte er laut auf.

»Verfluchter Narr, du.« Er trat zur Seite. »Möge meine Tochter mir vergeben.«

Jacob trat den Rückzug an, drehte sich aber noch einmal um. »Wenn dich irgendjemand fragt, habe ich es dir gestattet. Nein, befohlen! Befohlen habe ich es dir, zum Heil dieser Stadt. Um Medizin dagegen zu finden.« Er stolperte fast. »Du hast nur meine Anweisungen befolgt.« Er stürzte die Treppe hinunter. »Und atme niemals durch den Mund. Hörst du? Da kommen die Winde zumeist hindurch.«

Caspar musste lächeln, trotz allem. Er mochte den alten Mann sehr. Er hörte die gebrechlichen Beine noch die letzten Stufen unten nehmen, dann war Göttisheim verschwunden. Caspar hatte freie Bahn.

»Also dann.« Caspar strich sich die braunen Locken aus dem Gesicht und holte noch einmal tief Luft. Dann hielt er den Atem an.

Die Tür knarrte wie früher. Niemand hatte sie geölt. Glückliche Erinnerungen von damals vernebelten seinen Geist. Theo im anatomischen Theater. Begnadet. Geschickt. Besessen.

Caspar trat ein. Sofort traf es ihn wie der Schlag. Stets war es hier drinnen stickig gewesen, jetzt aber tat Caspars Mundschutz und der Gestank der vielen Toten sein Übriges. Caspar röchelte sofort, kaum bekam er Luft. Seine Nase war verstopft ob der ganzen Tränen, die er gestern noch geweint hatte.

»Teufel noch eins«, rief er aus und riss sich den Mundschutz herunter. Ohnehin bloß Firlefanz, sprach er zu sich selbst. Und atmete befreit durch seinen Mund. Wenn er denn sterben sollte, sei's drum. Paracelsus war sein Schicksal. Schon immer gewesen.

Er stand inmitten der Leichen. Säuberlich im Kreise aufgebahrt. Heinz war gewissenhaft. Caspar schwindelte. Er fühlte sich beobachtet, von allen. Vorwurfsvoll starrten sie durch ihre Tücher hindurch. Er allein war ihr Arzt gewesen.

Paracelsus hätte euch retten können. Er ist ein Genie.

Vorsichtig näherte er sich dem ersten Körper. Auf Zehenspitzen. Caspars Herz hämmerte, als er zögernd das Leichentuch zurückwarf. Er hielt den Atem an. Seine Augen weiteten sich, seine Hände zitterten. Dann – atmete er unvermittelt aus.

»Gott sei Dank.« Er konnte nicht anders, als sich zu bekreuzigen. Schwarzes Blut war auf dem Kinn der alten Frau getrocknet. Aufgeplatzte Geschwüre in der Ellenbeuge grinsten Caspar hämisch an. Eine große Platzwunde klaffte auf ihrer Stirn, wohl von einem einfachen Sturz. Deshalb mochte sie Heinz eingesammelt haben.

»Der schwarze Tod, kein Mörder«, flüsterte er erleichtert und schloss der Frau für immer die Augen.

Zitternd wandte er sich der benachbarten Leiche zu:

Schwarze Karbunkel zeichneten die Schienbeine des Mannes. Seine Leisten waren geschwollen. Allein sein Hemd war blutüberströmt. Caspar hob es an. Fast lachte er vor Erleichterung. Und schämte sich sofort dafür. Der Mann hatte sich selbst gegeißelt, um doch noch vom Tode verschont zu werden. Niemand hatte ihm Gewalt angetan, außer er selbst!

Caspar atmete tief durch – entgegen aller Vorsätze. Ihm wurde ganz leicht ums Herz. Das war die Erklärung! Eine seuchengeplagte Stadt, überall Chaos und Hysterie, und ein psychisch labiler Stadtwächter, der sich Schauermärchen ausdachte. Das war der ganze Spuk! Fast wäre Caspar darauf hereingefallen! Der Bauernjunge von gestern mochte irgendetwas gewesen sein. Vielleicht im Streit erschlagen, einer hübschen Frau wegen? Beim Diebstahl erwischt? Irgendein banaler Grund. Ein jeder war besser. Caspar hatte kaum die Wunde gesehen, in der Dämmerung. Ein blöder Zufall und nichts weiter. Caspar lachte laut auf. Irgendwann würde er Theo bei einem Bier davon erzählen. Diesen Spott hatte er wohl verdient. Sie würden darüber lachen. Theo hatte Humor. Caspar würde ihm anbieten, ihn für gestern zu ohrfeigen. Fast freute er sich auf dieses Gespräch! Beiläufig deckte er die nächste Leiche auf, ohne wirklich hinzusehen. Es dauerte einen Moment. Gedanklich saß Caspar schon wieder im Goldenen Ochsen mit seinem besten Freund. Dann erst verharrte sein Blick. Er stutzte. Die Freude wich ihm aus dem Gesicht.

»Nein!«

Kurz musste er die Augen schließen. Ein junges Weib lag da, anmutig und schön. Caspar verzog angewidert seinen Mund. Fast hätte er sich übergeben. Ihr Brustbein war zertrümmert. Exakt und mittig. Ein dunkles Loch klaffte darin.

»Das kann nicht sein«, flüsterte er.

Vorsichtig beugte er sich zu ihr hinab. Ein kalter Schauer lief über seinen Rücken, sein Mund war staubtrocken. Er befühlte den gespaltenen Knochen. Er war messerscharf und präzise zerteilt. Caspar schluckte Tränen hinunter.

»Das kann nicht sein«, wimmerte er.

Ein einziger Schlag hatte das Sternum gespalten, sauber und geschickt. Die Knochenteile waren spiegelglatt. Plötzlich schmerzte sein Kopf fürchterlich. Verzweifelt hielt sich Caspar die Schläfen.

»Das kann nicht sein!«

Ratlos betrachtete er die Haut. Das war kein stumpfes Messer eines Diebes oder Bauern gewesen! Das – war das Werk eines Skalpells. Die Wundränder waren makellos. Kerzengerade. Handwerklich vollkommen. Ein Meisterwerk. Das Werk – eines Genies.

Astaroth.

Unwillkürlich kam ihm der Name wieder in den Sinn. Ihm rauschte das Blut in den Ohren.

»*Astaroth*«, plärrte Caspars schmerzender Kopf.

»Theo«, formten seine Lippen zur Antwort. Er musste zu ihm. Sofort.

Jacob

Jacob eilte durch Basel. Wenn er zum Luft selbst von den Pestleichen in der anatomischen Anstalt berichtete, würde er weniger toben. Er lief durch die Straßen, so schnell es seine alten Knochen nur zuließen. Großen Schrittes stieg er über die Toten hinweg. Die Stadtwache kam nicht mehr hinterher.

Immer wieder traf er auf argwöhnisch dreinblickende Passanten. Niemand nickte mehr zum Gruß. Keiner sprach ein Wort. Basel hatte sich verändert, fernab von Krankheit und Tod. Es lag etwas in der Luft. Er fühlte es. Die Gassen waren ungewöhnlich still. Selbst für diese Seuchenzeit.

Atemlos erreichte Jacob den Kornmarkt und fluchte in sich hinein. Er musste sich Richtung Rathaus drängen, so dicht hatte sich die Menschenmenge versammelt, warum auch immer. Viele waren bewaffnet. Alle waren zornig. Den Grund dafür konnte er nicht ausmachen. Mühsam schob er sich weiter. Ein riesiges Feuer aus süßlich riechendem Holz züngelte auf dem Platz. Jacob musste beim Einatmen husten. Er suchte die Menge mit Blicken ab. Hunderte von Pestblättern wedelten durch die Lüfte, versehen mit Gebetstexten und allerlei nützlichen medizinischen Ratschlägen. Alles dummes Geschwätz für die Narren, dachte Jacob, just als er zum Luft erblickte.

Hinten, links vom Rathaus stand er mitten in der Menge. Natürlich. Der Bürgermeister blieb bei seinem Volk, bis zum Schluss. Jacob drängte sich durch und zog dabei diverse Flüche auf sich. Es nützte nichts. Er musste mit ihm sprechen, um Caspars willen.

»Was geschieht hier?«, fragte Jacob den Bürgermeister und gelangte schließlich an dessen Seite, indem er ein griesgrämiges Waschweib ein wenig fortschob. Göttisheim entschuldigte sich mehrmals. Das war sonst mitnichten seine Art.

»Göttisheim.« Zum Luft sah ihn verlegen an. »Ihr solltet nicht hier sein.«

»Weshalb nicht?«, fragte Jacob und gab ihm die Hand. »Ich muss mit Euch sprechen, es ist wichtig.«

»Ich bin hier unabkömmlich, fürchte ich«, sprach zum Luft einsilbig. Seine Miene war angespannt. Jacob beäugte ihn einen Moment lang und versuchte, in seinem Gesicht zu lesen. Ertappt sah er aus.

Er legte seinen Kopf schief und stellte sich ein wenig auf die Zehenspitzen, um zum Lufts Blick folgen zu können. Augenblicklich gefror das Blut in seinen Adern. In der Tat, Caspar und das anatomische Theater waren wohl nicht das Problem.

Der Schmied vom Tage der Bärenhatz hatte seinen Schemel wieder aufgestellt und präsentierte sich darauf. Nur dass jetzt ein Hundertfaches mehr an Ohren bereit war, seinen Unsinn anzuhören. Aufgeregt schwenkte er eine Axt in der Luft herum, bei jedem seiner Worte. Gerade nahm er Anlauf.

»Sie nehmen unser Geld! Treiben es mit ihren Tieren! Lügen und betrügen uns! Das wissen wir längst und haben nichts dagegen unternommen. Aber jetzt sind sie zu weit gegangen, sag ich euch. Jetzt vergiften diese dreckigen Schurken unsere Stadt!«

Viele jubelten. Einige schrien erschrocken auf. Jacob traf es wie der Schlag. Unsicher sah er zu Arnold.

»Wie viele sind gestorben? Wie viele müssen noch sterben? Wer von euch hat keinen verloren, den er liebt?«

Ein trauriges Gemurmel der Menge folgte als Antwort. Schon hatte er sie in seinen Bann gezogen. Die Massen hingen an seinen Lippen. Göttisheims Atem stockte.

»Es reicht, sage ich! Wir haben uns die Stadt vom Bischofsschlächter zurückerobert. Jetzt holen wir sie uns von den Juden wieder!«

Ein schallender Applaus gab ihm recht. Eifrig wurden Pestblätter durch die Lüfte gewedelt, wie Fahnen des Protests.

»Ich sage, wir gebieten diesen Judenschweinen Einhalt, noch heute! Säubern wir unsere Stadt, ein für alle Mal.«

»Ja, Schweine sind sie«, tönte es hinter Jacobs Schulter. Er zuckte zusammen. Ihm wurde eiskalt in der Sommerhitze.

»Räuchern wir sie aus«, schrie das Waschweib neben ihm aus ganzer Seele. Göttisheim starrte erschrocken in ihr lieblich-runzeliges Gesicht. Er wollte ihr auf den Fuß treten, widerstand aber. »Verbrennen wir sie«, johlte die Menge. »Verbrennen wir die Juden!« Zornige Gesichter schnitten böse Fratzen. Gegenseitig feuerten sie sich an. Und allesamt den Schmied.

»Arnold.« Jacob schluckte einige Male. Das war kein törichtes Gerede mehr. Und keine hinterhergeworfenen Äpfel. Das war purer Hass. Fassungslos sah er seinen Bürgermeister an. Ihm wurde ganz anders. »Das könnt Ihr doch nicht dulden, vor dem Rathaus! Unter den Augen der Stadtväter!«

»Ich muss hier sein, Jacob«, antwortete der Bürgermeister ruhig. »Ihr nicht. Geht nach Hause, mein Freund. Ihr müsst Euch das nicht anhören.«

Zum Luft würdigte ihn keines Blickes. Konzentriert starrte er zu den Stadtwächtern, die vor dem Rathaus standen. Bewegungslos. Der Bürgermeister deutete auf seine Soldaten: »Sie brauchen dringend Führung. Am Ende ist so ein Narr übereifrig und geht auf mein Volk los.«

»Na ...«, Jacob ergriff zum Lufts Arm, »... das fände ich wohl durchaus angebracht. Nicht wahr?«

Er starrte seinen ehemaligen Rektor mit weit aufgerissenen Augen an.

»Nicht wahr? Arnold?« Jacob stutzte. Er benetzte seine Lippen. »Ihr werdet dem doch Einhalt gebieten? Wenn Verstärkung eintrifft, nehme ich an?« Ein Flehen lag in seiner Stimme.

Zum Luft erwiderte seinen Blick. Nur ganz kurz. Fast glaubte Jacob, eine kleine Träne in seinen Augen zu erkennen. »Dann haben wir den nächsten Bürgerkrieg, mein Freund. Nein. Das darf nicht geschehen. Nicht während meiner Amtszeit.« Der Bürgermeister seufzte bekümmert. Fast wankte er.

»Arnold ... das kann nicht Euer Ernst sein.« Jacob stotterte. »Ihr werdet diese Narren doch aufhalten, bevor sie jemandem Gewalt antun. Arnold?« Er rüttelte ihn. »Ihr habt es mir versprochen, Arnold. Wenn der jüdischen Gemeinde Gefahr droht, gebietet Ihr dem Einhalt!«

Zum Luft aber spähte in die Ferne, Jacob folgte seinem Blick: Etwas ging vor sich. Mit einem Mal wurden alle ruhig. Gespanntes Gemurmel erklang. Der Schmied hielt inne. Jemand bahnte sich seinen Weg durch die Menge. Bereitwillig gaben ihn die Leiber frei. Konrad Egg von den Schneidern betrat den Platz. Adam Gafner, der Geldverleiher, folgte ihm. Jacob hielt den Atem an. Nein, er folgte nicht. Gezogen wurde er! Konrad zog ihn hinter sich her wie einen Gefangenen. Adam war halbtotgeschlagen. Nurmehr ein Auge konnte er öffnen. Seine rechte Schulter war ausgekugelt. Blutig war sein zerschlissenes Hemd.

»Beim Allmächtigen«, rief Jacob aus. »Wir sind am Abgrund angekommen.«

Er rieb sich seine Augen. Er traute ihnen nicht mehr. Konnte und mochte nicht glauben, was er da sah. Konrad war sein Amtskollege, im kleinen Rat!

»Arnold«, schrie Göttisheim. Er boxte ihm in die Flanke. Der Bürgermeister ließ es geschehen. »Das sind Bilder, wie aus Gundelsheims Tagen! Seht Ihr das? Wollt Ihr das? So tut doch etwas, in Gottes Namen!«

Die Stadtwache stand still. Unschlüssig sahen sie abwechselnd zu ihrem Kommandanten und dann zum Bürgermeister. Der Kommandant schwieg. Zum Luft rührte sich nicht. Konrad Eggs Zunftgesellen kamen herbei und brachten einen großen Wassertrog.

Das Leben kehrte in die Menge zurück. Sie feuerten die Zünftler an. Göttisheim konnte nicht mehr hinsehen.

»Ich hätte ihnen das Theater lassen sollen«, murmelte zum Luft zu sich selbst. Er vergrub den Kopf in seinen Händen. Einen Augenblick lang, nicht mehr. Jacob musste sich nun auf ihn stützen. Sein Herz schmerzte in seiner Brust.

»Gesteht!«, rief Konrad dem Geschundenen entgegen. Und erschrak offenbar selbst vor seinem Echo.

»Gesteht!«, hallte es von allen Seiten zurück.

Gafner starrte ängstlich auf das Becken und wusste nicht, wie ihm geschah.

Einer der Schneidergesellen packte den armen Tropf beim Genick, der Rest hielt seinen Leib.

»Gib es zu, du Hund!«, schrie Konrad Egg.

Der Schmied auf dem Schemel grinste voll Genugtuung. Gafners Kopf wurde in das Wasser gedrückt. Der wehrte sich aus Leibeskräften. Es war aussichtslos.

»Dann also ist die Inquisition zurück.«

Jacob nickte traurig. Zum Luft reagierte nicht. Ein Raunen ertönte in der Menge.

»Um Himmels willen, Arnold! Barbarei ist das!«

Göttisheim versuchte es erneut. Er kannte zum Luft sein halbes Leben lang. Vieles hatten sie gemeinsam überstanden. »Ihr wollt das hier dulden? Am helllichten Tage! In Eurer Stadt?«

»Ich habe nichts getan, ich schwöre es«, jammerte Adam verzweifelt, kaum hatte man ihn losgelassen. Konrad Egg nickte den Männern zu. Sie drückten ihn erneut hinunter.

»Konrad war immer ein ehrenwerter Bürger«, flüsterte Jacob ratlos. Tränen schossen in seine Augen. »Ich begreife das nicht.«

Diesmal antwortete zum Luft. »Ein gebrochener Mann. Ohne Hoffnung.« Zum Lufts Stimme bebte. Fast weinte er. »Die Pest hat seine Frau gerichtet. Und alle seine Kinder. Vier an der Zahl. Seitdem ist er von Sinnen. Wie alle hier.«

Gafner durfte nach oben. Er röchelte. Spuckte Wasser. Die Menge lachte ihn aus. Der Schmied feuerte sie vom Podest aus an. Jacob hasste ihn! Noch mehr als von Gundelsheim damals. Der hatte zumindest nie einen Hehl daraus gemacht, was er gewesen war.

»Ihr habt Gift in den Brunnen meiner Straße geträufelt, gebt es zu«, rief der Schneidermeister. »Gebt es zu!«

Er hieb auf seinen Kopf. Jacob staunte. Nein, Konrad war nicht wiederzuerkennen. Selbst seine Stimme klang anders.

»Was für ein Gift denn bloß?«, wimmerte Adam. »Nichts dergleichen habe ich getan! Ich schwöre es.«

Konrad Egg schüttelte verzweifelt seinen Kopf. Die Stadtwache trat nervös von einem Bein aufs andere. Ihr Kommandant fixierte zum Luft mit seinem Blick. Der reagierte nicht.

»Wir geben aber nichts auf deinen Judenschwur«, schrie der Schmied in die Menge. Breite Zustimmung folgte. »Lügner!«, ertönte es aus den Reihen. Sie tauchten Adam wieder unter.

Göttisheim packte seinen Bürgermeister beim Genick. Der nahm es hin.

»So tut doch etwas! Gebt Euren Männern den Befehl. Das ist auch die Stadtwache eines Adam Gafner, sie haben geschworen, ihn zu beschützen!«

Heiße Tränen strömten über Jacobs Wange.

Zum Luft schüttelte trübsinnig seinen Kopf. Jacob baute sich vor ihm auf. Mit letzter Kraft.

»Wie könnt Ihr dabei zusehen? Sie foltern einen Unschuldigen! Gebt den Soldaten den Befehl, es zu unterbinden, sofort!«

»Ich empfange keine Anweisungen von Euch, Rektor.« Zum Luft blickte stur an ihm vorbei.

»Arnold, erklärt es mir! Schuldet Ihr ihm Geld? Wird sein Tod Euch sanieren? So mancher hier wird darauf spekulieren. Der Schmied bestimmt, so will ich meinen! Sprecht! Was ist es?« Göttisheims Stimme überschlug sich.

»Ihr vergesst Euch, denke ich«, erwiderte zum Luft kühl. Er hatte seine Fassung wieder.

Da zogen sie Adam Gafners Kopf aus dem Wasser. Der Geldverleiher war kaum mehr bei Bewusstsein. Ein Knecht hieb mit dem Fuß gegen seine Flanke, um ihn aufzuwecken. Adam heulte auf. Die Menge lachte. Die Stadtwache zuckte zusammen. Der Kommandant drängte sich durch die Menge in Richtung Bürgermeister.

»Das hat er verdient, dieser Giftmischer«, grölte der Schmied vom Podest aus.

Jacob nahm zum Lufts Hand und legte sie an seine Brust. Arnold wehrte sich nicht. Göttisheims Stimme war nurmehr ein heiseres Jammern. »Wir haben gemeinsam gekämpft. Wir beide. Keine Gewalt und Willkür mehr. Nicht in dieser Stadt. Ihr müsst Euch erinnern, mein Freund! Bei Gott, nur Ihr könnt das beenden.«

Endlich sah Arnold seinen Rektor an. Sein Blick war verzweifelt und entschlossen zugleich.

»Erinnert Ihr Euch, was mit einem Herrscher passiert, der Politik gegen den Willen des Volkes macht?« Bedauern lag in Arnolds Stimme. »Vertrieben wird er. Und Schlimmeres. Dann bricht das Chaos vollends aus. Die Stadtwache würde bei Weitem nicht reichen.«

Zum Luft machte eine Pause. Dann flüsterte er: »Sie wollen Blut sehen, mein Freund. Jemanden für ihr Leid bestrafen. Jemanden für den Tod bestrafen. Entweder sie finden ihn, oder sie fallen alle übereinander her.« Eine Träne floss jetzt über Arnolds Wange. Schnell wischte er sie fort. »Das darf nicht passieren, Jacob. Vor allem anderen nicht.«

Der Bürgermeister löste sich von Göttisheims Griff. »Es tut mir leid.« Eine neue Träne fiel auf Jacobs Hand.

»Niemand hier kann das beenden. Ich zumindest kann es nicht. Der Zorn sucht sich seinen Weg.« Zum Luft klopfte Jacob sanft auf seine Schulter. »Geht, mein Freund, verlasst die Stadt, bis es vorüber ist. Ich bitte Euch!«

Zum Luft schritt eilig davon, zu seinen Soldaten. Göttisheim sackte in sich zusammen.

Adam war unter Wasser.

»Ihr habt meine Frau ermordet und meine Kinder«, rief Konrad Egg da. »Ihr gebt das jetzt zu.«

Adam tauchte auf. Sein Gesicht war ganz blau.

»Gar nichts habe ich! Meine Schwester ist auch gestorben! Soll ich auch sie vergiftet haben?«

Er rang nach Luft und glitt kraftlos zu Boden. Unbarmherzige Hände griffen nach ihm.

»Gebt es zu«, wiederholte Egg zornig.

»Meister«, plärrte der Schmied. »Das hat keinen Sinn mit diesem Lügner. Bringt sein Weib herbei, dann wird er schon singen.« Der Schmied lachte und fuchtelte mit seiner Axt herum. Die Menge klatschte in die Hände.

»Nein«, jammerte der Jude am Boden. »Das dürft Ihr nicht, sie ist ein gutes Weib. Ich flehe Euch an!«

Der Schmied lächelte genüsslich. »Dann sprecht die Wahrheit«, säuselte er lieblich.

Konrad Egg hielt den Atem an.

Adam schluckte. Er sah zum Himmel auf. »Ja, ja! Ich war es! Wenn Euch das gefällt!« Er schloss die Augen. Am ganzen Körper zitterte er.

»Was wart Ihr?«, fragte der Schmied. Die schiefen Zähne blitzten in seinem Maul. Er amüsierte sich.

»Ich habe das Gift in den Brunnen gegeben, ich allein. Lasst bloß mein Weib in Ruhe!«

Die Menge tobte. Konrad Egg starrte den Geldverleiher fassungslos an. Dann schrie er auf! Nahm sich die Axt aus der Hand des Schmieds. Und hieb auf Adams Schädel ein. Göttisheim wich das Blut aus seinem Kopf. Das Waschweib neben ihm sprang in die Luft. Der Bürgermeister drüben bei seinen Soldaten wandte sich ab.

»Er hat es gestanden«, tönte der Schmied. »Ihr hört es. Die Juden sind's! Sie vergiften unsere Brunnen und bringen uns die Pest!«

»Tötet sie alle«, hallte es aus den Reihen. »Räuchert sie aus!« Messer wurden gezückt. Mistgabeln in den Himmel gestreckt. Irgendjemand teilte Fackeln aus.

Jemand packte Göttisheim von hinten an der Schulter. Der zuckte zusammen und ballte die Fäuste.

»Um Himmels willen, Ihr dürft nicht hier sein, Rektor.« Jacob wandte sich ängstlich um. Es war Werner Gruber, der Jurist.

»Werner, ich ... erklärt mir das!«

»Die Not macht Tiere aus den Menschen, deshalb«, sprach er und zerrte an Göttisheim. Die Fackeln wurden entzündet. Bewegung kam in die Reihen. Der Wahnsinn schwärmte aus.

»Wenn Euch von denen wer erkennt«, rief Werner Gruber und beschleunigte seinen Schritt. Er zog Jacob mit sich.

»Arnold!«, jammerte der. Er sah sich um. Sah zum Luft mit dem Wachkommandanten sprechen. Göttisheim traf seinen Blick. Zum Luft starrte zurück. Jacob hob sein Kinn an. Nein. Er vergab ihm nicht.

Caspar

Leichenblass und außer Atem betrat Caspar den Goldenen Ochsen. Die Wirtin rannte schon auf ihn zu und wollte seine Stirn befühlen, doch er schubste sie weg. Er hatte hinaufgewollt zu den Gästezimmern, aber Paracelsus saß seelenruhig an seinem Stammplatz und zerlegte ein gebratenes Hühnchen zum Mittagessen.

»Bruder«, rief er aus. »Schön, dass du mich besuchst.« Caspar erwiderte nichts. Mit offenem Munde starrte er Theo an.

»Setz dich.« Theo rückte ihm einen Stuhl zurecht. Caspar rührte sich nicht. Ihm fehlten die Worte.

»Du kannst auch stehend trinken.« Theo setzte ein gewinnendes Lächeln auf und winkte der Wirtin. Rasch eilte diese mit einem großen Becher Bier herbei. »Oder willst du mich wieder schlagen?« Theo hielt ihm bemüht heiter seine Wange hin. »Ich hatte heute noch keine, weißt du.« Theo lächelte. Caspar nicht. »Na los, Junge. Im Hörsaal hat's dir gutgetan!«

Caspar trat von einem Bein aufs andere. Rätselnd betrachtete er Theo. Jahrelang hatten sie sich ein Zimmer geteilt. Jedes kleine Geheimnis hatte er ihm anvertraut. Er ballte seine Fäuste.

Paracelsus seufzte. »Also schön, Caspar. Entschuldige vielmals, dass ich gestern mit meinen Seelen angefangen habe.« Theo sprach, als hätte er es auswendig gelernt. Er verdrehte die Augen dabei. Ganz leicht. »Du willst es nicht hören, ich kann es nicht lassen. Ich hab uns den Abend verdorben. Es tut mir leid. Ich würde dir jetzt gern versprechen, dass es nicht wieder vorkommt, aber ...« Theo zwinkerte schmunzelnd.

»Nein, nein«, stotterte Caspar hastig. Das war sein Stichwort. Sein Herz schlug schneller. »Ist schon gut ... Bruder.« Das letzte Wort kam ihm kaum über die Lippen. Zögernd nahm er Platz und nippte an dem Bier. Theo ließ er nicht aus den Augen.

»Erzähl mir von ihm«, hauchte Caspar verschwörerisch und beugte sich ein wenig nach vorn. Jetzt oder nie.

»Von wem?« Theo knabberte unschuldig an einem Hühnerbein.

»Na von Astaroth, Mann!«

»Psst«, antwortete Theo und sah um sich. Caspar war laut geworden. Einige Köpfe drehten sich nach ihnen um.

Caspar senkte seine Stimme: »Erzähl mir von Astaroth, Bruder. Komm, weih mich ein.«

Unbeholfen zwinkerte er Theo zu. Der starrte ihn verdutzt an.

»Du siehst beschissen aus, Caspar«, entgegnete Paracelsus trocken. Rätselnd besah er ihn. Caspar fühlte regelrecht, wie er in seinem Gesicht zu lesen versuchte.

»Danke, das weiß ich selbst, Mann.« Caspar bemühte sich inständig, seine Gesichtszüge unter Kontrolle zu halten, und verlor dennoch die Nerven. Theo sah durch ihn hindurch und in ihn hinein. Mit Leichtigkeit. Er spürte es.

»Theo, was hat es mit unseren Seelen auf sich? Verrate es mir.« Caspar bemühte sich um einen schmeichelnden Ton, aber seine Stimme versagte. Theo beäugte ihn misstrauisch. Sein Blick verharrte auf Caspars zitternder Hand.

Am Nebentisch fluchte jemand. Eine Magd lief weinend hinaus.

»Kein Wort mehr von Geistergeschichten. Das hast du selbst gesagt. Und jetzt interessiert es dich auf einmal?« Theo rieb sich unschlüssig die Narbe auf seinem Kopf. Argwohn lag in seiner Stimme. »Was hat sich geändert, Bruder?« Jemand warf einen Krug zu Boden. Er zersprang. »Deine Augen sind gerötet. Deine Hände zittern. Du atmest schnell und bist blass.« Paracelsus fühlte Caspars Puls, bevor der ihm seinen Arm entziehen konnte. »Dein Puls rast, Bruder.« Fachmännisch beäugte er ihn. »Entweder es ist die Seuche. Oder du hast Angst vor mir.« Theo lachte. Dann runzelte er die Stirn.

Caspar bekam Gänsehaut und kippte den Becher Bier in sich hinein. »Ich hab mir die ganze Nacht Gedanken darüber gemacht, Paracelsus.« Er beugte sich so weit zu ihm, wie er sich nur traute. »Es interessiert mich wirklich. Jetzt sag mir alles. Bitte.«

»Plötzlich willst du es wissen?«, wiederholte Paracelsus langsam. »Obwohl es doch nur Firlefanz für dich ist.«

»Das werde ich dann sehen, oder?«, rief Caspar laut und biss sich sofort auf die Lippen. Seine Nerven lagen blank. In bemüht ruhigem Ton fuhr er fort: »Ich habe für dich im Loch gesessen, Bruder. Jetzt verrat mir dafür Astaroths Geheimnis. Ich hab's mir redlich verdient, findest du nicht?«

Paracelsus duckte sich unmerklich und schielte Caspar von unten her an wie ein Katze.

»Und welches Geheimnis würdest du gern wissen, Junge? Es gibt so viele.« Theo ließ sich zurückfallen und breitete gönnerhaft die Arme aus. Caspar kannte das von früher. Paracelsus machte sein Gegenüber kirre.

»Du hast unsere Seelen gefunden, sagtest du?« Caspar war den Tränen nahe. »Hier«, Caspar zeichnete mit dem Finger eine Ellipse auf seine Brust, »unter dem Sternum.« Er nickte, um Theo zu ermutigen. Der aber faltete nur die Hände hinter seinem Kopf, kniff die Augen zusammen und schwieg.

»Komm schon, Theo. Was hat diese Teufelin dir in dein Hirn geflüstert?«, hauchte Caspar. Kaum bekam er noch Luft. »Sag, was ist ihr Geheimnis?« Ihm war furchtbar heiß.

»Ich hab's mir verdient, Bruder. Ich hab weiß Gott dafür gelitten.«

Da lehnte sich Theo nach vorn. »Das hast du wahrlich«, flüsterte er. »Vergänglich ist unser Fleisch. Und unsterblich unsere Seele. Das war das letzte Geheimnis der dunklen Göttin.« Theo starrte ins Leere.

Caspar fluchte in sich hinein. Immer diese vagen Floskeln! »Unter dem Sternum, Bruder«, erinnerte er ihn wieder. Er versuchte, die Ungeduld in seiner Stimme zu verbergen. Es gelang ihm nicht. Wenn er ihn jetzt nicht zum Reden brachte ... »Da ist sie zu Hause, meintest du. Und was passiert, wenn man das Brustbein spaltet?«

Caspar wagte nicht zu atmen. Sein Hemd war schweißnass. Paracelsus sah ihn an, wie aus einer anderen Welt. Er schien kaum die Frage zu begreifen. Und schon gar nicht die Falle darin. Wie selbstverständlich antwortete er:

»Dann kann man sie sehen. Wunderschön und anmutig.«

Caspar würgte fast. Paracelsus bemerkte es nicht. Abwesend blickte er zur Decke empor. »Aber sie müssen noch leben dafür.«

»Sie müssen noch leben.« Caspar nickte. Er schluckte Galle hinunter. »Man muss sie töten, sonst sieht man sie nicht? Bruder?« Caspar sah ein helles Licht. Seine Stimme zitterte. Sein Kopf drohte zu platzen.

Paracelsus nickte selig. »Ja. Sonst entweicht sie ungesehen. Durch Muskeln, Haut und Haar. Man muss es ihr leicht machen.«

»Den kürzesten Weg anbieten«, vollendete Caspar den Gedanken. Paracelsus war wahnsinnig geworden. Das war es. Man musste ihn ins Irrenhaus sperren. Schlagartig war Caspars Kopf vollkommen leer.

»Korrekt«, flüsterte Paracelsus. Seine Augen funkelten fasziniert. Ein mildes Lächeln umspielte seinen Mund.

»Und was kann man mit ihnen anstellen, wenn man das Brustbein aufschlägt?«, fragte Caspar und schloss die Augen. Ihm wurde schwindelig. Kaum bekam er Luft.

»Tja, das wüsste ich nur allzu gern.«

Plötzlich lachte Paracelsus auf. Schlagartig war er wieder bei Sinnen. »Aber wir werden es wohl nie erfahren.«

Caspars Augen öffneten sich. Er hörte ein Klingeln in seinen Ohren. »Was meinst du?« Verzweifelt hielt er sich die schmerzenden Schläfen. »Warum werden wir es nicht erfahren?«

Paracelsus lächelte fragend. Schon war er wieder heiter. »Wie sollten wir, Junge?« Er gähnte.

»Indem man irgendeiner armen Sau das Brustbein spaltet, nehme ich an!« Caspars Blut pulsierte in seinen Adern. Am Nebentisch sah jemand zu ihnen herüber und hüstelte.

»Ja, das könnte man gut!« Theo lachte laut. Und schenkte ihnen nach. »Aber das wäre der Ethik eines Arztes wohl kaum angemessen, findest du nicht?«

Theo nahm einen beherzten Schluck. Caspar massierte seine Schläfen. Astaroth hämmerte dagegen. Der Dämon wollte hinaus! Der Lärm in seinen Ohren war unerträglich.

»Hast du sie ermordet Theo?«, wimmerte Caspar ängstlich. Die Wirtin huschte vorbei. »Den Bauernjungen und das Weib?«

»Was?« Theo spuckte sein Bier auf den Tisch.

Caspar flüsterte: »Bist du ihr Mörder, Bruder?«

Theo riss die Augen auf. Seine Kinnlade klappte herunter.

»Ich hab' sie gefunden, weißt du.« Tränen liefen über Caspars Wange. »Mit zertrümmertem Brustbein. Und seligen Augen.«

Theo rührte sich nicht. Er wurde bleich. Caspar schüttelte traurig seinen Kopf.

»Gefolgt bin ich dir, jahrelang. Hab dir vertraut, wie keinem zweiten.« Jetzt weinte Caspar hemmungslos und hieb mit der Faust auf den Tisch. »Sag mir, was du mit ihnen angestellt hast. Du bist es mir schuldig, verdammt!«

Flehend sah Caspar zu Theo hinüber. Der beugte sich unmerklich vor und ergriff Caspars Arm.

Fast tröstete es ihn. Theo würde es einfach widerlegen. Irgendein schlauer Satz. Eine einfache Erklärung. Caspar würde sie glauben können. Und alles wäre wieder gut.

»Du hältst dich da raus, Junge«, flüsterte er stattdessen. Caspar starrte entgeistert in seine Augen. Drohend funkelten sie ihn an. Paracelsus' Blick war düster. Gab er es gerade zu? Caspar biss sich in die Wange, nur um den Schmerz zu fühlen.

»Hast du mich verstanden?«, setzte Theo nach. Der Griff um Caspars Arm wurde fester. Ihm ward, als atmete er Schwefel. »Diese Sache geht dich überhaupt nichts an.« Paracelsus hob Caspars Kinn. »Du tätschelst weiter die Hände der Sterbenden. Und hältst dich ab sofort von diesen Leichen fern.«

Dunkle Schatten umspielten Paracelsus' Gesicht. Caspar suchte darin. Nach irgendetwas. Er fand es nicht. Ihm stockte der Atem. Der Gastraum begann sich zu drehen.

»Theo?«, jammerte er. »Was hast du getan?«

Caspar brach das Herz in seiner Brust. Paracelsus aber stand unvermittelt auf und eilte zur Tür. »Halt dich raus, Junge. Wenn dir dein Leben lieb ist.«

Caspar ließ sich auf seinen Stuhl zurückfallen. Fast übergab er sich. Er hörte nur noch den Krach in seinen Ohren. Das Zimmer wankte. Tausend Nadeln stachen in seinen Schläfen. Er musste ihn aufhalten. Paracelsus war seine Bürde allein.

Jacob

Geduckt schlich Jacob durch die Gassen. Wie ein Tier bei der Treibjagd kam er sich vor! Immer wieder sah er eine grölende Meute nahen, mit Fackeln und Stöcken bewaffnet. Dann kauerte er sich in eine Straßenecke und mimte den Pestkranken. Das funktionierte recht gut, man brauchte bloß ein wenig zu husten, und sie zogen eiligst vorüber. Womit er das verdient hatte auf seine alten Tage – Jacob wusste es nicht. Sich in seiner eigenen Stadt verstecken zu müssen wie ein Verbrecher!

Jacob blickte angsterfüllt zurück. Hohe Rauchschwaden stiegen hinter ihm auf. Die Luft roch nach Rache. Das jüdische Viertel um die Gerbergasse herum grenzte an den Kornmarkt. Hierhin hatte es den Mob als Erstes gezogen. Dort brannte es schon lichterloh.

Jacob dankte Gott dafür, dass er sich damals entschieden hatte, ein Haus direkt am Nadelberg zu beziehen. Wertvolle Zeit würde es sie kosten, die Zerstörungswelle bis dorthin zu tragen. Jacob rannte schneller. Er musste sein Weib warnen. Und seine Tochter. Nein, tatenlos mitansehen, wie diese Wahnsinnigen alles niederbrannten, wofür er sein Leben lang hart gearbeitet hatte, das würde er bestimmt nicht. Jacob ballte seine runzligen Fäuste. Kämpfen würde er für sein Eigentum und seine Freiheit. Atemlos bog er um eine Ecke – und schrie auf.

»Sieh an! Wen haben wir denn da? Der Jude rennt wie ein aufgescheuchter Hase davon!«

Jacob blieb wie angewurzelt stehen. Er blickte auf die Eisenstangen in ihren Händen und dann auf seine bloßen Fäuste. Er blinzelte durch den Schweiß, der in seine Augen tropfte. Es waren seine Studenten! Frantz, Herrman und Wolfgang machte er da aus.

»Burschen, das ist doch ... lasst mich vorbei, ich bitte euch!« Jacob tat einen Schritt. Frantz versperrte ihm den Weg. Sein Schweißgeruch drang sofort in Jacobs Nase.

»Das ist keine Jude, das ist der Rektor«, rief Wolfgang aus.

»Ein Jude ist er trotzdem«, antwortete Frantz barsch und schwenkte seine Fackel hin und her.

»Ja, aber doch nicht so richtig«, gab Herrman zu bedenken.

»Natürlich ist er das. Ein Judenschwein, nichts weiter«, schrie Frantz und packte Göttisheim beim Schlafittchen.

Jacob hob beschwichtigend die Hände. »So kommt doch zur Vernunft, Burschen! Ihr werdet diesem Wahnsinn doch nicht folgen wollen.«

»Ihr vergiftet unser Wasser«, schrie Wolfgang verzweifelt. »Ich wollte eine heiraten, wenn ich erst Doktor wär, und jetzt ist sie tot!«

»Das ... das tut mir leid. Wahrlich«, stotterte Jacob. Was sollte man dem Irrsinn denn entgegensetzen? »Aber ich hab ihr das Leben nicht genommen. Und auch sonst kein Jude dieser Stadt.«

Frantz schlug ihn mit der flachen Hand. »Lüge! Er hat's gestanden. Der Wucherer, er hat es selbst gesagt!«

Herrman wurde zunehmend nervös. Er trat von einem Bein aufs andere.

»Unter der Folter, Junge. Seine Frau wollte er retten, nichts weiter!« Jacob zwang sich dazu, ihn anzusehen. »Und das weißt du auch, Herrgott noch mal!«

»Und wenn ich dir jetzt deine Haut verbrenne, was gestehst du dann, hä?«, fragte Frantz mit zornigen Augen. »Dreckiger Jude, du!«

»Alles«, rief Jacob aus. Vielleicht konnte man ja doch mit ihnen reden. »Alles werde ich gestehen, das ist es ja!« Göttisheim schluckte. »Männer. Ich habe euch beibringen wollen, selbst zu denken. Um euer eigenes Urteil zu ringen. Jetzt zeigt mir, dass es gelungen ist!« Jacob rang bangend seine Hände. Herrman ließ seine Eisenstange ein wenig sinken. Wolfgang biss sich seine Lippe blutig. Frantz zerrte an Jacobs Nacken.

»Du hältst jetzt dein Maul, Judensau!«

Herrman trat an ihn heran. »Ich weiß nicht, Bruder. Willst du den jetzt wirklich anzünden? Göttisheim? Den Rektor?«

»Scheiß auf ihn«, rief Frantz aus. »Alle verrecken hier! Wir müssen etwas tun!«

»Ja, aber dann vielleicht wirklich mit einem anderen«, murmelte Wolfgang zögernd. »Juden gibt es doch genug.«

Jacob blickte verstört auf die Burschen. Das also war die geistige Elite Basels! Weit hatte es seine Stadt gebracht.

»Aber der da ist gerade hier«, zischte Frantz und stieß Jacob zu Boden. Der schrie auf und hielt schützend seine Hände vors Gesicht.

»Wieso sollten wir die Brunnen vergiften?«, rief er aus. »Was hätten wir denn davon?« Er konnte diese Dummheit einfach nicht begreifen.

»Weil ihr böse seid! Und verkommen. Das weiß man!« Frantz trat ihn mit voller Wucht. Jacob stöhnte auf.

Herrman seufzte. »Er war immer gerecht zu mir, Mann. Hat mir geholfen, als es mir damals so schwerfiel mit den Büchern.« Falten des Zweifels überzogen sein Gesicht. »Vielleicht ist der ja die Ausnahme, Frantz«, sprach er unschlüssig. »Ein netter Jude. Vielleicht gibt's das ja. Ich kann nichts Schlechtes über ihn berichten.«

»Außer dass er eine Judensau ist«, schrie Frantz und trat wieder auf ihn ein. Jacob heulte auf. Wolfgang zuckte zusammen. »Wenn wir ihn umbringen, haben wir morgen keinen Rektor mehr. Und dann?« Er sah die anderen beiden besorgt an. »Sitzen wir mit Wölflin da!«

»Ich muss zu Ende studieren, ich hab's meinem Vater versprochen«, jammerte Herrman. »Wir brauchen Göttisheim.«

Frantz winkte entnervt ab: »Ein anderer wird seine Arbeit machen. Einer von uns. Und besser wird es dem gelingen!«

Frantz schnaufte ein wenig schwerer und besah die Fackel in seiner Hand. Er zog den Schnapsbeutel hervor.

»Warte, Frantz!« Wolfgang packte ihn. »Das ... ich glaube auch nicht, dass der Rektor uns die Brunnen vergiftet, nachts. Wo er tagsüber so für seine Studenten kämpft. Das ergibt doch keinen Sinn!«

Göttisheim sah hoffnungsvoll auf. Er hielt den Atem an.

»Das ist seine Verschlagenheit, Mann«, blaffte Frantz und kippte den Schnaps über Jacobs Gesicht.

»Nein, nicht! Ich bitte euch!«, jammerte Jacob.

»Dann gebt zu, was Ihr getan habt«, brüllte Frantz und ließ die Fackel sinken. Langsam.

»Nichts habe ich euch getan, und meine Familie auch nicht! Mein Sohn hat sein Leben gegeben für diese Stadt. Wenn, dann hätte ich damals den Brunnen vergiften wollen!« Jacob biss sich auf die Lippen.

»Aha!«, jubelte Frantz. »Dann gebt Ihr es zu? Ihr wollt Euren Sohn rächen?«

»Nein, das habe ich nicht gesagt!« Jacob wimmerte. Angestrengt dachte er nach. Das waren seine Studenten. In ihren Kindertagen hatte er sie kennengelernt. Er sammelte allen Mut zusammen, den er noch finden konnte. Einen Trumpf hatte er noch. Das hatte bis jetzt immer gezogen! Wenn er die hitzigen Gemüter gar nicht mehr anders hatte packen können.

»Ich habe euch selbst unterrichtet, Männer! Ihr seid meine Schüler.« Er holte Luft, so gut es die schmerzenden Rippen zuließen. Niemanden ließen die Worte kalt.

»*Ich schwöre, den, der mich diese Kunst lehrte, meinen Eltern gleich zu achten.*« Jacob machte eine theatralische Pause. Die Medizinerseelen stöhnten auf. Jacob hörte es. »Fast habt ihr die Doktorwürde erreicht«, fuhr er fort. Seine Worte machten Eindruck, das fühlte er. »Ihr habt den Eid schon längst geschworen. Richtet euch danach! Ihr seid mir verpflichtet oder auf ewig verflucht.«

Jacob blinzelte auf. Nie hatte er seine Studenten so stolz gesehen als beim Schwur des hippokratischen Eides. Er war ihnen heilig. Manchmal glaubte er, sie nahmen das lange Studium nur auf sich, um die schönen Worte sprechen zu dürfen.

Tatsächlich – es verfehlte seine Wirkung nicht: Die drei Burschen sahen sich unglücklich an und schwiegen. Die Fackel wartete gelassen in der Luft. Frantz sagte den Eid im Geiste nach, um Jacobs Worte zu überprüfen. Herrman senkte schmerzverzerrt das Haupt. Wolfgang stutzte. »Ewig verflucht ist ziemlich übel, Mann.« Die Angst stand ihm ins Gesicht geschrieben.

»Wenn ihr jemals zu Ärzten heranwachsen wollt, haltet euch an euren Schwur! Das zuallererst.« Jacob hatte seine Stimmgewalt wiedergefunden. Er konnte förmlich hören, wie die Gehirne vor ihm arbeiteten. Sie würden ihn laufen lassen. Fast hatte er es geschafft!

»Scheiß auf Hippokrates«, rief Frantz schließlich aus. »Er hat den schwarzen Tod nicht erlebt!«

Langsam ließ er die Fackel nach unten gleiten. Mit zitternder Hand und schlotternden Knien.

Jacob schloss die Augen. Er hatte alles gesagt. Nun – gab es keine Worte mehr. Er dachte an Laurencz. Endlich würde er seinen Jungen wiedersehen. Das zumindest.

»Nein, nicht!« Herrman stürzte sich auf Frantz. »Halt ein, du!« Er schlug ihm die Fackel aus der Hand. Die Flamme landete auf der Straße. Jacob öffnete die Augen. Er atmete aus und blinzelte. Der Schnaps tropfte über sein Gesicht.

»Ich hab's geschworen Mann, und du auch!« Herrman drängte sich zwischen Frantz und seinen Rektor. »Ein Schwur, Mann. Ein echter!« Herrman starrte seinem Kommilitonen erschrocken in die Augen. »Da kommt man direkt in die Hölle, wenn man so einen bricht.«

Göttisheim am Boden lächelte. Auf Hippokrates war Verlass.

»Du beschützt die Judensau?«, rief Frantz zornig und schubste Herrman nach hinten. Fast wäre er über Jacob gestolpert.

»Er ist unser Rektor, verdammt noch mal! Einen Besseren finden wir nie wieder«, antwortete Herrman. »Denk doch nach!«

Frantz holte mit der Faust aus. Herrman duckte sich.

Da ertönte ein Schlag. Dumpf und unscheinbar. Göttisheim riss die Augen auf. Frantz blickte verwundert in die Ferne. Dann verdrehte er die Augen. Und fiel ohnmächtig zu Boden.

Wolfgang stand hinter ihm, die Eisenstange in der Hand. Er suchte den Blick seines Rektors.

»Meine Maria bringt es mir ja doch nicht zurück«, sprach er traurig. »Es tut mir leid, Rektor. Ihr seid ein ehrenwerter Mann. Ich weiß es wohl.«

Wolfgangs Stimme bebte. Herrman stöhnte.

Göttisheim atmete schwer. Tränen lösten sich.

Wolfgang zog ihn hoch. »Könnt Ihr laufen, Rektor?« Göttisheim nickte und wischte sich die Tränen aus dem Gesicht. Weitere folgten, unablässig. Er wusste nicht recht, ob er den beiden danken oder mit ihnen schimpfen sollte. Seinen besten Wein würde er ihnen schenken. Und dann würde er sie Hörsäle wischen lassen, bis ihre Hände taub wären!

»Versteckt Euch zu Hause, Rektor«, sprach Herrman, ohne Jacob anzusehen. Er schämte sich sichtlich. »Sie wüten nur im Judenviertel. Ihr Blutdurst wird gestillt sein, bevor sie den Nadelberg erreichen. Sofern Euch der Herrgott gewogen ist.«

Caspar

Caspar rannte durch Basel wie vom Blitz getroffen. Die Schreie vom Kornmarkt her hörte er nicht. Bemerkte nicht die Unruhe in den Gassen. Er roch Rauch, sah aber das Feuer nicht.

Die Menschenmenge vor seiner Praxis war verschwunden. Nur gut, dachte sich Caspar. Er hatte nicht die Zeit für Erklärungen. Von Sinnen stürmte er in sein Arbeitszimmer. Riss Schränke und Kommoden wahllos auf. Durchwühlte ihren Inhalt wie ein verhungerndes Tier. Die große Knochensäge warf er achtlos zu Boden. Zu unhandlich war sie für seine Zwecke. Drei der nunmehr fast stumpfen Skalpelle steckte er in seine Taschen. Bloß dass sie kaum etwas ausrichten würden gegen Paracelsus. Wo er ihn jetzt suchen sollte, wusste Caspar nicht. Aber er würde ihn aufhalten. Er durchstöberte sein Regal, warf zahllose Fläschchen um und kippte etliche Arzneidosen auf den Boden. Seine letzten Bestände waren fast dahin. Caspar war es gleich. Es gab nur eines, das noch zu tun war in seinem Leben.

Einen Moment lang wog er das Gift der Herbstzeitlosen und die gemahlene Alraune in seinen Händen. Dann schüttelte er den Kopf. Nein, er war kein normaler Feind. Er war Paracelsus. Er würde das Gift aus hundert Metern Entfernung riechen. Theo war der Meister der Heilpflanzen. Also etwas anderes. Caspar dachte nach. Er hatte noch sein altes Obduktionsbesteck. Er öffnete die Truhe. Warf zahllose Pinzetten über seine Schulter. Kippte den Inhalt schließlich aus. Mehrere kleine Messerchen, weitere mehr oder weniger stumpfe Skalpelle, ein Rippenspreizer, Hammer und Meißel für den Schädel ... Da! Sein großes Langmesser für den Y-Schnitt, von den Schlüsselbeinen bis zum Schambein hin. Caspar fuhr mit seinem Zeigefinger über die Klinge. Sofort tropfte Blut. Sie war unglaublich scharf. Das sollte genügen.

Jemand klopfte an die Tür. Caspar fuhr herum. Paracelsus selbst?

»Wir haben geschlossen«, rief er versuchsweise.

Breitbeinig stellte sich Caspar hin, das lange Messer fest in der Hand. Seine Knie zitterten. Eine Fliege hätte ihn umwerfen können.

»Ich bin kein Patient.« Es war ein fröhliches Krächzen. Caspar atmete auf und lockerte den Griff um das Messer ein wenig.

Simon lugte schüchtern durch den Türspalt.

»Darf ich hereinkommen, alter Freund?« Herzlich lächelte er Caspar an.

»Simon.« Caspar ließ das Messer sinken. »Was machst du ... ich meine ... ich wusste gar nicht, dass du in Basel bist.«

»Und hast wohl auch keinen Besuch erwartet, was?«

Simon lachte und besah abwechselnd Caspar, das Messer und den verwüsteten Raum.

»Nein. Ich ...« Caspar legte das Messer auf den Schreibtisch. Ungläubig besah er das Chaos im Zimmer, als wäre er eben erst eingetreten. Er fühlte sich ertappt. Seine Wangen röteten sich.

Simons Blick folgte dem Messer. Er schien nicht überrascht. »Die Obduktion. Ich hab davon gehört.« Er trat schließlich herein und schloss die Tür.

Caspar stutzte: »Woher solltest du ...?«

Simon legte den Kopf schief. Seine blauen Augen leuchteten freundlich.

»Caspar. Wenn die Stadtwächter eines können während ihrer langen Schichten, dann tratschen. Die halbe Stadt spricht schon davon. Dass der Stadtarzt die Seuche heilen wird.« Simon nickte anerkennend.

Caspar wurde blass. Er sah sich wieder im Fledermausturm. Ob sein Tropfen überlebt hatte? Wenn ja, dann wollte er zu ihm in die Zelle.

»Und von der jüngsten Unterhaltung mit deinem besten Freund erzählt man sich auch«, sprach Simon beiläufig. Er trat näher.

»Im Goldenen Ochsen bleibt nichts geheim. Worum ging es eigentlich?«

»Ich ... ach, um nichts Besonderes.« Caspar wurde wieder schwindelig. Er hatte zu wenig getrunken. Und sich ausgiebig übergeben.

Simon zwinkerte ein paar Mal. Dann entspannte sich sein Gesicht. »Jetzt lass dich begrüßen, alter Freund!«

Simon zog Caspar an sich. Caspar erwiderte die Umarmung zaghaft. Ihm war gar nicht bewusst gewesen, dass sie alte Freunde waren.

»Ich kann dir Geschichten erzählen, das sag ich dir. Paracelsus und ich sind ganz schön herumgekommen, weißt du? Hat er dir davon berichtet, bevor du ihn Mörder genannt hast?« Simon biss sich schmunzelnd auf die Lippen.

»Hat er dir das erzählt?« Caspar schnaufte aufgeregt. »Simon, sag!« Er packte ihn bei den Schultern. »Wo treibt er sich herum? Wo ist Paracelsus? Ich muss es wissen.«

Simon schüttelte seinen Kopf, milde lächelnd.

Caspar ließ ihn los und raufte sich das Haar. »Simon, du verstehst nicht. Theo hat den Verstand verloren! Er ist gefährlich. Weiß Gott, was er gerade anstellt. Wenn du irgendeine Ahnung hast, wo er sein könnte, dann sprich!«

»Wieso denkst du, dass er den Verstand verloren hat?«, erwiderte Simon verständnislos. Der Stimmbruch von damals hatte gewonnen. Tief war seine Stimme jetzt.

»Hör zu.« Caspar streckte beide Arme in die Luft. »Ich weiß, er ist dein Mentor, und ich weiß, du liebst ihn, ich habe ihn auch geliebt. Aber du musst mir einfach glauben.« Caspar atmete durch. Wenn jemand wusste, wo Theo gerade steckte, dann dieser Junge. Er sah Simon beschwörend an und flüsterte: »Dieser ganze Schwachsinn mit Astaroth hat ihn verrückt gemacht. Er ist von ihr besessen. Glaubt, sie wäre ihm erschienen.«

Caspar lächelte traurig und schüttelte den Kopf. Eine Träne lief über seine Wange. Er wurde lauter. »Herrgott, er glaubt sogar, er habe die menschliche Seele gefunden! Redet von diesem Schwachsinn, als wäre es die Realität! Verwechselt Wahrheit mit Aberglauben und faule Zaubertricks mit Weisheit. Simon, er gibt sich diesem Irrsinn völlig hin, er ist im Wahn!« Caspar rieb sich die Augen. »Er darf nicht frei herumlaufen mit diesem blödsinnigen Dreck im Kopf. Gefährlich ist er für die Menschen und sich selbst.«

Da kniff Simon seine vormals so kindlichen Augen zusammen. Er lehnte sich gegen den Schreibtisch.

»Wie nennst du sie?«, flüsterte er tonlos. Sein Gesicht verlor an Farbe.

»Hmm?« Caspar blickte irritiert auf. »Was meinst du? Theo! Ich habe dich nach Theo gefragt.«

»Nein.«

Simon schüttelte langsam seinen Kopf. Sein Gesicht hatte sich verändert. Es sah widernatürlich aus. Das Blut war gänzlich daraus entwichen. Caspar blinzelte ihn rätselnd an.

»Nein. Ich meine, wie du die Weisheit der dunklen Göttin nennst? Blödsinniger Dreck?«, fauchte Simon.

Caspar zuckte zusammen. Ganz plötzlich wurde ihm kalt.

»Das hat sie nicht verdient«, wisperte der junge Mann. Dann schrie er unvermittelt auf: »Beleidigt zu werden, von einem unwissenden Narren wie dir!«

Simons Körper bebte vor Zorn. Sein Gesicht verzog sich zu einer bösen Fratze.

»Was redest du?«, stammelte Caspar. Mit großen Augen starrte er Simon an. Er wagte nicht zu atmen. Das Blut gefror in seine Adern. Seine Nackenhaare stellten sich auf. »Simon? Du auch?«

Caspar wollte sich das Messer greifen, doch Simon stand dazwischen. Zitternd suchte er in seiner Jackentasche nach dem Skalpell.

»Jawohl, ich auch.« Simon lachte boshaft. »Hättest du dir doch denken können, Mann.« Er schnalzte mit der Zunge. »Aber du warst noch nie der hellste seiner Schüler, wohl war.«

Caspar konnte das Skalpell nicht greifen. Er war zu aufgeregt und zu fahrig.

»Simon, bitte! Was immer es ist, das euch antreibt. Ihr müsst damit aufhören. Das ist nicht rechtens.« Caspar sah ihn flehend an. Ein Rest der Vernunft musste doch hinter dieser Stirn wohnen.

»Nein, du wirst aufhören.« Simon fegte mit dem Arm Caspars Unterlagen und die Wasserschale vom Tisch. Das Messer blieb liegen. »Mit deiner Schnüffelei und den Obduktionen. Lass die Toten ruhen. Und belästige bloß meinen Meister nicht mehr mit deinem christlichen Unsinn!«

Simons Fäuste waren geballt. Er hatte die Muskeln eines Mannes bekommen.

»Christlicher Unsinn? Simon, du warst der Frommste von uns allen«, rief Caspar und fummelte hilflos an seiner Jacke herum. Er musste Zeit gewinnen, bis ihm irgendetwas anderes einfiel.

»Ja, das war ich wohl!« Simon lachte zynisch auf. »Doch habe ich deinen Gott niemals gesehen. Und Jesus auch nicht.« Jetzt röteten sich seine Wangen. »Astarte aber schon. Sie hat zu uns gesprochen, durch Mira. Hat uns in ihr Geheimnis eingeweiht.« Simons Stimme wurde noch lauter. Sie donnerte nun durch die Praxis. »Und wehe, du lachst jetzt und verspottest sie wieder. Dann steche ich dich ab wie eine Sau!« Simon zog ein Messer hervor.

Caspar schüttelte artig seinen Kopf. Nein, zum Lachen war ihm nun wirklich nicht zumute.

»Aber sie ist doch ein gefallener Engel? Vertrieben aus dem Himmelreich?«, antwortete er hoffnungsvoll. »Dann ist Gottes Existenz doch bewiesen, nicht wahr?«

Man musste in der Welt der Verrückten bleiben, um sie zu erreichen.

Simons Gelächter wurde irre. Und finster.

»Ja. Nur über seine Regeln lässt sich streiten.« Liebevoll besah er das Messer in seiner Hand. »Du hast nicht die geringste Ahnung, was wir mit dem Wissen machen könnten, Paracelsus und ich. Was wir damit erreichen können.« Simons Augen wurden weit. Und glasig. Er starrte in die Ferne.

»Einfach alles.«

Träumerisch sah er Caspar an. Dem war ganz elend.

»Die Seelen sind konzentrierte Energie, weißt du? Man kann sie nehmen. Und geben. Von dem einen – zu dem anderen. Krankheiten heilen. Und den Tod besiegen.« Simon flüsterte wie in Trance: »Unser Leben wird unendlich sein.«

Caspar fand endlich die Klinge in seiner Tasche und griff zu.

»Und das lässt du schön bleiben!«, schrie Simon sofort. Er trat an ihn heran. Sein Messer zeigte direkt auf Caspars Brust. »Sonst hole ich mir deine Seele als Nächstes.«

Caspar erstarrte in seiner Bewegung. Er ließ das Skalpell zurückfallen. Eiseskälte rann über seinen Rücken.

»Theo wäre niemals damit einverstanden, dass du mich tötest«, flüsterte er. Sein Herz pochte. »Du willst deinen Meister doch nicht verärgern, oder?«

Simon drückte das Messer auf Caspars Haut. Mit jedem Atemzug schmerzte es mehr, aber Caspar konnte einfach nicht flach schnaufen.

»Nein. Das möchte ich ganz bestimmt nicht.« Simon senkte traurig sein Haupt. »Aber du wirst ihn niemals mehr belästigen.« Das Messer schnitt. Ein wenig. »Wirst aufhören, nach Spuren bei den Toten zu suchen und niemanden mit deinen Fantasien behelligen, hörst du?«

Es war nurmehr ein leichtes Zischen, das da erklang. Caspar konnte seinen Speichel nicht mehr schlucken.

»Sonst komme ich nachts zu dir, in dein schönes Haus, zu deiner schönen Frau«, Simon strahlte, »und schneide ihr und deinem Kind den Bauch auf.«

Simon funkelte Caspar an. Der Wahnsinn tanzte in seinen Augen. Sie waren kaum mehr blau. »Und niemand in dieser Stadt wird dich davor bewahren können.«

Jemand riss die Tür auf. Caspar schrak auf. Das Messer schnitt tiefer.

»Herr Doktor, Ihr müsst mir helfen. Mein Rücken bringt mich um!«

Ein alter Maurer trat herein. Seine Haltung war gebückt, sein Blick allein auf die großen Füße gerichtet.

»Herr, nein«, schrie Caspar. Er spürte jede Faser seines Körpers schmerzen.

»Nicht! Geht wieder!«

»Was ...?«

Simon sprang zu ihm. Schnell wie ein Raubtier. Caspar brüllte. Der Maurer hob seinen Kopf. Es war zu spät.

»Wir können nicht noch mehr fragende Münder gebrauchen, Caspar«, zischte Simon.

Sein Messer war an der Kehle des Maurers. Mit einem Handstreich durchtrennte er die Schlagader. Caspars Muskeln wurden hart wie Stein. Der Maurer gluckste vor Erstaunen. Fasste sich an seinen Hals. Befühlte, was er nicht sehen konnte. Caspar war wie gelähmt. Der Maurer besah seine Hände. Blutig waren sie und nass. Er roch daran. Caspar würgte. Der Maurer röchelte. Er sah nach unten und fiel.

»Du Tier!«

Caspar machte einen Satz. Streckte die Hand nach seinem Langmesser aus. Berührte es fast.

»Du bleibst, wo du bist, oder du bist der Nächste«, schrie Simon.

Schon hielt er das Messer in Caspars Richtung. Ging etwas in die Knie. Bereit zum Angriff.

»Du wirst zögern, Caspar.« Simon grinste finster. »Und ich nicht.« Sein Messer blitzte auf. »Rechne dir deine Chancen aus.«

Das Leben entwich aus Caspars Gliedern. Noch nie hatte er jemanden getötet. Nicht einmal den Bischof.

Simon besah ihn mit Genugtuung: »So! Soll ich es dir jetzt beweisen, he? Soll ich dir den Dreck zeigen, den mich die Göttin gelehrt hat?«

Mit einem einzigen Schnitt durchtrennte Simon die Haut über dem Brustbein des Maurers. »Nun werde ich dich Respekt lehren, Caspar.«

»Simon, bitte nicht«, rief Caspar aus. Ihm war speiübel.

Der Maurer stöhnte. Noch war er nicht tot. Fürsorglich presste Simon eine Hand auf seine Wunde.

»Du brauchst das nicht zu tun. Ich glaube dir! Wirklich«, wimmerte Caspar. Er wandte sich ab. Das hielt er nicht aus.

»Ach ja?« Simon lachte laut. »Tust du nicht. Aber du wirst. Jetzt!«

Caspar kniff angewidert die Augen zusammen. Das wollte er nicht sehen. Er hörte einen dumpfen Schlag. Dann noch einen. Er hörte Knochen bersten und musste würgen. Der Raum um Caspar drehte sich. Er würde ohnmächtig werden. Jetzt.

»Jetzt werde Zeuge des Wunders der Teufelin«, schrie Simon wie im Gebet.

Caspar öffnete langsam die Augen. Starrte fassungslos auf den Körper am Boden. Der Maurer hatte aufgehört zu atmen. Simon lächelte erlöst. Betrachtete ihn liebevoll. Und streichelte zärtlich seine Wange.

Caspar zwinkerte. Seine Beine zitterten. Seine Schläfen pochten. Lichtblitze stachen in seinen Augen. Der Schmerz war nicht erträglich. Ein Kribbeln durchzog seine Glieder. Er schwebte.

Ein Wimmern drang in sein Ohr.

»*Astaroth.*«

Ihr Name hallte durch sein Gehirn.

Caspar stützte sich mit aller Kraft. Die Wände bewegten sich. Er erbrach Galle.

Ihm war ... Er rieb sich die Augen. Fast war ihm ... Hielt den Atem an. War da ... Das Blut stockte in seinen Adern. Er sah nicht recht. Als wäre dort ... Ein Schatten? Über des Maurers Brust? Nein, es war kein Schatten. Eine Wolke vielleicht? Ein Nebel.

»*Astaroth*«, hämmerte es gegen seinen Schädel. Es war in ihm. Das Wort. Der Name. Der Wahn. Die Gewissheit.

Caspar brach zusammen. Kein Blut war mehr in seinem Körper.

Er blinzelte. Ein Nebel. Silbern glänzend. Vollkommen. Und wunderschön.

»*Astaroth*«, flüsterte Caspar. Wahrheit. Und Trug.

Etwas stieg nach oben. Und sah nicht zurück. Caspar schloss eine Sekunde lang die Augen. Das Licht des hellen Tages draußen blendete ihn. Er öffnete sie. Und – nichts. Es war verschwunden.

»Siehst du?«, rief Simon. »Siehst du jetzt, du Narr? Und so ist sie verschwendet, wegen dir.« Simon seufzte laut. »Ich war nicht vorbereitet. Sein Leben war umsonst.« Traurig blickte er auf den toten Körper vor ihm.

»Sein Tod war umsonst, nicht sein Leben, du Irrer!«, schrie Caspar noch. Dann röchelte er verzweifelt. Er bekam keine Luft. Ein Vorhang stülpte sich über seine Augen. Alles wurde schwarz. Caspar verlor das Bewusstsein.

Paracelsus

Er schrak auf, als er Schreie hörte. Paracelsus roch Rauch in der Luft. Irgendwo musste ein Feuer wüten. Es kümmerte ihn nicht. Das Getrappel auf den Straßen nahm zu. Panik breitete sich aus. Er fühlte es. Gut so, dachte er. Das konnte ihm nur recht sein. Keiner scherte sich um ihn. Einen Moment hielt er inne und spähte in die Ferne. Niemand war mit ihm am Flussufer. Er war allein. Versteckt hinter ein paar Bäumen. Er hörte die Blätter im Wind rascheln. Und Vater Rhein gemächlich vorüberziehen. Er hörte seinen eigenen Atem. Das Mädchen unter ihm war vollkommen still. Sorgsam strich er über ihre dunklen Locken.

Sechzehn Jahre alt mochte sie sein. Ihr Gesicht war ebenmäßig. Und wunderschön. Fasziniert betrachtete er ihre Gesichtszüge. Entspannt sah sie aus. Fast sorgenlos. Kein Schmerz. Keine Verzweiflung. Nur ein Moment der Verwunderung. So hatte Astarte es ihm prophezeit.

Ihre braunen Augen starrten zu ihm hoch. Der Glanz war aus ihnen gewichen. Ihre Seele war fort. Unwiederbringlich.

Paracelsus betrachtete den Schnitt. Er war sauber. Und präzise. Kaum hatte es geblutet.

Er befühlte ihr gespaltenes Brustbein. Nickte. Es war makellos. Die Knochenränder waren spiegelglatt. Handwerklich vollkommen. Besser ging es nicht.

Paracelsus' Zeigefinger glitt nachdenklich an ihrem Sternum hinab. Er suchte nach der Lösung. Er sah sie nicht. Nichts gab es zu verbessern. Es war perfekt. Genau so hatte es Astarte ihnen aufgetragen. Paracelsus seufzte. Leise.

Trotzdem war es misslungen. Er fühlte es. Irgendetwas war schiefgegangen. Unmöglich zu benennen. Er fand den Fehler nicht. Viele Seelen würde es noch brauchen, um ihn ausmachen zu können.

Paracelsus sprang auf. Schritte nahten.

Caspar

Er rannte in Richtung Rittergasse. Caspar hatte sein Langmesser fest umklammert. Noch immer hatte er weder gegessen noch getrunken. Dafür umso mehr geweint und geschrien. Kaum konnte er sich noch auf den Beinen halten. Er taumelte.

Das Blut des Maurers trocknete langsam auf seiner Haut. Es war in seinem Gesicht verschmiert. Es klebte in seinem Haar und hatte seine Hände gefärbt. Caspar roch das Eisen.

Gut so, dachte er bei sich. Das würde sogar Paracelsus ängstigen. Seine blauen Augen funkelten irre, das wusste er. Einige Passanten drehten die Köpfe nach ihm um, aber es war Caspar gleich. Er musste zu Margret und Laurencz.

Eine schreiende Menschentraube kreuzte seinen Weg, übel schimpfend und mit Speeren in der Hand. Einen armen Kerl, halb totgeschlagen, zogen sie am Strick hinter sich her. Er schrie aus Leibeskräften. Caspar hörte es kaum. Mit ihm legte sich keiner an. Es brannte im Westen. Hufgetrampel erklang im Süden. Zornige Rufe hallten von Norden her. Es scherte Caspar nicht. Seine Familie. Die allein musste er beschützen.

Kraftlos fiel er gegen die Haustüre.

»Margret, Laurencz! Wo seid ihr?«, schrie Caspar. »Margret, Weib! Komm her.« Er bekam die Tür geöffnet und torkelte hinein. »Weib! Er kommt, hierher. Wir müssen fort!«

Caspar schleppte sich in die Stube. Seine Rufe verstummten sofort. Nur sein Mund blieb weit geöffnet.

»Was zum Teufel?«, murmelte er. Sein Atem stockte. »In Gottes Namen.« Ungläubig schüttelte er seinen Kopf. Er streckte das Messer in die Luft. Es zitterte.

»Sei gegrüßt, Bruder.« Theo seufzte.

Seelenruhig saß er neben Margret bei Tisch, den kleinen Laurencz auf dem Arm. Er herzte ihn!

»Dein Tag scheint turbulent gewesen zu sein, Caspar?«, sprach Paracelsus fragend und musterte ihn von oben bis unten.

Caspar verzog angewidert sein Gesicht. Margrets Hand ruhte auf Theos Rücken. Es roch nach Gemüseeintopf und frisch gebackenem Brot. Caspar starrte auf Paracelsus' Ring an Margrets Finger. Er funkelte ihn an. Blanker Hass übermannte ihn.

»Caspar, um Himmels willen! Was ist mit dir, Mann?«

Margret sprang besorgt auf: »Was ist das?« Sie besah ihren blassen Gatten mit dem Blut an den Kleidern und dem Messer in der Hand. »Was hast du getan?«, flüsterte sie angsterfüllt.

Caspars Augen zuckten. »Was ich getan habe?« Er lachte verzweifelt. »Was ich getan habe?« Leere Augen trafen Margrets Blick.

»Frag doch deinen Geliebten, was der so treibt! Nachts in den Gassen. Frag ihn!«, brüllte Caspar.

Margret zuckte zusammen. Das Langmesser fuchtelte in der Luft herum. Paracelsus saß wie versteinert da.

»Mein Geliebter?« Margret starrte ihren Gatten entgeistert an. »Bist du jetzt verrückt geworden?«

»Nein!« Caspar hielt auf Paracelsus zu. Der besah den kleinen Laurencz unschlüssig. »Ich bin nicht der Verrückte hier.«

Margret trat zu Caspar, um ihn zu beruhigen. Der aber stieß sie weg.

»Gib mir meinen Jungen, du Scheusal«, rief Caspar.

Laurencz fing an zu weinen. Theo rührte sich nicht.

»Gib ihn mir, sofort!«

Laurencz brüllte. Theo streichelte sein Köpfchen.

»Oder ich stech' dich ab!«

Caspar holte aus.

»Bruder, beruhige dich.« Theo versuchte, das Kind zu übertönen. »Bitte.«

»Ich bin nicht dein Bruder, du Satan!«

»Wie sprichst du denn mit ihm? Was für ein Teufel reitet dich? Mann!«, rief Margret und baute sich vor Caspar auf. »Kommst mit einem Messer angerannt, in unsere Stube! Und erschreckst mir mein Kind.«

Das Langmesser wollte nicht sinken. Margret zuckte mit keiner Wimper.

»Was ist bloß los mit dir?«, schrie sie. »Wessen Blut ist das? Was ist passiert?«

»Er hält mich für einen Verrückten, der nachts durch die Gassen schleicht und junge Mädchen aufschlitzt«, antwortete Paracelsus gekränkt.

Margret lachte auf und blickte abwechselnd zu Caspar und Theo. Und zurück. »Das ist ein Witz, oder?« Dann fixierte sie ihren Mann. »Das glaubst du doch nicht ernsthaft, Caspar?«

Der kümmerte sich nicht um sie. »Woher also weißt du, dass es junge Mädchen sind?«, flüsterte er.

Theo räusperte sich. Caspar umschloss das Messer fester.

»Ich hab geraten, Bruder. So lauten doch die Geschichten. Es sind immer hübsche Mädchen. Und jetzt sag mir bitte, dass das Blut von den Leichen ist, und niemandem sonst.«

»Welche Leichen, verdammt noch eins!«, mischte sich Margret wieder ein. »Kaum trefft ihr beide aufeinander, geht der Wahnsinn wieder los!«

»Dein Ehemann hat heute im Alleingang das anatomische Theater wieder eröffnet«, antwortete Paracelsus. »Um ganz in Ruhe ein Wörtchen mit den Toten sprechen zu können.« Caspar schnaubte.

»Was hast du?« Margret fluchte. »Nach all dem Ärger, den wir deswegen schon hatten?«

»Schweig still, Weib.« Caspar schubste sie sanft. »Es geht hier nicht um mich.«

»Nein, es geht um uns, Bruder.«

Theo bemühte sich um ein freundliches Lächeln und holte Luft: »Caspar, ich weiß ...«

»Niemand hat dich zum Professor bestellt!«, fuhr der ihm ins Wort. »Ich hab mit Jacob gesprochen.«

Caspars Augen verformten sich zu schmalen Schlitzen. Misstrauisch beäugte er Theo.

»Du hast darum gebeten. Hast bei zum Luft angefragt.«

Margret schüttelte nur noch ihren Kopf.

Paracelsus blickte unschlüssig auf: »Na und? Wo ist der Unterschied?«

»Der Unterschied ist«, Caspar konnte die Klinge nicht ruhig halten, »dass du behauptet hast, er hätte dich bestellt, nicht andersherum!«

»Mein Gott!«, rief Margret aus und befühlte seine Stirn. Caspar schlug ihre Hand weg.

Draußen knallte es. Paracelsus blickte besorgt zum Fenster.

»Du allein hast es so geplant, du Teufel! In eine Stadt zu kommen, in der die Pest wütet, damit niemand deine Opfer bemerkt.«

Margret heulte auf: »Heiliger Vater hilf uns! Er ist des Wahnsinns.«

Theo schüttelte unmerklich seinen Kopf. Er sah dem kleinen Laurencz in die runden Augen. »Ich wollte nach Hause, Bruder. Nichts weiter.« Sachte wiegte er das Kind. Laurencz verstummte und blickte Paracelsus aus seinen großen Kinderaugen an. Caspar biss sich auf die Lippen. Das konnte er nicht mitansehen.

»Du gibst mir jetzt meinen Jungen, du Tier«, brüllte er.

»Nein!«, schrie Margret. Wieder trat sie vor ihn. »Du gibst mir jetzt das Messer. Du solltest keines bei dir tragen in deiner Verfassung. Und auch nicht das Kind.« Sie griff nach der Waffe. Caspar zog sie weg.

»Soll er dir doch das seine geben! Es ist bestimmt schon stumpf ob der vielen Haut, die es durchtrennt hat.«

Theo stöhnte auf und schlug mit der Faust auf den Tisch. Dann warf er Caspar ein kleines Brotmesser vor die Füße.

»Hier, du Narr! Sieht dir das nach einer gefährlichen Waffe aus? Ich kann Kuchen damit spalten, stell dir vor!«

Caspar zitterte. Ihm war schon wieder übel. Vor seinen Augen wurde es schwarz. Und verschwommen. Alles Lüge. Theo war der Teufel!

Da fixierte Paracelsus seinen Blick und streckte ihm versöhnlich eine Hand hin. »Du kannst nicht klar denken, Bruder, in deinem Zustand. Du musst dich zwingend beruhigen. Setz dich zu mir. Leg das Messer weg. Und wir reden darüber. Ich erkläre dir alles, versprochen.«

Margret nickte und griff nach Caspars Hand. Sie war ganz rot vom Blut. Caspar riss sich los. Und fuchtelte stattdessen wieder mit dem Messer herum. Theo runzelte besorgt seine Stirn.

»Nein, zu dir setze ich mich nicht. Und wir reden überhaupt nicht mehr, du Bestie«, rief Caspar. Speichel lief über sein Kinn. Er wankte und schüttelte sich. »Du Missgeburt! Du Mörder, du.«

»Leg jetzt das verdammte Messer weg, bevor ein Unglück geschieht«, insistierte Paracelsus.

»Zwing mich doch, du Schlächter«, antwortete Caspar.

»Du hörst jetzt auf mit diesem Irrsinn«, mischte sich Margret wieder ein. Sie stemmte ihre Hände in die Hüften. »Theo ein Mörder? Komm doch zur Vernunft! Er hat dich sprechen wollen, weil er sich um dich sorgt. Und das offenbar zurecht.«

Caspar funkelte Paracelsus böse an. »So weit hast du sie schon, was?«

»Caspar!« Theo seufzte. »Ich weiß nicht, was du dir da ausmalst in deinem Schädel, aber du irrst dich ...«

»Siehst du?«, unterbrach ihn Margret.

»Ja!« Caspar verdrehte die Augen. »Natürlich hältst du zu ihm. Wie immer!«

»Das ist doch unglaublich«, erzürnte sich Margret. Sie holte Luft. »Caspar. Dein bester Freund ist zurück.« Sie versuchte, seinen Arm zu streicheln. »Die letzten Monate waren zu viel für dich, Geliebter. Du stehst neben dir.« Langsam trat sie an ihn heran und streichelte sein Gesicht. Caspar ließ es zu. Er atmete aus. Fast entspannte er sich etwas. Er ließ das Messer sinken. »Du kennst Theo besser. Er ist bestimmt kein Mörder.« Margret ergriff die Hand mit dem Messer. Caspar öffnete sie etwas. Er sah in ihre rehbraunen Augen. Beruhigend ruhten sie auf ihm.

»Ist er nicht?«, flüsterte Caspar unsicher. Astaroth pochte in seinem Hirn.

Margret schüttelte ihren Kopf. »Nein, Liebster. Und das weißt du genau.«

Caspars Herzschlag verlangsamte sich. Margret wischte ihm zärtlich etwas Blut aus dem Gesicht und strich ihm über die Wange. Ihre Lippen waren ganz nah. Sein Kopfschmerz ließ ein wenig nach. »Die vielen Toten. Die durchwachten Nächte. All das Elend. Das hält kein Mensch aus.« Margret küsste seine Wange. »Deine Nerven sind erkrankt, Geliebter. Aber ab jetzt bist du nicht mehr allein mit dieser Bürde.« Margret streichelte ihn unablässig. Caspar schloss dankbar seine Augen. Fast lag das Messer jetzt in Margrets Hand. Caspar ließ es zu. »Ab jetzt bekommst du Hilfe. Theo und du. Ihr könnt diese Seuche gemeinsam besiegen. Zu zweit in eurer Praxis.«

»Was?«, schrie Caspar. Seine Wangen wurden scharlachrot. Sofort stieß er Margret weg. »In unserer Praxis? Was soll das denn heißen?« Er starrte zu Theo. Der ließ sich nach hinten sinken und seufzte tief. Margret sah ihn fragend an. »Du hast es ihm nicht erzählt?«

»Es hat sich noch nicht ergeben, Weib«, zischte er. »Aber danke.«

»Meine Praxis willst du jetzt auch noch, du Schuft?«, rief Caspar feindselig. Seine Muskeln wurden bretthart. Das Blut rauschte in seinen Ohren. Der Kopfschmerz war zurück.

»Zum Luft meinte ...«

»Ihr beide!« Caspar presste seine Zähne aufeinander und deutete abwechselnd zu Theo und zu Margret. »Macht gemeinsam Pläne hinter meinem Rücken!« Margret verdrehte die Augen und stöhnte. Theo raufte sich sein Haar.

Caspar hatte das Gefühl, sein Kopf würde platzen. »Meine Praxis!« Die Nadeln in seinen Schläfen stachen zu. »Und mein Weib! Alles willst du nur für dich!«

»Deshalb?« Jetzt lachte Theo wütend auf. »Das ist der Grund? Du bist immer noch eifersüchtig, nach all den Jahren? Und deshalb soll ich ein Mörder sein?« Er schüttelte seinen Kopf. »Und ich bin der Verrückte hier!«

»Nicht deshalb!« Caspar hieb mit dem Messer auf den Tisch ein. Margret schrie. Laurencz plärrte erneut los. »Sondern wegen der Leichen überall auf den Straßen. Und weil Simon es mir gestanden hat. Eure Machenschaften!«

»Simon?« Theo horchte auf. Sein Gesicht veränderte sich. »Du hast ihn gesprochen? Wo?«

Endlich stand Paracelsus auf. Er kam hinter dem Tisch hervor und drückte das Kind in Margrets Arme. Caspars Langmesser zuckte.

»Die ganze Stadt habe ich nach ihm abgesucht«, murmelte Paracelsus.

»Um ihm Weisungen zu geben, was?«, schrie Caspar und holte mit dem Messer aus. Margret kreischte laut. »Um ihn zu warnen? Ihn auf mich zu hetzen? Du Judas! Angegriffen hat er mich, in meiner eigenen Praxis!«

Theo erblasste. »Das wagt er nicht«, flüsterte er zu sich selbst.

»Nein? Und doch ist es geschehen!« Caspar schwang das Messer in der Luft herum. Ziellos. »Ich werde euch aufhalten! So wahr mir Gott helfe.«

Margret drückte Laurencz gegen ihre Brust und stellte sich vor Theo. »Caspar, nicht! Um Himmels willen«, schrie sie.

»Ja, ich weiß.« Caspar stieß sie weg. Fast wäre sie mit dem Kind im Arm gestürzt. »Tu bloß Theo nichts! Er darf Satan anbeten und Leute abschlachten, aber du wirst ihn immer lieben. Das waren deine Worte damals, nicht?«

»Ich habe dich geheiratet«, entgegnete Margret verzweifelt. »Dir ein Kind geschenkt.«

Laurencz heulte. Margret presste ihn an sich. Trat zurück, um ihn zu schützen. Paracelsus aber stand still da. Kreidebleich war er geworden. »Tu es«, flüsterte er nun, fast ohne die Lippen zu bewegen. »Oder lass mich gehen. Jetzt.«

Langsam trat er an Caspar heran und verschränkte die Arme hinter seinem Kopf. »Mir ist es ehrlich gleich. Aber diese Komödie spiele ich nicht mehr für dich.«

Caspar zitterte wie eine Ähre im Wind. Theo führte ihn an der Nase herum, das war es. Ein neuer Schachzug. Ein Spiel, sein Kartenhaus. Er schwitzte so sehr, dass das Blut des Maurers zu Boden tropfte. Dieses Monster hatte ihn gerichtet. Simon geschickt und ausgebildet. Ihn einsperren lassen. Er drängte sich in seine Praxis. Und nahm ihm Margret weg.

Er sah nurmehr verschwommen. Eine Frauenstimme schrie. Ein Kind weinte in der Ferne. Caspar erkannte sie beide nicht. Caspar führte das Langmesser an Theos Hals. Alles wurde schwarz.

Simon

Simon wusste sofort, dass er nicht allein war in seiner Kammer. Er fühlte es, kaum dass er sie betreten hatte. Düster lächelte er. Es war so weit. Endlich.

»Gott zum Gruße, Meister«, sprach er in die Finsternis hinein.

»Ich grüße dich, Simon.« Paracelsus saß im Dunkeln, ruhig und gelassen. Der Mondschein allein erhellte sein Gesicht.

»Du hast mir gefehlt, Meister.« Simon entzündete eine Talgkerze.

Paracelsus kippelte. Sein Stuhl knarzte. »Fleißig warst du, wie ich höre. Caspar hat mir davon berichtet.« Paracelsus hatte Simon den Rücken zugewandt. Seine Stimme war tonlos. Gebannt starrte er zum Mond hinauf.

»Um den musst du dir keine Sorgen mehr machen, Meister. Er wird dich nicht mehr belästigen.«

Paracelsus lachte zynisch auf: »Oh doch, das wird er, sei dir gewiss. Du kennst ihn nicht.«

Simon fiel eine der Phiolen von der heutigen Nacht hinunter. Sie zersprang.

»Du solltest besser aufpassen mit dem wertvollen Gut«, mahnte Paracelsus streng. Er rührte sich nicht.

»Ja, Meister.« Simon nickte betreten. »Entschuldige.« Er ging ein paar Schritte im Zimmer auf und ab und wusste nicht recht, wohin mit sich. Die Männer schwiegen. Schließlich fasste Simon Mut.

»Lass es mich erklären, Paracelsus.« Hoffnungsvoll holte er Luft. Er hatte nur kurz zurückkehren wollen, um neue Phiolen zu holen. Seinen Vorrat für heute Nacht hatte er bereits befüllt. Das Chaos auf den Straßen spielte ihm in die Hände. Aber egal, das Gespräch war überfällig.

»Du wirst Caspar in Ruhe lassen«, zischte Paracelsus unvermittelt. »Er ist meine Familie.«

»Ja, Meister.« Simon nickte eifrig. »Wie du befiehlst.« Er trat ratlos von einem Bein aufs andere. »Aber jetzt, bitte, hör mir zu.« Er fuhr sich durch sein goldblondes, engelsgleiches Haar. »Ich bin dein getreuer Schüler, das weißt du.«

»Mein Schüler? Ja, so ist es wohl.« Paracelsus seufzte trocken. »Ich habe das tote Mädchen gefunden, weißt du? Am Flussufer.« Eine kleine Träne rann jetzt über seine rechte Wange. »Ich selbst habe dir die Schnitttechnik beigebracht.« Paracelsus lachte auf. »Wie ungeschickt du dich am Anfang angestellt hast. Hätte ich es nur dabei belassen.«

Simon schloss für einen Moment die Augen. Ihm war klar gewesen, wie schwierig dieses Gespräch werden würde. Er musste behutsam vorgehen. Also trat er hinter Paracelsus und legte zärtlich eine Hand auf seine Schulter. »Ja, so ist es, Paracelsus«, flüsterte er liebevoll. »Ich bin dein Schüler. Deine Schöpfung.« Nach einer Pause fügte er leise hinzu: »Und sieh dir an, wie weit wir es gebracht haben!«

»Die Teufelin allein hat dich erschaffen«, stöhnte Paracelsus. »Nicht ich.«

»Doch, nur du! Du allein hast mir alles beigebracht. Und nun bin ich, sind wir, so kurz davor«, rief Simon und hielt Paracelsus eine Phiole unter die Nase.

»Da komme ich ja rechtzeitig«, murmelte dieser. »Ich hatte wirklich keine Ahnung, wo ich dich finden sollte.«

Er nahm die Phiole in die Hand und besah sie sorgfältig. Ein unglückliches Glühwürmchen flog darin seine beengten Kurven.

»Ich wollte dich besuchen, vor zwei Tagen schon. In der Domuncula. Dort sagten sie aber, du hättest dein Quartier niemals bezogen. Und dich auch nicht eingeschrieben in der Universität. Bei meiner Antrittsvorlesung warst du auch nicht.«

»Ich weiß, so war es abgemacht, aber …«

»Dabei hätte ich nur dem Geruch von Tod folgen müssen, nicht wahr?« Paracelsus lächelte bitter. »Bei den Bettlern und Henkern fühlst du dich wohl.«

Simon hatte eine Kammer im Hinterhof eines schäbigen Hauses auf dem Kohlenberg bezogen. Die Wohngegend der Henker. Die Freistatt der Verfolgten und der Kriegsflüchtlinge. Eine Gegend, in der niemand einem Mann, der aufs Ganze ging, dumme Fragen stellte.

»Nun hast du mich gefunden, Meister«, sprach Simon zärtlich. »Möchtest du Wein?« Simon tat sein Bestes, die Situation zu entspannen. Er befüllte zwei Becher. Paracelsus reagierte nicht.

»Wir haben so viel Grund zu feiern, Paracelsus. Siehst du das nicht?«

Paracelsus betrachtete mürrisch das Glühwürmchen.

»Du weißt nicht, wie groß Astartes Geschenk an uns war«, rief Simon und nahm bei seinem Meister Platz. Weit genug entfernt.

Paracelsus schüttelte den Kopf. Langsam ließ er seine Finger über die Phiole gleiten. »Dass ich es nicht sofort begriffen habe. Sogar Caspar ahnte es.« Paracelsus lachte auf. »Blind war ich!«

»Was meinst du, Meister?«, fragte Simon unschuldig und prostete Paracelsus zu. Er nahm einen großen Schluck.

»Dass du unbedingt nach Basel zurück wolltest, obwohl hier die Pest tobt. Die größte Stadt Europas versinkt im Chaos. Angebettelt hast du mich!«

»Heimat ist Heimat«, antwortete Simon und lächelte.

»Manipuliert.« Paracelsus äffte Simon nach: »›Werde der Professor, der du sein solltest, Paracelsus. Sie müssen dich nehmen in einer Stadt der Seuche.‹«

»Ja, ja! Ich geb's ja zu.« Simon nickte ungeduldig. »Aber doch nur zu deinem Besten, Paracelsus! Nur zu deinem Besten.«

»Ich habe dir gesagt, dass es das war! Dass wir die Toten ruhen lassen!« Paracelsus brüllte Simon an. Der zuckte zusammen. Der Wein schwappte über. »Hintergangen hast du mich.«

Zum ersten Mal sah Paracelsus ihm in die Augen. Simon wandte seinen Blick ab. Er wollte etwas sagen, aber ihm fehlten die Worte. Paracelsus schwieg. Lange. Kaum konnte Simon es ertragen. Paracelsus beäugte nur das Glühwürmchen, von dem Wein nahm er nicht.

»Bruder Daniel«, zischte Paracelsus schließlich.

Simon schluckte betreten. Rieb sich die Nase. Öffnete den Mund. Und schloss ihn wieder.

»Er wollte kein Arzt werden, oder?«

»Nun ja.« Simon seufzte. Das Blut stieg ihm in die Wangen. Das würde unangenehm werden. »Nicht direkt, nein.«

»Was hast du mit ihm gemacht, Junge?«, flüsterte Paracelsus. »Getäuscht hast du mich, seit damals schon.«

»Herrgott noch eins!« Simon schlug sich mit der Faust auf sein Bein. »Er hat in meinen Sachen gestöbert. Das Buch gefunden. Er hätte uns ausgeliefert an den roten Orden oder den Bischof oder – was weiß ich! Aber er hätte uns verraten! Ganz bestimmt.«

»Und deshalb musste er für immer schweigen«, sprach Paracelsus ruhig.

»Ja, genau«, rief Simon erleichtert aus. »Also verstehst du es? Ich wusste, dass du es verstehst.« Simon strahlte.

»Deshalb wolltest du so überstürzt aufbrechen, damals auf dem Gotthard. ›Magnus kommt zu Kräften.‹ Pah! Dabei wolltest du nur weg sein, bevor sie Bruder Daniels Leiche finden. Und ich war so dumm, dir zu glauben.« Paracelsus schüttelte langsam seinen Kopf, als wunderte er sich über sich selbst. Simon schmerzte es in seiner Brust. »Belogen hast du mich. Die ganzen Jahre über.«

Paracelsus blickte auf das Skalpell in seinem Schoß. Simon folgte seinem Blick. Verführerisch funkelte es im Mondschein. Sekunden der Stille vergingen. Draußen flog eine Eule vorbei. Eine Windböe kam auf und verging wieder. Unten im Haus schrie jemand.

»Du wirst nicht schnell genug sein, Meister«, warnte Simon. Er griff unter seinen Umhang. Paracelsus schielte zu ihm hinüber. Schon hatte er sich vorgebeugt. Plötzlich lächelte er versöhnlich.

»Und nötig wird es auch nicht sein. Ich bin nicht dein Feind, Meister.«

Simon nahm die Hand aus dem Umhang und legte sie liebevoll auf die seines Mentors.

»Hätte ich dich doch nur verjagt, damals, in der Fleischershalle. Was gäbe ich jetzt darum«, sprach Paracelsus geistesabwesend und ergriff das Skalpell. Simon bewegte sich nicht. Er war stärker, schneller und entschlossener. Wenn es wirklich darauf ankam, hatte Paracelsus keine Chance. Der drückte das Skalpell langsam in Simons Haut. Er ließ es geschehen, machte keinen Mucks. Versuchte nicht, seine Hand wegzuziehen.

»Schau her!« Paracelsus atmete begeistert auf. »Du blutest wie die Menschen. Als wärst du einer von uns!«

»Paracelsus«, Simon beugte sich noch weiter zu ihm. Fast berührten sich ihre Nasen. Simon starrte in eiskalte Augen. Er entriss seinem Meister die blutende Hand. Er musste es versuchen.

»Ich verstehe, dass du zornig bist. Aber du musst mir vergeben. Ich brauche dich. Du verstehst nicht, was es machen könnte. Sieh dir das an!«

Er zeigte stolz auf die Phiole zwischen Paracelsus' Beinen.

»Ich bin schon so weit! Sie entweichen durch das Brustbein, wie Astarte es gesagt hat.« Helle Begeisterung lag jetzt in seiner Stimme. Es fehlte nicht viel, und er hatte Paracelsus an seiner Seite. Bisher hatte es immer funktioniert. »Man muss es nur im richtigen Moment eröffnen, wenn sich die Seele sprungbereit macht. Das ist etwas schwierig.« Simon starrte verlegen zu Boden. »Lange habe ich gebraucht, das zu erkennen.«

»Wie machst du es? Ein Beil?«, fragte Paracelsus ruhig. Er griff nach der Phiole.

Simon schüttelte seinen Kopf. »Eine Knochensäge, wenn möglich. Wenn ... ich sie hierherbringen kann. Das ist sauberer. Hast du immer gesagt.«

»Die Zeit?«, fragte Paracelsus trocken.

»Getränkte Schlafschwämme. Sie verlieren sofort das Bewusstsein. Dann hat man Zeit im Überfluss.« Simon lächelte stolz. »Du würdest nicht glauben, was die Apotheker noch so auftreiben können, wenn man sagt, es sei für Paracelsus.«

»Wie viele Leben hat es gebraucht, Junge? Für das hier?« Er hielt die Phiole in die Luft.

Simon schüttelte wieder mit dem Kopf. Zahlen würden jetzt nicht weiterhelfen. »Ich weiß, du hast gewisse Bedenken.«

Paracelsus lachte bitter auf.

»Aber die Opfer, die es braucht, sind nichts im Vergleich zu dem, was wir bewirken könnten.« Simon sprang auf. »Ewiges Leben, Paracelsus!«

Er riss die Augen auf und fuchtelte mit den Armen in der Luft. Wie er sich wünschte, Paracelsus würde zu ihm hersehen! Der aber tat ihm den Gefallen nicht.

»Des Menschen Traum seit Anbeginn der Zeit. Und wir können ihn erfüllen! Du und ich!«

Simon rüttelte an dem Stuhl. Paracelsus musste sich zu ihm drehen! Jetzt, sofort. Er tat es nicht.

»Man muss ihnen nur ein Gefäß anbieten, mit etwas Lebendigem darin.«

Simon atmete durch. Seine Hände zitterten. Er kramte in seinem Schreibtisch und legte Paracelsus seine Notizen auf den Schoß. Der würdigte sie keines Blickes. Simon war gekränkt.

»Ich denke, sie wissen im ersten Moment nicht, dass sie tot sind. Klammern sich an den ersten lebenden Körper, den sie finden. Und dann sind sie darin!« Er betrachtete liebevoll das Glas in Paracelsus' Hand.

»Gefangen«, rief Paracelsus aus.

»Ja, ja!« Simon winkte ab. »Zunächst vielleicht. Das geb ich gerne zu. Aber ihre Energie besteht fort!« Simon holte Luft. Eindringlich bemühte er sich, Paracelsus' Blick zu erhaschen.

»Man könnte sie den Kranken zuführen.« So. Das hatte noch immer gewirkt. Simon kannte seinen Meister wohl. Bald hatte er ihn. »Du könntest damit heilen, Paracelsus. Der größte Arzt aller Zeiten werden.«

Simon fixierte ihn beschwörend. Und tatsächlich – jetzt blickte Paracelsus zu ihm auf. Simon lächelte in sich hinein. Nie hatte er widerstehen können.

»Ihre Kraft auf den Kranken übertragen?« Paracelsus legte seinen Kopf schief. Rätselnd. »Ob es das geben kann?« Seine Augen funkelten. Simon stockte der Atem. Es gelang! »Man müsste ihnen wohl eine Brücke bauen, meine ich.«

»Ja, genau!« Simon nickte eifrig. Jetzt hatte er ihn am Haken. Endlich. Gemeinsam würden sie das Rätsel lösen. »Ob nun wir oder der schwarze Tod? Was spielt's denn für eine Rolle, Paracelsus?« Simon zwinkerte ihm versöhnlich zu. »Nur dass wir sie noch gebrauchen können!«

»Ja, Simon. Was spielt es eigentlich für eine Rolle?« Paracelsus nickte. Simon wagte nicht zu atmen. »Menschen leben. Menschen sterben. Es ist einerlei.«

Simon schluckte. Sein ganzer Körper vibrierte. Fast stand er auf Zehenspitzen. Er hatte ihn! Gemeinsam würden sie die Welt verändern.

»Wir würden ewig leben.« Paracelsus starrte verzückt in die Ferne. Er erblickte die Ewigkeit vor sich, Simon sah es ganz deutlich in seinen Augen. Unendlichen Ruhm. Unendliche Macht. Simon fuhr ein wohliger Schauer über den Rücken. Paracelsus zwinkerte. »Und wie viele dafür opfern?«

Paracelsus erhob sich. Simons Notizen fielen zu Boden. Fragend schielte er zu ihm hinüber.

»Das weiß ich noch nicht, Meister.« Er errötete.

»Das weißt du noch nicht«, flüsterte Paracelsus. Und nickte. Verständig. »Das weißt du noch nicht?«, schrie er.

Er hob die Phiole hoch und schüttelte sie. Das Glühwürmchen krachte gegen das Glas. Benommen fiel es zu Boden. »Das ist ein leeres Glas mit einem Käfer darin!« Paracelsus hielt es Simon vor die Nase. Der versuchte, sein Gesicht mit den Händen zu schützen. »Und dafür hast du Menschenblut vergossen?«

Simon schluchzte. Tränen sammelten sich in seinen Augen. »Ja, weil ich noch nicht herausgefunden habe, wie man sie binden kann. Das ist alles! Nach einer Weile entweichen sie mir.«

»Das ist alles, wie?«, seufzte Paracelsus und ließ das arme Glühwürmchen endlich ziehen. Simon verzog sein Gesicht.

»Ich bin einfach nicht … ich bin nicht das Genie, das es braucht. Ich komme nicht darauf«, stammelte Simon traurig. Dann ergriff er unvermittelt die Hand seines Meisters. »Aber du, Paracelsus! Du kannst das Rätsel lösen. Du wirst es herausfinden. Wir können es schaffen. Gemeinsam.«

Paracelsus starrte auf die offene Phiole in seiner Hand. Dann schmetterte er sie gegen die Wand. Es klirrte. Simon zuckte zusammen.

»Du glaubst doch nicht allen Ernstes, dass ich dir bei diesem Wahnsinn helfe?«

Paracelsus richtete das Skalpell auf Simon. Der wich zurück.

»Mit dir mordend durch die Gassen ziehe? Menschen auflauere, wie ein Tier auf der Jagd? Und sie abschlachte, als wären sie nur für mich gemacht? Unsere Aufgabe ist es, Leben zu bewahren, und nicht, es zu nehmen! Und nicht, es zu schänden! Nichts hast du gelernt von mir.«

Paracelsus schäumte vor Wut. Angewidert besah er seinen Schüler.

»Nenne du mich nie wieder Meister! Der bin ich nicht für dich.«

Simon sackte in sich zusammen. Der Boden unter seinen Füßen stürzte ein. Seine Knie zitterten. Seine Welt zerbrach.

Böse funkelte er Paracelsus an.

Caspar

Jemand eilte zu ihm. Er musste gefallen sein, denn sein Kopf lag auf dem harten Boden. Sein Rücken schmerzte. Sein Ellbogen blutete. Caspar spürte Kälte. Einer hatte neben ihm erbrochen. Er roch es. Jemand flößte ihm Wasser ein. Wiegte sachte seinen Kopf mit den schmerzenden Schläfen. War das Astaroth? War sie auch zu ihm gekommen, endlich?

Er wurde in eine Decke gehüllt. Seine Stirn wurde geküsst und mit einem kalten Lappen betupft. Kerzen wurden zu ihm gebracht. Ein salziger Löffel wurde in seinen Mund gesteckt. Er schluckte. Er hörte Getuschel, seinen Namen, immer wieder. Wer redete da? Caspar fror. Und dennoch war ihm heiß. Das Getuschel wurde lauter. Aufgeregt. Keiner gab sich mehr die Mühe zu flüstern.

»Die Synagoge haben sie schon angezündet. Überall jagen sie die Juden vor sich her. Der Rindermarkt brennt lichterloh. Das ganze jüdische Viertel steht in Flammen.« Das musste die Stimme seiner Schwiegermutter sein.

»Dann packen wir unsere Sachen und verschwinden. Bis diese Stadt wieder bei Vernunft ist.«

»Das geht nicht! Zum Luft hat die Stadttore verriegeln lassen, damit sich die Seuche nicht weiter ausbreitet. Keiner kommt mehr rein oder raus.«

»Jetzt hat er sie verriegeln lassen? Das ist blanker Hohn!«, erwiderte Margret. Fast hätte es Caspar interessiert.

»Paracelsus hat darauf bestanden. Vor allen Ratsherren. Deshalb konnte er nicht mehr anders«, antwortete jemand, der klang wie sein Schwiegervater.

»Dann verstecken wir uns. Bei einem deiner Professoren oder sonst wem.«

»Und jemand anderen damit in Gefahr bringen? Nein, mein Kind. Das ist nicht recht.«

»Was willst du also tun, Vater? Hier die Lichter löschen, bis es vorüber ist?«

»Und wenn sie uns hier suchen? Mit Laurencz im Haus? Gott bewahre«, antwortete Esther Göttisheim.

»Caspar ist ihr Arzt. Ein Christ«, rief Margret.

»Sie wissen, wer sein Weib ist. Nein, das können wir nicht riskieren mit dem Kind. Wir müssen uns verbarrikadieren am Nadelberg, bis dieser Wahnsinn vorüber ist. Wir brauchen Wasser. Eimerweise. Die werden sich wundern, wie alte, jüdische Knochen kämpfen können. Für ihr Recht.«

Caspar hörte die Worte wohl. Erkannte die Stimmen, die sie aussprachen. Aber was auch immer sie quasselten, es gab nur eines. Eine einzige Sache auf der ganzen Welt. Alles andere war unwichtig. Er fuhr hoch. »Paracelsus! Paracelsus ist der Mörder.«

Margret stützte ihn. »Ruhig, Caspar. Du brauchst Ruhe.« Sie streichelte sanft sein schmutziges Gesicht. »Du bist ohnmächtig geworden, Liebster. Theo geht es gut.«

»Nein!« Caspar schüttelte sich. Er versuchte, sich aufzurichten, und fiel. »Ich muss ihn aufhalten.« Caspar kroch los. Auf allen vieren. Seine Beine trugen ihn nicht.

»Siehst du, Vater? So war es schon die ganze Zeit über.« Margret weinte. »Was ist nur mit ihm?«

Jacob runzelte seine Stirn, während Caspar an ihm vorüber robbte.

»Die Pest. Die schlaflosen Nächte. Die ganze Verantwortung. Das war zu viel für ihn. Es sind seine Nerven.«

Jacob träufelte eifrig noch ein wenig von der salzigen Flüssigkeit auf den Löffel. Caspar schluckte benommen, verlor das Gleichgewicht und fiel erneut.

»Den Nadelberg hinauf kommt der nie«, stellte Margrets Mutter fest.

Caspar heulte auf: »Weil Paracelsus mich vergiftet hat. Damit ich nicht mehr laufen kann und ihm nicht folge!«

»Vergiftet?« Esther schüttelte nur ihren Kopf.

Margret beugte sich besorgt über ihren Mann. Caspar lag jetzt wie ein Käfer auf dem Rücken und zappelte.

»Caspar, wie sollte er das denn getan haben?« Sie flüsterte: »Nichts hat er dir gegeben.«

»Ich weiß nicht wie«, rief Caspar aus. »Er ist Paracelsus, das Genie! Durch seine Worte, seine Blicke. Er ist der Meister der Arzneien.«

Margret atmete durch. »Caspar. Du hast nicht geschlafen. Nicht gegessen und nicht getrunken. Dein Körper hat Grenzen. Und die sind erreicht. Das ist, was dich zum Fallen bringt. Nicht Theo.«

»Nicht Theo«, wimmerte Caspar. »Nicht Theo, nein! Paracelsus! Paracelsus allein. Theo ist längst tot. Wir haben ihn nur noch nicht begraben.«

Margret steckte ihm einen Löffel in den Mund. Caspar spuckte das salzige Zeug aus. Wieder rappelte er sich hoch. Und schwankte hin und her. Esther warf ihm hilflos die Decke über die Schultern. Margret seufzte.

»Er wiegt sich, wie die Irren. Theo ist auf und davon. Mein Vater sieht aus wie nach einer Kneipenschlägerei und stinkt, als hätte er drei Tage durchgezecht. Und diese Verrückten da draußen werden euer Haus niederbrennen. Ich komme mit dir und helfe euch, Vater. Caspar kann bei Laurencz bleiben. Dann droht ihm keine Gefahr.« Margret sah Caspar missmutig an. »Solange dieser Mensch seinen Verstand beisammenhalten kann.«

Caspar griff nach Göttisheims Hand: »Nein, ich helfe dir, Jacob. Das Weib soll bei dem Jungen bleiben. Wir löschen das Feuer und dann töten wir Paracelsus. Zusammen.« Er grinste.

Margret lachte verzweifelt auf. »Mein Gatte ist unpässlich, Vater. Ich komme mit euch. Punkt.«

»Willst du ihn denn wirklich hier alleinlassen? Mit dem Kind?«, fragte Esther. Ein recht kritischer Blick war auf Caspars fahles Gesicht gerichtet.

Margret beachtete sie nicht. Stattdessen stellte sie Caspar einen ganzen Krug mit Wasser vor die Nase.

»Du trinkst jetzt das hier aus und rührst dich nicht von der Stelle, bis ich zurück bin.« Margret küsste seine Wange. »Schaffst du das, Caspar? Kannst du hierbleiben? Bei unserem Sohn?«

Caspar nickte artig. »Ich werde ihn beschützen, Margret. Vor den ganzen bösen Menschen.«

»Du rührst keine Waffe an, wenn du mit dem Jungen im Haus bist. Hast du mich verstanden?«

Caspar verschränkte mürrisch seine Arme.

»Und wenn Theo zurückkommt, fängst du keinen Streit mehr an. Er ist dein bester Freund. Er bringt Medizin für dich.«

Caspar ballte die Fäuste. Widersprach aber nicht.

Margret nickte ihrem Vater zu. »Und wir verteidigen jetzt den Nadelberg. Wenn sie unser Zuhause niederbrennen wollen, müssen sie zuerst an mir vorbei!«

Margret

Die Familie Göttisheim hielt sich am Rheinufer, um das Judenviertel meiden zu können. Von überallher hallten Schreie in die Nacht. Verzweifelt versuchten die Bürger, das Feuer zu löschen, welches vom Judenviertel aus auf die benachbarten Häuserzeilen übergriff. Natürlich. Das Feuer scherte sich nicht um Religion. Plünderer wollten Schätze aus den brennenden Häusern bergen und wurden von den Flammen eingeschlossen oder von den herabfallenden Balken erschlagen. Die fliehenden Juden hetzte man unnachgiebig durch die Gassen. Köpfe wurden eingeschlagen. Körper in den Rhein geworfen. Zum Luft hatte es geschafft: Er hatte seine Bürger geeint. In Hass. Nie hatten sie sich einander näher gefühlt.

»Solche Narren«, rief Esther und starrte auf die Flammen, hoch in den Himmel schlagend. Ohrenbetäubend war der Krach, den das Feuer gebar.

»Wenn ihre Stadt nicht mehr existiert, gibt es auch keine Pest mehr«, antwortete Jacob zynisch.

Margret lachte verzweifelt auf und beschleunigte ihren Marsch.

Erst auf Höhe der Universität bogen sie nach Westen hin ab. Das Bild änderte sich schlagartig. Auf dem Nadelberg herrschte Totenstille. Nur die Fledermäuse fiepten. Keine Seele wagte sich hier auf die Straße. Der Rauch der Verwüstung zog nach Süden hin ab. Die Luft war warm und klar. Fast schien es friedlich.

»Nun denn, Vater. Was ist zu tun?«, fragte Margret ernst. Sie hatten ihr Haus erreicht.

Jacob klatschte in die Hände. »Beginnen wir.«

Er zog seine seidenen Schuhe aus. Die Mutter band sich ihre Schürze um. Margret knotete ihr Haar zusammen. Dann sicherten sie ihr Haus.

Sie schleppten mehr Wasservorräte herbei, als fünf ausgewachsene Mannsbilder hätten tragen können. Margrets Vater verbarrikadierte die Fenster und die Hintertüren. Zwar nagelte er die Bretter schief an die Rahmen und schlug sich dabei seine Daumen blutig. Aber immerhin, das Holz hielt.

Margret spähte in die Nacht. Der Wind hatte gedreht. Die Schreie wurden lauter. Sie würden kommen. Den Berg hinauf. Sie fühlte es.

Wasser wurde in jeden Kessel und Krug, jede Schüssel und jeden Topf gefüllt, die sie nur finden konnten. Die großen Eimer ließen sie an der Türschwelle stehen. Margret nässte den Fußboden, während ihre Mutter alles Leinen und alle Decken, die sie besaßen, in Wasser tränkte und griffbereit in jedem Stockwerk ausbreitete. Margret wünschte sich nun, ihre Eltern hätten die Magd nicht weggeschickt. Oder ein kleineres Haus bezogen.

Die Vordertür verriegelte Jacob nicht. Eingeschlossen in diesem Haus wären sie jetzt schon wie Tiere im Käfig, wartend auf den Metzger, erklärte er Margret.

Eine Nachbarin kam herbeigelaufen und beäugte das Treiben gespannt. Fast hätte sie ihre Hilfe angeboten, meinte Margret. Dann rannte sie eiligst davon.

Esther Göttisheim lehnte es ab, eine Waffe auch nur anzufassen. Margret schnappte sich ein Messer. Ihr Vater steckte sich ein scharfes Skalpell ein und nahm eine eiserne Schaufel zur Hand.

»Das wird sie kaum beeindrucken, Vater.« Margret lachte spöttisch. Atemlos standen die drei auf der Veranda vor ihrem Haus und warteten auf den Pöbel. Sie waren bereit.

»Ich bin Gelehrter, Kind. Meine Waffe ist das gesprochene Wort.« Jacob blickte auf die dunkle Straße hinab. »Ich will sie nicht unnötig provozieren.« Margret nickte. Das wäre wohl weise.

»Wo bleiben sie denn nun?«, fragte ihre Mutter nervös. »Ich wünschte, es wäre schon geschehen.«

»Mag sein, dass keiner kommt. Vielleicht haben sie begriffen, dass das Feuer auch sie selbst verbrennt«, antwortete Jacob.

»Hoffentlich sind sie schon alle verbrannt«, gab Margret zurück.

»Du sprichst nicht so, Tochter«, tadelte sie Jacob. Gedacht haben mochte er dasselbe.

Da sah Margret die erste Fackel. Unschuldig blitzte sie in der Ferne auf. Die Muskeln ihres Vaters spannten sich an. Margret fühlte es.

»Frauen, geht ins Haus«, flüsterte er. Ein zweites Licht erschien am Horizont.

»Niemals«, rief Margrets Mutter die Straße hinunter. Sie biss ihre Zähne aufeinander.

Margret selbst stellte sich breitbeinig hin, als wäre sie ein Mann. Das war ihre Antwort.

»Sie werden keine Rücksicht auf euch nehmen. Ich bitte euch, geht hinein.«

Esther schüttelte entschieden ihren Kopf. Liebevoll besah sie ihren Mann. Dann ergriff sie seine Hand. »Stets an deiner Seite, Gatte.«

Margret lächelte und hakte sich bei ihrem Vater unter. Trotzdem wünschte sie sich ihren Bruder herbei. »Die werden sich ja wohl nicht mit dem Weibsvolk prügeln. Das müssten sie sich ja zeitlebens anhören.«

Stimmen erklangen. Rufe ertönten. Margret riss die Augen auf. Ihr Atem wurde schnell. Sie nahten.

»Bei Gott«, murmelte ihre Mutter.

Dunkle Gestalten tauchten vor der Häuserzeile auf und kamen auf sie zu. Mehr. Und immer mehr. Esthers Lippen begannen zu zittern. Schweißtropfen bildeten sich auf ihrer Stirn.

»Dass es so viele sind«, hauchte Jacob besorgt.

»Wir kämpfen für unsere Rechte«, flüsterte Esther entschlossen. Jacob kniff die Augen zusammen.

Margret stieg die Angst in die Knochen. Sie hatten sich geirrt: Es war nicht bloß eine Handvoll Verrückter, die sie hätten vertreiben können. Das hier war ihr Untergang. Zwanzig oder dreißig wütende Gestalten zogen da den Nadelberg hinauf. Gut jeder dritte streckte eine Fackel in die Luft. Margret dachte an ihren Sohn. Es brach ihr das Herz. Mit denen musste er groß werden.

Jacob fluchte leise und besah zweifelnd die Schaufel in seiner Hand. Gefährlicheres Werkzeug nahte ihnen.

»Vielleicht ziehen sie vorüber«, flüsterte seine Frau bangend. Ihre Stimme bebte.

Regungslos starrten sie auf die Straße. Margret fühlte den Atem ihres Vaters. Ihr Herz pochte. Der Mob grölte und schimpfte. Lauthals fluchend bahnten sie ihren Weg hinauf. Langsam. Unerbittlich. Näher. Und näher. Vulgärsprache prallte auf die teuersten Wände Basels.

Margret bemerkte das Lallen der Männer. Einer sang ein schmutziges Lied. Keiner konnte mehr nüchtern sein. Sorgenvoll betrachtete sie ihre Eltern und sehnte sich nach Caspar. Weiß Gott, es waren die längsten Minuten ihres Lebens.

Das Getrappel wurde lauter. Margret zitterte. Ihr Vater neben ihr begann zu wanken. Ihre Mutter wimmerte leise. Bald erkannte Margret Gesichter. Sah den Hass in ihren Augen. Fast roch sie den Schnaps in ihrem Atem. Margret schauderte.

»Sieh an, ein Judennest«, rief der Erste. Ein unsichtbares Zeichen wurde gegeben. Augenblicklich kam der Mob zum Stehen. Unten vor der Treppe. Die Stufen zum Haus herauf nahmen sie nicht. Noch.

»Alle schön versammelt, was?« Ein Bauer mit der Mistgabel in seiner Hand lachte. »Das ist wohl ein guter Fang. Welche willst du haben?« Er stieß seinem Nachbarn in die Flanke. »Die Junge oder die Alte?« Er schielte zu Margret hinauf. Ihr entwich das Blut aus ihrem Kopf. Sie tat einen stummen Schrei. »Ich weiß wohl, sie ist schöner. Aber die alten Weiber können Sachen, davon träumst du nachts!«

Alle lachten. Auch die Frauen. Margret wurde schlecht.

Jacob ballte seine Fäuste. Esther packte ihm beim Arm. Jacob räusperte sich.

»Was stört ihr die Ruhe rechtschaffener Bürger, frage ich euch?«

Es tat seine Wirkung. Das Lachen verebbte.

»Wir helfen uns gegenseitig, in dieser Stadt. In Zeiten des Kriegs. In Zeiten des Hungers. In Zeiten der Pest. Die Basler gehen Hand in Hand. Und trotzen ihrem Schicksal, mit vereinten Kräften. So wurde diese Stadt groß. Das macht uns aus! Und ihr?«

Jacob machte eine Pause. Sein Blick glitt über die Menge hinweg. Köpfe wurden gesenkt. Einige blickten verlegen zu Boden. Alle schwiegen. Gut so, dachte Margret.

»Ihr? Brennt in einer Nacht nieder, was Generationen vor euch aufgebaut haben. Was würden eure Vorväter von euch halten? Und deren Väter? Seht euch an! Blind vor Wut gebt ihr euch selbst auf. Anstatt um eure Liebsten zu trauern und sie zu ehren durch gute Taten!«

Jacobs Stimme donnerte auf die Menge herab. Unbeugsam, scharf und klar.

Ein Weib voll Ruß im Gesicht sah unsicher um sich. Ein Junge ließ seine Fackel etwas sinken. Ein paar Männer murmelten sich gegenseitig etwas zu.

Ihr Vater hatte recht, dachte Margret bei sich. Das gesprochene Wort war seine Waffe. Nur dass es nichts nützen würde. Wahre Worte drangen nicht in leere Köpfe.

Schon lugte Frantz seinem Vordermann über die Schulter:

»Hört dieser Judensau nicht zu, er lullt euch nur ein! Das kann er gut, ich weiß! Aber riecht ihr, wie seine Lügen stinken?«

Frantz furzte laut. Und hielt sich theatralisch die Nase zu.

Die Menge jubelte. Genau, dachte Margret sarkastisch, solche Diskussionen wollten sie lieber führen. Das Weib mit dem Ruß im Gesicht kugelte sich vor Lachen. Der Junge schwang fröhlich seine Fackel hin und her. Einige klatschten Beifall. Frantz grinste zu seinem Rektor hinauf. Jacob sah unsicher zu seiner Frau. Konnte man denn darauf antworten, dachte sich Margret.

Der Schmied vom Kornmarkt trat hervor.

»Was macht ihr mit den Eimern, Judenpack? Sollen wir euch taufen heute Nacht?« Beifall ertönte. Die letzten Zweifel waren dahin. »Bei einem haben wir's schon versucht, heut' Mittag! Aber Gott wollte ihn nicht haben.«

Jubelrufe erklangen. Margret verzog ihr Gesicht.

»So einen Bastard nimmt er nämlich nicht«, fügte ein Besoffener hinzu.

»Und dann habt ihr ihm den Schädel gespalten, und uns nennt ihr Pack?«, rief Jacob hinunter.

Margret schloss die Augen. Sie atmete flach. Recht haben und recht bekommen. Das war der Unterschied. Es würde böse enden.

Ein altes Weib drängte sich nach vorn. Einen faustgroßen Stein trug sie in ihrer runzeligen Hand. Argwöhnisch sah sie zu ihnen hinauf.

»Nein!« Sie schüttelte ihren greisen Kopf. »Nein, sie haben Vorräte angelegt, diese Säue! Das ist das letzte saubere Wasser dieser Stadt.« Ein Raunen ging durch die Menge. »Das haben sie sich genommen, noch bevor sie unsere Brunnen vergiftet haben! Steinigt sie«, rief das Weib und warf mit aller Kraft den Stein. Er traf Margrets Mutter an der Schulter. Viele klatschten in die Hände. Esther heulte auf.

»Judenschweine«, rief jemand.

»Giftmischer, verfluchte«, ein anderer.

»Wage das noch einmal!«, schrie Margret der Alten entgegen. Sie wollte nach unten, doch der Griff ihres Vaters hinderte sie.

»Was dann, Judenschlampe?«, zischte ein zweites Weib.

»Zeigen wir ihnen jetzt, was Basel mit den Juden macht!«

Die Menge konnte kaum mehr an sich halten. Die Stimmung kochte. Die Begeisterung wuchs. Blut wollten sie schmecken und Rauch riechen. Margret versuchte, nicht an ihren Sohn zu denken.

Die erste Fackel wurde geworfen. Sie traf und krachte gegen das Fenster. Die Münder öffneten sich gespannt. Die Fackel prallte an Jacobs schief genagelten Brettern ab. Unschuldig blieb sie am Boden liegen. Margrets Mutter eilte sofort mit einem Eimer herbei, das Feuer zu löschen. Wortlos starrte die Menge hinauf.

»Lasst uns und unser Haus in Frieden«, kreischte Esther. »Wir sind Kinder dieser Stadt wie ihr.«

»Ein Haufen Scheißdreck bist du, Judensau!«

Die Menge hatte wieder Aufwind. Das Gegröle wurde lauter. Schnaps wurde herumgereicht, Steine aus Taschen genommen.

Die nächste Fackel wurde geschleudert. In einem großen Bogen flog sie durch die Luft. Die Leute starrten ihr nach. Ein junges Ding hüpfte auf und nieder vor lauter Vorfreude. Margret hielt den Atem an. Ihre Mutter betete. Die Fackel traf das Holzdach. Jacob hatte es gut gewässert. Das Feuer fand keinen fruchtbaren Boden. Dümmliche Gesichter blickten enttäuscht hinauf. Das Gemurmel verklang. Stille. Eine Fledermaus flog aufgescheucht von dannen. Ratlos sahen sich die Menschen unten um. So vermissten sie offensichtlich den Spaß daran.

»Bringen wir sie doch einfach um«, rief einer.

Margret traute ihren Ohren nicht. Ihre Mutter zuckte zusammen. Ihr Vater suchte nach seinem Skalpell.

Niemand reagierte. Keiner rührte sich. Man dachte nach.

»Ertränkt sie in ihrem gestohlenen Wasser«, schrie das alte Weib. »Das sie uns braven Christen nicht mehr vergönnt haben!«

Da platzte der Knoten. Das Leben kehrte in die Menge zurück. Sie kam näher. Langsam. Basel traf seine Entscheidung. Irre Schreie ertönten. Zahllose Steine flogen. Die Wut. Sie musste nach draußen.

Ein Stein traf Margrets Vater an der Schläfe. Fast stürzte er. Blut lief über sein Gesicht. Esther schrie auf.

Margret fluchte. Das reichte! Sie hörte den kleinen Laurencz nach ihr rufen. Er brauchte sie! Sie sah sein Lächeln. Seine Augen. Seine Wangen. Sah ihn heranwachsen, mit ihnen. Groß werden. Wütend, vulgär und dumm. So wie die da unten. Nein, das durfte nicht geschehen! In so einer Stadt würde ihr Kind nicht aufwachsen! Niemals. Blitzschnell riss sie sich von Jacob los. Der konnte sie nicht mehr greifen und schrie ihr nach. Margret hörte nicht. Zwei Stufen trat sie hinunter.

»Seid Ihr von Sinnen?« Ihr Blick prallte unbarmherzig auf die Menge. »Ihr alle! Das hier sind zwei alte Eheleute, nichts weiter!« Margret schnaufte schwer. »Sie sind in dieser Stadt geboren und aufgewachsen. Haben Feste mit euch gefeiert und ihr Brot mit euch geteilt. Lasst sie in Frieden, sag ich!« Margrets Stimme überschlug sich. Sie blickte zum Himmel. »Oder – bei Gott – ihr müsst an mir vorbei!«

Margret zog ihr Messer und hielt es tapfer vor ihre Brust. Sie hob und senkte sich rasch.

Die Meute schwieg sofort. Ungläubig wurde die Frau beäugt. Und das Messer in ihrer Hand. Die Steine ruhten. Irgendwo bellte ein Hund.

»Packt sie«, rief der Schmied unvermittelt. »Nehmt diese Hure!«

Er tat einen Satz auf Margret zu. Sie wich nicht zurück.

»Nein«, brüllte Margrets Vater und lief die Stufen hinunter. Frantz preschte vor. Margret schwang das Messer nach ihm. Er wich aus. Packte ihren Arm. Margret schrie auf. Jacob holte mit der Schaufel aus. Er traf jemanden am Kopf. Der fiel. Zwei andere packten ihn. Einer schlug ihm in den Magen. Jacob röchelte.

»Lasst sie«, wimmerte Margrets Mutter von oben. Sie musste sich auf das Geländer stützen.

»Bleib, wo du bist, Esther«, stammelte Göttisheim. Eine Faust traf seinen Kiefer.

»Um Gottes willen!«, schrie diese auf. Sie schleuderte einen Eimer nach unten. Mehr hatte sie nicht.

Frantz zerrte an Margret. Sie ließ das Messer fallen.

»Nein, du Scheusal!«

Sie biss ihm in die Wange. Er schlug ihr mit der Faust ins Gesicht. Margret sank zu Boden. Sie schluckte ihr Blut. Frantz hielt ihre Arme fest.

»Lasst sie! Das ist mein Kind!«, schrie Esther.

Jacob versuchte, sich loszureißen. Es war aussichtslos.

»Du siehst da jetzt zu, Judenschwein!«, rief sein Peiniger von rechts.

Margret schrie aus Leibeskräften. Die Tür im Nachbarhaus ging auf und wieder zu. Der Schmied riss Margrets Bluse auf. Die Menge jubelte. Alle glotzten! Unten hielt man ihre Beine.

»Geht weg von meiner Tochter!«, stöhnte Jacob. Ein Faustschlag in den Bauch folgte. Jemand hob seinen Kopf nach oben.

»Sieh' hin! Du Schwein!«

»Lasst mich!«, schrie Margret. »Lasst mich, oder der Teufel wird euch holen!«

Sie lachten.

»Unser Gott kennt nicht mal deinen Namen«, rief Frantz. Er ließ ab von ihren Armen und kniff stattdessen in ihre Brüste. Fest. Margret krümmte sich vor Schmerz. Die Münder klappten auf. Alle starrten. Der Schmied beugte sich über sie.

»Mach's ihr fest«, rief das alte Weib. »Treib ihr den Teufel aus!« Margrets Mutter jammerte. Sie kroch zur Treppe. Die Alte warf einen Stein nach ihr.

Der Schmied grinste Margret an. Frantz leckte über ihre Wange. Margret würgte. Der Schmied kniete sich über sie. Er hob ihren Rock. Sie schloss ihre Augen. Ein jeder gaffte. Jacob schrie. Ein Stock hieb auf seinen Kopf. Esther nahm eine Stufe. Sie fiel.

Der Schmied öffnete seine Hose. Margret heulte auf! Speichel floss. Die Menge feuerte ihn an.

»Ich bin der Nächste«, rief Frantz begeistert.

Jacob wand sich. »Nein! Mein Kind!«, wimmerte er. Er war wehrlos.

Frantz biss in ihre Brustwarze. Margret bekam das Messer zu fassen. Der Schmied packte ihre Gurgel. Margret röchelte. Drückte ihren Rücken in den Boden. Und stieß das Messer in seine Brust.

Ihr Wille war ihre Waffe. Er war ungebrochen.

Die Schreie der Menge verstummten. Verwundert sah der Mann in ihr Gesicht. Er keuchte. Und sank auf Margret hinab. Sein warmes Blut lief über ihren Körper. Margrets Schreie waren grell. Frantz stand fassungslos auf. Margret zitterte unter dem Sterbenden.

»Lasst sie! Jetzt!«, schrie Göttisheim.

»Die Judenhure hat ihn erstochen«, brüllte die Alte. Sie trat Margret ins Gesicht. Zornesschreie ertönten. Göttisheim heulte auf. Seine Frau schrie böse Worte, die nicht halfen. Schließlich schaffte sie es aufzustehen. Sie kreischte und wollte zu ihrem Kind. Man ließ sie nicht durch.

Frantz trat Margret in die Flanke. »Verkommene Mörderin«, rief er aus.

»Einen von uns hat sie auf dem Gewissen! Von uns, die wir rechten Glaubens sind! Diese Judenhexe«, schrie das junge Mädchen.

Sie zogen den blutenden Körper von ihr. Niemand kümmerte sich um den Schmied. Einen jeden interessierte nur seine Mörderin. Ein Stiefel trat ihren Bauch, ein anderer an ihren Kopf. Ein Stock hieb auf ihr Gesicht ein. Ein Stein traf ihren Oberschenkel. Die Menschen drängten sich um die halb nackte Frau. Ein jeder wollte ran.

Margret stöhnte kurz auf. »Laurencz. Mein Junge«, flüsterte sie leise.

Sie konzentrierte sich auf einen Stern am Himmel. Hell. Und klar. Nur der war wichtig. Nicht das hier unten. Nichts von alldem. Ihre Seele stieg auf. Die Schläge fühlte sie nur in weiter Ferne. Leise waren die Schreie des Pöbels. Und unscharf ihre Gesichter. Es gab nur Caspar und Laurencz und den Stern. Margret verlor das Bewusstsein. Die Tritte ebbten nicht ab. Ihr Wille war ungebrochen.

Jacob

Jacob riss an den Armen, die ihn hielten. Es war zwecklos. Er kam nicht von seinen Peinigern los. Schluchzend und schimpfend sah er auf die Meute, die auf seine Tochter eindrosch. Das war sein Albtraum! Das war sein Ende. Zwei Söhne hatte er im Kindbett verloren! Dann den guten Laurencz. Und jetzt ... Jacob wurde schwarz vor Augen. Seine Tochter! Die einen Christen geheiratet hatte. Ihren Sohn hatte taufen lassen! Was war das für eine Welt?

Da ertönte ... etwas. Jacob spitzte seine Ohren. Hufgetrappel. Er drehte seinen Kopf. Ein Reiter. Schnell. Ein Reiter barst in die Menge. Sein Schwert war gezückt.

»Habt ihr den Verstand verloren?«

Schreckenslaute erklangen. Panik griff um sich. Schreiend lief die Meute auseinander. Das Ross riss viele nieder. Die Hufe trafen Fleisch.

»Lasst ab von dieser Frau! Sofort!«

Göttisheim blinzelte. Das Blut verklebte seine Augen. Wahllos schlug das Schwert in die Menge. Esther stöhnte auf. Der Pöbel hechtete davon. Erschrocken wichen die wenigen Verbliebenen von Margret zurück. Zögerlich.

»Bärenfels? Wirklich?«, flüsterte Jacob ungläubig. Man ließ ihn frei. Sofort sackte er zusammen.

»Was treibt euch zu diesem Irrsinn?«

Steffan von Bärenfels blickte mitleidig zu der leblosen Margret am Boden. Keiner wagte mehr zu treten. Niemand von denen hatte ein Schwert. Jacob hielt den Atem an.

»Wir säubern deine Stadt, Herr«, rief einer der dümmeren Bauern.

»Du Narr!« Steffan schlug ihm mit dem Schwertknauf sein Auge aus.

»Sie vergiften unsere Brunnen«, schrie die Alte wieder und spuckte auf Margret herab.

»Einen Scheißdreck tun sie! Blöde Hexe!«

Steffan hieb ihr das Schwert in den Hals. Jacob tat einen Schrei. Die Alte fiel lautlos zu Boden. Ein leises Glucksen hörte man noch. Dann rannten alle davon.

Paracelsus

Paracelsus hatte Simon gegen die Wand gedrängt. Simon stolperte nach hinten. Er hatte die Hand unter seinem Mantel. Paracelsus' Skalpell war gezückt. Bereit waren sie. Beide. Die Muskeln gespannt. Die Augen geweitet. Keiner holte aus.

»Paracelsus. So muss das nicht enden«, flüsterte Simon. »Du musst hier nicht sterben.«

Paracelsus zwinkerte. Eine Wolke hing vor dem Mond. Das Zimmer war düster.

Simon holte Luft: »Sieh dir das an!«

Er riskierte es, Paracelsus den Rücken zuzudrehen. Der zögerte. Simon holte ein dickes Buch aus dem Regal. »Wir sind nicht die Einzigen, denen es Astarte verraten hat.« Die Seite war markiert. Simon schlug sie mit einer Hand auf. Die Wolke gab das Mondlicht frei.

Paracelsus staunte. Eine kunstvolle Tuschezeichnung. In kostbaren Farben. Auf hochwertigem Pergament. Glänzend im Mondschein.

Ein junger Mann war darauf zu sehen, mit eröffnetem Brustbein. Der Farbton war purpurrot.

Im Gras lag er da, auf einem beschaulichen Hügel, inmitten der unberührten Natur. Selig vor Glück war sein Gesicht. Seine Augen waren friedlich geschlossen. Der Sonnenschein tauchte die Seite in ein zartes Gold. Über der Wunde stieg ein silberner Nebel zum blauen Himmel hinauf. Besondere Mühe hatte sich der Maler damit gegeben. Er schimmerte kunstvoll. Als wäre er dankbar und flöge nach Hause.

Fasziniert bewunderte Paracelsus die Linien. Dann schüttelte er seinen Kopf.

»Ich habe damit abgeschlossen, Simon«, hauchte er unsicher. Der Nebel war wunderschön. Konnte es tatsächlich sein? Wonach er so lange gesucht hatte?

»Abgeschlossen?« Simon besah das Buch in seiner Hand und dann Paracelsus' Gesicht. Ungläubig starrte er seinen Meister an. Er wurde blass. »Abgeschlossen? Mit unserem Ziel? Deinem Lebenstraum?« Die andere Hand glitt flink unter den Umhang zurück.

Paracelsus aber schaute zurück auf die Zeichnung. Er sog sie in sich auf. Millimeter für Millimeter. Alle Farben. Alle Schatten. Begierig. Entzückt. Besessen. Jawohl, das war sein Ziel gewesen. Er hatte es den Menschen beweisen wollen.

Er sah auf. Simon grinste. Er las gut in seinem Gesicht. Theo stöhnte.

»Also, Paracelsus. Wie weit wirst du gehen für deinen Traum?« Jetzt strahlte der Junge wieder. Seine blauen Augen glänzten zuversichtlich.

»Hat der große Paracelsus wirklich eine Grenze, die er nicht überschreiten mag? Selbst für das größte Geheimnis der Menschheit nicht?«

Theo pfiff abfällig durch seine Zähne.

Simon hielt ihm das Buch noch näher vors Gesicht.

Es lockte! Paracelsus tauchte darin ein. Es ein Mal mit eigenen Augen zu sehen! Die Seele des Menschen. Seine Welt wäre nicht mehr dieselbe.

»Für uns gibt es keine Grenzen, Meister. Du und ich. Alles können wir gemeinsam vollbringen. Wir sind frei«, hauchte Simon liebevoll.

Paracelsus seufzte sehnsüchtig. Wie sehr es ihn quälte! Er strich über die Zeichnung. Befühlte den Nebel. Die ganze Zeit über hatte er es gewusst. Dass sie sich ihm zeigen würde. Allen könnte er es beweisen, ganz leicht. Er musste Simon nur gewähren lassen. Bräuchte selbst niemals zu morden. Paracelsus ließ das Skalpell sinken. Beugte sich vor. Noch weiter. Zu Simon. Und dem Buch. Gemeinsam besahen sie die Zeichnung. Kopf an Kopf. Schüler und Meister vereint.

Da schrie Theo auf. Nein, er hatte die Nase voll! Er hatte genug gesehen von solchen Dingen, für tausend Leben.

Angewidert schlug er Simon das Buch aus der Hand.

»Doch, Simon! Ich habe eine Grenze. Und du hast sie längst überschritten.« Entschlossen schüttelte er seinen Kopf: »Caspar hatte recht. Wir sind verrückt. Wir beide.«

»Hör auf, so zu sprechen!«

Simon presste seine Kieferknochen aufeinander, um sich beherrschen zu können. Die Hand unter dem Umhang zuckte. Seine Augen lagen auf dem Buch. »Ich habe dafür getötet, und du wirfst es zu Boden? Als wäre es Dreck?«

Der Junge atmete schwer. Verbittert verzog er sein Gesicht. »So willst du Astartes Geheimnis beschmutzen?«

Ermüdet sah ihn Theo an. Wäre er doch nie von Caspars Seite gewichen! Das Skalpell in seiner Hand zitterte. Simon ließ es nicht aus den Augen.

»Wir haben sie nicht gesehen, Junge. Mira hat uns erzählt, was wir hören wollten. Damit wir zufrieden gehen und ihr dieses verdammte Buch lassen«, sprach Theo. Er glaubte sich selbst nicht recht.

»Nein, das ist nicht wahr!«, rief Simon voller Zorn.

Er stieß sich von der Wand ab. In einem geschickten Bogen umrundete er Paracelsus. Der hatte kurz nicht aufgepasst. Nun stand er mit dem Rücken zur Wand.

»Ich habe sie gesehen, und du auch! Und sie hat uns gerettet im Gebirge. Das sagst du jetzt nur, weil du nicht den Mut hast, unseren Weg zu Ende zu gehen.«

»Es gibt keinen Weg zu gehen, Simon. Es gibt kein uns.« Paracelsus verzerrte sein Gesicht: »Und du bist nicht mein Schüler.«

Da holte Paracelsus aus. Geschickt war er – mit jeder Klinge! Das Skalpell sauste auf Simons Gesicht herab. Es ging um den Bruchteil einer Sekunde. Simon wich aus. Zückte sein Messer. Stach nach Theo. Zog zurück. Und schlitzte seinen Arm auf.

Theo schrie auf. Simon lachte. Setzte sofort nach. Ohne Skrupel. Ohne Zögern. Schnitt in seine Hand. Theo konnte nicht anders – der Schmerz war zu groß. Er ließ sein Skalpell fallen. Simon schnaufte. Paracelsus stöhnte. Simon grinste.

»Dann brauchst du also einen Beweis, ja? Dass du mir glauben kannst? Und der dunklen Göttin?«, schrie Simon wütend. Er zog den Schwamm aus seinem Umhang hervor.

»Nein«, rief Paracelsus aus. »Simon, bitte nicht! Komm zur Vernunft.«

Paracelsus wollte ausweichen, hatte aber das Messer schon am Halse. Simon war nicht zimperlich. Sofort schnitt es ein. Paracelsus wagte nicht, sich zu bewegen.

»Also werde ich es dir zeigen müssen«, hauchte Simon in sein Ohr. Er lächelte glückselig.

»Nein, Simon, bitte!« Paracelsus' Schrei wurde erstickt.

Simon drückte den Schwamm auf Mund und Nase. Fest und unnachgiebig. Er nickte Paracelsus ermutigend zu. Dessen Muskeln zuckten panisch. Er riss und zerrte an Simons Arm. Vergebens. Sein Griff war nicht zu lösen.

»Atme, Meister. Atme fest! Dann ist es gleich geschehen.«

Paracelsus konnte sich nicht erwehren. Es fühlte sich an, als müsse er Blei atmen. Schwer. Und zäh. Er zappelte um sein Leben.

»Halt still! Sonst tut es dir nur weh. Das willst du doch nicht, oder? Es geht ganz sanft, wenn du mitmachst.«

Paracelsus stöhnte. Er presste seine Lungen nach außen! Versuchte, nicht zu atmen. Und musste doch. Zug um Zug. Simon lächelte. Paracelsus inhalierte das Betäubungsmittel.

»Siehst du, Meister. Es ist ein schöner Tod, wie ich finde. Sie brauchen nie zu leiden.«

Simons Lächeln war freundlich.

Paracelsus' Glieder zuckten. Unbeherrschbar. Erschrocken riss er seine Augen auf. Sie tränten. Er wimmerte fragend.

»Das ist das Betäubungsmittel, Meister. Du kennst das doch. Alles in Ordnung. Keine Sorge«, beruhigte ihn Simon liebevoll. »Es ist gleich vorbei.«

Paracelsus konnte sich nicht mehr wehren. Die Kraft verließ seinen Körper. Seine Augenlider wurden schwer. Und immer schwerer. Sie schlossen sich. Schnellten verzweifelt nach oben. Und schlossen sich erneut.

»Gut so, Meister. Kämpf nicht dagegen an.«

Paracelsus fühlte, wie er nach unten gezogen wurde. Seine Beine gaben nach. Er taumelte. Simon hielt ihn behutsam fest. Paracelsus atmete ruhig. Die Angst war verflogen. Vor seinen Augenlidern sah er ein Licht. Silbern schimmernd.

»Ja. Jetzt hast du's bald geschafft«, säuselte Simon lieblich.

Da gaben Paracelsus' Muskeln nach. Seine Arme fielen schlaff herunter. Er sackte zu Boden wie ein Stein.

»Sehr gut, Meister«, lobte Simon nun. Voller Zuneigung beugte er sich über ihn. Er streichelte über Paracelsus' Wange.

»Heute wirst du die Wahrheit endlich erfahren.« Simon hob sein Kinn ein wenig an, damit er besser Luft bekäme. »Das verspreche ich dir, Theo. Bald wirst du mein Schüler sein, und ich der Meister.«

Caspar

»Caspar«, rief Göttisheim, so laut es sein geschundener Kiefer zuließ. »Wir brauchen Hilfe! Bist du wieder bei Sinnen?«

Steffan von Bärenfels trug die bewusstlose Margret in die Stube.

»Großer Gott!« Mit Entsetzen starrte Caspar auf seine Frau. »Was ist passiert?« Er stolperte ihnen entgegen. Recht wackelig war er noch auf den Beinen.

»Sie braucht medizinische Versorgung«, brüllte von Bärenfels barsch. Behutsam legte er den Körper ab.

Caspar beugte sich über Margret und streichelte ihre Wange: »Liebste, was haben sie mit dir gemacht?«

»Du sollst sie nicht liebkosen, Dummkopf! Du sollst sie heilen«, blaffte der junge Bärenfels.

»Sie will einfach nicht mehr aufwachen.« Göttisheim fing an zu weinen. »Wieso wacht sie nicht auf, Caspar?«

Der antwortete nicht. Margret sah schrecklich aus. Er versuchte sich zu konzentrieren, aber sein Verstand wollte nicht arbeiten. Kaum wusste er seinen eigenen Namen heute Nacht. Hektisch begutachtete er ihre Wunden. Kopflos und ungeordnet. Was er je von der Medizin gelernt hatte, Caspar wusste es nicht mehr. Sein eigenes Weib lag reglos da!

Er bemühte sich, Margrets Puls zu tasten, aber seine Finger zitterten zu sehr. Er konnte ihn nicht finden. Er versuchte, ihrem Atem zu lauschen, und doch hörte er nur seinen eigenen. Das Klingeln in Caspars Ohren wurde lauter. Der Schweiß rann über seine Stirn. Helle Panik übermannte ihn. Er drückte sanft auf Margrets Brust. Sie stöhnte auf.

Mehrere Rippen schienen gebrochen. Eine Platzwunde auf ihrer Stirn lachte ihm spöttisch entgegen. Margrets Gesicht war blutverschmiert. Kaum konnte er ihr Antlitz noch erkennen.

Caspars Herz setzte aus. Er wankte. Der Körper seiner Frau verschwamm vor seinen Augen. Seine Schläfen schmerzten noch immer wie das Feuer der Hölle.

»So tu doch was, du Hundsfott!« Steffan von Bärenfels trat ungeduldig von einem Bein aufs andere. »Ist das eure ärztliche Kunst? Arbeitet ihr Pfuscher so? Dann wundert mich nicht, dass diese Stadt verreckt!«

Göttisheim rang nach Luft. Margret hustete. Caspar schluckte seine Tränen hinunter. Seine Hand glitt zitternd über ihren Bauch und ihre Flanken. Bläulich-rot schimmerten die Fußabdrücke dort.

»Mein Gott, Weib. Was haben sie dir angetan?« Caspar fühlte einen jeden Fußtritt, als hätte er ihn selbst bekommen. Er tastete ihr Herz. Rüttelte an ihr! Zuerst zaghaft. Dann verzweifelt. Er schrie ihren Namen. Wieder und wieder. Margret reagierte nicht.

Traurig sah er hoch zu Jacob. Der konnte kaum mehr stehen. Aus allen seinen Wunden blutete er.

»So tu doch was!«, brüllte von Bärenfels auf Caspar ein.

Caspar aber küsste nur Margrets Hand, immer wieder, als wären sie allein. Frisch verheiratet. Glücklich. Und alles wieder gut.

»Mein wundervolles Weib«, flüsterte er.

Seine Tränen tropften auf ihr Gesicht. Kaum mehr konnte Caspar sehen. Er hob Margrets Lider. Blickte in ihre Augen. Rehbraun zwar. Aber leer.

»So mach schon, Mann!« Bärenfels rannte mit geballter Faust auf Caspar zu. »Bist du Arzt oder nicht?«

»Was kann ich dir bringen, Caspar? Was brauchst du?«, stöhnte Jacob. Er musste sich an die Wand lehnen. Und hielt sich seinen Bauch.

»Gar nichts«, murmelte Caspar leise. Er küsste die blassen Lippen seiner Frau. »Es ist zu spät.« Die Worte hallten tausendfach im Raum nach. Steffan verstummte. Caspar hörte sie, als hätte jemand anderer gesprochen. Göttisheim krümmte sich vor Schmerz. Entschuldigend suchte Caspar den Blick seines Schwiegervaters.

»Zu spät, du Stümper?« Steffan packte ihn beim Genick. Seine Faust zielte. »Wofür gibt es euch denn dann?«

Caspar schüttelte langsam seinen Kopf. Wen Bärenfels schlug oder nicht, es war ihm einerlei. Caspar starb gerade. Mit seiner Frau.

»Danke, dass ihr sie mir gebracht habt. Sie ist die Liebe meines Lebens.«

Steffan stöhnte auf. Mit der Faust aber schlug er gegen die Wand, anstatt in Caspars Gesicht.

»Ich habe sie dir nicht gebracht, um ihr beim Sterben zuzusehen! Rette sie!« Steffan lief im Kreis umher. Göttisheim ließ seinen Kopf sinken. Margret wimmerte leise auf. Caspar umfasste ihr Gesicht.

Steffan zückte sein Schwert. »Du heilst deine Frau! Oder ich bring dich um!«

Caspar zwinkerte nicht einmal. Interessiert besah er die Klinge. Wie sehr er sich nach ihr sehnte.

Schluchzend antwortete er: »Wenn ihr Gehirn verletzt ist, gibt es keine Heilung. Sie geht bereits hinüber.«

Caspar schloss die Augen und ließ seinen Kopf auf Margrets Schoß sinken. All die glücklichen Jahre, die noch hätten kommen sollen.

Das Schwert blieb unschlüssig in der Luft zurück.

»Dann gib ihr irgendein Allheilmittel«, schrie Steffan. »Irgendeine Wunderkur!« Das Schwert in seiner Hand zitterte. Er ließ es sinken. »Versuch doch zumindest etwas«, bettelte er. Seine Stimme brach.

Caspar schüttelte nur seinen Kopf in Margrets Schoß. Er wollte ihn nie wieder heben müssen.

»Keine Arznei dieser Welt wird ihr mehr helfen können. Der Teufel allein kann sie noch retten.«

Seine Lippen formten die Silben, noch bevor sein Gehirn sie benennen konnte. Automatisch. Gewohnheitsmäßig. Wie so oft in all den Jahren. Caspar hob seinen Kopf. »Paracelsus.«

Mit einem Mal sprang er auf. »Wir müssen Paracelsus finden! Wenn ihr noch jemand auf dieser Welt helfen kann, dann er.«

Verzweifelt sah er Jacob an. »Wo kann er nur stecken?«

Göttisheim zuckte ratlos mit den Schultern. »Überall in dieser fürchterlichen Stadt«, stammelte er. »Alle laufen durcheinander.« Gebrochen starrte er auf seine Tochter.

»Warte«, mischte sich der junge Bärenfels ein, »Unser frischgebackener Stadtarzt?«

»Er ist nicht ...« Caspar schluckte die Worte hinunter.

»Ich weiß, wo er ist!« Steffan steckte sein Schwert in die Scheide. »Ich habe ihn gesehen, am Kohlenberg.«

»Was sollte Euch zum Kohlenberg führen?«, fragte Göttisheim verwirrt.

Steffan schritt geschäftig zur Tür. »Meine Lieblingshure haust dort.«

»Ihr besucht eine Hure, heute Nacht? Während Eure Stadt untergeht?« Missbilligend hob Caspar eine Augenbraue.

Steffan blickte die beiden Männer verständnislos an.

»Mein Vater verbietet mir den Umgang. Er denkt, ich könne mir etwas holen.« Er zuckte mit den Schultern. »Heute war er abgelenkt.« Er winkte ab. »Es ist einerlei. Jedenfalls hab ich diesen Quacksalber in ein Haus gehen sehen. In eine Ruine vielmehr. Ich weiß es noch, weil ich mich hinter den Büschen vor ihm versteckt habe. Damit es Vater nicht erfährt.«

Göttisheim blickte besorgt zu Caspar. »Kannst du überhaupt reiten, Junge?«

Caspar nickte. Margrets Krug voll Wasser und ein viertel Beutel Schnaps hatten gut geholfen.

»Gehen wir«, rief Caspar. »Vater, Laurencz schläft oben. Er ist versorgt. Rede du deiner Tochter gut zu! Halte ihre Hand. Beschäftige sie. Mehr kannst du nicht tun. Aber bitte«, Caspar drückte seine Hand, »halte meine Frau am Leben, bis wir zurück sind.«

Esther

Geduckt eilte Esther durch die Gassen. Ihre Schulter schmerzte. Sie blutete am Kopf. Der Rauch in der Luft brannte in ihren Augen. Nichts davon spürte sie. Alles, was sie fühlte, war Zorn. Der Kornmarkt war wie ausgestorben. Und doch hallten von überall her Schreie durch die Nacht. Aufgeregte Pferde wieherten. Hufe klapperten irgendwo. Wer auf der Flucht war und wer Angreifer, keiner konnte es mehr sagen. Im Judenviertel tosten noch die Flammen. Der Lärm war ohrenbetäubend, das Feuer dort so hell, dass man meinen könnte, es sei Tag. Esther zitterte. Es breitete sich weiter aus. Bald würde es den Kornmarkt erreicht haben. Mitsamt dem Rathaus. Fast freute sie sich darüber und stürmte hinein.

»Ihr!« Esther riss die Tür zum Bürgermeisterzimmer auf. Der Raum war proppenvoll. Überraschte Patrizieraugen beäugten sie kritisch. Die Münder der Zünftler klappten auf. Professor Wölflin stand apathisch in einer Ecke und rührte sich nicht. Er war nüchtern.

»Esther Göttisheim. Was habt ...«

Werner Gruber wollte sie zurückhalten, aber es war zu spät. Esthers Faust traf zum Lufts Wange. Er stöhnte auf.

»Esther, bitte hört ...«

Der zweite Schlag war fester. Zum Lufts Lippe platzte auf. Er musste sich auf seinen Schreibtisch stützen. Michael Frei trat an sie heran.

»Esther, Ihr müsst verstehen ...«

»Was muss ich?« Sie holte aus. Zum Luft zuckte zusammen. »Was muss ich?« Ihre Worte hallten durch das Zimmer. »Wagt es, mir zu sagen, was ich muss!«

Esthers Augen waren weit aufgerissen. Ihre Züge verzerrt vor Zorn. Blutige Haarsträhnen klebten auf ihren Wangen. Zum Luft schützte sein Gesicht. Esther schlug wahllos irgendwo hin. Es war ihr gleich. Keiner wagte es, sie anzufassen.

»Diese Irren da draußen brennen unsere Stadt nieder! Morden und brandschatzen. Und Ihr lasst es geschehen!«

»Esther, wir haben bereits ...«

»Was habt ihr?« Wie ein Racheengel der Hölle stand sie vor ihm. Zum Luft konnte sie nicht ansehen. »Jacob hat Euch gewarnt! Wieder und wieder. Angebettelt hat er Euch!« Sie ließ ihre Hände nicht sinken. Zum Luft duckte sich nicht mehr.

»Ihr habt ihm versprochen, uns zu schützen!« Meinrad von Bärenfels wollte sie unterbrechen, aber sie ließ ihn nicht. »Hier, in diesem Zimmer! Und geholfen habt Ihr nicht!«

»Esther, wir sind schon dabei ...«

Sie spuckte zum Luft ins Gesicht. Der ließ es geschehen. »Stattdessen lasst Ihr Wahnsinnige und Narren gewähren und glaubt allen Ernstes, damit erhaltet Ihr den Frieden?« Sie lachte wie irre. Es gellte durch den Raum. »Unser Haus wollten sie anzünden!« Esther fing an zu schluchzen. »Meine Tochter, Arnold.« Jetzt weinte sie. »Meine eigene Tochter! Wisst Ihr, wie sie sie zugerichtet haben?«

»Eure ... was?« Endlich blickte zum Luft wieder auf. Alle Farbe wich aus seinem Gesicht. »Aber ... Wir wollten Männer schicken zum Nadelberg.« Zum Lufts Lippen zitterten. Unsicher sah er in die Gesichter der Ratsherren um sich.

»Ihr wolltet helfen?« Esther stutzte. Einen Moment war ihre Wut verflogen. »Woher wusstet Ihr?« Sie ließ ihre Fäuste sinken. Vorläufig.

Zum Luft seufzte betroffen. »Eure Nachbarin ist zu uns gelaufen. Hat uns berichtet, dass sie zu euch kommen. Da haben wir …« Der Bürgermeister fand seine Stimmgewalt einigermaßen wieder. »Schultheiß!« Ein zorniger Blick fiel auf Meinrad von Bärenfels. Der sah sofort zu Boden. »Wieso habt Ihr niemanden zu Göttisheim geschickt?«

»Mein Herr. Wir hatten nicht genügend Männer. Die meisten meiner Wachen löschen das Feuer. Seit Stunden. Wir kommen nicht mehr hinterher.«

In der Hektik des Tages hatte von Bärenfels seine goldbestickte Kappe irgendwo verloren. Völlig kahl stand er nun da. Er schämte sich sichtlich.

»Und deshalb missachtet Ihr einen direkten Befehl?«, heischte ihn zum Luft an. Werner Gruber duckte sich. Michael Frei schnalzte mit der Zunge.

»Ich …« Hilflos suchten von Bärenfels' Augen die Wände ab. »Nein. Mein Sohn wollte … er hat darauf bestanden, selbst nach dem Rechten zu sehen.«

»Er kam zu spät.« Voller Verachtung trat Esther vor Bärenfels. Für diesen Mann hatte sie keine Ohrfeige übrig. Stattdessen drückte sie ihre Hände auf ihre schmerzende Brust. »Meine Margret liegt im Sterben.«

Arnold zum Luft schluckte. Werner Gruber ließ seinen Kopf sinken. Michael Frei bekreuzigte sich.

»Das überlebt Göttisheim nicht«, murmelte Professor Wölflin traurig.

Esther sah mit Genugtuung das Schuldbewusstsein in zum Lufts Augen.

»Seid Ihr jetzt zufrieden?«, flüsterte sie ihm zu. »Verharmlost habt Ihr diese Seuche. Verharmlost die Gewalt der Menschen. Und jetzt – ist alles dahin.«

»Ich habe mich geirrt!« Zum Luft hieb mit der Faust auf seinen Tisch. Tränen standen in seinen Augen. Oekolampad wollte zu ihm und ihn trösten, aber zum Luft winkte ab. »Gott weiß, ich wollte nur das Beste für …«

Esther unterbrach ihn erneut. »Erzählt mir das nicht!« Wieder hob sie ihre Fäuste. »Wagt es nicht, mich jetzt noch zu belügen!« Tränen der Wut flossen über ihre Wangen. »Ihr habt Euch mitnichten geirrt«, flüsterte sie. »Ihr wusstet genau, was Ihr da tut, Arnold.« Kaum bewegte sie ihre Lippen. Und doch schmetterte sie die Worte wie Pfeile durch die Luft. »Ihr wolltet das Beste für die vielen. Und wart bereit, die wenigen dafür zu opfern.«

Der Bürgermeister seufzte auf. Esther konnte sein schlechtes Gewissen riechen. Leise fuhr sie fort. »Die Kranken, die Schwachen, die Juden, uns. Und meine Tochter. Und das habt Ihr nun.«

Esther blickte aus dem Fenster und beobachtete die Flammen draußen. Keiner der Herren rührte sich. Sie hingen an ihren Lippen. »Eine Stadt, die nicht alle ihre Bürger schützt, wird brennen. Bürgermeister, Ihr seht es. Eure Rechnung geht nicht auf«, fügte sie verbittert hinzu.

»Ich habe alle beisammen, Herr!« Ein atemloser Kommandant der Stadtwache eilte herein. »Auch die Anwärter. Und solche, die schon ausgeschieden sind. Ein jeder, der schon einmal an unsere Tür geklopft hat, ist jetzt auf den Beinen.« Kurz holte er Luft und sah fragend auf die blutende Frau vor seinem Bürgermeister. »Aber reichen wird das nicht. Gut die Hälfte hilft Bärenfels' Männern im Judenviertel. Und die anderen ...« Bange sah er in die Runde. Verzweifelt raufte er sich sein Haar. »Es sind zu viele. Sie greifen nicht mehr nur die Juden an. Auf alles dreschen sie ein, das ihnen nicht gefällt. Sie plündern. Überall.« Er seufzte auf. »Über die ganze Stadt sind sie verteilt. Ich weiß nicht, wo ich meine Männer zuerst hinschicken soll.«

»Weil sie nicht mehr an das Recht dieser Stadt glauben.« Zum Luft fiel in sich selbst zusammen. Traurig trat er ans Fenster neben Esther und blickte zum Kornmarkt hinunter. »Es ist meine Schuld.«

Meinrad von Bärenfels räusperte sich dezent. »Mein Herr, wir brauchen jetzt eine Lösung und keine Reue.« Halb duckte er sich. Trotzdem schritt er tapfer auf den Bürgermeister zu. »Lasst die Stadtwache meinen Männern mit dem Feuer helfen. Das vor allen Dingen. Diebesgut lässt sich zurückholen, aber was die Flammen zerstört haben, ist unwiederbringlich fort.«

»Genauso wie die Leben der Menschen, denen sie ihren Schädel einschlagen derweilen!«, konterte Michael Frei entschieden. »Irgendjemand muss diese Meute aufhalten, trotz des Feuers.«

»Ja, wer denn?«, meldete sich Werner Gruber. Verzweiflung lag in seiner Stimme. »Wenn nicht genügend da sind?«

»Wir alle! Verdammt noch eins!« Esther schnaufte durch. Sie hatte genug gehört. »Wie lange sitzt ihr schlauen Herren schon hier oben, und redet darüber, wie ihr dieser Stadt helfen wollt, anstatt es zu tun?« Sie blickte in lange Gesichter und wusste, dass sie recht hatte.

»Das ist nicht so einfach, Weib«, antwortete ein greiser Patrizier mitleidig. Er nahm sie nicht für voll. Esther ballte ihre Fäuste wieder.

»Nicht so einfach? Wie einfach wollt Ihr es denn haben?« Esther blickte um sich. Angewidert zog sie eine Lippe nach oben. »Wir sind viele. Die sind wenige. Sie schimpfen und fluchen nur lauter.« Esther trat in die Mitte des Raumes. Einer verletzten Frau, die gerade ihr zweites Kind verloren hatte, würden sie wohl zuhören müssen. »Glaubt Ihr denn wirklich, dieser Mob da draußen ist Eure Stadt? Glaubt Ihr allen Ernstes, der Rest Eurer Bürger heißt diese Gräueltaten gut? Nein, meine Herren! Das kann ich nicht glauben. Das will ich nicht glauben.« Esther schüttelte ihren Kopf. Trotz allem. Sie kannte Basel besser. »Habt doch Vertrauen in Eure Mitbürger! Sie trauen sich bloß nicht. Sie verstecken sich zu Hause und haben Angst.« Entschlossen wandte sie sich um. Blickte in jedes einzelne Gesicht der Ratsherren vor sich. »Sie brauchen nur jemanden, der sie organisiert. Ihnen Mut zuspricht. Und deshalb«, sie wandte sich dem Kommandanten zu, »schickt Ihr jetzt Eure verbleibenden Männer nicht zu den Hetzern, um sich totschlagen zu lassen«, sie wurde lauter, »sondern lasst sie an jedes verdammte Haus dieser Stadt klopfen! Und nach braven Bürgern darin suchen. Ich verspreche Euch, Ihr werdet sie finden! Ihr müsst sie finden! Holt sie von ihren Feuerstellen weg. Zerrt sie aus ihren Betten. Sagt ihnen, ihre Stadt braucht sie. Drückt ihnen Eimer in die Hand. Gebt ihnen Stöcke oder Steine, wenn Ihr nichts anderes mehr habt. Aber macht ihnen klar, dass sie jetzt auf die Straße gehen müssen! Für alles, was wir uns erkämpft haben. Und alles, was wir lieben.« Esther atmete aus. Sie hatte aufgehört zu weinen. »Basel selbst wird sich helfen. Ihr werdet es sehen. Sie brauchen nur den ersten Anstoß.«

Meinrad von Bärenfels stutzte. Der Bürgermeister antwortete nicht. Michael Frei legte als Erster seinen Kopf schräg:

»Die Schneider jedenfalls scheinen wieder bei Sinnen, seit Konrad sich aufgehängt hat.«

Werner Gruber nickte. »Und das Metzgersviertel soll ein paar Juden versteckt haben, die zu ihnen geflohen sind.«

»Vielleicht hat das Weib recht«, gab der Schultheiß zu.

Arnold zum Luft starrte einen Moment ins Leere. Dann war die Entschlossenheit auf seinem Gesicht zurück.

»Esther, mir scheint, Ihr vertretet Euren Gatten würdig.« Er atmete durch. »Kommandant, macht es so! Sagt Eurer Stadtwache, sie sollen sich Hilfe von den Bürgern holen. Holt sie in Gruppen ab. Nicht weniger als vier. Dann sollen sie zusammenbleiben. Niemand soll sich den Verrückten allein stellen. Aber stellen – werden wir sie.«

»Ich sage den Zunftmeistern Bescheid!« Michael Freis Augen strahlten. Enthusiastisch klatschte er in die Hände.

»Und ich den Kaufleuten«, rief der greise Patrizier sofort.

»Ich besuche die Bursen der Universität«, antwortete Professor Wölflin. Er war erwacht.

»Und ich die Gelehrten«, rief Werner Gruber.

»Ich informiere den Adel«, seufzte Meinrad von Bärenfels.

Arnold zum Luft nickte. Er schluckte Tränen hinunter.

»Also, holen wir uns unsere Stadt zurück!« Mit einem entschuldigenden Blick zu Esther fügte er hinzu: »Für alle ihre Bürger.«

Caspar

Steffan von Bärenfels trieb sein Pferd an, als wolle er es zu Tode hetzen. Immer wieder trat er hart in dessen Flanke. Laut schlugen die Hufe auf das Pflaster. Caspar saß ängstlich hinter Steffan. Sollte jetzt jemand ihren Weg kreuzen, würde es ihn niedertrampeln. Anders konnte es nicht gehen.

Die Bettler auf den Straßen sahen ihnen ungläubig nach: Ein reich verziertes Pferd galoppierte durch das Armenviertel! Der Anblick war abstrus.

Mit einem lauten Ruf brachte Bärenfels sein Pferd zum Stehen. Es wieherte erleichtert auf. Sein heißer Atem rauchte in der Nacht.

»Hier ist es«, rief Steffan.

Mit wackeligen Knien stieg Caspar ab. Gemeinsam eilten sie in die Armenunterkunft. Caspar rümpfte unwillkürlich die Nase. Was für eine Bruchbude das war! Was konnte Theo hier schon wieder wollen? Caspar fürchtete die Antwort.

»Und nun?«, fragte er atemlos.

Ratlos standen sie an der Treppe. Gut ein Dutzend Schlafkammern mochte das Dach fassen, für weiß Gott wie viele Bewohner. Die Stube war wie ausgestorben. Vollkommen leer, dunkel und schmutzig. Keine Feuerstelle brannte. Unrat lag auf dem Boden verteilt. Die Ratten liefen hungrig umher.

»Ich weiß es nicht. Woher auch?«, rief Steffan unwirsch. »Ich bin ihm nicht gefolgt.« Er verdrehte seine Augen.

Caspar hinkte die Treppe hinauf und klopfte an die erstbeste Tür. Eine spärlich bekleidete Frau öffnete.

»Ja?«, sprach sie unfreundlich.

»Ist das Eure?«, fragte Caspar und schielte zu Steffan. Der schüttelte angewidert seinen Kopf.

Caspar räusperte sich: »Wohnt Paracelsus hier, Teuerste?« Er versuchte zu lächeln. Heraus kam eine Fratze.

»Wer soll das denn sein?«, zischte die Frau gleichgültig.

»Theophrastus? Von Hohenheim?«

Das Weib schüttelte ihren Kopf. »Einen Adligen habe ich mein Leben lang noch nicht gesehen. Und dass ich teuer bin, wär mir völlig neu.« Die Frau lachte grob.

»Na dann«, Caspar stutzte, »Danke, Gnädigste.«

Die Türe knallte sofort zu, vor seiner Nase. Steffan besah ihn ärgerlich.

»Du musst mehr Druck machen, sonst sagen die hier gar nichts!« Er ergriff den Knauf seines Schwertes und drehte sich um.

»Nein«, rief Caspar. »Ihr könnt keine unschuldigen Leute verängstigen, einfach so!«

»Unschuldig ist hier niemand.« Steffan lachte vielsagend. »Glaub mir das!«

Ein kleines Mädchen trat hinter sie. Sie war in Lumpen gekleidet und schmutzig.

»Ich hab einen gesehen«, sprach das Mädchen lächelnd.

Steffan drängte sich an Caspar vorbei zur nächsten Türe.

»Wartet«, rief der. Er beugte sich zu dem Mädchen hinunter. »Woher weißt du, wer das war, Kleines?«

»Das weiß ich nicht.«

Steffan stöhnte auf.

»Aber er gehört nicht hierher«, rief sie strahlend.

»Kindergeschwätz«, sprach Steffan und klopfte.

»Schmächtig, braunes Haar, braune Augen?« Caspar zwinkerte. Das Mädchen schüttelte seinen Kopf. »Schiefe Nase?« Caspar verlor die Hoffnung.

»Nein«, antwortete die Kleine.

Steffan zückte sein Schwert.

»Er sieht aus wie ein Engel.« Das Mädchen lächelte.

Caspar fuhr hoch. Er packte Steffan bei der Schulter.

»Simon«, rief er. »Blonde Locken?«

Das Mädchen nickte. »Und teure Kleidung. Wie Ihr.«

»Kleines!« Caspar versuchte, seine Stimme zu mäßigen. Er wollte sie nicht verschrecken. Das erledigte schon das Schwert in Steffans Hand. »Wo wohnt der Engel?«

Das Mädchen kicherte. Caspar sah ihre Zahnlücken. Stumm hielt sie ihm ihre bloße Handfläche hin. Caspar sah sie verdutzt an. Dann nickte er. Kramte in seinem Beutel. Nichts.

Steffan seufzte. Er steckte das Schwert wieder in die Scheide und hielt der Kleinen eine Kupfermünze vor die Nase. »Reicht das?«, raunzte er.

Das Kind nickte eifrig. »Ganz oben«, sprach sie. »Die erste Türe.«

Steffan und Caspar sahen sich an. Dann sprinteten sie los.

»Theo!« Caspar riss die Tür auf. »Theo, bist du da?«

Sofort verschlug es ihm die Sprache. Da lag Paracelsus! Leblos am Boden. Caspar eilte zu ihm.

»Bei Gott, nein.« Er rüttelte an ihm.

»Großartig«, murmelte Bärenfels.

Angewidert sah er zu Paracelsus hinunter. »Was ist der Plan, wenn der Wunderheiler tot ist?«, fragte er trocken.

»Er ist nicht tot«, rief Caspar aus. »Er wurde betäubt.«

»Dann wecke ihn auf!« Steffan trat gegen Paracelsus' Hüfte.

Caspar sah ihn tadelnd an. »Theo«, rief er. »Theo, wach auf, bitte!«

Er kniff ihm in die Nase und ohrfeigte ihn einige Male. Theo stöhnte auf. Seine Augen blieben geschlossen. Welches Gift mochte es bloß gewesen sein? Vielleicht gab es ein Gegenmittel?

»Soll ich noch mal?«, rief Steffan und trat Theo ans Bein. Caspar schüttelte ärgerlich seinen Kopf.

»Theo, wach auf! Du musst aufwachen, hörst du? Margret braucht deine Hilfe!« Caspar schüttelte ihn unablässig. »Sie stirbt.«

Paracelsus bewegte sich nicht. Caspar stiegen die Tränen in die Augen. Der beste Arzt der Welt! Er zwickte in seine Haut.

Steffan sah sich resigniert im Zimmer um.

»Das bringt doch nichts, von Eschenbach«, rief Steffan ungeduldig. »Der ist hinüber.«

»Nein!« Caspar schlug auf Paracelsus' Wangen ein. »Margret braucht dich! Du musst zurückkommen.« Er hieb mit voller Wucht auf sein Brustbein. Der Schlag war dumpf und schwer. »Jetzt.«

Da schrie Theo auf vor Schmerz. Er schnappte nach Luft und riss die Augen auf.

»Theo«, rief Caspar. »Da bist du ja wieder!« Paracelsus erkannte ihn nicht. Willenlos lag er da.

Steffan lachte erleichtert auf: »Guter Schlag, Eschenbach. Traut man dir nicht zu, fürwahr!«

Heinz

Heinz und Beat eilten am Rheinufer entlang. Traurig grüßte sie der Fledermausturm zu ihrer Linken. Trübsinnig und schwarz plätscherte Vater Rhein vor sich hin. Heinz hörte ihn nicht. Das Knarren der verbrennenden Häuser und das Klirren seiner schweren Rüstung tönten zu laut. Er stöhnte und keuchte unter der Last. Er wurde langsam müde. Sie wollten so schnell wie möglich zum Rathaus, um sich neue Befehle zu holen. Diese wechselten stündlich.

Unmittelbar nach der Ermordung des armen Adam Gafner hatte der Bürgermeister den Befehl gegeben, die Menge vom Kornmarkt zu vertreiben. Gewaltlos, friedlich und so unauffällig wie irgend möglich. Als dies misslungen war, hatte der Bürgermeister auf Unauffälligkeit keinen Wert mehr gelegt und nurmehr zur Gewaltlosigkeit gemahnt. Als Nächstes war das Wort ›friedlich‹ empört gestrichen worden. Gut eine halbe Stunde später hatte zum Luft nur noch gemeint, doch bitte niemanden zu töten, wenn es nicht unbedingt sein musste.

Das hätte er aber zu dem Zeitpunkt überhaupt nicht mehr zu sagen brauchen. Heinz und Beat waren mit einer Handvoll anderer Stadtwächter schon im Judenviertel gewesen. Eingeschüchtert, verängstigt und in der Unterzahl. Niemandem hätte die Stadtwache dort Gewalt antun können. Niemanden zur Ordnung mahnen. Niemanden schützen. Stattdessen waren sie damit beschäftigt gewesen, sich mit ihren Schilden gegen Mistgabeln, Fackeln, Steine und wütende Fäuste zu wehren. Dann waren sie eingeschlossen gewesen von der Feuersbrunst. Heinz hatte es nur von dort weggeschafft, weil Beat wie ein wild gewordenes Tier mit dem Schild vorangelaufen war und mit der Kraft purer Verzweiflung eine kleine Bresche in den brennenden Hausrat auf den Straßen geschlagen hatte. Er hatte sich seinen rechten Arm dabei verbrannt. Seitdem eilten sie ziellos durch Basel. Als sie den Kommandanten bei der Stadtmauer getroffen hatten, hatte dieser nur gemeint, sie sollten die Augen offenhalten. Mehr könne er ihnen nicht sagen. Also liefen sie. Mit offenen Augen. Hilflos und allein.

»Lasst mich! Ich bitte euch!« Heinz lugte in die Eisengasse zur Rechten. Hier wohnten die Lederhandwerker und Tuchmänner, das beschauliche Gässchen war gesäumt von Gasthäusern und Schenken, heute aber war sämtliches Licht verloschen. Argwöhnisch spähte Heinz in die Dunkelheit. Allein ein paar Fackeln erhellten die Enge des Weges dort drüben zwischen den Häuserzeilen.

»Lasst mich gehen! Ich habe nichts Unrechtes getan!«

Heinz blinzelte. Vorsichtig betrat er die Eisengasse. Er sah nur eine Menschentraube, nichts weiter.

»Nicht, Mann! Lass«, warnte Beat. Er packte ihm am Arm. »Wir sind nur zu zweit.«

»Ja, aber.« Heinz sah seinen Kameraden verständnislos an und hielt sein Schild in die Luft. »Wir haben das! Und ein Schwert. Und eine Rüstung. Sie haben ...«

»Den Wahnsinn auf ihrer Seite. Lass uns endlich zum Rathaus und die anderen finden. Uns neu formieren. Was willst du denn tun, sie alle abstechen?«, flüsterte Beat bange.

Ein Schmerzensschrei erklang. Heinz schreckte auf. Dann lief er los. Kopflos, wie er es von Laurencz gelernt hatte. Schwer schnaufend kam er vor der Menge zum Stehen. Acht oder zehn mochten es sein, nicht mehr. Sie hatten einen Mann umkreist. Unnütz wurde er umhergeschubst. Stöcke krachten auf seinen Rücken und pikten in seinen Bauch. Er strauchelte und fiel. Nur das Gelächter um ihn herum war lauter als sein Geschrei.

»Bürger Basels.« Heinz wollte es mit Diplomatie versuchen, wie zum Luft es ihnen geraten hatte. »In den Gesetzen dieser Stadt steht unmissverständlich ...«

»Sieh an! Ein aufgescheuchter Stadtwächter«, rief einer aus der Menge und lachte. »Zwei sogar.«

Beat stellte sich breitbeinig neben Heinz. Der klopfte ihm dankbar auf die Schulter. Ein grimmiges Murren folgte zur Antwort. Beat zückte sein Schwert. Heinz legte seine Hand auf dessen Arm und senkte es.

»Wir sind alle Bürger dieser Stadt«, versuchte es Heinz erneut.

»Zähl doch zuerst durch, bevor du uns weiter belehren magst!«, rief einer aus der Menge und trat hervor. Heinz rümpfte die Nase, eine Wolke aus Schweißgeruch traf sie.

»Das ist doch lächerlich, Junge.« Heinz verdrehte die Augen. Er kannte den Burschen aus dem Goldenen Ochsen. Es war Frantz, ein ehemaliger Kommilitone seines Stadtarztes. »Schau, wir haben zwei Schwerter. Und ihr habt ...«

»Äxte«, hallte es aus dem Tanzgässlein, das zum Fischmarkt führte. Heinz fuhr herum. »Genügend davon, Nachtwächter!« Dunkle Gestalten bogen um die schmale Ecke. Mehr und immer mehr. Sie stanken nach Ruß und Schnaps. Heinz atmete schwer. Beat keuchte auf. Die anderen traten hinter sie. Langsam kreisten sie die beiden ein. Und mit ihnen den armen Tropf zu Boden. Heinz musste schlucken.

»Ich hab doch gesagt, wir sollen weiter«, zischte Beat zwischen den Zähnen hindurch. Unmerklich trat er näher an Heinz heran. Seine Muskeln ballten sich.

»Ja«, seufzte Heinz. »Das wäre klug gewesen.« Er zog sein Schwert. Es zitterte in der Luft. Langsam wurden sie gegen die Häuserzeile gedrängt. Gelbe Zähne blitzten vor ihnen auf.

»Zähl doch noch mal.« Frantz lachte. Heinz sah in zornige Augen. Viele davon. »Also, was wollt ihr tun? Wollt ihr Christenblut vergießen, mit euren Schwertern, um eine Judensau zu retten?«

»Ich bin kein Jude! Ich hab's euch tausend Mal erklärt! Ich bin ein Sattler aus der Steinenvorstadt. In der Theodorskirche wurde ich getauft! Bitte.« Der Mann schluchzte. Verzweifelt sah er in die Menge, ob ihn nicht irgendwer erkannte.

Fragende Blicke wurden auf Frantz gerichtet. Der errötete im Schein der Fackeln.

»Was treibst du dich dann in ihrem Viertel rum, hä? Heimlich und geduckt?«

»Ich war auf dem Nachhauseweg. Ich wollte nur zu meinem Weib!« Der Sattler schluchzte.

»Die wirst du nimmer wiedersehen«, rief Frantz und trat ihn mit dem Stiefel. Beat verzog angewidert sein Gesicht.

»Bitte! Glaubt mir. Ich bin ein Christ wie ihr.«

Heinz sah mitleidig zu dem Sattler am Boden. Er rätselte, ob er ein Jude war oder nicht. Es war schwierig zu sagen, anzusehen war es ihm nicht. Heinz schüttelte seinen Kopf. Und einerlei war es obendrein!

»Ihr werdet diesen armen Tropf jetzt ziehen lassen! Gleich, wer er ist. Im Namen eurer Stadt!« Heinz' Knie zitterten. Fast gaben sie nach. Drei Äxte waren vor ihm erhoben worden. Dazu kamen eine Mistgabel, zwei Fackeln und ein Dutzend Fäuste. Beat zwinkerte nervös. Der Kreis um sie herum schloss sich. Und schien sich zu verengen.

»Sieh dich um, Mann!«, rief Frantz lachend. »Das hier ist deine Stadt! Geh' jetzt nach Hause und schlüpf unter den Rock deiner Mutter, dann musst du nicht mit diesem Juden sterben.«

»Ich bin kein ...« Der Sattler konnte seinen Satz nicht vollenden. Ein Stock traf seinen Rücken. Er heulte auf.

Heinz zitterte. Beat wankte. Ihre Schultern berührten sich. Beide hielten ihre Schilde. Die Meute tat einen Schritt auf sie zu.

Frantz griff sich eine Axt von seinem Nebenmann, der ließ ihn gewähren. »Ihr lasst uns diesen Juden zum Teufel jagen, wo er hingehört.« Beifall ertönte. »Oder ihr sterbt mit ihm.«

Er holte aus. Die Axt verharrte in der Luft. Drohend. Kalter Schweiß schoss auf Heinz' Stirn. Er keuchte. Beat murmelte irgendetwas. Der Sattler vor ihnen am Boden wimmerte. Heinz dachte an Laurencz. Gewohnheitsmäßig.

»Lieber sterbe ich mit ihm, als ihn im Stich zu lassen!« Beat zuckte zusammen. Heinz war es gleich. Seit Jahren hatte er darauf gewartet, diesen Satz laut aussprechen zu können. Entschlossen hob er sein Schwert. Gegen sie alle. Er fühlte sich befreit. Dankbar gluckste der Sattler zu seinen Füßen.

»Sei's drum!«, rief Frantz.

Seine Axt prallte gegen Heinz' Schild. Ein Hammer hieb nach seinem Kopf. Von der Seite her traf ihn ein Stock. Ein Stein prallte gegen seine Schulter. Beat wurde getreten und gegen Heinz geschubst. Fast fielen sie beide. Eine Hand zerrte an seinem Arm. Sie trampelten über den Sattler hinweg. Die Angreifer waren so nah, dass er nicht ausholen konnte mit dem Schwert. Kurz schloss er die Augen. Das war sein Ende.

»Da drüben, seht!«, tönte es vom Rheinsprung her.

»Da drüben sind welche«, vom Kornmarkt aus.

Heinz öffnete die Augen. Eifrige Füße rannten über das Pflaster. Die Menge vor ihm verjüngte sich unschlüssig. Man murmelte. Die Äxte verharrten in der Luft. Beat atmete aus.

»Mit welchem Recht stört ihr die Ruhe Basels?«, schrie jemand.

Heinz zwinkerte. Er lugte an den Schultern vorbei zum Kornmarkt hin. Und sah – einen Widder auf rotem Grund. Einen zweiten. Zehn! Und mehr. »Die Metzger!«, rief er aus.

»Und die Hausgenossen«, antwortete Beat. Er deutete zum Rheinsprung.

»Und die Weber«, entgegnete Heinz. Dankbar machte er die Schecken mit ihrem Wappentier, einem Greif mit dem Ellstab in den Klauen, aus. Die ganze Gasse füllte sich mit den Zünftlern. Von beiden Seiten stürmten sie nun auf sie zu. Fast traten sie sich gegenseitig auf die Füße, so viele eilten herbei. Das Häufchen vor Heinz und Beat schien zu schrumpfen. Viele liefen ins Tanzgässchen davon.

»Ihr werdet unsere Brüder von der Stadtwache ziehen lassen!«, blaffte ein Metzger. Er war ein Tier von einem Mann. Sein Schlachtersbeil schwang souverän in der Luft umher. »Und den Juden da auch.«

»Ich bin gar kein Jude!«, jammerte der Sattler.

Niemand hörte es. Ratlos sah die Menge um sich. Äxte zeigten auf Beile. Mistgabeln auf Mistgabeln. Steine zielten auf Fackeln. Fackeln brannten gegen Fäuste. Niemand sprach ein Wort.

»Lasst eure Waffen fallen, ihr Narren!«, rief Heinz. Er fuchtelte mit dem Schwert in der Luft herum, so gut es ging. Die Münder vor ihm öffneten sich. Alle schrien wild durcheinander und traten von einem Bein aufs andere.

»Ich lasse sie nicht weiter unsere Stadt vergiften!«, rief Frantz. Fast weinte er. Unbeholfen trat er auf den Sattler ein. »Wir müssen uns schützen gegen die!«

Seine Axt fuhr durch die Luft auf den Sattler zu. Beat schrie auf. Heinz streckte sein Schild in ihre Bahn. Die Axt donnerte dagegen. Der Sattler wimmerte. Beats Schwert traf Frantz am Arm. Der ließ die Axt fallen und winselte.

»Die Juden vergiften unser Wasser!«, schrie er ihnen entgegen, verzweifelt wie ein Kind. »Die Juden sind unser Untergang! Bösartig und missraten sind sie alle.«

Heinz plärrte zurück: »Mein bester Freund war Jude!« Er atmete ein. »Er war der tapferste und gütigste Mann dieser Stadt. Nicht so ein Wurm wie du!«

Mit der letzten Silbe ließ Heinz sein Schild fallen und ballte eine wütende Faust. Der Schlag traf Frantz mitten auf die Nase. Jaulend fiel er zu Boden. Sofort griff Heinz nach ihm und zerrte ihn hoch.

»Wir werfen dich und deine Kameraden jetzt alle in den Fledermausturm, wo ihr hingehört! Zum Luft lässt euch niemals wieder raus, das verspreche ich euch.«

Heinz packte Frantz am Schlafittchen und führte ihn ab. Die Zünftler schnappten sich den Rest. Beat kümmerte sich um den verwundeten Sattler.

Vor dem Fledermausturm nickte Heinz stumm der Rheinbrücke in Richtung Kleinbasel zu. Dankbar schien sie seinen Gruß zu erwidern. Die Albträume sollten ihn von dieser Nacht an nie wieder plagen. Laurencz hatte ihm vergeben.

Paracelsus

Theo konnte sich kaum aufrechthalten. Seine Augenlider waren schwer wie Steine. Steffan packte ihn bei der Schulter und schaffte ihn die Treppe hinunter. Theo ließ es geschehen. Kaum ein Schritt war der seine. »Simon«, stöhnte er pausenlos. Weiter kam er nicht. Steffan schleppte ihn nach draußen. Er war bärenstark.

»Eschenbach, hol das Pferd her! Ich halte ihn derweilen.«

»Wenn es keiner gestohlen hat in diesem Viertel«, gab Caspar zurück und eilte los.

Steffan ließ Paracelsus auf den Boden herab. Der fand sein Gleichgewicht nicht. Ihm war speiübel.

»Kannst du überhaupt reiten, Mann?«, fragte von Bärenfels schroff und stützte ihn. Er verzog seine Lippen, als er Theo anblickte.

Der nickte langsam. Die Frischluft tat ihm gut. »Das Betäubungsmittel lässt langsam nach.« Theo atmete schwer. Dumpf war der Schmerz in seinem Kopf. Seine Gedanken waren wirr. Nur einen einzigen konnte er zu Ende führen. »Irgendwo hier treibt Simon sich herum.« Immer wieder drehte er sich nach ihm um. Wo mochte er lauern?

Theo konzentrierte sich auf den Boden zu seinen Füßen. Bald konnte er auf den eigenen Beinen stehen. Argwöhnisch betrachtete er Steffan von Bärenfels. Sein Gehirn nahm die Arbeit wieder auf. Er runzelte seine Stirn.

»Warum tut Ihr das, Bärenfels?«, fragte er rätselnd. »Warum helft Ihr Caspar? Und mir?«

Steffan lachte verbittert auf. Seine Muskeln spannten sich an. Zornig beäugte er Theo. Der betrachtete ihn mit aufrichtiger Neugierde. Steffan schüttelte seinen Kopf und sah in die Ferne. Dann atmete er kummervoll durch. »Euch helfe ich doch gar nicht, du Narr. Ich helfe Margret.« Steffan seufzte. Dann fluchte er. »Weil ich sie liebe, Mann! Kannst du das nicht verstehen?«

Ihre Blicke trafen sich.

»Doch.« Paracelsus nickte traurig. »Das verstehe ich sehr gut.« Fast tat ihm Bärenfels leid. Und er sich selbst.

Caspar kam mit dem Pferd angelaufen. Ungelenk.

»Und den hat sie geheiratet«, flüsterte Steffan verbittert.

Beide rümpften sie die Nase. Und sahen sich fragend an.

»Kein Wort zu dem da, verstanden?«, raunzte Bärenfels.

Theo nickte. Das war Ehrensache.

»Nehmt ihr das Ross!«, rief Steffan entschlossen. »Ich laufe euch zu Fuß hinterher!«

Caspar nickte dankbar und half Theo auf das Pferd. Etwas taumelig war er noch. Caspar saß auf und trat dem Tier sachte in die Flanken. Elegant trabte es los. Paracelsus blickte sich noch einmal um:

»Gebt auf Euch acht, Bärenfels! Lasst Eure Hand am Schwert, der Tod lauert in diesen Gassen!«

Sie ritten durch die Nacht wie der Wind. Von Bärenfels besaß die teuersten und schnellsten Rösser der Stadt. Paracelsus klammerte sich an Caspars Rücken. Kaum konnte er sich halten. Verzweifelt suchte er nach den richtigen Worten.

»Caspar, es tut mir leid«, rief er nach vorn. Sein Mund war nah an Caspars Ohr. »Du musst mir glauben, Bruder. Simon ist der Teufel, den du suchst, nicht ich.«

Lange Augenblicke schwieg Caspar vor ihm. Dann antwortete er doch.

»Es ist mir gleich, was du treibst, Paracelsus. Gleich sind mir deine Bluttaten, hörst du? Und dein Verderben!«

Theo ließ enttäuscht den Kopf sinken. Er hatte nichts anderes erwartet.

»Du wirst jetzt meine Frau heilen, und dann will ich dich niemals wiedersehen!« Caspar trieb das Pferd an. »Unsere Wege werden sich für immer trennen heute Nacht. Und ich bin nicht mehr dein Bruder.«

Paracelsus schwieg. Darauf gab es keine Antwort. Er hatte Astaroth gewählt. Und Caspar dafür zurückgelassen. Das hier sollte die Summe seiner Rechnung sein: Er war allein.

Caspar zügelte das Pferd. Endlich hatten sie die Rittergasse erreicht. Paracelsus taumelte zum Haus. Göttisheim öffnete ungefragt die Tür.

»Wie seht Ihr aus, Rektor?«, fragte Theo erschrocken. Verkrustetes Blut zierte das Gesicht des alten Mannes. Kaum konnte er sich aufrechthalten.

Jacob schüttelte den Kopf: »Mir geht es gut, mein Junge.« Flehend deutete er mit dem Finger auf ein Bündel am Boden. Liebevoll hatte er seine Tochter gewaschen und zugedeckt.

»Bei allen Geistern«, rief Paracelsus aus. Er stürzte zu Margret. Fast wäre er gestolpert. Vor ihm lag die einzige Frau, die er je geliebt hatte!

Göttisheim hatte Lappen auf ihre Stirn gelegt und Kerzen entzunden, auf dass das Licht sie hierhalten möge. Noch atmete sie.

»Caspar.« Ungläubig sah Paracelsus auf. Sein Blut gefror vor Schreck. »Seit wann ist sie bewusstlos?«

»Ich weiß nicht«, jammerte Caspar. »Seit zwei Stunden vielleicht.«

Paracelsus rieb sich verzweifelt die Augen. Das Mittel aus Simons Schlafschwamm war noch in seinen Adern. Alles sah er doppelt. Der Raum um ihn herum drehte sich. Kaum konnte er einen klaren Gedanken fassen. Margret aber war bleich wie der Tod! Ihre Augen waren leer, ihre Glieder schlaff. Ihr Geist war fort. Was zur Hölle sollte er denn da bloß bewirken können?

»Sie ist des Todes.« Ratlos starrte er auf sie hinab. Ihr Gesicht verschwamm vor seinen Augen.

»Ja«, schrie Caspar voller Zorn. »Das weiß ich selbst!« Mit zitternden Händen fuchtelte er in der Luft herum. »Deshalb haben wir dich doch geholt, Mann!«

Caspar lief im Zimmer auf und ab. Seine Beine wollten nicht stillstehen. »Mach irgendetwas mit ihr.« Er raufte sich das Haar. »Deine Seelengeschichte, meinetwegen. Benutz' Magie dafür. Bring jemanden um, wenn es sein muss. Aber rette meine Frau!«

»Was zum Teufel redest du da bloß?«

Paracelsus richtete sich mühsam auf. Er schluckte Tränen hinunter. Wenn sein bester Freund ihn für einen Mörder hielt – was sagte das über ihn selbst aus?

Ihre Hände legte er Margret sorgsam auf ihren geschundenen Bauch, wie der Arzt das bei den Sterbenden macht. Göttisheim wimmerte auf.

»Bitte, Theo. Ich vergebe dir alles, hörst du?« Caspar packte ihn. »All deine Sünden. Ich heiße sie gut. Wirklich, das tue ich! Ich kann dir meinetwegen auch helfen dabei. Nur – mach das jetzt mit meiner Frau!«

»Caspar, ich kann nicht«, rief Paracelsus verzweifelt. »Ich weiß nicht, wie!«

»Erzähl mir doch nichts, Mann.« Caspars Griff fing an zu schmerzen. »Du brauchst jetzt nicht den Unschuldigen zu spielen. Mir ist es gleich, hab ich gesagt! Hörst du?«

Mit einem flüchtigen Blick besah Paracelsus den ermatteten Göttisheim. Der versuchte sichtlich angestrengt, dem Gespräch zu folgen.

»Und Jacob ist es auch gleich! Niemand hier wird dich verraten. Wir wollen nur unsere Margret zurück!«

Ein Flehen lag in Caspars Augen. Er löste seinen Griff und legte stattdessen die Arme auf Theos Schultern. Der zuckte augenblicklich zusammen. Schläge wären ihm lieber gewesen.

Caspar flüsterte: »Wenn du je mein Freund – mein Bruder – warst, Theo, dann musst du es versuchen! Mach, was Astaroth dir beigebracht hat. Bitte! Ich werde dir folgen, was immer du tust. Alles mache ich für dich.« Caspars Lippen zitterten. »Aber ich flehe dich an, rette ihr Leben. Ich gebe dir das meine dafür!«

Margret stöhnte leise. Paracelsus sah seinen Freund traurig an.

»Ich bin nicht, was du von mir hältst«, flüsterte Theo tonlos und wollte Caspar zum Trost in die Arme schließen. Dieser riss sich los.

»Lügner!«, zischte er.

Von Sinnen raste er durch das Zimmer und drosch auf den Hausrat ein.

»Muss ich vor dir niederknien? Ist es das, was du willst? Mich betteln sehen?«, schrie Caspar.

Jacob ließ sich zu Boden sinken. Seine Kräfte waren verbraucht.

Caspar fiel auf seine Knie und rutschte auf Paracelsus zu. Der schüttelte verlegen seinen Kopf: »Caspar, nein. Hör auf. Ihr ist nicht zu helfen!« Er zog ihn hoch. Caspar ließ es geschehen.

»Sieh' sie dir doch an, Junge! Du weißt es selbst.« Theo führte Caspar zu seiner leblosen Frau. »Sag ihr Lebewohl, solange sie noch bei uns ist.«

Caspar schluchzte bitterlich. Theo fühlte seinen Schmerz in der eigenen Brust.

»Sie liebt dich, hat sie immer. Und du willst ihr nicht helfen?«, wimmerte Caspar leise.

Theo nahm Caspars Kopf in die Hand. Er lehnte die Stirn gegen seine. Der Junge musste das jetzt endlich begreifen, ein für alle Mal!

»Hör mir bitte zu, Bruder. Ich habe niemals auch nur eine einzige Seele ihrem Körper entrissen. Und sie niemals einem anderen Menschen wieder zugeführt. Ich schwöre es dir. Bei meiner Mutter! Läge es in meiner Macht, so würde ich es tun für sie. Glaube mir. Aber ich beherrsche nicht die Kunst, von der du sprichst.« Paracelsus blickte unglücklich auf Margret hinab. »Und jetzt nutze die Zeit und verabschiede dich von deiner Frau. Ich selbst habe es vor Jahren getan.«

Caspar starrte ihn ungläubig an. Tränen sammelten sich in seinen Augen.

»Die Leichen, Theo?«, flüsterte er.

Paracelsus schüttelte seinen Kopf. »Was denkst du nur von mir, Bruder?«

Caspar stockte der Atem. Er sah zu Margret. Dann zu Paracelsus. Dann wieder hinab. Laut seufzte er auf.

»Dann tust du es eben jetzt!« Er rüttelte an Theo. »Bei allem, was wir hatten. Ich bitte dich, versuch es jetzt. Du bist Paracelsus! Du findest den Weg.«

Caspar lief in die Vorratskammer. Schwer atmend kam er zurück. Freudig strahlend hielt er ein Beil in der Hand. Laurencz oben hatte angefangen zu weinen. Niemand hörte darauf.

»Nimm mich!« Er drückte Paracelsus das Beil in die Hand. Der ließ es sofort fallen.

»Versuche es an mir.« Caspar nickte ihm ermutigend zu. »Ich vertraue dir. Du kannst das, Theo. Du kannst alles!«

Göttisheim starrte ihn mit offenem Munde an. »Hohenheim, mir fehlt die Kraft. Bitte, Ihr müsst ihn ohrfeigen. An meiner statt.«

Paracelsus atmete durch. Er verstand Göttisheim nur zu gut. Und versuchte es erneut. »Caspar, ich weiß, du willst es nicht wahrhaben.« Beide blickten sie zu Margret. »Aber selbst wenn es nicht gegen jede ärztliche Moral und Gottes Gesetz und was weiß ich nicht alles verstieße …« Theo machte eine Pause. Die Diskussion strengte seinen benebelten Geist an. »So bezweifele ich dennoch, dass es überhaupt gehen könnte.«

Margret hustete. Caspar musste sich jetzt verabschieden, sonst würde er es sich nie verzeihen. Theo hatte das schon so oft erlebt.

»Nur Humbug und Aberglaube. Du hast es selbst gesagt. Und recht hattest du.« Er suchte den Raum nach Alkohol ab und fand keinen.

»Doch. Doch, wohl!« Caspars Augen funkelten. Er war am Ende mit den Nerven. »Ich hab es doch selbst gesehen. Bei Simon!« Caspar stürmte aufgeregt durch das Zimmer.

Göttisheim setzte sich zu seiner Tochter und hielt ihre Hand. Er weinte. »Die letzten Minuten deines Lebens, mein Kind. Und das musst du mitanhören.«

»Er hat dem Maurer die Brust aufgeschlitzt und dann sein Sternum gespalten.« Caspar wollte etwas trinken, aber warf den Krug zu Boden. Seine Hände zitterten zu sehr. »Und dann war da etwas. Ich konnte nicht gut sehen, wegen des Sonnenlichts, aber da war etwas, Theo!« Er lief auf Paracelsus zu.

Göttisheim biss die Lippen zusammen und streichelte das Gesicht seiner Tochter: »Keine Angst, Margret. Bald hast du das alles hier überstanden.«

»Nachdem er dich bedroht hat? Nachdem du seine Leichen gefunden hast? Da willst du klaren Urteils fähig gewesen sein? Caspar, ich bitte dich!«

Paracelsus legte seinen Kopf schräg. Er hatte ihm das selbst eingeredet. Es war seine Schuld. Nun waren die Rollen vertauscht. »Bitte. Setz dich zu deiner Frau. Sie wird es fühlen.«

Laurencz plärrte nun aus voller Kehle. Immer noch nahm keiner Notiz von ihm.

»Nein!« Caspar hieb mit der Faust auf den Tisch. »Mag sein, ich war nicht bei klarem Verstand! Gesehen habe ich trotzdem etwas.« Caspar flüsterte: »Des Maurers Seele nämlich. Silbern. Und wunderschön.«

Paracelsus stutzte. Er dachte an Simons Tuschezeichnung. »Silbern sagst du?«

»Ja. Genau.« Caspar nickte eifrig.

Theo verzog sein Gesicht. Alle Bilder dieses Tages kamen auf einmal zurück. Er runzelte seine Stirn. »Und dann war sie weg?«

Konnte Mira doch die Wahrheit gesprochen haben?

»Ja. Leider«, stöhnte Caspar. »Simon war auch wütend deswegen.«

Göttisheim schüttelte den Kopf. Paracelsus sah ihn peinlich berührt an. Dann blickte er sorgenvoll zu Margret. Sie zitterte. Ihre Augenlider zuckten. Ihr Mund formte unverständliche Laute. Paracelsus seufzte tief. Wie sehr hatte er diese Frau geliebt!

»Simon hat noch nicht einmal herausgefunden, wie er sie halten kann«, murmelte Paracelsus nachdenklich. »Ihre Lebensenergie auf jemand anderen zu übertragen, daran ist überhaupt noch nicht zu denken. Jahre sind wir davon entfernt.«

Paracelsus sprach mit sich selbst, nicht zu Caspar. Dennoch erhielt er Antwort:

»Aber du hältst es für möglich. Nicht wahr?« Caspar trat an ihn heran. »Nicht wahr, Paracelsus?«

Theo war ganz bleich: »Das könnte ich nicht einmal erahnen, Bruder.«

Konzentriert senkte er sein Haupt. Das Kind brüllte immer noch. »Denkbar … ja, vielleicht. Wenn Astartes Geschichte stimmt.«

Caspar blinzelte Theo an. »Das reicht mir«, rief er entschlossen aus. »Was darf ich dir bringen?«

Er rannte los, ohne zu wissen wohin.

»Caspar, warte!« Theo packte ihn am Arm. »Die Wahrscheinlichkeit, dass das funktioniert …«

»Und wenn sie eins zu tausend wäre, reicht mir das.« Caspar weinte fast vor Glück. Er fiel Paracelsus in die Arme.

Eins zu tausend war eine mehr als optimistische Schätzung, dachte der bei sich.

»Ich liebe sie über alles, Theo!« Caspar bebte vor Tränen. »Ich kann sie nicht sterben lassen, ohne es auch nur versucht zu haben.« Caspar sah ihn flehend an. »Bitte. Hilf mir, Theo.«

Paracelsus nickte ernst. Dann musste es wohl sein. Er war Caspar noch die Wochen im Kerker schuldig. Und jahrelange Freundschaft obendrein. Paracelsus wandte sich Göttisheim zu: »Rektor, könnt Ihr nicht nach Eurem Enkel sehen? Endlich?«

Jacob schrak auf. Er war ganz ins Gebet vertieft gewesen.

»Was?«, fragte er verwirrt.

»Laurencz. Bitte seht nach ihm«, bat Paracelsus. »Er schreit unablässig.«

Jacob schüttelte den Kopf. »Nein, ich bleibe hier und bete für meine Tochter. Wenn es sonst schon keiner tut«, fügte er gekränkt hinzu.

»Vater, bitte«, mischte sich Caspar ein. »Der kleine Laurencz braucht deine Hilfe.«

Göttisheim sah seinen Schwiegersohn einen Moment lang empört an. Er stemmte sich mühsam hoch.

»Dann kümmere du dich gefälligst um Margret!« Sein Gesicht war schmerzverzerrt. Kaum konnte er einen richtigen Schritt tun. »Steh hier nicht bloß unnütz herum und red verrücktes Zeug!« Göttisheim schleppte sich hinauf. Caspar atmete erleichtert durch. »Der wird eine gute Weile beschäftigt sein, das weiß ich aus Erfahrung.«

Fast hätte Theo gelächelt. »Ich brauche ein schmales Gefäß. Eine Phiole oder Ähnliches. Ein Krug tut es auch. Und irgendetwas Kleines, Lebendiges. Und Schnaps«, rief er Caspar hinterher, als der schon eifrig davoneilte.

Paracelsus kniete sich nieder zum Gebet. Wie lange das nicht mehr geschehen war! Jetzt aber hielt er es für angebracht. Er flehte um Vergebung, für das Leben, das er opfern würde. Dann betete er für Margrets Seele. Göttisheim war der einzige vernünftige Mann unter diesem Dach. Freilich hatte er recht. Nimmer nicht konnte es funktionieren. Aber wenn sie es nicht versuchten, würde Caspar wohl seinen Frieden nicht mehr finden. Mit sich und der Welt.

»Geht das auch?« Caspar hielt eine Gewürzdose in die Luft und kippte den Kümmel darin zu Boden.

»Ein bisschen pietätlos«, murrte Theo. »Aber ja. Denke ich.« Er nahm die Tondose entgegen und roch angeekelt daran. Er hatte Kümmel schon immer gehasst!

»Aha«, schrie Caspar auf. »Hab ich dich endlich.«

Er war jetzt voller Eifer ob der Aufgabe, die er hatte. Stolz hielt er eine Fliege in seinen Händen gefangen.

Theo reichte ihm das Gefäß und Caspar gab sie hinein. Blitzschnell wurde der Korkdeckel daraufgestülpt.

Dann kramte Caspar einen großen Beutel voller Schnaps hervor und hielt ihn Theo vor die Nase.

»Nun?«, sprach Caspar eifrig. »Wofür brauchen wir den Schnaps?«

»Hierfür«, rief Paracelsus und nahm einen beherzten Schluck. Befreiend brannte er in seiner Kehle. Er brauchte den Mut dringend. Dann streckte er Caspar den Beutel entgegen.

»Nein, wir haben keine Zeit dafür, Theo.«

Traurig nickte er Paracelsus zu und reichte ihm das Beil.

»Jetzt«, sprach er tapfer. »Ich bin bereit.«

Paracelsus schüttelte unmerklich seinen Kopf. »Nicht du, Bruder«, flüsterte er. Eine einzige Träne floss über seine Wange.

Caspar sah ihn unverständig an. Dann weiteten sich plötzlich seine Augen: »Nein«, rief er aus.

»Nein, nein, nein!« Außer sich rang er nach Luft. »Sie ist meine Frau, Theo. Es war meine Idee! Und ich muss für sie gehen.« Er ließ das Beil fallen.

Paracelsus nahm einen weiteren Schluck. »Es ist entschieden, mein Freund. Ich oder keiner. Denkst du wirklich, ich lasse dich für sie sterben?« Theo lachte bemüht fröhlich auf. »Den Ruhm gönne ich dir nicht!«

Caspar seufzte und griff nach dem Beutel. Er nahm gleich etliche Schlucke. Paracelsus drückte ihm das Beil in die Hand. »Du musst es tun, Bruder. Sie braucht ihren Mann an ihrer Seite. Und Laurencz seinen Vater.« Er sah ihn beschwörend an. Schon tat der Alkohol seine Wirkung. »Ich aber bin zu entbehren, wie mir scheint.« Paracelsus nahm den Schnaps und trank auf sich selbst.

»Ich. Nein. Theo, danke. Aber ich weiß gar nicht, was ich dann machen sollte«, stotterte Caspar und nahm noch einen Schluck.

Paracelsus holte tief Luft: »Also, Astarte sagte, sie würden dem Leben folgen.« Er griff nach dem Beutel. Bald würden sie ihn geleert haben.

»Wir haben ...«

»Die Fliege«, warf Caspar ein. Er war schon gut angetrunken ob des Flüssigkeitsmangels. Paracelsus bemerkte es zufrieden. Nüchtern würde es der Junge niemals schaffen. Er reichte ihm den Schnaps.

»Ja«, sprach Paracelsus. Auch er lallte schon ein wenig. »Du hältst die Kümmeldose« – Theo verzog sein Gesicht – »über meine eröffnete Brust. Dann wird meine Seele da hineinfliegen. So die Theorie.« Er nahm sich den Beutel und prostete Caspar zu. Der rümpfte angewidert die Nase.

»Und dann?«, fragte Caspar unschlüssig.

»Na. Dann hältst du sie Margret unter die Nase. Sie wird sie einatmen. Sie wird durch meine Lebensenergie gerettet und ich lebe im Gegenzug in ihr weiter. So meinte Astarte.« Theo besah unglücklich das Kümmelglas. Er hasste enge Räume.

»Das überstehe ich nicht.« Caspar schnaufte aus. »Ich wollte nicht, dass du das tust, Theo. Ich wollte mich für sie opfern.«

»Das weiß ich, Caspar.« Paracelsus legte ihm tröstend eine Hand auf die Schulter. »Und doch wird es andersherum geschehen.«

Caspar seufzte. Tränen liefen nun über seine Wange. »Ich kann sie nicht sterben lassen, Bruder. Bitte vergib mir.« Er schluchzte.

»Wie nennst du mich?« Paracelsus lächelte ihn an.

Caspar sah ihm weinend in die Augen. Dann fiel er Paracelsus in die Arme. »Bruder nenn' ich dich, Theo. Anders war es nie.«

Der lachte traurig auf: »Das alleine war es wert!«

Paracelsus klopfte Caspar ermutigend auf die Schulter. Dann legte er sich flach zu Boden.

»Ich habe nichts zur Betäubung hier«, jammerte Caspar aufgeregt. »Ich habe alles den Pestkranken gegeben.« Entschuldigend sah er zu Paracelsus hinunter.

Der atmete durch. »Der Schnaps hat das Nötigste erledigt. Den Rest halte ich aus.« Paracelsus blinzelte. »Im Vergleich zur Pest wird das ein Spaziergang.«

Er sah den Zweifel in Caspars Blick und packte ihn beim Arm: »Mach jetzt! Du kannst es schaffen, Caspar! Du musst nur die Nerven behalten.«

Caspar nickte. Er nahm das Beil zur Hand und schluckte. Seine Hände zitterten.

Paracelsus schloss die Augen. Sein Atem ging schnell. Er ballte seine Fäuste. »Wir sehen uns wieder, Bruder! Der Tod ist nicht das Ende.«

Caspar

Caspar nahm einen tiefen Atemzug. Dann sah er nichts mehr. Theo verschwand. Margret verschwand. Er selbst löste sich auf. Der Raum um ihn herum wurde schwarz. Caspar sah nur noch das Beil in seiner Hand. Und Theos Brustkorb, sich rhythmisch hebend und senkend.

Er hörte Astartes Stimme. Sie rief nach ihm. Kannte seinen Namen. Er fühlte sie. In seinem Kopf. An seinen Schläfen. Nein. Sie hatte nicht gelogen! Er konnte seine Liebste retten.

Caspar hob das Beil. Astarte half ihm dabei. Sie hielt es für ihn. Caspar holte aus. Astarte wartete hinter ihm. Sie lächelte. Ihr gefiel, was er da tat. Er kniff seine Augen zusammen – und zielte!

»Wehe, du krümmst ihm auch nur ein Haar!«

Caspar fuhr auf. Vor Schreck ließ er das Beil fallen.

»Dann schlitze ich deiner Frau die Kehle auf.«

Simon stand breitbeinig da. Zornig funkelten seine Augen. Das Messer schimmerte in seiner Hand.

Paracelsus fuhr hoch: »Simon!«

»Ich habe dir doch gesagt, du sollst auf mich warten, Meister.« Er trat näher und legte seinen Kopf schräg. »So einen schönen Jungen hätte ich für dich gehabt.«

Ein dunkles Lächeln lag auf seinen Lippen. Er flüsterte: »Nun muss ich es dir an ihm beweisen.«

Paracelsus sprang auf. Er nahm das Beil und stellte sich vor Caspar.

Der konnte sich nicht bewegen. Er war gelähmt vor Schreck. Sein Maß war voll. Er hörte Margret neben sich stöhnen.

»Das wirst du nicht, bei Gott«, rief Paracelsus aus.

Laurencz hatte wieder angefangen zu weinen. Simon horchte auf. Dann sah er nachdenklich zu Margret.

»Wen willst du retten, Meister?« Ein böses Funkeln lag in Simons Augen. »Ihn oder sie?«

Er machte eine kurze Pause und zielte mit dem Messer abwechselnd auf Margret und Caspar.

»Oder das Kind?«, hauchte er und sah zur Treppe.

Caspar schrie auf. Das war sein Albtraum. »Nein! Du Scheusal!«

Simon beachtete ihn nicht weiter. »Du siehst, zu viele Seelen scheinen hier versammelt, an denen dir etwas liegt.«

»Du lässt sie, Simon! Oder es wird die deine sein, die verendet.« Paracelsus schwang das Beil in der Luft.

»Das kann ich nicht.« Echte Verzweiflung lag in Simons Stimme. Mit seinen blauen Augen sah er Paracelsus voll Zuneigung an. »Sonst wirst du mir nicht glauben. Mir nicht folgen.«

»Nie werde ich einer Verschlagenheit wie deiner folgen«, zischte Paracelsus.

Simon tat einen Satz auf Margret zu.

»Nein«, schrie Caspar voller Entsetzen und stürzte zu ihr.

Simon lachte böse auf. »Beide also«, rief er und holte aus.

Da weiteten sich plötzlich seine Augen. Stille überzog den Raum. Simon starrte zu Paracelsus. Er sah erschrocken aus. Paracelsus stand wie angewurzelt da. Simon sah verwundert an sich selbst hinab. Caspar konnte nichts erkennen. Keiner sprach ein Wort. Laurencz schwieg. Simon gluckste und fiel.

»Bärenfels!«, rief Caspar aus.

Steffan stand hinter Simon. Das Blut tropfte an seinem Schwert hinab. »Ich habe lange gebraucht, ich weiß. Da draußen ist der Teufel los. Ich kam nicht gut voran. Ganz Basel rennt durcheinander.«

»Das wissen wir«, sprach Caspar verbittert und blickte auf Margret.

»Nein«, antwortete Steffan aufgeregt. »Sie helfen den Juden jetzt!« Er war immer noch außer Atem. »Halb Basel hilft, das Judenviertel zu löschen. Die andere Hälfte jagt die Unruhestifter. Beschützt die jüdische Gemeinde. Zum Luft hat die Stadtwache mobilisiert. Sie werfen sie nacheinander in den Fledermausturm.« Unglücklich sah er zu Margret. Ihr Gesicht war schneeweiß. »Die Hetzer konnten sich nicht durchsetzen. Es ist vorbei.«

»Meister«, keuchte Simon am Boden und streckte seine Hand in die Luft.

Steffan holte mit dem Schwert aus.

»Nein«, rief Paracelsus und eilte zu ihm.

»Willst du den Hund leiden lassen, Mann?«, fragte Steffan ungläubig.

Paracelsus antwortete nicht und nahm Simon in seine Arme. Caspar beäugte sie angewidert.

»Ich wollte dich nie verraten, Meister.« Simon röchelte und rang nach Luft. »Bitte glaube mir. Ich wollte mit dir die Welt verändern.«

Theo nickte sanft. Simon griff nach seiner Hand. Theo drückte sie zärtlich. Caspar stieg die Galle hoch.

Simon lächelte zufrieden. Bald sah er wieder aus wie ein unschuldiges Kind. Seine blauen Augen blickten liebevoll zu Theo.

»Ich wollte immer nur an deiner Seite sein, Paracelsus.« Die blonden Locken umspielten sein Gesicht. Alle Niedertracht war daraus entwichen.

»Das weiß ich, Junge«, antwortete Theo mitleidig.

»Wir beide, Paracelsus. Das war schon was.« Simon hustete Blut.

»Ja, wir beide«, sprach Theo ruhig.

Plötzlich bäumte sich Simon auf.

»Ich bin immer noch dein Schüler, oder? Paracelsus! Du hast mich doch nicht verstoßen?« Paracelsus schüttelte seinen Kopf und legte eine Hand auf Simons Stirn. »Du bist mein Schüler, Simon.«

»Dann ist alles gut.« Simon sackte wieder zusammen. Er benetzte seine Lippen. Mit blutiger Hand streichelte er Theos Wange. »Großes wollte ich mit dir vollbringen, Paracelsus.« Er riss seine Augen auf. »Und das kann ich noch!«

Er schielte zu dem Beil am Boden. Dann sah er Paracelsus flehend an. Der verzog sein Gesicht. Seine Lippen begannen zu zittern. Caspar stockte der Atem.

»Bitte«, flüsterte Simon. »Lass meinen Tod nicht umsonst gewesen sein. Nimm dir meine Seele, Meister. Ich flehe dich an.« Friedlich schloss er die Augen. »Astarte hat die Wahrheit gesprochen. Du wirst sehen. Ich kann es dir beweisen, immer noch.«

»Er stirbt!«, rief Caspar. Und schielte zu Margret.

»Die Dose, Caspar. Schnell!« Paracelsus griff nach dem Beil. Er ließ Simon zu Boden gleiten und beugte sich über ihn. Steffan wich erschrocken zurück.

Paracelsus bekreuzigte sich. »Herr, vergib mir!«

Caspar schrie auf. Paracelsus schloss die Augen.

»Herrgott noch eins«, rief Steffan und wandte sich ab.

Das Beil krachte auf Simons Brust hinab. Die Wucht des Schlages war gewaltig. Das Sternum barst auseinander. Caspar starrte Paracelsus ungläubig an. Das hätte er niemals gekonnt!

»Halt sie über ihn«, rief Paracelsus atemlos. »Jetzt!«

Caspar entfernte unbeholfen den Korkdeckel und hielt das Gefäß unsicher über Simons Brust.

»So?«, fragte Caspar zweifelnd. Er blinzelte.

Theo starrte gebannt hinunter. »Ich weiß nicht, Junge.« Er rieb sich die Augen. Dann – klappte sein Mund auf. Caspar schwindelte es.

»Bei Astarte selbst«, flüsterte Paracelsus.

Caspar zwinkerte einige Male. Ihm war ... War da ein Schatten über Simon? Konturlos, fast durchsichtig schien er zu tänzeln. Langsam und unbekümmert. Caspar hielt den Atem an. Kaum war er sichtbar. Und war es doch. Silbern glänzend stieg er auf. Ein Zauber umgab ihn.

»Siehst du das auch?«, wisperte Caspar unsicher. Die Welt verschwamm vor seinen Augen.

Paracelsus nickte. Unmerklich. »Sie ist makellos. Fürwahr.«

»Was denn?«, fragte Steffan. »Wovon sprecht ihr?« Keiner gab ihm Antwort.

Caspar hielt die Dose in den Nebel hinein. Gemächlich schien er darin zu verschwinden. Caspar starrte ihm nach. Es war wie bei dem Maurer, wunderschön.

»Ihr seid doch irre!« Steffan von Bärenfels lachte verbittert auf.

»Mach den Deckel zu!«, rief Paracelsus.

Caspar zuckte zusammen. Er erwachte aus seiner Trance. Flink verschloss er die Dose.

»Und nun?«, fragte er ratlos und blickte zu Paracelsus.

Der entriss ihm das Gefäß und trat zu Margret. Caspar folgte ihm. Leblos lag sie da. Caspar legte die Hand auf ihr Herz: Noch schlug es.

Paracelsus öffnete das Gefäß und hielt es unter Margrets Mund und Nase. Befreit flog die Fliege davon. Ansonsten – nichts. Die Dose war leer. Margret aber tat einen tiefen Atemzug. Es war ein Stöhnen und Seufzen gleichermaßen. Ihr Brustkorb zitterte.

Caspar konnte nicht mehr hinsehen und wich zwei Schritte zurück. »Und? Hat es funktioniert?«, rief er. Er kniff die Augen zusammen.

»Woher soll ich das denn wissen?«, gab Paracelsus unwirsch zurück. Besorgt strich er über Margrets Stirn.

»Na, du bist doch der Alchemist hier!«, schrie Caspar gereizt.

Margret zuckte. Caspar seufzte. Die Bewegung kam in ihre Glieder zurück. Tatsächlich! Caspar riss seine Augen auf und traute ihnen dennoch nicht. Betreten stand er da und wagte nicht, sich zu rühren.

Margret streckte ihre Hand nach Paracelsus aus.

Sein Ring funkelte an ihrem Finger. Liebevoll ergriff er sie. Margret öffnete ihre braunen Augen. Theo lächelte sie herzlich an.

Caspar besah die beiden. In inniger Eintracht.

»*Ich werde ihn immer lieben*«, hallte es in seinen Gedanken nach. Schmerzerfüllt wandte er sich ab.

Margrets Blick wanderte an Paracelsus vorbei.

»Caspar«, stöhnte sie liebevoll.

Dank an:

Eliane Wurzer, Christiane Bauer, Elke Hittinger und Ida Kranzfelder für die gute Betreuung und ihr Vertrauen in eine Erstlingsautorin.
Ulla Mothes für ihr engagiertes Lektorat.
Michael Fehrenschild und seinen Glauben an dieses Buch.
Götte Optik für die großzügige Unterstützung.
Veronica und Antonia, die Fans der ersten Stunde.
Inel für die letzten siebzehn Jahre.
Christine für mehr, als ich aufschreiben könnte.
Ein ganz herzliches Dankeschön an Felix, ohne dessen Zutun der Roman nicht veröffentlicht worden wäre.

Allerbesten Dank an meine lieben Patienten für die leidenschaftliche Bewerbung meines Romans – und die Ehre, ihnen helfen zu dürfen.